Obietnica
szczęścia
Justin Cartwright
przełożyła **Hanna Pawlikowska-Gannon**

Warszawskie Wydawnictwo Literackie MUZA SA

Tytuł oryginału: *The Promise of Happiness*
Projekt okładki: *Agnieszka Spyrka*
Redakcja: *Aleksandra Gietka-Ostrowska*
Redakcja techniczna: *Zbigniew Katafiasz*
Korekta: *Elżbieta Jaroszuk*

ISBN 83-7319-765-6

Warszawskie Wydawnictwo Literackie
MUZA SA
Warszawa 2006

Dla Penny

Iżem pradziadów jest obliczem,
Żyć będę, chociaż ciało zginie,
A rysy me – znamion dziedzice
Czas przejmie i odda, nim minie,
Czasowi – zmiennych fal nie zliczę,
Lecz pamięć złowi je w głębinie.

Thomas Hardy
(przełożył Jerzy Pietrkiewicz)

Czy szczęście było kiedykolwiek tematem
beletrystyki?

John Updike

Prolog

Sześćdziesięcioośmioletni mężczyzna na kornwalijskiej plaży sika na małe skorupiaki.

Sześćdziesięcioczteroletnia kobieta próbuje odfiletować makrelę w niskiej, ciemnej kuchni pobielonego wapnem domu z łupkowym dachem.

Dwudziestotrzyletnia dziewczyna stoi na planie filmowym reklamy w studio w Shepperton pod Londynem.

Dwudziestoośmioletni mężczyzna wypożycza samochód w firmie Alamo-Rentals w Buffalo-Niagara w stanie Nowy Jork.

Trzydziestodwuletnia kobieta, spakowana do wyjścia, siedzi na swoim łóżku w celi więzienia w Loon Lake w stanie Nowy Jork.

Wszyscy są członkami rodziny Juddów, poprzednio zamieszkałej w dzielnicy Londynu N1, teraz rozrzuconej po świecie jak liście niesione siłą wiatru, zanim zbierze się je razem.

Prolog

Rozdział pierwszy

Charles Judd od czterech lat spaceruje po plaży niemal codziennie. Kiedy jest zimno – a mimo wczesnej wiosny panuje lodowaty chłód – musi sikać częściej niż normalnie. Poza domem, w którym Daphne podejmuje teraz bohaterskie próby przyrządzenia jakiejś ryby według książki kucharskiej Ricka Steina, często sika na świeżym powietrzu. Wokół nie ma nikogo, co upewnia go, że może to robić swobodnie. Oczywiście nie wchodzi w grę żaden młodzieńczy strumień, musi też uważać na kierunek wiatru, ale mimo wszystko czuje się uspokojony. Kiedy jako młody mężczyzna sikał władczo do urynałów w firmie Fox i Jewell, zwykle kierował silny strumień na niedopałki papierosów czy niebieskie kostki dezodorantów na niewielkich gumowych podkładkach. Ten dezodorant miał nienaturalny blask i wydzielał nienaturalny zapach sosny. Dlaczego dezodoranty pachną gorzej od woni, które mają zagłuszać? Wnętrza taksówek na telefon w Londynie zawsze cuchną żywicą, a zapach ten rozsiewają miniaturowe choinki zawieszone na wstecznym

11

lusterku. Kiedy posyłał służbowy samochód do myjni, mówił kierownikowi garażu Arniemu Prince'owi, żeby nie nacierali ani nie skrapiali wnętrza zapachem owoców leśnych, iglaków bawarskich czy czymś podobnym. Ale samochód zawsze wracał cuchnący: *Co pan poradzi, panie Judd, to Nigeryjczycy. Następnym razem poślę kogoś, żeby ich połapał.* Swoją drogą Arnie Prince to był niezły numer.

O tej porze roku na plaży przeważają wybitnie morskie zapachy. Powietrze wypełnia woń ryb, jodyny i pootwieranych muszli. Charles widzi wpływający przez Doom Bar kuter rybacki, któremu towarzyszą pasożytujące mewy. Ten widok nadal go porusza: podstawy rybołówstwa nie uległy zmianie. Ryby jak dawniej leżą w skrzyniach, lśnią, umierają, a rybacy jak zawsze wyrzucają sieci za burtę. Charles zdaje sobie jednak sprawę, że przysadziste stateczki płynące w górę rzeki Camel nie działają na niego już tak mocno jak na początku. Usiłuje sobie wyobrazić swój ostatni wdech i ostatni widok, jaki zarejestruje. (Chociaż nie „rejestrujemy" obrazów tak, jak niegdyś sądził: nauka udowodniła, że mózg gromadzi obrazy zgodnie z własnym planem, nad którym nie panujemy).

Nie, ostatni widok, jaki zobaczy, to nie będzie „The Maid of Padstow" ani „The Cornish Princess" wpływające w ujście rzeki. Stara się unikać tych myśli, które sugerują śmierć nadziei. Z ukłuciem w sercu wspomina, kiedy po raz ostatni bez zahamowań pieprzył młodą kobietę – była stażystką w firmie Fox i Jewell – potem przez wiele tygodni kochali się beztrosko w biurze po godzinach. Jakże był wtedy szczęśliwy, ona zresztą też.

– Uwielbiasz to, prawda? – pytał.

– Z tobą tak.

– Daj spokój, lubisz to i beze mnie.

– To prawda, lubię się pieprzyć – przyznała – ale przecież wiesz, że mam chłopaka.

Wiedział. To było dwadzieścia trzy lata temu. Teraz Charles idzie ścieżką między wydmami obok dziesiątego dołka pola golfowego w stronę kościoła, który był kiedyś zasypany piachem. Znad ujścia rzeki nadchodzi szkwał, chroni się więc pod zadaszoną bramą prowadzącą na teren przy kościele. Kościół nadal sprawia wrażenie niedokończonego wykopaliska, jakby odkopano go spod rosnących wydm tylko na tyle, by wierni przeszli przez drzwi, a odrobina światła przedostała się przez okna. Od czasu do czasu Charles chodzi do kościoła, ponieważ Daphne należy do grupki kobiet dekorujących ołtarz kwiatami i pomaga przy zbieraniu funduszy. Kiedyś na jakiejś kościelnej fecie zajmował się osłem. Osioł nagle ruszył szybkim, pełnym determinacji galopem, musiał więc biec obok i przytrzymywać wrzeszczące dziecko siedzące na owym ośle. Kiedy zwierzak próbował prześlizgnąć się pod szlabanem, zdążył wziąć dziecko na ręce. Daphne była wstrząśnięta: *Boże, jesteś do niczego. Wstyd mi za ciebie. Miałeś tylko prowadzić osła, ale zrobiłeś z tego dramat z Dzikiego Zachodu.* On tymczasem chciał jedynie trochę ożywić sytuację, skłaniając osła do kłusa, ale to kościste, zakurzone, fundamentalistyczne stworzenie biblijne poczuło się urażone. (Ludzie nie używają już takich zwrotów jak „poczuł się urażony"). Rodzice dziecka też poczuli się urażeni: *O mało jej nie zabiłeś, palancie,* wykrzyknął niski, brzuchaty mężczyzna z wiejskim akcentem. Protesty nie miały sensu, bo rzeczywiście wszystko mogłoby się zdarzyć, gdyby nie udało mu się ściągnąć dziecka z grzbietu osła, zanim zwierzę wcisnęło się pod szlaban. Osły są krnąbrne, zupełnie się nie nadają dla dzieci. Jezus jeździł na ośle. Odpowiedni środek transportu dla człowieka pokornego. Zresztą Jezus pewno nie próbował zmuszać osła do kłusa. Zeszłej wiosny mieli jechać do Jerozolimy na wycieczkę po Ziemi Świętej z biurem Cox i Kings, ale sytuacja w Izraelu się pogorszyła. Zwrócono im zaliczkę. Może wybiorą się tam, kiedy się uspokoi.

Stojąc pod daszkiem kościelnej bramy, widzi mały stateczek przedzierający się z trudem do Bray Hill kanałem, który podczas odpływu jest właściwie dnem rzeki, ciemną nicią w wodzie, trochę przypominającą nić, jaką wyjmowali z homarów kupionych na targu rybnym. Na początku ciągle się cieszyli. *Popatrz, co najmniej raz w tygodniu jemy homara.* Niektóre potrawy zdają się przydawać prestiżu konsumentom, tak jak łosoś, zanim zaczęto go hodować. Teraz łosoś jest tani, oślizgły i dziwnie zmutowany. A oni jedzą homara tylko, kiedy mają gości.

Deszcz się przemieszcza, jak zasłona, wzdłuż ujścia rzeki. Cała ta woda jest ze sobą powiązana – dorzecze,

14

uciekający deszcz, stateczek, który zostawia za sobą spienioną falę, i jego pęcherz. W pobliżu nie ma nikogo. Sikając, Charles odczytuje nagrobek:

John Betjeman
1906–1984

Nie podoba mu się wyszukane ozdobne liternictwo. Odnosi wrażenie, że wyraża pyszałkowatość, zły gust, samozadowolenie. Idzie teraz obok trzynastego dołka, zacinający deszcz doszczętnie go przemoczył. Trzeba dobrze uderzyć, żeby umieścić tu piłkę w dwóch rzutach. Choć pochlebiło mu, że tak szybko został przyjęty do klubu – *na skróty* – od chwili aresztowania Ju-Ju trzymał się od niego z dala.

Ich dom, Zakątek Kulika – czyj?, pytał Clem – stoi pomiędzy polem golfowym a drogą prowadzącą do zatoki. Ma dwie kondygnacje, jest ozdobiony białymi kamykami, kryty dachówką. Zbudowano go w 1928 roku dla letników. Ogród to pastwisko królików, kosi go sam, siedząc na traktorku-kosiarce marki Hayter 13/40. Nigdy nie powiedział Daphne, że ta kosiarka kosztowała prawie dwa tysiące funtów, nie licząc dodatkowej tarczy zapobiegającej odkształceniom wału korbowego. Z wprawą pędzi po łące przy akompaniamencie dźwięków dwutaktowego silnika Stratton, zatrzymuje się dopiero, kiedy trzeba opróżnić znajdujący się z tyłu zbiornik trawy. Obok hortensji – to jedyne kwiaty, którym naprawdę odpowiada życie nad morzem – składuje się kompost. Osłania go kamienny murek i kilka cisów, które odchylają się od wiatru. Wcale się nie gną, wydają się raczej wybredne, jakby próbowały się zdystansować od czegoś nieprzyjemnego. Jakże to angielskie, myśli Charles. Ja też jestem taki i staję się coraz bardziej śmieszny.

Kompostu używa się w bardziej osłoniętej części ogrodu za domem, gdzie jest prawdziwy trawnik i trochę kwiatów, którym przewodzą – traktując je wręcz protekcjonalnie – kolejne hortensje. Charles próbuje wzbogacić tę piaszczystą, skazaną na tymianek glebę. Kiedy latem kosi, pożądliwie wdycha zapach trawy i tymianku. Hayter ma sześć pozycji ostrzy i ścina ten trawnik – prawdziwy trawnik – bardzo krótko. Jednak on stracił wcześniejszy entuzjazm, który kazał mu często wskakiwać na siodełko, i zapomniał o pierwszej zasadzie koszenia trawników: *mało, ale często*. Króliki też pomagają, skubiąc pracowicie trawę. Początkowo próbował jakoś je kontrolować, ale gnieżdżą się w dżungli zarośli między Zakątkiem Kulika a polem golfowym, w dżungli tak gęstej i niedostępnej, że zaczął postrzegać króliki jako domowy Wietkong. Teraz koncentruje się na tym, by trzymać je z dala od kwiatów i ozdobnych krzewów za pomocą siatki, co sprawia, że ogród wygląda jak niewielki obóz koncentracyjny. Kosiarka została wstawiona na zimę do garażu.

Muszę wziąć nowego psa. Ostatni pies – jamnik – spadł z rozpędu ze skały.

Teraz widzi już światło w kuchni i sylwetkę krzątającej się Daphne. Zatrzymuje się, by na nią popatrzyć, i w tym momencie widzi nie tylko ją, ale i sprzężoną z nią własną przezroczystą postać.

Jakimi drogami dotarliśmy tutaj, nad brzeg morza?

Kiedy Daphne przystaje, żeby poczytać przepis Ricka Steina, na chwilę pochyla głowę, a wtedy cała – jej coraz bardziej obfite ciało, które tak jak cisy zaczyna przybierać postawę obronną – też na moment zastyga. Nie widzi jej twarzy – tylko zarys sylwetki – ale wie, że wpatruje się w stronicę ze zmarszczonymi brwiami. Nienawidzi gotować, ale kiedy się tu przeprowadzili, postanowiła opanować tę sztukę. Uznała, że musi zawrzeć pakt z owocami morza – krabami, homarami, okoniami, skorupiakami itd. Będzie to świadczyło o jej zaangażowaniu w nowe życie na wybrzeżu, w aktywność na emeryturze. Nigdy nie użył słowa „emerytura". Możliwe, że gotowanie jest dla niej dowodem nowej bliskości między nimi. Może wyobraża sobie, że żyją zgodnie z naturą, on jako myśliwy- -zbieracz, a ona strażniczka domowego ogniska. Dla niego emerytura brzmi jak pierwsze słowo epitafium: emeryt, odsunięty od życia, przygotowujący się do długiego snu, do powrotu w świat nieorganiczny, kilka metrów pod warstwą nasyconego tymiankiem torfu, jak Betjemen. Jak Betj.

A kiedy patrzy na Daphne, która teraz coś sieka, przez moment widzi Ju-Ju. To niesprawiedliwe wobec Daphne, że Ju-Ju jest wyższa i ma więcej wdzięku, ale mimo wszystko w szybkim, zdecydowanym poruszeniu głowy Daphne coś boleśnie przypomina mu Ju-Ju. Daphne powiedziała kiedyś: „Ona jest miłością twojego życia". Na co odparł niedbale: „Och, ci ojcowie i córki". Jednak to prawda, że kochał Ju-Ju i że była to namiętność fizyczna. Chwilami, kiedy czuł się samotny, tęsknił za tym, by

17

spać obok niej, tak jak wtedy, gdy była dzieckiem, choć nigdy nie dopuszczał myśli o tym, że ona uprawia z kimś seks, a już na pewno nie z nim.

Popełnili błąd, przyjeżdżając tutaj, wyprowadzając się z Londynu. A jednak ilekroć jest w Londynie, zauważa coś odrażającego: jadąc metrem z Charliem, zobaczył naprzeciwko całującą się parę; i chłopak, i dziewczyna mieli kolczyki w uszach, na języku, na wargach. Dziewczyna – pewnie narkomanka – wyglądała na dwunastolatkę, miała mitenki w kolorach tęczy, a blada, przezroczysta skóra wokół jej oczu była czarna jak umazana sadzą. (Pamiętał kominiarzy i zapach sadzy). Kiedy te dzieciaki się całowały, uśmiechając się narkotycznie, pomyślał o szkole, o magnesach, między którymi kartki papieru sunęły jak na łyżwach, a spinacze tworzyły stóg. Języki tych dzieci mogły się zazębić. Jak zwykle wrażliwy Charlie uspokajał: „To nic, tato, to naprawdę nic", kiedy on westchnął, prawdopodobnie głośno. O co mu chodziło? Uświadomił sobie, że członkowie rodziny mają wobec siebie zbyt wyidealizowane oczekiwania. Z jednej strony więcej się wybacza, ale z drugiej więcej się wymaga. Wydaje się, że w rodzinie działa jakieś koraniczne prawo, bez względu na to, jak wielki chaos, szaleństwo i swoboda panują poza domem. Charlie tak naprawdę próbował powiedzieć: „Tato, rozchmurz się, przecież nie chcesz wyjść na palanta". Inni członkowie rodziny pragną, żebyś robił dobre wrażenie, skoro płynie w was ta sama krew. Prawdą jest, że wszyscy żywimy nierealne oczekiwania wobec własnej rodziny: on na przykład często chciał, żeby Daphne była dowcipniejsza, wyższa, miała więcej wdzięku, bo do tego sam dążył. W firmie Fox i Jewell zawsze miał opinię człowieka wytwornego, obdarzonego lekkością. Klienci go lubili.

Teraz Daphne dostrzega go i macha ręką. On otwiera furtkę od strony podziemia Wietkongu i pola golfowego i przechodzi przez trawnik. Nawet po deszczu ziemia jest twarda. Trawnik w Londynie był rozmiękły i podmokły. Ich dom wychodził na skrawek zieleni przy wiktoriańskim kościele, który ciągle płakał, jak ci święci w Irlandii, solą i starą deszczówką.

Przy tylnych drzwiach, gdzie znajduje się osobna przybudówka na narzędzia, kurtki i laski – gdzie nadal wisi smycz nieżyjącego psa – Charles zdejmuje kurtkę. Jest to polar National Trustu ze spokojnym motywem żołędzi. Strzepuje kurtkę i wkłada domowe pantofle.

– Nie zdjąłeś jeszcze czapki.

– Rzeczywiście. Co gotujesz?

– Makrelę z sosem agrestowym według przepisu Ricka Steina.

– Brzmi interesująco.

– Staram się.

Na desce leżą trupy czterech makreli. Żadne z nich nie lubi makreli – oleistej, ciemnej ryby o grubej, przeciwdeszczowej skórze – ale Daphne czuje się w obowiązku kupować je od czasu do czasu, ponieważ jest ich dużo, są tanie i, według wszystkich książek kucharskich, bardzo pożywne, pełne życiodajnych olejków i tłuszczów omega. Może martwi się o jego szare komórki.

– Trzeba usunąć kręgosłup, potem lekko oprószyć je mąką i szybko usmażyć.

– Pomóc ci?

– Bardzo proszę. Na stronie dwudziestej pierwszej wyjaśniają, jak je odfiletować, ale...

Charles spogląda na przepis. Na zdjęciu ryba leży na talerzu, schludna i chrupiąca, udekorowana niedbale niewielką ilością zielonej sałaty i błyszczącym pagórkiem agrestowego sosu, obok którego widać duży, niezbyt wyrafinowany plasterek cytryny.

– Nie mogłam dostać agrestu, ale na szczęście mamy słoik borówek przywieziony ze Szwecji.

– Sześć lat temu!

– Myślisz, że się popsuły?

– Wszystko się psuje.

Ostrzy noże, odcina rybom głowy i próbuje usunąć kręgosłupy. Mięso makreli jest ukrwione. Kiedy wreszcie udaje mu się oddzielić je od ości, to, co zostało z ryby, przypomina tampony na sali operacyjnej.

Daphne otwiera słoik borówek.

– Trochę się scukrzyły na górze, ale głębiej wyglądają dobrze.

– W porządku. Posmarujmy kawałki makreli sosem z borówek i od razu poszukajmy tych włoskich karczochów w oliwie, które trzymamy od 1979 roku na specjalną okazję. Udekorujemy nimi talerz niedbale à la Rick...

– Charles, proszę cię...

Patrzy na nią. Ma głowę pełną myśli, które rozsadzają ją od środka.

– Daphne, czy pozwolisz, że wyrzucę te rybie resztki?

– Ale nie gniewasz się, prawda?

– Nie, dlaczego miałbym się gniewać? Czy możemy na zawsze zapomnieć o makrelach? Nie smakują nam i zasmradzają cały dom...

Zsuwa makrele z deski do kubła ze śmieciami, po czym szoruje deskę.

– Dzwonił Charlie. Jest w Buffalo.

– Buffalo. Ojczyzna Buffalo Billa.

– Powiedział, że zostaną kilka dni w Nowym Jorku, żeby uporządkować jej sprawy.

Zdejmuje czapkę, ale uświadamia sobie, że materiał przesiąkł rybim tłuszczem, który choćby nie wiem jak zdrowy, na zawsze pozostanie we włóknach tweedu i będzie mu przypominał dzień, w którym wyrzekli się makreli, a jego córkę wypuszczono z więzienia.

– Jak ci się udał spacer?

– Dobrze. Trochę padało, ale przeczekałem pod dachem.

Teraz stoją w kuchni, po obu stronach wyszorowanego stołu, oddziela ich słoik scukrzonych borówek, jednak oboje wiedzą, że chodzi o coś znacznie więcej, rodzaj niemal niekontrolowanej turbulencji.

– Co zjemy?

– W drodze powrotnej wstąpię do smażalni.

– W porządku.

– Frytki?

– Mała porcja.

– Dobrze. Wychodzę.

– Nie musisz się spieszyć. Dzisiaj układam kwiaty.

Znowu bierze tę cuchnącą czapkę i wychodzi do przedpokoju. Ona słyszy, jak się kręci, słyszy, że szuka kluczy, zawiązuje sznurowadła, wzdycha i dopiero potem otwiera drzwi. Przez chwilę słyszy mewy. Przypomina to radiowe słuchowiska z dzieciństwa, wypełnione komicznymi efektami akustycznymi w chwilach, gdy otwierały się drzwi. Ktoś jej powiedział, że skorupy kokosa imitowały odgłos końskich kopyt. Klip klap, klip klap to było w istocie uderzanie połówką kokosa w kamień brukowy w studiu BBC.

Makrele są nadal w koszu na śmieci i, jak powiedział Charles, mogą zasmrodzić cały dom, zawiązuje więc plastikowy worek i wynosi go na zewnątrz do dużego pojemnika. Potem wychodzi od frontu, idzie alejką – w lecie jest tu masa samochodów przepychających się uprzejmie – zmierza do zatoki i w dół do dróżki prowadzącej do kościoła. Nigdy sama nie idzie drogą od tylnego wejścia przez krzaki i pole golfowe. Charles jest akurat w drodze do pubu w Chapel Amble. Przez dwa lata nie poszedł do żadnego z lokalnych pubów. Nie może znieść myśli, że wszyscy wiedzą o uwięzieniu Ju-Ju. To go zabija. Ona pojechała dwukrotnie do więzienia w Otisville o średnio zaostrzonym rygorze i raz do Loon Lake, ale Charles nigdy nie pojechał. Nie chce o tym rozmawiać, stwierdza jedynie: „nie mogę tego zrobić". To go zabija. Jego spacery trwają dłużej. Potrafi wyjść o każdej porze. Zaproponowała mu nowego psa, na przykład labradora, który jest trochę mądrzejszy od jamnika. Charles zwykle przemilcza wiele spraw. Po trzydziestu sześciu latach małżeństwa nie

22

miała poczucia, że naprawdę dobrze go zna. Kiedy Ju-Ju skończyła dwadzieścia jeden lat, powiedziała Daphne o liście, który do niej napisał. On sam nigdy o tym nie wspomniał. Błagała Ju-Ju, żeby pokazała jej ten list: był to list wspaniały, na piętnastu stronach, niewątpliwie list miłosny. „Ojcowie i córki", powiedziała Ju-Ju tytułem wyjaśnienia, wtedy ona zorientowała się, że tamtych dwoje łączy jakiś masoński spisek. To jednak nie tłumaczyło jego obojętności wobec Sophie.

Droga zwęża się tuż przed zakrętem do St Enodoc. Jest mokro i ciemno. Małżeństwo to dziwna rzecz. Pociesza ją to zdanie, którym posługuje się wiele osób. Przyjazd tutaj zdecydowanie ich zbliżył, bez względu na to, co myśli o tym Charles. Jemu się wydaje, że małżeństwo w jakiś sposób go pomniejszyło. Z pola golfowego Daphne widzi, że w kościele, znajdującym się trochę wyżej po lewej stronie, pali się światło. Pokochała to miejsce, kiedy dzieci były małe i po raz pierwszy przyjechali tu na wakacje. Chodziła z dziećmi na odczyty Betjemana i polowania na ćmy na Bray Hill. Kiedyś próbowała wyjaśnić Charlesowi: mam wrażenie, że znalazłam się na swoim miejscu. Bzdura, odpowiedział. Ale sam lubił to miejsce. Uwielbiał drogę nad morzem i ujście rzeki. Lubił pływać, dopóki pewnego dnia Charlie nie musiał go ratować. Nagle wpadł w panikę. Stało się to w rok po przejęciu Fox i Jewell, sześć miesięcy po tym, jak wymanewrowano go z zarządu. Kiedy przyjeżdżał Charlie, wypuszczali się obaj w morze i pływali wokół tej boi z dzwonkiem. Tamtego dnia zostawili to na ostatnią chwilę i już zaczynał się przypływ. Potem Charles położył się na parę godzin do łóżka, zszokowany i zmarznięty, upokorzony faktem, że chudy chłopak – Charlie był wówczas osiemnastolatkiem – trzymał go za rękę i uspokajał.

Na stronach finansowych opisano przejęcie jako fuzję, ale tak naprawdę Brown, Kaplan i Desoto po prostu połknęli Fox i Jewell. Charles musiał się dzielić sekretarką, jadalnię partnerów, ozdobioną boazerią i kiepskimi portretami, wykorzystywano teraz do zupełnie nowych celów. Charles lubił swoje sekretarki. Choć nigdy o tym nie rozmawiali, wiedziała, że o mało się nie utopił z powodu nowego zarządu.

Związek Johna Betjemana z tą miejscowością pozostawił rodzaj patyny, nie dla wszystkich widocznej. Dzięki niej i miasteczko, i droga emanowały ciepłem i porządkiem. Wygląd niektórych większych domów, bardziej osłoniętych niż ich dom, zdaniem Daphne wynika z tego, co jej matka nazywała wiekowymi tradycjami. Chociaż ona sama bardzo się stara, doskonale wie, że *nie potrafi z budynku stworzyć domu*. Jej matka często posługiwała się tym zdaniem, co doprowadzało ją do wściekłości, a teraz sama się nim posługuje, tyle że w głębi duszy. Rodzice mieszkali w kolejnych wojskowych domach, więc zawsze towarzyszyło im przekonanie, że nie ma sensu zapuszczać korzeni, co było kolejną wymówką matki. Teraz ona próbuje zapuścić korzenie, ale dzieci się rozproszyły, a męża to nie interesuje. Początkowo zajmował się ogrodem i z entuzjazmem ćwiczył grę w golfa, podczas gdy ona brała lekcje gotowania u Ricka Steina w Padstow. Podobało jej się, że co rano wsiadała na prom, ale kiepsko radziła sobie w kuchni. Danie z makreli, które próbowała przygotować, zdawało się całkiem proste. Jednak ryby mają w sobie coś absolutnie obcego, bez względu na to, co mówią książki kucharskie i eksperci. A im brzydsze, im bardziej nieprzyjemne ich obyczaje, tym lepiej smakują.

Kiedy idzie w stronę kościoła dróżką, która prowadzi także do dziesiątego dołka, zaczyna się ściemniać. Morze przy ujściu jest pełne smug, jakby posmarowano je srebrną pastą i teraz wymagało jeszcze przetarcia miękką szmatką. A tego nikt nie zrobi. Nisko nad kolejowym mostem niebo jest jeszcze jasne i to dlatego światła w oknach z wnętrza kościoła wydają się tak blade. Okno witrażowe stąd robi wrażenie nieprzezroczystego. Podoba jej się ta purytańska prostota. Przechodzi przez zadaszoną furtkę, idzie żwirową alejką do kruchty, gdzie w plastikowym kuble stoją kwiaty. O tej porze roku trzeba dzwonić do Bodmina, żeby je dostarczyli. I trzeba brać to, co jest. Wnosi kwiaty do kościoła.

Wewnątrz jest zimno, ale na niedzielne nabożeństwo włączy się ogrzewanie. Daphne otwiera zakrystię i znajduje tam wazony, a także specjalne jeżyki, które przytrzymują kwiaty. Umie układać bukiety. Wiosną i latem ma do dyspozycji naręcza bławatków i żonkili, lilii i róż z ogródków. Kiedy Frances zaproponowała, żeby wzięła udział w układaniu kwiatów do kościoła, popędziła z powrotem do Islington, żeby naradzić się ze Stellą Stevens: teraz jej credo brzmi: prostota, ale obfitość, co stawia wyższe wymagania niż credo nicejskie. Jednak z tymi

25

kwiatami – trochę szklarniowych goździków, kilka róż na długich łodygach i południowoafrykańskie liście – trudno będzie stworzyć wrażenie obfitości. Liście w dotyku wydają się miedziane i skórzaste. Kiedy je przycina, wydzielają egzotyczny zapach. Jest zadowolona z niewielkiego bukietu na ołtarz i trochę bogatszej aranżacji przed amboną, która ma pokazać, że parafianie doceniają wizytę pastora. Charles – co dało się łatwo przewidzieć – nie może go znieść. Twierdzi, że kazania pastora są banalne, by nie powiedzieć zgoła bezsensowne. Jednak Charles zdaje sobie także sprawę, że dobrze jest zachować szczyptę tradycji jako talizman przeciwko temu, co się dzieje na świecie. Czasami przy silnym wietrze mają wrażenie, że wypłynęli w morze na solidnym statku „Enodoc".

Pastor zapytał ją, czy chce, żeby coś powiedział o niedzielnym wyjściu na wolność Ju-Ju, a ona odparła: *Lepiej nie, Charles jeszcze się z tym nie pogodził. Zapytasz go? Dobrze, ale wiem, że się nie zgodzi.*

Pastor wierzy w świadectwo, ale Charles nie. Nie zapytała go. Sama jednak sądzi, że to bardzo ekscytujące, bardzo nowoczesne wyzwanie dla pastora, iż może przekazać grzesznikowi błogosławieństwo Kościoła. Tutaj nie zdarza się zbyt wiele wyraźnie określonych grzechów.

Daphne zbiera łodyżki kwiatów, wkłada je do plastikowej torby z supermarketu, niesie swój bukiet po zimnej kamiennej posadzce na ołtarz, przez chwilę jeszcze go poprawia, ale cały czas odczuwa głęboki niepokój. Ten niepokój nie opuszcza jej przez ponad dwa lata, ani w dzień, ani w nocy. Może byłoby dobrze, gdyby stanęli, trzymając się za ręce, i pomodlili się za Ju-Ju – żeby dali świadectwo, wszystko jedno czemu. Nawet nie chodzi o to, że Charles ma jakiś alternatywny, bardziej przyziemny plan. Sam się dusi. Własnymi rękami trzyma się za gardło. *Przechodzi fazę wyparcia*, stwierdził pastor. Daphne uśmiecha się przez chwilę, wyobrażając sobie, jak mówi Charlesowi, że osiągnął fazę wyparcia. Charles uważa, że używając podobnych słów, rozprawiając o pouczającym doświadczeniu, uleczeniu czy doradztwie, traci się cząstkę duszy. Faktem jest jednak, że oni oboje bardzo tego wszystkiego potrzebują.

Stawia drugi wazon na posadzce przed amboną, bukiet wygląda bardzo dobrze, rdzawe listowie poprzetykane czerwonymi różami. Sophie uważa, że ojciec nie lubi nowych pomysłów: *Jakie znaczenie ma stary sposób wysławiania się? Język zawsze się zmienia. Tato, powinieneś wyluzować.* Kiedy Daphne szarpie pachnące listowie – chodzi jej o efekt symetrii, ale nie bezruchu – myśli o tym, że jeśli Charles zostanie wyciągnięty z wraku, to może zatonąć.

Spogląda na zegarek. Charlie obiecał zadzwonić, jak tylko Ju-Ju znajdzie się w jego wynajętym samochodzie. Odkłada resztki sznurka, drutu i sekator, po czym zamyka zakrystię.

– Jest tu ktoś? Daphne?

– Już zamykam.

– Och, Daphne, jakie piękne bukiety.

– Dziękuję.

Frances ma na głowie kapelusz przeciwdeszczowy z szerokim rondem i długi nieprzemakalny płaszcz.

– Znowu pada.

Daphne zamierzała pomodlić się chwilę. Dla Frances kościół ma niewielki związek z Bogiem, jest raczej świątynią angielskości: kwiaty, historia, znane – nawet jeśli pozbawione znaczenia – psalmy, własny klęcznik i od dawna już niemodne krzepiące przeciągi.

– Daphne, jak się czuje Charles?

– Doskonale. W każdym razie tak się czuł pół godziny temu. Dlaczego pytasz?

– To znaczy, że ja go widziałam wcześniej. Tak się tylko zastanawiam.

– Jest bardzo przejęty. To oczywiste. Nie trzeba wyższej matematyki, żeby to zrozumieć. Ale zbliża się powrót Juliet do domu (nie mogła się zmusić, by powiedzieć „zwolnienie"), więc próbuje sobie radzić.

– Nawet nie potrafię sobie tego wyobrazić.

– Było nam ciężko. Tak naprawdę Ju-Ju, Juliet, została w to wplątana. Musiała odpowiadać za czyjeś winy. Tego właśnie Charles nie może znieść.

Daphne wie, że to niezupełnie prawda, ale w ciągu dwóch ostatnich lat niemal przekonała samą siebie, że cała wina spada na Richiego.

– Chciałam zaprosić was wszystkich na kolację razem z kilkoma przyjaciółmi. Oczywiście w odpowiedniej chwili. Myślisz, że Charles się zgodzi? I Juliet?

– To miło z twojej strony. Charles może nie będzie tym zachwycony tak od razu, ale odczekajmy z tydzień lub dwa od powrotu Ju-Ju. Jestem naprawdę wzruszona, Frances.

Obejmują się przed ołtarzem, na wprost niewielkiej kompozycji różowych kwiatów w kryształowym wazonie. Frances przytula ją mocno do swego nawoskowanego palta. Jest postawną kobietą. Obydwie są raczej solidnie zbudowane, wypełnione tajemniczymi substancjami wieku średniego.

– Wrócimy razem?

– Chciałam się pomodlić.

– Dobra, to ja zmykam. Jedziemy na jakieś awangardowe przedstawienie w Exeter, które przygotowała Pip ze swoją grupą. Muszę się przebrać w coś mniej rustykalnego. To oczywiste. Pozamykasz?

Frances wychodzi, zabierając dochód z pocztówek. Zależy on w największym stopniu od bliskości szczątków Johna Betjemana i uroczej historyjki o piasku, który kiedyś pochłonął to miejsce: aby kościół nie stracił konsekracji, pastor musiał do niego wchodzić raz na miesiąc przez dziurę w dachu. Tak przynajmniej głosi opowieść.

Daphne ostrożnie opuszcza się na kolana, nie opierając siedzenia na skraju ławki, i modli się. Nie wierzy, że ktokolwiek słucha, oczywiście, sądzi jednak, że Bóg ogarnia wszystko, czym jesteśmy, a to obejmuje ręcznie robione poduszki pod kolana, wiatr i szkwał na morzu, który porusza także oknami, i Ju-Ju czekającą w celi. Jej modlitwy przypominają ściegi na poduszkach klęczników, stanowią drobny przyczynek do większego projektu. Nie modli się o nic konkretnego. To byłoby zarozumialstwem. Niemal milcząco odmawia natomiast: *Ojcze nasz, któryś jest w niebie, święć się Imię Twoje, przyjdź* królestwo Twoje, bądź wola Twoja jako w niebie, tak i na ziemi. Chleba naszego powszedniego daj nam dzisiaj. I odpuść nam nasze winy, jako i my odpuszczamy naszym winowajcom. I nie wódź nas na pokuszenie, ale nas zbaw ode złego. Teraz i zawsze i na wieki wieków. Amen. Śmielej szepcze słowa odpuść nam nasze winy, jako i my odpuszczamy naszym winowajcom. Myśli o Ju-Ju, ale i o Charlesie. Klęczy jeszcze z minutę, żeby dzięki jej powadze i milczeniu modlitwa przedostała się na zewnątrz. Podnosi się z posadzki. Musi unieść jedno kolano i mocno podeprzeć się rękami, żeby się wyprostować.

Charles powiedział jej kiedyś: znaleźliśmy się w jakiejś cholernej pantomimie z brodatym pastorem, grubą kobietą (Frances), która ma córkę lesbijkę (Pip), z rybakami, którzy nas nienawidzą, z Rickiem Steinem, który wymyśla coraz głupsze sposoby smażenia ryb, z duchem Betjemana, który zaczaja się na nas w pumpach, ze śmiertelnie niebezpiecznymi oślimi derbami, otyłymi dziećmi na plaży, z rabanem o miejsce parkingowe pani kapitan od golfa. To było zabawne, ale Charles się nie śmiał.

Daphne gasi światła, zamyka ciężkie drzwi kościoła, przekręca klucz i idzie w stronę pola golfowego. Charles chyba zapominał, że wygłosił bardzo podobny sąd o ich życiu w Londynie: zarząd i jego głupie proklamacje; pełno morderczych chuliganów za kierownicami furgonetek, psie kupy na chodnikach, szaleńcy w metrze. No i szkoły. Dzięki Bogu, że ta część życia już minęła: szkoły, egzaminy, miejsca na uniwersytetach, wyścig z przeszkodami angielskiej klasy średniej, który tak rozjuszał

Charlesa. Napisał niezliczone listy, domagał się częstszych spotkań z nauczycielami. Jedynie Ju-Ju dobrze sobie radziła, ani razu się nie potknęła, od szkoły St Paul przez Oksford do Instytutu Courtauld.

Przechodząc przez pole golfowe, Daphne płoszy kilka królików i przypomina sobie, jak Charles powiedział, że Ju-Ju jest ich *Wielką nagrodą*.

Nikt już teraz nie wspomina o tym filmie, ale dla mnie to nadal jeden z najlepszych filmów wszech czasów. Miałam pewnie siedem czy osiem lat, kiedy widziałam go po raz pierwszy. Marzyłam, żeby wygrać na loterii konia. Konia, który nazywałby się Sroka, bo byłby srokaty.

W filmie występuje gniadosz, a niektóre sceny nakręcono w Pebble Beach w Kalifornii. Charlie spadł na pierwszym płotku, a Sophie wytrwała prawie do finiszu. Myślenie w kategoriach terminologii wyścigów konnych jest dziecinne, ale ona nie ma nic przeciwko temu. Pragnie, żeby jej życie było prostsze, więc jeśli to infantylizm, to trudno. Najszczęśliwsze chwile spędziła ze swoim kucykiem, kiedy tata wykładał w Sandhurst. W żadnym miejscu nie zatrzymali się tak długo, prawie trzy lata. Nie widziała wspanialszego widoku niż dowodzący oficer wjeżdżający na swoim siwym koniu po stopniach Sovereign's Parade. Odkąd skończyła czternaście lat, nawet nie zbliżyła się do konia, ale kiedy tylko Charles uderzył osła, wiedziała, że zwierzę ucieknie. Wyczucie dotyczące koni prawdopodobnie obejmuje też osły.

Nakrywa do stołu w jadalni, mimo że będzie tylko ryba i frytki ze smażalni Codfather w St Minver. Otwiera butelkę australijskiego chardonnay i nalewa sobie kieliszek.

Od kilku lat obydwoje piją więcej. Wcale nie śpi przez to lepiej, ale pomaga jej to zapaść w sen. Kiedy się budzi w środku nocy, trudno jej z powrotem zasnąć. Nie sypiają już z Charlesem w jednym pomieszczeniu. On śpi w małym pokoju, kiedyś zwanym gościnnym, choć jedynymi gośćmi bywali tu niezbyt bliscy przyjaciele Charliego i Sophie, często pijani lub niespodziewani. Te dzieci potrafią spać wszędzie i nie robią żadnych planów. W Londynie Charlie wychodził na przyjęcia i pojawiał się po dwóch czy nawet trzech dniach. Przez chwilę Charles podejrzewał, że może jest gejem.

Nigdy nie ma dziewczyny.

Charles, on skończył dopiero dwadzieścia lat.

Wiem, ale wszyscy jego przyjaciele mają dziewczyny.

Byłbyś zły, gdyby był gejem?

Oczywiście, że nie byłbym zły, ale martwiłbym

się o niego.

Przed dwoma laty Charlie znalazł piękną Anę i mimo krótkiego zerwania znowu są razem. Daphne wypija kolejny kieliszek chardonnay. Próbuje wyobrazić sobie uczucia Ju-Ju w chwili uwolnienia. Nowe więzienie o łagodnym rygorze położone na południe od Buffalo przypomina biuro. Nie otworzą się ciężkie drzwi – drzwi kościoła – żeby ją wypuścić. Może wyjdzie anonimowo jak jeden z pracowników biura i wsiądzie do oczekującego samochodu Charliego. Charlie obdarzony jest pogodą, której brak jej i Charlesowi. Zna powód: bezpieczny i kochający dom. Gdyby kiedykolwiek powiedziała głośno coś takiego, Charles miałby odruchy wymiotne.

Zawsze starałam się mieć czas dla dzieci – jak to się mówi – którego zupełnie nie mieli moi rodzice. Dzieci były pracą mojego życia. I wydaje się, że to jeszcze nie koniec: Ju-Ju wraca do domu.

W domu panuje absolutna cisza. Kiedy się tu sprowadzili, odnosiła wrażenie, że mieszka na obrzeżu mapy. Teraz widzi siebie jako centrum własnego świata. Mapa się zmieniła, to Londyn jest odległy i nierzeczywisty. Kiedy Charles jeździ tam na zebrania tych swoich komitetów, przeważnie dobroczynnych, zazwyczaj wraca spłoszony, zdezorientowany. Jego włosy, zwykle tak gęste, po Londynie są proste i bez życia. Daphne ma wrażenie, że ich siwizna nasiąka nikotyną jak stare zasłony czy meble w pubie. Charles chwilami wygląda niechlujnie i bezbronnie. Tamtego dnia, kiedy o mało nie utonął, kiedy pomagała mu się położyć, po raz pierwszy zauważyła, że na jego łydkach pojawiają się żyły, a na plecach odkłada się tłuszcz.

Oczywiście, moje uda mają dołki, a w pewnym oświetleniu są poznaczone niebieskimi żyłkami.

Dzwoni telefon. Jej serce zaciska się niebezpiecznie.

– Nie, kochanie. Charlie zabiera ją dopiero o dziesiątej naszego czasu. Nie, od razu do ciebie zadzwonię. Charlie mówił, że na kilka dni pojadą do Nowego Jorku, żeby odebrać jej rzeczy z przechowalni i uporządkować mieszkanie. Gdzie jesteś? Jest wpół do ósmej. Nie przepracowuj się, skarbie, i odżywiaj. Porozmawiamy później.

Sophie nieustannie pracuje i zdecydowanie jest za chuda. Wydaje się, że są bardzo kiepsko zorganizowani, cały dzień nic nie robią, a dopiero koło czwartej po południu zabierają się do pracy. Ale w reklamie dobrze się zarabia. W ubiegłym tygodniu Sophie przesiedziała sto godzin i dostała ponad tysiąc funtów za nadgodziny. Daphne widzi światła samochodu przecinające pastwisko królików. Potem słyszy, jak Charles otwiera drzwi. Idzie odebrać od niego ryby i frytki, wydzielające woń smażonego oleju. To są zapachy z innego, starszego świata prostego jedzenia, uważanego błędnie, jak się zdaje, za pożywne i wręcz patriotyczne, ponieważ nie cackano się z nim zbytnio. *Zapach frytury krąży po wybrzeżu*, jak stwierdził Betj, ruszając nozdrzami.

– Dzwoniła Sophie.

– Tak?

– Pytała, czy coś wiemy. Powiedziałam, że Charlie ma zadzwonić. Jak tam twój drink?

– Doskonale. Rozmawiałem z facetem, który ma coś wspólnego z tą kopułą z roślinami. Jak to się nazywa?

– Projekt Eden.

– No właśnie. A co u Sophie?

– Jak zwykle zapracowana. Otworzyłam butelkę chardonnay, napijesz się trochę?

– Owszem, poproszę.

Nalewa mu kieliszek, rozstawia talerze, rozpakowuje rybę i frytki. Charles stoi przy piecu.

– Słuchaj, tu jest tylko jeden kawałek dorsza.

– Na pewno zamówiłem dwa. Zdecydowanie. Sześć funtów i osiemdziesiąt pensów.

Sięga do kieszeni, żeby sprawdzić resztę, ale nie może jej znaleźć.

34

– Ty zjedz rybę – mówi Daphne. – Ja zrobię sobie kanapkę.

– Nie. Ty zjedz. Nie jestem głodny. Zjadłem mnóstwo orzechów. Wystarczą mi frytki.

– Podzielimy się, dołożę parę pomidorów.

– Ty zjedz.

– Popatrz, po prostu przekroję na pół. To duży kawałek.

– Nie chcę tej ryby, do jasnej cholery.

Wstaje od stołu, zawadza udem o blat i kuśtyka do dużego pokoju, skąd w ciągu dnia rozciąga się widok aż do zatoki. Włącza telewizor. Daphne siedzi i wpatruje się w rybę. Podzieliła ją całkiem zgrabnie. Panierka jest dziwnie chrupka i bąblowata, duża przerwa oddziela ją od ryby. Mięso jest szare z ciemną plamą w miejscu, gdzie oderwano skórę. Teraz Daphne nie może jeść, jakby wszystkie ryby, nawet ten nieulepszony, solidny dorsz, robiły jej wyrzuty. Zaczyna płakać. Wie, że za chwilę pojawi się Charles, i próbuje się opanować.

– Przykro mi, kochanie – odzywa się Charles na progu. – Stary głupiec ze mnie. Zróbmy sobie piknik z tego, co mamy, zgoda? Jestem lekko zalany. Ten facet od kopuły upierał się, żeby mi stawiać podwójne Jacki Danielsy z Tennessee.

Charles siada. Ryba jest dobra, a z dodatkiem frytek i kilku małych, zimnych, twardych pomidorków wystarcza jako posiłek. Oboje jednak się nie spisali, jeśli chodzi o ryby.

Rozdział drugi

Do obowiązków Sophie należało zajmowanie się klientami, a także pełnienie roli pośrednika. Reżyser nie rozmawia bezpośrednio z klientami, kiedy pracuje. W istocie słynie ze swojej bezkompromisowości. Czasami mówi do niej: *Zapytaj, czy chcą, żeby to zrobić szybko, czy dobrze*. Ona oczywiście nie przekazuje tego dosłownie. Mówi: *W tej chwili reżyser jest bardzo zajęty, ale wziął pod uwagę wasze sugestie*. Potem podaje im kolejnego drinka, a jeśli uważa, że to dla nich odpowiednie, częstuje kokainą w biurze produkcji. Sama też trochę bierze; tylko w ten sposób może pracować, chociaż od tego ma na policzkach dzioby jak na skórce cytryny, przypominające wysypkę od upału, której dostawała w dzieciństwie.

Ta trójka klientów to Włosi. Stoją lub siedzą w łagodnie unoszącej się magmie papierosowego dymu, znacznie wyraźniejszej dzięki kontrastowi ciemnego studia z jasno oświetlonym planem. Włosi chcą we wszystkim uczestniczyć, ale ich energia i gadatliwość nie przemawiają do reżysera. Sophie gnębi lekkie poczucie winy, ale właściwie dlaczego miałaby się czuć winna? Wiedzieli, na co się narażają, kiedy zatrudnili Dana. Dan wpada w rodzaj transu, zatraca się w świecie oświetlenia i efektów specjalnych. Wpatruje się w monitor przez długie, milczące minuty, czasami kręci w palcach kosmyki ciemnych, siwiejących już włosów. W głowie ma obraz, jak to powinno wyglądać, a jego szczególny wkład w reklamę to umiejętność odtworzenia tego obrazu z głowy za pomocą łączenia akcji na żywo i efektów specjalnych. Efekty są tajemnicze, wręcz mistyczne.

Dzisiaj próbuje sprawić, by alfa romeo wyglądał jak delfin. Sophie jeszcze tego nie widzi, bo na razie mają tylko samochód na rolkach na tle błękitnego ekranu. Ale trzydziestu sześciu pracowników technicznych i trójka klientów czeka na Dana. Dan razem z kamerzystą Adrianem od sześciu godzin oświetlają nieruchomy samochód. Kamera jest zamontowana na wysięgniku, który z kolei stoi na wózku, a wózek porusza się po szynach. Jeszcze nawet nie zaczęli próbować ruchów kamery, które będzie kontrolował komputer, żeby każde ujęcie było identyczne. Dan specjalizuje się w tej technice, znanej jako *motion control*. O ile Sophie udało się to pojąć, Dan będzie zgrywał najazdy kamery na samochód z najazdami na delfiny. Obrazy zostaną połączone cyfrowo i umieszczone na tle oceanu, tak żeby cudownie opływowe kształty delfinów przekształciły się w samochody alfa romeo. Powszechnie znana jest też wrażliwość i inteligencja delfinów, co zdaniem agencji reklamowej stanowi dodatkowy plus. Ale wymaga to wielu dni pracy.

- Co mam im powiedzieć Dan? Są niespokojni.
- Daj im działkę. Zabierz ich na kolację. Nie wiem.
Spędzimy tu całą noc.

Jeden z Włochów, dyrektor artystyczny o imieniu Aldo, wpatruje się w samochód, jakby zobaczył coś obrzydliwego.

- *Sporca. Un po' sporca, guarda qui.*
- Mówi, że tu kawał brud – wyjaśnia dziewczyna od tekstów, mniej więcej w wieku Sophie.
- Mnie to zabrzmiało, jakby mówił o świni – powiedział Dan do Sophie. – *Porco* to świnia, prawda? *Porco*, sos jabłkowy. Lubisz?

Rekwizytor z pękiem szmatek, spryskiwaczy i past przytroczonych do paska, co nadaje mu wygląd arlekina, rzuca się do przodu. Obaj z Aldem przekrzywiają głowy, uginają kolana i lokalizują problem, lekką plamę spowodowaną fragmentem dyfuzyjnego filtru jednego z reflektorów, a mówiąc fachowo, co Sophie musiała czasami robić – 2k Dado, o wartości muzealnej.

Na wezwanie mistrza oświetlenia jeden z elektryków odkłada egzemplarz gazety „The Sun" i wchodzi na drabinę. Poprawia zacisk i zakrywa róg filtra taśmą.

- I jak, szefie?
- Hokey – stwierdza Aldo.
- Szefie?
- W porządku – mówi Dan.
Elektryk schodzi z drabiny.
- Soph?
- Tak?

– Soph, powiedz makaroniarzom, żeby nie rozmawiali z moimi technikami.

– Nie mogę tego zrobić Dan. Oni chcą pomóc.

– Powiedz im to albo zjeżdżaj, a ja sam im powiem.

– O Boże, daj spokój.

Sophie bierze pod rękę Ornellę Illuminati, dziewczynę od tekstów. To lingwistka grupy. Z licznymi otworami na całej długości uszu. Przy tym niewielki kolczyk w nosie Sophie zupełnie blednie. Zauważyła, że mieszkańcy kontynentu często przyjeżdżają do Londynu ubrani tak, jakby wybierali się na jakiś dziwaczny karnawał. Ornella nosi szkocką spódnicę, grube podkolanówki w jaskrawe pasy, włosy ma krótkie i tłuste. Oczy otwiera tak szeroko, że istnieje niebezpieczeństwo zajrzenia w głąb oczodołu, co przypomina możliwość zerkania za kulisy z tanich miejsc w teatrze. Sophie prowadzi Ornellę do biura produkcji.

– Dan częstuje kokainą – mówi. – Chcesz?

– Bardzo z ochotą.

Ornella bierze ścieżkę, Sophie tylko odrobinę.

– Dzięczki, Dan – chichocze Ornella. – Dan jest gieniusz.

– Owszem – potwierdza Sophie. – Nie jest głupi. Mam wam przekazać, żebyście nie rozmawiali z technikami. Z ekipą. Mówcie mnie, a ja przekażę Danowi.

– Nie ma problemu. Mówim za wiele. Włoskie ludzie nie mogą cicho być. Dan jest gieniusz.

Ornella całuje Sophie i obejmuje ją ramieniem. Sophie cieszy się, że nie będzie sceny już na początku, pierwszego dnia przemiany delfina, więc ściska Ornellę. Ale

39

w tym momencie Ornella całuje ją w usta i próbuje jej wepchnąć język pomiędzy wargi.

– Ornella, nie! Uff! Przykro mi, ja nie...

Ale Ornella się śmieje. Dotyka dłońmi czoła Sophie i wydaje komiksowy dźwięk, jak klakson.

– Nie ma sprawy. Chociaż masz ładne cycuszki.

– Dziękuję.

Śmieją się obydwie. Żadna nie poczuła się dotknięta. Kiedy chwilę później pojawiają się w studio, chichoczą jak pensjonarki.

Ornella coś przekazuje swoim kolegom. Sophie z przyjemnością zauważa, że wcale nie są urażeni. Może postrzegają tę reprymendę jako uznanie ich „włoskości", ich zasadniczego człowieczeństwa, sięgającego wstecz do Petrarki, i może dalej, aż w mroki starożytności, czego nigdy do końca nie zbadała. A może Ornella przekazała im przyjemną wiadomość, że w biurze produkcji jest pełno kokainy. Sophie słyszy słowo *cokehyena*, bo tak to wymawiają.

Kamera rusza, krok po kroku, kiedy programują komputer. Ruszają się także rolki pod samochodem, żeby kręcące się koła rzucały błyski. Dan zaraz zdecyduje, jak szybko mają się obracać. Przez dłuższą chwilę Sophie obserwuje koła. Kiedy dzwoniła do mamy, nie była pewna różnicy czasu między Londynem a Nowym Jorkiem. Najwyraźniej Ju-Ju nie wyjdzie wcześniej niż za dwie godziny. Chciała rozmawiać z ojcem, który najbardziej kochał Ju-Ju, ale nie było go w domu.

Jedz, musisz jeść, powiedziała mama. Sophie wiedziała oczywiście, że tak naprawdę próbowała w ten sposób powiedzieć, że się o nią martwi: niepokoję się o ciebie każdego dnia. Ostatnio rodzice wydają się zdesperowani. Tata zawsze spaceruje szybkim krokiem po cyplu, mama po raz piąty czy szósty próbuje się nauczyć gotować. A tata w ogóle nie potrafi rozmawiać o Ju-Ju. Przeżywa okres absolutnego wyparcia. Zadzwoniła, żeby zapytać go, jak się teraz czuje: chciała się upewnić, że ciężar, który go przygniatał, został zdjęty, a on znów jest szczęśliwy. Charlie kiedyś powiedział: *Tata nie chce być szczęśliwy, Sophie. Są tacy ludzie, którzy nie wierzą w obietnicę szczęścia.* Charlie zrobił się filozofem.

To może być prawda. Niepokojące jest, że tata się odciął od wszystkiego. Gdyby opowiedziała mu o Ornelli – o drobnym nieporozumieniu, o kawałkach metalu w jej uszach, o szaleństwie dążenia do tego, by samochód wyglądał jak delfin – tacie byłoby przykro, mógłby się nawet złościć. Zmienił się; wtedy gdy wyrzucono ją ze szkoły St Paul, jedynie się uśmiał: *To tylko szkoła, a w szkole dobrze sobie radzą wyłącznie przeciętniaki. Lepiej chodźmy na obiad.* To było osiem lat temu, kiedy świat był jeszcze młody. W St Paul bardzo wielu rodziców należało do sław telewizji, dziennikarstwa czy polityki, ale chociaż ojciec był zaledwie księgowym, jej przyjaciele uważali, że jest w porządku. I tak było, dopóki nie wyrzucono go z pracy, dopóki nie przenieśli się do Kornwalii, dopóki nie zapuszkowano Ju-Ju. Kiedy po raz ostatni przyjechał do Londynu, spotkali się na kawie w domu towarowym Fortnum – to był jego pomysł – robił wrażenie przestraszonego i wojowniczego zarazem. Nawet jego włosy – zawsze tak gęste i potargane à la Ted Hughes – były wiotkie i poplamione. Pasmo, które po długich latach treningu opadało do tyłu, a potem w dół za ucho – bardzo postępowo jak na księgowego – miało teraz fakturę... Z trudem usiłuje wyrazić, jak ta faktura, precyzyjnie określona, wydaje się ważna, ale nie może znaleźć odpowiedniego słowa. Kokaina rozgrzała ją aż do najmniejszego zagłębienia w czaszce.

Teraz kamera sunie gładko po torze, a koła alfa romeo spyder rzucają błyski światła, i wszyscy są szczęśliwsi. Zupełnie jak z opóźnionym samolotem: siedzimy ponuro i ociężale na lotnisku, a nastrój ten mija natychmiast po starcie. Należymy do niespokojnego gatunku. Mimo całej monotonii i opóźnień Sophie uwielbia te chwile w studiu, kiedy coś się zaczyna dziać. Teraz kamera wznosi się i opada, aby pogłębić ich szczęście, trójka Włochów wpatruje się w specjalny monitor ustawiony zdecydowanie poza linią wzroku Dana. Kiedy zamykają się za tobą ciężkie drzwi studia i zapalają się światła, wchodzisz w cudowny, sztuczny świat. Tutaj można stworzyć wszystko, w tym także samochody, które przekształcają się w delfiny. Przemiana tych samochodów w delfiny będzie kosztowała czterysta pięćdziesiąt tysięcy. Honorarium Dana wynosi czterdzieści sześć tysięcy plus procenty, co daje przynajmniej następnych dwadzieścia. Niektóre uczennice St Paul, które uzyskały dyplomy z wyróżnieniem, nie zarabiają tyle przez dwa lub trzy lata. W istocie część jej koleżanek nadal bezpłatnie zdobywa doświadczenie w redakcjach gazet czy rozgłośniach radiowych. Niektóre uczą angielskiego w dżungli i ślą e-maile o halucynogennych właściwościach lariam. Jeszcze inne radzą sobie doskonale – żargon rodziców oznaczający, że mnóstwo zarabiają – w zawodach prawniczych czy nawet w muzyce pop. W tym nowostarym kraju nagrody wydają się zupełnie przypadkowe. Dan wydaje pieniądze na rzeczy: samochody, ubrania, meble, DVD. Interesują go przedmioty. Dla niego mają one swoje właściwości i istotę, choć ona nie zawsze to dostrzega.

Ju-Ju interesuje się rzeczami, ale nie widzi w nich własnego przyciemnionego obrazu, tylko dowód ludzkich dążeń do niemożliwości. Kiedyś powiedziała do Sophie: *We wszystkim, od rysunków naskalnych do Michała Anioła, można dostrzec próbę wyrażenia ideału.* Ju-Ju mówi o sztuce w sposób bardzo naturalny. W ciągu ostatnich kilku lat Sophie próbowała zapamiętać jej głos. Kiedy poproszono ją, by opuściła St Paul, dyrektorka oświadczyła, że tylko ze względu na Juliet dano jej aż tyle szans: *Wierzę, że nie różnisz się od niej tak bardzo, jak wskazują twoje wyniki. Będziesz jednak musiała stąd odejść i sama to rozstrzygnąć. My się poddajemy, choć niechętnie. Do widzenia, dziecko, do widzenia. Będzie mi ciebie brakowało.*

O narkotykach nie wspomniała. Jej gabinet był duży, udekorowany sztychami Somerville College i bardzo rachitycznym geranium przy oknie. Choć starała się trochę uczłowieczyć to pomieszczenie zdjęciami swoich dzieci i najlepszymi pracami plastycznymi uczniów, gabinet zdecydowanie przypominał salę Sądu Najwyższego. Tutaj ona pełniła rolę arbitra na Sądzie Ostatecznym nad wszystkimi tęsknotami i lękami niespokojnych i wrzących gniewem dziewcząt/kobiet. Dyrektorka pewnie wiedziała, że Sophie jest bezradna. Sophie przez moment obwiniała Ju-Ju, ale Ju-Ju była już w Instytucie Courtauld, a ich drogi w St Paul się nie zeszły. Podczas gdy Ju-Ju dążyła do ideału, Sophie paliła marihuanę z chłopakiem o imieniu Timmy, który uczył ją seksu. Chłonęła tę naukę. Wychodziła z domu i często w ogóle nie docierała do szkoły. Tłumaczyła się coraz bardziej rozpaczliwie. Podczas ostatniego, strasznego semestru widziała, jak odsuwają się od niej koledzy z klasy.

Przypominało to proces opisany w podręcznikach szkolnych: kontynenty nieuchronnie oddalające się od siebie. Otwierała się między nimi przepaść, a ona znalazła się na złej płycie tektonicznej. Może już nigdy nie zdoła wrócić; była w tym jakaś straszna, elementarna nieodwołalność. Dlaczego nie mogła przerwać dryfowania? W głębi duszy wiedziała, że Timmy to bezużyteczny marnotrawca. Nosił dopasowaną czapkę narciarską z włóczki i wszędzie zabierał ze sobą gitarę. Zamierzał się wybić w muzyce rockowej. Miał bardzo białe ciało, zadziwiająco kościste i miękkie zarazem. Palili dużo marihuany. Potem Timmy zasugerował, żeby trochę sprzedawać jej szkolnym koleżankom. Przez jeden semestr, a może dłużej, czuła się sprytna i cwana, choć od samego początku wiedziała, że to katastrofalna pomyłka. Wiedziały o tym także dziewczyny z jej otoczenia, mimo że kupowały drobne ilości narkotyku na weekend.

Dlaczego, skarbie, dlaczego? Jak mogłaś nam to zrobić? Mama oczywiście przekształciła to w osobisty dramat. Słowa wypowiedziane przez Sophie do wychowawcy w obecności całej klasy, *och, do kurwy nędzy, to tylko trawka*, były cytowane we wszystkich kosztownych szkołach Londynu. Nawet jej matka je znała.

– Szczególnie przygnębia mnie to, że Ju-Ju naprawdę wykorzystała swój pobyt w szkole.

– A ja go spieprzyłam, tak?

– Nie potrafię się zmusić, żeby powiedzieć, co zrobiłaś.

– Daj spokój, Daphne, już po wszystkim. Doskonale wiesz, że Ju-Ju nie była wzorem cnót.

– Charles, wiem, że wszystkie dzieci popełniają błędy, a pani Le Maître była wyjątkowo miła i wyrozumiała. Jednak Sophie chciała nas wszystkich unurzać w błocie.

– Nie przesadzajmy. Po prostu zapisz ją do innej szkoły. Do widzenia, skarbie, wszystko będzie dobrze. Muszę już wracać do swojej buchalterii.

Zwykle szedł do stacji Angel i jechał metrem do City. Tamtego popołudnia zostały z matką w domu. To było nie do zniesienia. Pustka przygniatała obydwie. A wkrótce potem ojca wyrzucono z pracy. Oczywiście nie tak się o tym mówiło. Zaproponowano mu korzystne przejście na wcześniejszą emeryturę w związku z racjonalizacją wprowadzoną po fuzji firm. Wkroczył na drogę sądową i przegrał z kretesem. I od tego momentu sprawiał wrażenie, jakby ludzkie soki powoli z niego wypływały.

Według jego relacji średniej wielkości firma Fox i Jewell, bardzo poważana za uczciwość, została przejęta przez kowbojów, a wielu najbardziej szanowanych i najstarszych pracowników zmuszono do odejścia kilka lat

przed emeryturą. Wydarzyło się to tak szybko, tak bez-
litośnie, że wszystkie lata harówki, spokojne awanse na
kolejne szczeble drabiny, niezliczone spotkania, turnieje
golfowe, obligacje Twickenham, pieniądze odkładane na
szkolne czesne, poważne ciemne garnitury, sznurowane
buty, wygląd odpowiedzialnego i uczciwego człowieka
– całe to pieprzone współzawodnictwo – wydawały się
teraz długim i okrutnym żartem, którego padł ofiarą. Sophie rozumiała, że jego życie, wszystko, co wydarzyło się
wcześniej, stało się teraz obiektem bolesnego przewar-
tościowania. Wiedziała, że trudno mu zaakceptować to,
co się stało. Powiedział mamie, że Simon Simpson-Gore
zawarł nieuczciwy układ z firmą Brown, Kaplan i Desoto
zmierzający do pozbycia się większości partnerów po fuzji. Simon Simpson-Gore, który jest ojcem chrzestnym
Charliego, ma teraz winnicę w Burgundii, willę w An-
tibes i dom w Palm Springs. Zbiera obrazy rosyjskich
impresjonistów, jest bowiem przekonany, że wkrótce będą najmodniejsze, choć kiedyś w pełni satysfakcjonowa-
ło go wieszanie na wąskich ścianach domu w Islington
pogodnych akwarel żony przedstawiających morskie ptaki i łodzie.

I to właśnie z pisemnego oświadczenia pana Simpso-
na-Gore wynikało, że w ciągu ostatnich trzech lat klienci
Charlesa Judda coraz niechętniej powierzali mu swoje
rachunki i on, Simpson-Gore, pewnie w wyniku źle poję-
tej lojalności, musiał napisać do wielu klientów – kopie
listów w załączeniu – obiecując, że zajmie się nimi osobiście, żeby tylko ich nie stracić. Pan Judd wcale nie

został bezapelacyjnie zwolniony, jak utrzymuje, zaproponowano mu aż nazbyt szczodry układ.

Pan Judd się poddał. Sędzia polecił mu pokryć koszty sprawy sądowej poniesione przez firmę Brown, Kaplan, Desoto i Jewell, a także własne. Sprzedali wtedy dom w Islington i przenieśli się do Kornwalii. Wszystko to opowiedziała jej matka, a czasami sama słyszała, jak się kłócą, bez końca powtarzając, co się wydarzyło i omawiając brak ostrożności Charlesa. Matka myśli, że ojciec ma w sobie coś niestałego i niesolidnego. Nazywa to skłonnością do destrukcji. Nawet wtedy gdy udawał księgowego, pogardzał swoim otoczeniem i wszyscy o tym wiedzieli. Sophie zastanawia się, czy zdaniem matki odziedziczyła ten brak wytrwałości. Mama gorąco wierzy w dziedzictwo genetyczne.

Włosi piją neskę z plastikowych kubków, z grymasem na twarzy. Oczywiście są szczególnymi ekspertami, jeśli chodzi o kawę. Ornella mówi, że są głodni. Chętnie zjedliby obiad. A *cokehyena*? Owszem, bardzo chętnie. Sophie idzie do człowieka zajmującego się cateringiem, który obiecuje obiad za dwadzieścia minut. Zamówili jedzenie indyjskie, bo wśród Włochów powszechnie panuje przekonanie, że w Londynie jest najlepsze indyjskie jedzenie w Europie. Nie ma dobrej indyjskiej kuchni w Mediolanie: *Non esiste*. Dan będzie jadł sashimi. Jest na detoksie (nie licząc niewielkiej kreski kokainy od czasu do czasu), robi to co miesiąc przez dwa dni i uważa, że sashimi jest całkowicie naturalne choć, jak mówi, problem polega na tym, że potem gówno śmierdzi jak bobki wydry. *Ale to przecież element gry. Nie ma rady? Nasi przodkowie pewnie cuchnęli jak diabli.*

– Dan, jesteś gotów? Zaraz jemy.

– Jedzcie, ja chcę skończyć ze spyderem. W każdym razie z pierwszym ujęciem, potem zrobię przerwę.

– A jak idzie?

– Powoli.

– Normalnie powoli czy katastrofalnie powoli?

– Normalnie powoli. Nie panikuj. Jeszcze nie.

Wraca do monitora. Sophie często się zastanawia, do czego on zmierza, skąd bierze pewność, jak powinien wyglądać produkt końcowy. Włosi dostarczyli samochody, scenariusz i pieniądze. Ale Dan objął to w posiadanie. Tylko on może zmienić alfa romeo spyder i alfa romeo T-spark lusso we wrażliwe ssaki.

Jest czwartkowy wieczór. Mama układa kwiaty w kościele. Ojciec spaceruje po cyplu.

A ja daję cokehyenę włoskiej lesbijce. Różne zajęcia dla różnych ludzi, jak mawia Dan.

Czuje zapach odgrzewanego indyjskiego jedzenia. Dociera on do studia dzięki alchemii, wszak są tu grube dźwiękoszczelne ściany.

Spraints, ekskrementy wydry. Przypadkiem wie, że to słowo pochodzi ze starofrancuskiego *espraindre*, wycisnąć. Interesują ją słowa. Widzi w nich to, co Ju-Ju w pięknych przedmiotach, dziełach człowieka, w każdym razie odciskach, śladach ludzkości. Czy może wyciskach.

Uświadomiła sobie, że filmy nie są dla niej. Jeśli kiedykolwiek ma się jakoś wyrazić, to na pewno nie przez film, ale przez język. W filmie pomiędzy nią a ekspresją występuje pośrednik.

Nie chcę tego. Chcę robić to bezpośrednio.

Takie myśli towarzyszą jej od pewnego czasu. Nigdy o tym nie mówi. Nie powiedziała też nikomu, nawet Charliemu, że stara się o przyjęcie na uniwersytet w październiku.

Włosi – z chemicznie wyostrzonymi zmysłami – bardzo chwalą jedzenie. Jest to zwyczajna indyjska kuchnia – rogan josh, kurczak tikka masala i tak dalej – ale oni są zdecydowani wierzyć, że jest wspaniała. Pokazują kolegom dania, które właśnie zjedli: *Incredibile! Questo e molto, molto interessante, una cosa esotica! Mi piace molto!* Sophie nie zna włoskiego, ale łatwo się domyślić, o co chodzi. Nie jest głodna. Denerwuje się. Zostawia ich, wskazując ręką na telefon, idzie do biura produkcji czekać, kiedy zadzwoni Charlie. Zaczyna płakać. Okna biura wychodzą na parking.

Ludzie widzą Anglię historyczną, zieloną, krytą strzechą, sama nie wiem, jaką jeszcze, ale to też jest Anglia, ten parking pełen bezsensownych, błyszczących samochodzików z napędem na cztery koła, ze spoilerem, a za nimi nieciekawy budynek z cegły, alejka pełna śmieci, dwa gigantyczne kosze, z których wysypuje się zawartość, sodowe światło nie tyle oświetlające, ile plamiące najbliższe otoczenie.

Teraz to dostrzega: taki kolor przybierają włosy taty, dokładnie kolor rozpaczy.

49

Wchodzi Dan.

– Czy moje sashimi gotowe?

– Właśnie je przygrzewają.

– Bardzo śmieszne. To dzisiaj twoja siostra wychodzi z pudła, tak?

– Tak.

– I dlatego płaczesz? Powinnaś być szczęśliwa.

– Jestem szczęśliwa, Dan. W pewnym stopniu. Jak idzie?

– Wolno, wolno łapią małpy. A jak tam Włochiny?

– Myślą, że jesteś gieniuuuus.

– Niewiele się mylą. W gazecie piszą, że wszyscy polują na jej historię.

– Czyją historię?

– Twojej siostry.

– Naprawdę?

– W każdym razie „Mail" poluje. Będę jadł. Dobrze się czujesz?

– Nic mi nie będzie.

– Dlaczego kobiety zawsze mówią „nic mi nie będzie"? Porozmawiam z makaroniarzami, kiedy będziesz dochodziła do siebie. Głowa do góry.

– Dzięki, Dan. Włączę się zaraz po telefonie od brata.

Siedzi skulona.

Och, Ju-Ju.

Rozdział trzeci

– W ogóle nie powinnam pożyczać panu samochodu, a tym bardziej tak nowoczesnego.

– A to dlaczego? – pyta Charlie.

– No bo w tysiąc osiemset trzynastym pańscy rodacy doszczętnie spalili nasze miasto. Właśnie dlatego.

– Bardzo mi przykro. Gdybym mógł ich powstrzymać, zrobiłbym to. Wtedy pani też była pewnie Brytyjką.

Dziewczyna pokazuje plakietkę z nazwiskiem, które brzmi: *Bethany Smith*.

– Nic z tego, jestem prawdziwą mieszanką Heinza, niemiecko-holendersko-irlandzką. Do drugiej wojny światowej nasze nazwisko brzmiało Schmidt. W porządku, panie Judd, wszystko gotowe. Dokąd pan jedzie?

– Do Loon Lake.

– Loon Lake? Tam nie ma nic prócz federalnego pudła.

– Tam właśnie jadę.

– W porządku.

Mówi „w porządku" tak, jakby usłyszała coś znaczącego, wręcz podejrzanego. To „w porządku" sugeruje, że lekkość wcześniejszej rozmowy, cały ten profesjonalny wdzięk mogły być zupełnie nie na miejscu. Dziewczyna ma na głowie loczki, które przesuwają się całą formacją, kiedy poruszy głową; chwilę trwa, nim straż tylna tego oddziału dołączy do awangardy.

– Wszystko gotowe. Kiedy dotrze pan na lotnisko JFK, proszę podjechać do punktu zwrotu samochodów, nie do budynków terminalu. I proszę nie zostawiać tego na ostatnią chwilę, bo to zajmie trochę czasu.

– Dziękuję.

– Nie ma sprawy.

W tym sezonie samochody mają opływowe kształty, więc parking wydaje się pełen igloo. Charlie zeskrobuje szron z przedniej szyby chevroleta cavalier za pomocą małej skrobaczki znalezionej na przednim siedzeniu. Czyści tylną szybę i zgarnia śnieg. Jest bardzo zimno, ale słońce świeci mocno i jasno. Wyjeżdżając z lotniska, ma wrażenie, że włączył się w główny nurt życia Ameryki. W Ameryce wystarczy znaleźć się we własnym samochodzie i ruszyć w drogę, by stać się częścią pejzażu. Pejzaż amerykański jest dynamiczny, to spektakl ruchomy, mija okna procesji samochodów, jakby podporządkowany był właśnie temu celowi. Może to przypominać przewijanie starego filmu, rozkręcającego się w sposób sztuczny, ale miły, pomyślał Charlie. Do pewnego stopnia takie jest amerykańskie życie: krzepiące, pochlebiające i dziwnie nierzeczywiste, jakby weszło się nie tylko w znajomy krajobraz, ale w wielokrotnie oglądany film. W istocie sto kilometrów do Loon Lake przejechał samochodem już dwukrotnie, odkąd przeniesiono tam Ju-Ju z Otisville.

Kiedy wyjeżdża z Buffalo-Niagara, przypomina sobie Ju-Ju w nieznanym kombinezonie więzienia o obniżonym rygorze, podobnym do stroju chirurga w kolorze pomarańczowym. Pokój odwiedzin w Loon Lake urządzono wokół dziedzińca, z miejscami do siedzenia à la Starbuck wewnątrz i z kamiennymi ławami na zewnątrz. Można tam było dostać kawę i babeczki. Nie widziało się strażników, ale Charlie wiedział, że są obserwowani na monitorach telewizyjnych. Odnosił wrażenie, że kobiety więzione w Loon Lake nie mają mężczyzn. Odwiedzały je tylko matki i siostry, niektóre z małymi, zdziwionymi dziećmi. Przewidziano dla nich plac zabaw, a na nim pojemnik pełen biało-czerwonych plastikowych piłek. Dzieci wchodzą tam po drabinie i zjeżdżają w głąb, pomiędzy piłki.

Teraz, kiedy Ana jest w ciąży, Charlie zaczyna patrzeć na dzieci z zainteresowaniem, niemal tak jakby dopiero zauważył rasę pigmejów żyjących wśród nas.

Rodzina. Latem przed pięcioma miesiącami Ju-Ju martwiła się głównie ze względu na rodzinę. Zwłaszcza tatę. Powiedziała:

– Dzięki Bogu, że nie mam dzieci. To przynajmniej coś.

Jednak fakt, że ojciec nie odwiedził jej ani razu w ciągu siedemnastu miesięcy, nie dawał jej spokoju.

– Charlie, dlaczego on nie przyjechał?

– Chyba nie zniósłby tego. Przechodzi załamanie nerwowe.

– Z mojego powodu?

– Nie. Zaczęło się wtedy, kiedy wyrzucili go z firmy Fox i Jewell.

– Chciałam, żeby przyjechał mnie odwiedzić.

– Chyba bał się, że tego nie wytrzyma. Pierwsze spotkanie z tobą w Otisville było dla mnie wystarczająco trudne. On nawet nie chciał o tym słuchać. Kiedy mu powiedziałem, że przywieźli cię w kajdankach, miał łzy w oczach. Wstał i wyszedł do ogrodu z tym małym cuchnącym psem. Który zdechł.

– O Boże, Charlie.

– Wkrótce będzie po wszystkim.

Jednak doskonale wie, że to się nigdy nie skończy. Mama uważa, że znajdą jakieś rozwiązanie – pastor użył słowa „zamknięcie" i ona je przyjęła – jeśli wszyscy spotkają się w Kornwalii. Pragnie zobaczyć ich razem, jakby ta demonstracja, cała rodzina ramię przy ramieniu, mogła coś udowodnić. Próbuje cofnąć czas. Nie powiedziała tego, ale Charlie podejrzewa, że zależy jej, żeby wszyscy razem poszli do kościoła:

Te skromne okna jasną zielenią błyszczące,
Gładka szara posadzka i dach kryty gontem,
Normandzki łuk sklepienia, chrzcielnica dość spora
I tchnąca z tego wnętrza prostota, pokora. [1]

Przybiorą pokorny wygląd mieszkańców West Country.

---

[1] Przełożyła Katarzyna Bieńkowska.

54

Chevrolet pewnie mknie do przodu. Mija go gigantyczna ciężarówka – aluminiowe tablice i jarmarczne światła – sztuka ludowa. Mama chce, żeby poszli – ateistów czworo i pół – do kościoła, by dokonało się zamknięcie. Nie pójdą do St Enodoc prosić o wybaczenie dla Ju-Ju czy sprowadzenie zemsty na Richiego, pójdą po to, by ponownie wpleść się w materię życia. Chłodna cisza St Enodoc jest rodzajem Narnii, baśniowej krainy, która wskaże im drogę. Nie, to nigdy się nie skończy. Wszyscy są spokrewnieni z Juliet, którą wsadzono do więzienia za sprzedaż skradzionego okna. Wprowadzono ją w kajdankach na salę sądową przy Foley Square, jakby bez tego ograniczenia mogła pochwycić pierwszy lepszy przedmiot od Tiffany'ego i zbiec. Charlie spędził te straszne dni, przyglądając się personelowi sądowemu. Gigantyczna latynoska woźna z zasmarkanym nosem, która przez cztery dni siedziała z opuszczoną głową, żeby przyspieszyć spływanie strumienia śluzu w stronę papierowej chusteczki w kolorze awokado; zastępca prokuratora federalnego poruszał ramionami, kiedy mówił, ruchem przypominającym rewolwerowca mafii i letnika gnębionego przez komary; a sędzia, koścista kobieta o grubych brwiach, przemawiała głosem tak ostrym, jakby miał fakturę minerału.

Ju-Ju spoglądała czasami w stronę Charliego, który uśmiechał się życzliwie. Jednak od początku nie miał wątpliwości, że nic nie idzie zgodnie z planem. Tutaj, na Foley Square, Juliet Judd z Upper East Side, z innej planety, kobieta mająca wszelkie przywileje, dostawała lekcję na temat funkcjonowania świata. Na Piątej Alei czy

55

nawet w angielskim Oksfordzie, powiedział prokurator, oskarżonej może udałoby się przekonać ludzi, że wyrządzała światu przysługę, ratując sztukę przed szaleńcami mieszkającymi w dżungli, ale my patrzymy na to w sposób mniej wyrafinowany. Nie mówimy: będziesz kradł przedmioty wielkiej piękności. Nie, my mówimy: nie będziesz kradł, i kropka. A co dziwniejsze, prawo Stanów Zjednoczonych Ameryki również zabrania kradzieży. Nie mówi, że istnieje kradzież dobra, którą można zaakceptować, i kradzież zła. Nie, powtarzam, prawo jest trochę staroświeckie: nie będziesz kradł. Sędzia się uśmiechnęła, doświadczonym, kosmatym, cwanym, konspiracyjnym uśmiechem. Gra dobiegła końca. Charliego uderzyła przede wszystkim własna bezradność: siedzę tu, znam prawdę i nic nie mogę zrobić. Sąd nie jest po to, żeby zrozumieć, raczej by popchnąć fakty, jeśli w ogóle są jakieś fakty, w określonym kierunku. A już najmniej chciałby usłyszeć coś ode mnie. Inni mogą sobie stanąć i kłamać, kłamać i przechwalać się, a i tak wyjdą stąd wolni, ale gdybym ja wstał i powiedział prawdę, zostałbym aresztowany. Bezradność przygnębiała też Ju-Ju. Jej życie obracano w parodię. To był komiks pełen zniekształconych głosów i zabawnych postaci – i to właśnie jego zbzikowani bohaterowie składali zeznania.

Mija jezioro Oshkosh; wszędzie tu przetrwały nazwy indiańskie: Lackawanna, jezioro Cuyahoga, rzeka Genessee – zmarli Indianie dawno już poddali się temu, co nieuniknione. Pamięta Ju-Ju, kiedy wrócili przysięgli, by przekazać swój werdykt. Stała z oczami w ciemnej otoczce, przypominającej plamy wątrobowe, słuchając, jak przewodnicząca ławy przysięgłych mówi, że jest winna obu zarzucanych czynów, a sędzia, uprzątając biurko, oznajmia, że wyrok będzie ogłoszony tego i tego dnia, a do tej pory musi zostać wpłacona kaucja w wysokości stu tysięcy dolarów. Jego siostra była tam kompletnie samotna, choć obok stał jej prawnik, przysadzisty mężczyzna, który zgodnie ze swą kosztowną reputacją podobno potrafił wyciągać ludzi z tarapatów. Na sali znalazło się trzydziestu brytyjskich dziennikarzy.

Charlie zatrzymuje się przy zajeździe. Ma dużo czasu. Próbuje się dodzwonić do Any, słyszy jednak nagraną informację, która brzmi dziwacznie. Wszyscy klienci zajazdu mają na głowach baseballowe czapki założone na bakier. Charlie zamawia ciasto z wiśniami i kawę. Wyjątkowo smakują mu lakierowane, jasne, nienaturalnie słodkie wiśnie. Lubi je tak samo, jak lubi wiele przejawów amerykańskości – drewniane szalowane domki, samochody pochłaniające benzynę, filmy z Henry Fondą, bujane fotele na gankach. *Any i Charliego chwilowo nie ma w domu, proszę zostawić wiadomość albo próbować dzwonić do Any lub Charliego na komórkę...* Jego głos brzmi pedantycznie. Wymógł na Anie obietnicę, że zachowa swoją ciążę w tajemnicy, dopóki on nie powie o tym Ju-Ju. Dlaczego?

Nie chcę, żeby siedziała tam zupełnie sama, myśląc, że świat toczy się bez niej. Powiem jej, kiedy ją odbiorę.

Ana zaczyna pęcznieć, to wybrzuszenie wymaga wyjaśnienia. Charlie obejrzał je i przejechał po nim ręką. Nie powiedział Anie, że robi mu się niedobrze na widok jej wystającego pępka. Ten obszar od żeber w dół, niegdyś terytorium seksualne, przemienia się w coś domowego. Czeka tylko na okazję, by wyrosnąć jak chleb. Przypomniał sobie, jak matka mówiła, że ktoś ma bułkę w piecu. Piersi Any robią się większe i to też go krępuje. Widywał dziewczyny zmieniające się dziwnie szybko w duże, pogodne, rozczochrane matki, praktycznie ubrane. Naprawdę wcale nie chciał dziecka, ale porwały go silne prądy pędzące w dół rzeki. Powiedziano mu – wszyscy to mówią – że spodoba mu się ojcostwo, że jego życie się zmieni, że już nic poza tym nie będzie ważne – wszystkie te banalne bzdury. Do pewnego stopnia w to wierzy, nie może się jednak otrząsnąć z lekkiego skrępowania. Może kiedy już zabierze z więzienia Ju-Ju i oznajmi jej tę nowinę, a ona będzie zadowolona, on też zdoła odrzucić swoje wątpliwości. Zresztą są bez znaczenia.

Lokal nazywa się Jezioro Keuka. Charlie zastanawia się, kim lub czym było Keuka. W tle – w USA nie może się powstrzymać od myślenia zbitkami – widzi jezioro, po prostu wielki krąg śniegu, na którym nie rosną drzewa. Drewniany pomost pozwala się domyślać, gdzie się zaczyna i kończy woda. *Nie będziesz kradł,* powiedziała sędzina. Czy Charlie będzie uczył swoje dziecko, żeby nie kradło? Pewno nie. W chwili gdy zrozumie się słowo „kraść", w pojęciu tym już nieodłącznie zawarte jest zło.

Tata zastanawiał się – Charlie to wie – jak ktoś, kogo tak bardzo kochał, mógł zrobić coś nieuczciwego. Jako ojciec mówił do nich czasami: Jak wam nie wstyd? Albo: Jak by się wam podobało, gdyby...? Modelowy przykład. A odkąd uznał, że Simpson-Gore zdradził go w Fox i Jewell, stał się bardzo bezkompromisowy w sprawach etyki. Myśl o tym, że był zbyt uczciwy w nieuczciwym świecie, daje mu pociechę.

Nie będziesz kradł, bo inaczej... Różnica pomiędzy wtedy a dziś to ostrzeżenie zawarte w Dekalogu, czyli nieuchronność boskiej kary. Ale, o czym niemal namacalnie przekonał się zastępca prokuratora federalnego, w tych czasach zasłużona kara bynajmniej nie była pewna. Ju-Ju złapano tylko fuksem. Jedynie w wyniku prawniczej żonglerki i układów ustawiono ją w roli oskarżonej. Ktoś musiał tę rolę odegrać. Profesjonalni złodzieje złożyli obciążające ją zeznania. Musiała cierpieć bardziej, ponieważ w przeciwieństwie do nich – kradnących, by zarobić na uczciwe życie – doskonale wiedziała, że to jest złe. Sposób przeprowadzenia procesu obsadzał ją w roli geniusza zła, znanego z gazetowych dowcipów. Nie pomogło i to, że miała pyszałkowaty akcent, w filmach amerykańskich wskazujący zazwyczaj na dwulicowość.

Nie, to się nigdy nie skończy. Gdzieś, w największych głębiach, rodzina odpowiada za przestępstwo Ju-Ju i wszyscy o tym wiemy.

Płaci rachunek i znowu rusza w drogę. Ju-Ju będzie gotowa. Pewnie jest gotowa od piątej rano. Nie wypuszczą jej ani minuty przed czasem. Powiedziała mu, że w Otisville kobiety krzyczały i jęczały nocami. Wiele z nich, może nawet większość, była szalona. Jedna kobieta co noc wykrzykiwała, że rodzi przez odbyt. Inne się kaleczyły. Jego siostra musiała żyć w takich warunkach. A może nie wszystko mu opowiedziała. Może oszczędziła mu innych szczegółów. Kiedyś oznajmiła, że jest pewnie jedynym przestępcą w całym więzieniu, ponieważ jako jedyna mogła zrobić coś innego. Ale czy rzeczywiście mogła? Mimo jej sukcesu i determinacji Richie znalazł drogę nieobjętą przez jej radar. Starała się mu pomóc, choć temu zaprzeczała. I dlatego znosiła piekło Otisville przez jedenaście miesięcy. Miłość mogła zaślepić Ju-Ju, ale Charlie od pierwszej chwili poznał się na Richiem. Wszyscy mówili, że jest czarujący, ale był to czar człowieka słabego, rodzaj fałszywej nierealności, która przemawiała do Amerykanów jako cecha typowo brytyjska. I jego siostra się na to nabrała, stali się dość znaną parą na Manhattanie. Mówili o wielkich problemach społecznych i oczywiście o sztuce, ale byli także ofiarą infantylizmu: chrupali wyjątkowo dobre babeczki, przebierali się w jankeskie mundury, uczestniczyli jaskrawo ubrani w grach i przepychankach wokół zbiornika. Kiedy ich odwiedził, Ju-Ju właśnie wychodziła pobiegać z jakimiś ciężarkami, które rzekomo wzmacniały mięśnie rąk.

– Co robisz, Ju-Ju?

– Realizuję obietnicę szczęścia, braciszku.

– I do tego potrzebne ci silne ramiona?

– Jak najbardziej, Charlie. Na Manhattanie jedynym wyrazem klasy jest dobra kondycja.

Powiedziała „klasa" po amerykańsku. Richie także szlifował formę i jeździł swoim starym jaguarem do miejscowości z Hampton w nazwie, rozmawiając o szczęśliwych chwilach, kiedy studiował sztuki piękne w Fitzwilliam – *to w Cambridge. Kiedy studiowałem w Cambridge* – i tak dalej. Wtedy zdawało się, że jego galeria bardzo dobrze prosperuje. Niewątpliwie odbyły się tam promocje wielu drogich książek – o zagubionych plemionach, sztuce naskalnej, impresjonistach. Wielbiciele sztuki-pieniędzy-przedmiotów przychodzili do jego galerii nie tyle po to, by celebrować sztukę czy literaturę, ile bogactwo życia na Manhattanie. Tak przynajmniej myślał Charlie. Był wtedy młody, choć od tamtej pory upłynęło zaledwie kilka lat.

A teraz jadę samochodem przez ten krajobraz, żeby zabrać siostrę z więzienia.

Próbuje odtworzyć drogę Ju-Ju z Islington przez szkołę St Paul, Oksford, Instytut Courtauld, Upper East Side aż do tego odległego zakątka stanu Nowy Jork, tak odległego, że w lasach żyją niedźwiedzie. Usiłuje się zorientować, czy w jej wcześniejszym życiu były jakieś wskazówki, rodzaj DNA, informujące, że to może jej się przydarzyć. Ale to bez sensu. Nie wchodzi w grę żadne przypadkowe prawo. Hume nazwał związki przyczynowe cementem wszechświata. Kiedy Charlie siedział w tamtej sali sądowej, zobaczył, że cement wszechświata nie trzyma. Teraz myśli, że musi się w tym kryć jakaś pocieszająca nauka, jakieś zamknięcie, ale nie potrafi sobie wyobrazić jakie.

Ju-Ju ani razu nie powiedziała – choć mogłoby to ją ocalić – że zrobiła to z miłości. To wymówka przegranych, Charlie. Jednak Charlie, podobnie jak reszta rodziny, nie potrafił uwierzyć, że kierowała nią zachłanność.

W lasach leży dużo śniegu, kiedy skręca do Loon Lake. Francuscy handlarze futer podróżowali po tych jeziorach i rzekach przez sto pięćdziesiąt lat i zostawili tu swój język w nazewnictwie: Belleville, Chaumont, Belmont, Portageville. Jednak w topografii są również ślady holenderskich osadników, pierwszych prezydentów, pisarzy klasycznych, a także indiańskich plemion i wodzów. To niewątpliwie amerykański patchwork, Heinzowska mieszanina nazw. Pamięta, jak ojciec perorował o sentymentalności patchworkowych kołder sprzedawanych na fundusz walki z AIDS: *Więcej ludzi umiera na raka prostaty, ale to oczywiście nie jest seksowne.* Wtedy w Westminsterze Charlie uznał, że to wymowny symbol. Jego ojciec był ukrytym homofobem: *Sentymentalność, Charlie. AIDS przypomina o istnieniu konsekwencji. W życiu żadne działanie nie jest wolne od konsekwencji.*

O czym mogliśmy się przekonać, tato.

Charlie czuje, jak ściska mu się żołądek. Ostatnie kilka kilometrów przed Loon Lake są ponure. Tu jest się poza głównym nurtem Ameryki, wkracza się w ślepy za-

62

ułek. Ju-Ju powiedziała mu, że Loon Lake było kiedyś maleńką miejscowością rybacką z jednym sklepem, w którym sprzedawano przynętę, ale kiedy rząd federalny zbudował ośrodek Loon Lake, jak to nazywają, małe miasteczko urosło, powstały domy dla strażników, szkoła dla ich dzieci, kilka sklepów i warsztatów, gdzie pozwalano więźniom pracować i wydawać swoje pieniądze. W ramach programu edukacji dorosłych Ju-Ju wygłaszała odczyty o historii sztuki w bibliotece. Jej słuchacze przychodzili od piątej, a najwięcej zjawiało się o siódmej. Same kobiety. Tu, w zapadłej dziurze, sztuka i miejsce zwane Yurp, skąd się wywodzi, nadal są domeną kobiet. Mężczyźni popierają konstytucję i strzelają do różnych rzeczy, jak sądzi Charlie, choć nie ma na to mocnych dowodów. Ju-Ju powiedziała mu także, że jest to izoglosa, region wyraźnych akcentów i dialektów. Zapisywała je, starając się dowiedzieć, czy występują w nich wpływy francuskie, indiańskie czy kanadyjskie. Napisała esej o sztuce i kulturze materialnej Cuyahoga, lokalnego plemienia, które należało kiedyś do wielkiej federacji Algonkinów. Jak zawsze, nawet w takim miejscu, Ju-Ju budziła sympatię. Biblioteka dołożyła wszelkich starań, by zdobyć książkę, która była jej szczególnie potrzebna. Hans Kurath: *Geografia słownictwa wschodnich stanów*.

Charlie zbliża się do miasta – niskie centrum handlowe, kilka pastelowozielonych budynków użyteczności publicznej, szkoła z zaśnieżonym boiskiem do piłki nożnej i baseballu, a nad samym jeziorem tandetne, oryginalne chaty rybackie. Centrum miasta stanowi poczta, kawiarnia – Linga Longa – kilka sklepów, dwa kościoły i remiza strażacka. Kościoły, tak niedawno wybudowane, przyciągają chwytliwymi sloganami i halową konstrukcją architektoniczną. Więzienie – ośrodek – usytuowane jest w lesie, półtora kilometra od miasta. Widać stąd komin pralni. To najwyższy punkt, znacznie przewyższający cementowy trójkąt z krzyżem na kościele rzymskokatolickim po drugiej stronie drogi, przy której się zatrzymał. Kiedy nowo przybyli w Auschwitz pytali kapo, dokąd idą, mówiono im „kominem w górę". Charlie jest zdenerwowany, myśli chaotycznie. Musi jakoś zabić pół godziny, nim nastąpi moment, na który czeka cała rodzina. Wchodzi do Linga Longa.

– Dzień dobry, młody człowieku. W czym mogę pomóc?

Kelnerka, zaprawiona w bojach zawodu, ma dziewczęce maniery. Usłyszawszy jego akcent, pyta:

– Jesteś kuzynem Juliet?

– Tak – odpowiada.

– Wspaniała dziewucha. Co za szkoda.

– To prawda.

– Mówiła, że przyjedziesz ją zabrać. Będzie nam jej brakowało, zapewniam. Chodziłam na jej odczyty o sztuce z Yurp. Mój nieżyjący mąż pracował u szeryfa, wybieraliśmy się do Yurp, ale nigdy nam się nie udało. Wyrósł mu guz. Napij się kawy na koszt firmy. Zaparzę świeżą.

– Dziękuję.

– Zabierzesz ją do domu?

– Tak.

64

– Ja tam nie wiem, ale ta dziewczyna nigdy nie powinna się tu znaleźć. To anioł.

– Zgadzam się.

– Zrobiła to dla faceta, w każdym razie ja tak myślę.

– Ja też.

– Jesteś do niej podobny. Owszem, mój panie, widzę to wyraźnie. Takie same oczy, miły uśmiech.

Nawiązują kontakt i Charlie zaczyna się uspokajać. Kobieta wyjaśnia mu, gdzie ma zaparkować i co zrobić, żeby odebrać Juliet. Dolewa mu jeszcze bezpłatnej kawy.

Prosi, żeby przyprowadził tu Ju-Ju, bo chciałaby się z nią pożegnać.

– Ale, uwaga, nie będę miała pretensji, jeśli zmyjecie się stąd jak najszybciej.

Teraz Charlie pokonuje odległość mniej więcej dwóch kilometrów dzielących go od więzienia. Niski budynek ukryty jest w lesie, nie licząc błyszczącego komina. Nie ma bramy, jedynie parking z niewielką recepcją, dyskretnie połączoną z innymi niskimi budynkami w głębi. Charlie naciska dzwonek. W pomieszczeniu panuje spokój. Recepcjonistka, bardzo chuda kobieta ubrana w niebieski mundur, wita go, sprawdza nazwisko i potwierdza, że za pięć minut nastąpi zwolnienie. Na parking podjeżdża autokar, który pewnie zawiezie inne zwolnione więźniarki do najbliższego dworca autobusowego.

Charlie czeka z dwiema krewnymi innych więźniarek na plastikowych lotniskowych krzesłach. Jedna z kobiet jest drobna, czarna, z ciemnymi śladami na twarzy, jak śrut, który można czasami znaleźć przy gotowaniu bażanta.

Starsza biała kobieta, ze wsi, jak przypuszcza Charlie, siedzi z dwiema ponurymi dziewczynkami w wieku dziesięciu i dwunastu lat. Mają zdziwione europejskie twarze, jak Sissy Spacek.

Charlie słyszy telefon.

– Już idą.

Recepcjonistka pochyla się nad mikrofonem na wysięgniku.

– Zwolnione już idą.

Gdzieś zza jej pleców dobiega Charliego odgłos cicho otwieranego zamka.

Rozdział czwarty

Jest całkowicie spakowana.

Czekając, aż wypuszczą ją z celi – sypialni, jak to nazywają – Juliet czyta list ojca.

Odkąd się urodziłaś, byłaś światłem mojego życia. Trzeba jednak odnotować, że przyszłaś na świat bardzo długa, czerwona i chuda. Mimo to nigdy nie widziałem niczego piękniejszego. Wydawało się tak bohaterskie, tak absolutnie nieprawdopodobne, że wyłoniłaś się w ten sposób (niepokojąco przypominałaś mokrą wątrobę). Kiedy ma się dzieci, nagle doznaje się uczucia, jakby się człowiek na nowo narodził. Znaczna część jego ciała i duszy zostaje w cudowny sposób odtworzona.

Oczywiście, to bardzo samolubne, ale bez przymusu przyznaję, że moja miłość do Ciebie jest egoistyczna. Uczyniłaś mnie szczęśliwym w chwili swoich narodzin. Cechowało Cię pewne dostojeństwo i umiejętność zrozumienia znacznie przewyższające twój wiek. Wszyscy zawsze Cię uwielbiali, a ja czasami czułem zazdrość, że

67

inni zobaczą Ciebie tak jak ja. Chciałbym, żebyś miała sekretne ja, widoczne tylko dla mnie. (Wybacz mój styl, w końcu jestem tylko księgowym).

Ju-Ju, tak bardzo Cię kocham, że czasami budzę się w nocy z obawy o Ciebie. Nie martwię się o rzeczy oczywiste, jak inni ojcowie, o chłopaków, narkotyki i tak dalej, martwię się o Twoje zderzenie z życiem, o to, że Twoja cudowna niewinność i inteligencja zetkną się z tym, co znane jest jako „prawdziwy świat". To oczywiście nie jest prawdziwy świat. Prawdziwym światem jest ten, który tworzysz w swoim wnętrzu. Wiem, że to brzmi banalnie – mądrość rodem z „Reader's Digest" – ale przypuszczam, że jest prawdą: sama stwarzasz swój świat. Staraj się to zapamiętać. Choć oczywiście ja sam nie przestrzegałem własnych zaleceń. Nie potrafię jednak znieść myśli, że Ciebie, tak samo jak nas wszystkich, zniszczy „świat realny". Wybacz mi to, ale kochający ojcowie raz w życiu mogą napisać do swoich córek podobny list.

I jeszcze ostatnia refleksja. Jesteś mi znacznie droższa niż życie.

Z najgłębszą miłością, Tata

Rozumiała teraz, o co chodziło ojcu. Pojęła, że obawiał się rozkładu piękna, utraty niewinności i śmierci nadziei. Mówił, że człowiek rodzi się niewinny i cała ta franca od razu, natychmiast zaczyna się psuć. Dzieci nie rodzą się na pustyni – przeczytała – ale w żywym świecie. Ojciec bał się jednak żywego świata. Był wyjątkowo wrażliwy na odnoszone w nim obrażenia.

Kiedy na przykład włosy Charliego zaczęły się przerzedzać w bardzo młodym wieku, ojciec cierpiał. Jego własna czupryna, nadal gęsta, stanowiła wyrzut, musiał więc obciąć ją na krótko, żeby odsunąć wszelkie podejrzenia, że rozkoszuje się jej obfitością. Tylko Ju-Ju wie, dlaczego ojciec pewnego dnia obciął włosy. Teraz Charlie strzyże się bardzo krótko i jest w dobrej kondycji, więc wygląda dobrze, nawet lepiej niż dobrze.

W ciągu ostatnich dwu lat Charlie odwiedził ją czterokrotnie. Zdawało się, przynajmniej na pozór, że na nim robiło to najmniejsze wrażenie. Podczas każdej z dwóch wizyt mama przybierała wyraz skrajnego zatroskania i z wielkim trudem powstrzymała się od opowieści, jak bardzo wszyscy cierpią. A Charlie nie próbował się wysilać. Kiedy przeniesiono ją tutaj zeszłego lata, pojawił się w pierwszym możliwym terminie, jakby było to coś najbardziej normalnego pod słońcem. Jego urodziwą młodą głowę rozsadzały przesłania dobrej woli.

Rozejrzał się po sali spotkań: pastelowe barwy, zaokrąglone kanty, absolutna cisza.

– Gorsze rzeczy zdarzają się na morzu.

– Na przykład?

– W tej chwili nic mi nie przychodzi na myśl.

Roześmiał się.

– Charlie, doskonale wyglądasz.

Miał na sobie zielone lniane ubranie i szarą trykotową koszulkę. Ju-Ju ubrana była w pomarańczowy kombinezon, a ten kontrast wydawał się niemal nie do zniesienia.

– Nie nazbyt gejowsko?

– Tata nadal się o ciebie martwi?

– Chyba już nie. Odkąd jestem z Aną. Ale ostatnio nie mówi zbyt wiele.

Kiedy Charlie miał siedemnaście lat, tata raz ją zapytał, czy on nie jest gejem, ponieważ uwielbia ciuchy i nie interesuje się grą w piłkę nożną na Vincent Square.

– A poza tym, choć wiem, że to niesłychane, ale nie miał dotychczas dziewczyny – powiedział ojciec.

– Tato, nie martw się, wszystko z nim w porządku. Zaliczył mnóstwo dziewczyn.

– Skąd wiesz?

– Od Sophie. Poderwał połowę jej klasy.

– Co za ulga.

– Tato, przecież to nie wyścigi.

– Za moich czasów było inaczej. Trzeba było gromadzić zapasy na okres posuchy.

– Wszystko się zmieniło, karawana przeszła.

– A psy szczekają.

Stało się to rodzinnym żartem.

Podczas tej pierwszej wizyty w Loon Lake Charlie pomógł jej zapomnieć, gdzie się znajduje. Przynajmniej na kilka minut. Każdego ranka przez długie miesiące budziła się na ten szczęśliwy moment ukontentowania, zanim sobie przypominała. I wtedy czuła się tak, jakby wepchnięto jej coś w gardło. Czasami trzęsła się z żalu. Odkryła jednak, że ma coś, co francuscy intelektualiści nazywają „kapitałem kulturalnym". Przede wszystkim umie czytać i pisać, może wypełniać kwestionariusze, szybko zrozumiała,

70

jak funkcjonuje system. Zaczęła pomagać innym kobietom, których życie początkowo wydawało jej się pełne anarchii. Pisała listy, przygotowywała odwołania, cierpliwie wysłuchiwała opowieści o niezrozumieniu, złym traktowaniu, uzależnieniu. Odkrywała, że nie chodziło bynajmniej o żywoty pełne anarchii; wszystkie były podporządkowane żelaznym prawom egzystencji, nad którymi te kobiety nie miały kontroli. W ich świecie nie obowiązywało prawo przyczynowości ani wyboru. Były skazane, niemal od urodzenia. A jeśli tak, to jakim prawem trzymano je w zamknięciu, zastanawiała się. Otisville jawiło jej się jako zbiornik nieszczęścia, rodzaj parkingu porzuconych kobiet. Można było uczęszczać na różne, kursy ale tylko nieliczne widziały w tym jakiś sens. Oglądały telewizję: zapasy i programy, w których niezupełnie normalnie funkcjonujący ludzie wrzeszczeli na siebie – co pewnie pozwalało im pomyśleć ciepło o domu – należały do ulubionych. Mimo wszystko Ju-Ju zaczęła znajdować trochę satysfakcji, próbując pomagać współwięźniarkom w tych z góry skazanych na przegraną zmaganiach ze światem.

Nawet Sophie przyjechała raz na widzenie. Tata nie zjawił się nigdy. Zeszłego lata zapytała Charliego, dlaczego tak jest.

– Kto wie? Przestał grać w golfa, prawie nie dosiada swojego traktorka i ciągle chodzi na długie spacery. Mówi, że weźmie sobie nowego psa, ale nigdy tego nie robi. Czuje się winny, ale nie bardzo rozumie, gdzie pobłądził. Prawdę mówiąc, cierpi na kliniczną depresję.

– Kiedy skończyłam dwadzieścia jeden lat, napisał do mnie list, przyznając, że martwi się o mnie po nocach. Może zawsze miał skłonność do depresji.

– Do mnie nigdy nie napisał.

– Szczerze mówiąc, tamten jego list sprawił, że czułam się trochę dziwnie. Ale wiesz, Charlie, jak to jest z ojcami i córkami. To rodzaj romansu.

– Ju-Ju, ciebie zawsze wszyscy kochali.

– Nie podoba mi się ten czas przeszły.

– Wiesz, o co mi chodzi. Ale powinnaś też wiedzieć, że mieliśmy dosyć tych ciągłych zachwytów nad twoim zadkiem, wokół którego wszystko się obracało.

– Charlie, co to za język.

– Mówię to niemal pieszczotliwie.

– Myślisz, że ktoś znowu mnie polubi?

Odpowiedział po chwili milczenia. Miała dość czasu, by przyjrzeć się zadziwiającej topografii jego głowy. Od ucha do ucha biegł występ, jakby pod skórą umieszczono kawałek cienkiego sznurka. Oczy szare, raczej pogodne, typowe dla rodziny.

– Ju-Ju, problem polega na tym, że większość osób czuje się skrępowana. Zupełnie jak po czyjejś śmierci właściwie unika się rozmowy z rodziną. Najpierw nie chcesz powiedzieć banału, a potem unikasz spotkania, bo za długo się nie odzywałaś. Mama uważa, że powinniśmy urządzić coś w rodzaju promocyjnego przyjęcia. Chce, żebyśmy się pokazali ramię przy ramieniu. Twoi przyjaciele oswoją się z tym, zapewniam cię. Chyba trudne pytanie sprowadza się do tego, jak ty będziesz postrzegała samą siebie. To cały problem. Ja jestem twoim bratem i znam okoliczności, więc nie uważam cię za osobę nieuczciwą, może tylko...

– Tylko co, Charlie?

Kiedy Charlie zastanawiał się nad tym, zdawało się, że pierwszy odpowiada jego ruchliwy skalp, jakby wtajemniczony w działanie mózgu, który zakrywa. Kiedy wyjeżdżała przed sześcioma laty do Ameryki, ci, których jej matka nazywała cockneyami, zaczęli już golić głowy, więc na ulicach pojawił się nowy gatunek niewielkiego, brzuchatego, krótko ostrzyżonego mężczyzny. Krótkie włosy u niskich osób zdają się sygnalizować nastrój buntu: *Mamy w nosie własny wygląd.* U Charliego, który miał prawie metr dziewięćdziesiąt wzrostu i był szczupły, krótkie włosy wyglądały dobrze, ascetycznie i sensownie.

Jestem podobny do ojca. Nie chcę, żeby moja rodzina podupadła czy cierpiała.

– Tylko trochę nie na swoim poziomie. Może emocjonalnie. Jakbyś tkwiła w jakiejś pułapce.

– Charlie, opchnęłam okno Tiffany'ego wysokie na trzy metry, ukradzione z cmentarza w Queensie.

– Zrobiłaś to dla pieniędzy?

– Nie, właściwie nie.

– Nie rozumiem tylko jednego, dlaczego nie powiedziałaś, że zrobiłaś to, by pomóc Richiemu.

– Niewykluczone, ale to jeszcze nie cała historia.

– Niewykluczone. Pisał do ciebie?

– Tak, dwukrotnie.

– No i?

– Charlie, dla niego to trudne.

– Przypuszczam. Wyrzuty sumienia na pewno trudno znieść. Dwieście godzin prac społecznych i niewielka grzywna za to, że nie zgłosił skradzionego przedmiotu. Ju-Ju, to drań!

– To nie takie proste.

– Raczej proste. Pozwolił ci wziąć winę na siebie.

– Nie, Charlie. To ja podpisałam czeki. I ja znalazłam kupca.

– Zrobiłaś to, bo Richie bankrutował i potrzebował twojego poparcia, inaczej nie doszłoby do żadnej transakcji. Ty byłaś ekspertem, pracowałaś dla domu aukcyjnego Christie's.

– Czy rzeczywiście tak było? Wybacz mi, ale nie sądzę. To, co zrobiłam, było złe, bez względu na to, jak postąpił czy jak nie postąpił Richie. Trudno to usprawiedliwić. Większość osób tutaj i dwieście czy trzysta więźniarek w Otisville nie miała żadnego wyboru, w przeciwieństwie do mnie.

– Ju-Ju, porzućmy teorie. Nie mówmy o filozofii. Pozwoliłaś Richiemu odejść wolno. Bo naprawdę tak się stało.

– Nie, Charlie. Prawdą jest, że mogłam wciągnąć w sprawę Richiego i pertraktować, ale mój adwokat twierdził, że zostanę ukarana grzywną. Powiedział, że jeśli wspomnę o udziale Richiego, on dostanie dziesięć lat. Nie mogłam tego zrobić.

– Więc ty dostałaś dwa lata, a on grzywnę. Wspaniale.

– Nie zamierzam użalać się nad sobą do końca życia. Nawiasem mówiąc, cała ta sprawa była pokazowa, po raz pierwszy jedna z trzystu kradzieży na cmentarzach w samym tylko Nowym Jorku znalazła się na wokandzie. Na sali sądowej miałam takie dziwne uczucie. Pamiętasz, jak tata mawiał, dzieląc w niedzielę kurczaka: „To mu nie pozwoli chodzić", „to mu nie pozwoli latać"? Ty zawsze chciałeś udko. „Tato, udko dla Charliego", mówiła mama w każdą cholerną niedzielę. W sądzie myślałam: to ja, równo pokrojona. Czy ona dalej uczy się gotować?

– Była u Ricka Steina. Bóg jeden wie, czemu tak się upiera.

– Nie bądź okrutny. Piekła dobrą szarlotkę.

– Przez jakiś czas robiła niezłe quiche z małżami z puszki.

– Póki nie powiedziałeś, że małże wyglądają jak smarki. To twoje słowa, Charlie. Potem Sophie nie mogła ich jeść.

– Naprawdę powiedziałem kozy. „Ju-Ju, ile płynu z puszki muszę użyć? Nie mam okularów, chyba zostawiłam je przy łóżku. Czy mam zostawić pół puszki płynu?". Co za brednie piszą w książkach kucharskich.

Jak dokładnie Charlie uchwycił ton matki.

– Charlie, czy tata będzie się dobrze czuł, kiedy wyjdę?

Myśląca geologia czaszki, gładka, niemal lśniąca skóra jego twarzy, śmiały wzrok. Oczy wszystkich w więzieniu mają wyraz obronny. Dostały baty i spodziewają się następnych. Wiele kobiet jest szalonych, jedna czy dwie zbuntowane, ale wszystkie są posiniaczone i zbite przez życie. Wie, że jej oczy stały się bardzo wrażliwe, gotowe w każdej chwili się zamknąć jak zmęczony skorupiak.

75

– Tata jest przypadkiem specjalnym. Stracił wiarę w siebie. Znasz przyzwyczajenia i różne idée fixe mamy, a on zdaje się pozbawiony kompasu. Pomyśl, nie jest mu łatwo, kiedy zamknięto światło jego życia. Próbuje zwalić winę na jedenasty września i na co tylko się da. Podejrzani są wszyscy cudzoziemcy, jego Ju-Ju wpadła w obławę policyjną. Napisał do Tony'ego Blaira: „Szanowny Panie Premierze, kiedy Pan się hoplał z prezydentem Bushem, w odpowiedzi na narodową paranoję, do której się Pan przyczynił, FBI zaaresztowało moją córkę i oskarżyło ją o poważne przestępstwo na podstawie podejrzanych i niewiarygodnych zeznań drobnego i znanego kryminalisty. Nawiasem mówiąc, byłem kiedyś pańskim bliskim sąsiadem w Islington, nim przejął Pan władzę nad światem". Coś w tym stylu.

– Charlie, to niemożliwe. Naprawdę napisał taki list? Żartujesz, mam nadzieję.

– Przeczytał mi go, a ja wybuchnąłem śmiechem. I poradziłem, żeby jeszcze przez chwilę go nie wysyłał. Odłożył go do późniejszego wykorzystania.

– O Boże, odbiło mu.

Milczeli przez chwilę. Charlie schował w dłoniach jej ręce.

– Ju, potraktowano cię niesprawiedliwie. Nie jesteś kryminalistką i nie odpowiadasz za problemy ojca.

– Jestem kryminalistką. Pogodziłam się z tym. I wszyscy będziemy musieli się z tym pogodzić. Nawet tata.

– Ju, chodzi o to, że niedługo stąd wyjdziesz, i nawet jeśli sama nie masz takiego wrażenia, to dla nas nie jesteś kimś innym.

– Mylisz się, Charlie. Może kiedyś będę się mniej wstydziła i przejdzie mi złość, ale zawsze będę kryminalistką.

– Bzdura, Ju-Ju. Zrobiłaś coś wyjątkowo głupiego, żeby pomóc Richiemu. Fakt, że Richie okazał się palantem, nie robi z ciebie kryminalistki.

– Oj, Charlie, Charlie. Oczywiście, że robi. Mówmy o tobie. Bardzo tęskniłam za tym, żeby porozmawiać o tobie. Jak interesy?

– Dobrze. Wszyscy chcą odkupić moją firmę, ale ja jeszcze do tego nie dojrzałem.

– Trudno będzie się pogodzić, że mój mały braciszek jest milionerem.

Zwłaszcza że sama jestem zrujnowana, pomyślała. Musiała pożyczyć pieniądze, żeby zapłacić grzywnę w wysokości trzystu tysięcy dolarów i niemal drugie tyle kosztów sądowych. Spółdzielnia chciała, żeby się wyniosła z mieszkania zaraz po tym, jak została oskarżona, a że nie mogła go sprzedać, wynajęła je na dwa lata za sumę mniejszą niż miesięczne opłaty. Szokujący był pełen pychy pośpiech, z jakim działał komitet. Zobaczyła, że życie nie jest ani solidne, ani pełne dobrych intencji. Zdawało się improwizacją, zmierzającą głównie do przyciągania pieniędzy.

– Czy rodzice wiedzą, że jesteś potentatem finansowym?

– Nie jestem wcale potentatem, ale nie, nie wiedzą. Nie rozumieją Internetu. A jak wiemy, tata uważa, że tekstylia są pedalskie. Czy wiesz, co najlepiej się sprzedaje? Ciemne skarpetki. Sprzedajemy jakby czarne skarpetki facetom z City. Składają zamówienie, a my co miesiąc wysyłamy im skarpetki. Brudne wyrzucają. Dobrze idą kalesony i T-shirty od projektantów. Nic olśniewającego.

– Charlie, jesteś geniuszem. Zawsze wiedziałam, że jesteś z nas najmądrzejszy.

– Problem polega na tym, że jako siostra rzucasz bardzo długi cień.

– A Sophie? Co u niej?

– Znalazła pracę w filmach reklamowych. Sypia z reżyserem, który ma około czterdziestki i trochę zbyt dużo przyjmuje przez nos, więc praktycznie niewiele się zmieniło.

– Da sobie radę. Niczego jej nie brakuje.

Po raz ostatni siedzi na łóżku we własnym ubraniu, przesiąknięta cierpieniem. W Loon Lake panuje spokój. Co jakiś czas słyszy szmery, jak odgłosy dalekiego morza, ale to tylko wysokie częstotliwości przemysłowych odkurzaczy, które pracują w korytarzach. W Otisville krzyki i jęki współwięźniów nie pozwalały jej spać. Przestępczość zdawała się nierozerwalnie związana z tymi ostrymi, niespokojnymi wrzaskami. A innym aspektem przestępczości, o którym nie mogła rozmawiać nawet z Charliem, jest gwałtowna, niszczycielska seksualność. Tutaj cisza ma uspokajać niezrównoważonych, ale wydaje się raczej, że to życie jest dławione.

Ma na sobie własne rzeczy, które przez siedem miesięcy trzymano w magazynie, niektóre złożone, inne na wieszakach. Pachną zamknięciem. Wcześniej w Otisville były zwinięte w plastikowym worku. Zrobiła lekki makijaż i dyżurna strażniczka Gaynor La Motte, która przyszła wyjaśnić procedury zwolnienia, powiedziała: *Proszę, proszę, nieźle się doszorowałaś.* Charlie zarezerwował miejsca w spokojnym zajeździe w Finger Lakes na wschód stąd. Po drodze – nigdy więcej już tu nie przyjedzie – chce zobaczyć witraże Tiffany'ego z synem marnotrawnym w kościele kongregacjonalistów w Buffalo. Oparte są na rozetach z Chartres i w pewien sposób to Chartres doprowadziło ją do więzienia: gotyckie okna były tematem jej rozprawy doktorskiej w Instytucie Courtauld. Kiedy zaczęła pracować u Christie's, odkryła, że Louis Comfort Tiffany był tak zafascynowany kolorami witraży z Chartres, że próbował je odtworzyć. Wykonał wiele okien z synem marnotrawnym. Ale najpierw musiał się nauczyć, jak wytwarzać szkło witrażowe; sztuka ta osiągnęła apogeum na początku trzynastego wieku, kiedy stanowiła kulminację europejskiego malarstwa przed Giottem, jak zadekretował André Malraux. W dziewiętnastym wieku umiejętność robienia witraży zanikła. Dziwna rzecz, ale studiując dialekty regionu, odkryła, że słowa *comfort* używano na określenie koca, *comforter.* Śledząc spisy imigracyjne, łatwo się przekonać, że słowo to przyszło prosto z zachodnich hrabstw Anglii. W dolinie Hudsonu, gdzie osiedlili się Holendrzy, w ogóle nie występowało.

Historia Louisa Comforta Tiffany'ego była historią amerykańską: udało mu się dzięki energii i kapitałowi, choć niemal przez dziesięć lat dokonał minimalnego postępu i wiele się nacierpiał – jak tata – z powodu depresji.

Juliet stała się jednym z czołowych światowych ekspertów od okien Tiffany'ego, wszystko w ciągu kilku lat, i opublikowała swoją wyczerpującą książkę. Jej promocja odbyła się w galerii Richiego przy Dwudziestej Drugiej Zachodniej i okazała się wielkim sukcesem. Byli parą, wspomniano o nich w „O czym mówi miasto", ją określono jako „pociągającą, dowód na to, że inteligencja i uroda mogą szczęśliwie współistnieć w jednej osobie".

Siedzi na łóżku, kolana ma złączone, wszystkie rzeczy w worku dostarczonym przez Departament Służb Karnych rządu federalnego. Jest Matką Whistlera uwięzioną w chwili, która może trwać wieczność. Kiedyś, w innym życiu, fascynowała ją zdolność wielkiej sztuki do uchwycenia jednej chwili, jednej pozy, jednego przelotnego wyrazu i przekształcenia ich w coś uniwersalnego, w coś, co staje się kulturą.

W witrażach Louisa Tiffany'ego zobaczyła Amerykę. Nie wszystkie były dobre, projekt rzadko dorównywał technice, ale najlepsze z nich – krajobrazy, magnolie, wistarie i kilka dzieł religijnych – uznawała za równie dobre jak obrazy Fredericka Churcha i Winslowa Homera, sublimujące niepowtarzalną wrażliwość amerykańską. Oczywiście, powiedzenie tego w niczym jej nie zaszkodziło. Amerykanie, podobnie jak wszystkie nacje, chętnie słuchają pochwał swego narodowego geniuszu, swojej niepowtarzalności. Nie była pierwszą Europejką, która to zrozumiała.

Siedzi na łóżku, czekając na znak, zamknięta w tej przytłaczającej ciszy. Witrażowe okna mają szczególną cechę: wykluczają świat zewnętrzny. Są to okna, które nie dopuszczają widoku, zapraszają raczej do introspekcji, do przemyślenia cnót moralnych. Wśród trzydziestu czteroskrzydłowych witraży syna marnotrawnego w Chartres jest jedno, na którym otrzymuje on pocałunek sugerujący, że w swoich podróżach nie stronił od romansów. Nikt tego przed nią nie zauważył. Siedząc lub klęcząc w katedrze w Chartres, trzynastowieczny wierny był zamknięty w moralnym świecie katedry, kontrastującym z chaotycznym i przypadkowym światem na zewnątrz, który okna celowo wyłączały. Okna Tiffany'ego, szczególnie okna dekoracyjne, nie tyle zachęcały do introspekcji, ile do samozadowolenia. Były także bardziej protestanckie: popatrzcie, jesteśmy zbawieni, my należymy do wybranych, odrzuciliśmy strach, przesądy i poddaństwo.

Jej rozprawa miała tytuł *Opowieść gotyckich okien*. Książka promowana u Richiego nazywała się *Wspaniałe okna Louisa Comforta Tiffany'ego: Ameryka w rozwoju*. Całą okładkę zajmowała reprodukcja witrażu poświęconego pamięci Williama Nela Stronga i Sarah Adelaide Strong z pierwszego kościoła prezbiteriańskiego w Albany. Występował tu kontrast błyszczącego koloru z ciemnymi, powykręcanymi drzewami, a wszystko to subtelnie oświetlały plamy słonecznego światła jakby potwierdzające wybór. Technicznie i estetycznie było to arcydzieło stylu Tiffany'ego, pozbawione krzykliwej wulgarności jego niektórych mniej udanych witraży. Samo szkło przenikała wyraźna obietnica szczęścia.

81

Jestem córką marnotrawną, myśli Ju-Ju, podczas gdy obok niechętnie człapią minuty.

Teraz słychać informację, wygłoszoną popularnym tutaj, znaczącym i konfidencjonalnym tonem, że zwolnienie nastąpi za pięć minut.

Ju-Ju siedzi twarzą do drzwi, które, jeśli nic się nie zmieni, powinny wkrótce otworzyć się cicho jak drzwi lodówki, z niechętnym sykiem rozstania. Szaleństwo polega na tym, że drzwi do jej celi zazwyczaj zamykane są tylko na noc, ale może zwolnienie trzeba sformalizować. Kimberley Mayberry, która porwała swoje dziecko i uciekła, zanim je zabiła, zostanie dzisiaj zwolniona. Joyce Biehl, która w trzech stanach napadała na sklepy z pożyczoną strzelbą, też wyjdzie na wolność.

I ja, kawałek mokrej wątroby wypuszczony na świat trzydzieści dwa lata temu, znowu zostanę wypuszczona.

Jestem młoda, ale mam już za sobą zbyt wiele egzystencji.

Widziałam krzyczącą różowość ust czarnych kobiet.

Straciłam z oczu łopoczące skrzydła sztuki.

Zdradziłam i sama zostałam zdradzona.

Złamałam ducha mego ojca.

Kiedy drzwi otwierają się niemal bez szmeru, jak dwie całujące się ryby, córka marnotrawna leży na łóżku i naciąga na głowę koc.

Rozdział piąty

Niemal trzy lata wcześniej

Daphne jest sama w domu. Na dworze króliki podchodzą do wszystkiego, co jadalne, robią tak zawsze, kiedy zapada ciemność. W istocie ciemność w Kornwalii – Daphne ciągle się uczy – wydaje się nadchodzić falami, niemal dosłownie; kiedy pojawia się nadmorska mgła złożona w połowie z wody, przytępia pejzaż, tak że łatwo sobie wyobrazić rozbójników na Bodmin Moor i rozbitków zapalających światła w Cadgewith. Kiedy indziej wydaje się, że występują jedynie łaty ciemności, morze jest srebrzyste, podczas gdy krzaki janowca wzdłuż pola golfowego i na zboczu Bray Hill są zupełnie czarne. Czasami łąka poniżej domu sprawia wrażenie, jakby promieniowała własnym światłem. Ju-Ju odziedziczyła po Daphne wrażliwość na światło i kolor. W jej rodzinie – wśród jej krewnych, przynajmniej tak sądzi – jest to naturalne. Rodziny przechowują określone i czasami sprzeczne z sobą geny. Jej strona odpowiada za estetykę, strona Charlesa wnosi pedanterię, szczególnie w odniesieniu do słów. Charles nie lubi ani nowych słów, ani tych, które nazywa „rzeczownikami zbiorowymi", używanych w liczbie mnogiej. Pewnego dnia Charlie powiedział: *Banda chłopaków próbowali okraść w metrze dzieciaka*, Charles poprawił: *próbowała okraść. I udało się jej?* Na to Charlie: *Nie, tato, nie udało jej się, bo im przeszkodzono. Wiesz co, jesteś smutnym przypadkiem, wyluzuj trochę.* Charlie miał wtedy piętnaście lat.

W istocie wydaje się, że Ju-Ju odziedziczyła najlepsze cechy obu rodzin: umiejętność operowania słowami i zdolności artystyczne. Potrafi też grać na pianinie. To niemal niesprawiedliwe wobec pozostałych. To jest coś, czego Daphne nigdy nie przewidziała: że można pragnąć, by własne dziecko było mniej utalentowane. Czy raczej: żeby pozostałe dzieci nie cierpiały na porównaniu.

Króliki wysuwają się na otwartą przestrzeń. Dodają sobie wzajemnie odwagi, toteż każdy kolejny zwierzak wypuszcza się trochę dalej niż poprzedni, kiedy tak chodzą śladami dziadków. Charles gra w golfa dwa razy w tygodniu. Czasami zatrzymuje się w barze, w dziewiętnastym dołku, jak mawiał jej ojciec z takim naciskiem, jakby mówił coś dowcipnego: *dziewiętnasty dołek.* Drugie jego ulubione powiedzonko brzmiało: *Na wojnie i w miłości wszystkie chwyty dozwolone.* W dzieciństwie nigdy nie rozumiała, o co mu chodzi. Jakie chwyty w miłości?

Ojciec zwykł nazywać ludzi stojących wyżej od niego – może po prostu lepiej zorganizowanych – komiwojażerami. Podtrzymywała go myśl o tym, że urodził się za późno. Ludzie akcji, zwykli wojownicy tacy jak on, nie byli już potrzebni. Gryzipiórki, absolwenci dobrych liceów, eksperci od siedmiu boleści cieszyli się większymi względami niż on. Kiedy skończył działalność jako instruktor, nie dostał awansu na pułkownika. W 1944 roku, gdy miała zaledwie pięć lat, biegł po Sword Beach z bronią w ręku. Nie pomogło mu to w karierze, być może podobnie jak oficerowie uczestniczący w ostatniej kawaleryjskiej szarży brytyjskiej armii pod Omdurmanem, wywoływał zakłopotanie. W okresie wojny w Zatoce panował pogląd, że walczy się, po prostu naciskając guziki, możliwie z jak najdalszej odległości.

Inwazja królików osiąga pełnię. Przekroczyły niebezpieczną otwartą przestrzeń i zbliżają się do krzaków i warzyw. Pies jest z Charlesem na polu golfowym, a może czeka niecierpliwie w samochodzie, wyglądając z nadzieją, podczas gdy Charles popija z Paulem Fairbairnem i Clemem Thomasem. Paul to emerytowany pracownik City, a Clem – inżynier na emeryturze, ale dla wszystkich trzech bardzo ważne jest, że mają do załatwienia jakieś sprawy – jakiś udział w zarządzie, jakieś rodzinne fundusze powiernicze, konsultacje, instytucja dobroczynna. Każdy z nich ma w domu komputer i praktycznie wszystkim się udało, lepiej czy gorzej, opanować e-maile. Dużo o tym mówią, podkreślając, że to kontakt z każdym miejscem na świecie. Wszyscy trzej widzą jakiś ratunek w opanowaniu golfa; ich misja polega na obniżeniu handicapu. Teraz wszyscy mają jakieś cele. Nawet spółki, poczciwe stare firmy, wydają oświadczenia o swojej misji. Charles twierdzi, że Paul oszukuje.

Żaden z nich nie chce przyznać, że to koniec drogi. Biorą dni wolne od biznesu prawdziwego życia, choć Daphne nie bardzo wie, co to miałoby znaczyć. Clem jest kobieciarzem, Daphne niemal wbrew sobie uważa, że jest zabawny, choć lekko *risqué*. Mówi takie rzeczy, których Charles nigdy by nie powiedział, a których kobiety lubią słuchać, choć wiedzą, że są nieprawdziwe. Stwierdził kiedyś na przykład, że Daphne ma sypialniane oczy. Jej ojciec zwykł określać mężczyzn typu Clema, sprawnych sześćdziesięciolatków, jako starzejących się lothariów. Lothario był jakimś cudzoziemcem. W tamtych czasach cudzoziemcy odznaczali się licznymi słabościami. Wydaje się, że te słabości przepłynęły Kanał i przyjęły się u nas. A może, co jest bardziej prawdopodobne, byliśmy trochę za bardzo zadowoleni z siebie.

Gdyby pies był w domu, wysłałaby go, żeby rozpędził szarżujące króliki. Teraz sama bierze garnek i drewnianą chochlę i wychodzi, bijąc nią jak w bęben. Króliki pierzchają. Niedługo wrócą, mają chyba krótką pamięć. Już samo bycie królikiem wymaga pewnie dość ograniczonego pojmowania zagrożeń.

Kiedy Daphne wchodzi do domu, dzwoni telefon.

To Charlie.

– Mamo, jest tata?

– Nie, skarbie, gra w golfa. Niedługo wróci.

– Mamo, muszę ci coś powiedzieć.

Wzdryga się z przerażenia.

– Co takiego?

– Ju-Ju została aresztowana.

– O czym ty mówisz? Co znaczy aresztowana?

– Zadzwonił adwokat. Przesłuchują ją w związku z kradzieżą dzieła sztuki. Nie znam szczegółów. Adwokat twierdzi, że to pomyłka. Wpłacił zastaw, czyli kaucję, więc wkrótce powinni ją wypuścić.

– Charlie, dlaczego ona sama się ze mną nie skontaktowała?

– Nie wiem, mamo. Jakby, nie jestem pewien, czy wolno jej dzwonić. Dała adwokatowi numer mojej komórki.

– Zadzwoń do klubu golfowego. Ojciec pewnie jest w barze. O co tu chodzi, Charlie?

– Nie jestem pewien. Mam nadzieję, że to pomyłka. W porządku, nic nie rób. Dzwonię do klubu.

– Charlie, nie odkładaj słuchawki, proszę cię.

– Tylko porozmawiam z ojcem i znowu zadzwonię.

– Proszę cię, kochanie.

– Nie martw się, mamo. Wszystko się wyjaśni.

Traktuje go jak chłopca, pogodnego, łasego na pochwały, ale także porywczego i niezależnego. Charlie rozplącze ten węzeł. Daphne stara się przypomnieć sobie, co dokładnie powiedział. Przesłuchują Ju-Ju. Może nie została aresztowana, tylko wezwana jako świadek, jako ekspert. Tam wydają nakazy sądowe pod byle pretekstem. Ale Charlie mówił coś o wpłaceniu kaucji, a to by znaczyło, że została aresztowana. Dlaczego? Dlaczego?

Nie przychodzi jej do głowy, że Juliet mogła popełnić przestępstwo. Czeka przy telefonie, ale Charlie nie dzwoni. Kiedy wreszcie słychać na drodze samochód wjeżdżający do bramy, wybiega na spotkanie Charlesa.

– Charles, co się stało?

Jednak Charles nie zachowuje się tak, jak powinien. Po prostu wymija ją i wchodzi do domu. Niemal – ona rozpamiętuje to przez wiele dni – odpycha ją z drogi. Pies usiłuje to zrekompensować, skacze i drapie ją w kolana.

– Jest zamieszana w kradzież. Czy Charlie dzwonił ponownie?

– Nie, ale obiecał, że to zrobi. Charles, jak myślisz, co się stało? To pomyłka? To musi być pomyłka.

Twarz Charlesa o wyraźnym układzie kostnym jest wilgotna i zarumieniona. Włożył nowy pulower w kolorze czerwonego wina. Na głowie ma tweedową czapkę, chociaż w klubowym wyposażeniu jest też czapka golfowa. Ta chwila będzie wracała w pamięci Daphne, będzie ją dręczyła: rozzłoszczony Charles w golfowym stroju wygląda niezbyt pewnie, wręcz śmiesznie.

– Nie wydaje mi się, że to pomyłka. Gdzie mój notes z adresami?

– Tam gdzie zawsze. Zaraz ci przyniosę, kochanie.

Charles szuka czegoś w notesie, nie zdejmując czapki. Szybko przerzuca kartki.

– Dlaczego mi się tak przyglądasz? – pyta.

– Nie przyglądam ci się. Jestem po prostu bardzo, bardzo zaniepokojona. Zadzwonisz do Charliego? Mam jego numer.

– Nie, nie zadzwonię.

Widzi, że on znów tonie. Zdejmuje okulary do czytania, wyciera je rękawem i znowu wkłada. Jedno ramię okularów sterczy do góry nad uchem, przekazując wyraźną informację o nieładzie.

– Ten dom jest ponury. Zawsze tu ciemno.

Na zewnątrz króliki posuwają się śmiało wraz z postępami nocy, a może w przewidywaniu załamania się porządku. Charles próbuje znaleźć kogoś, do kogo mógłby zadzwonić, kogoś ważnego, kto by wszystko wyjaśnił. Pospiesznie wybiera numer, Daphne słyszy sygnał pomyłki. Wybiera znowu: *Nasze biuro jest czynne między dziewiątą a...* Charles jeszcze chwilę wymachuje słuchawką, w końcu ją odkłada. Daphne serdecznie mu współczuje, ratuje ich jednak telefon Charliego. Ona odbiera.

– Przepraszam, że tak długo nie dzwoniłem. Wiadomości są niedobre. Została aresztowana za sprzedaż kradzionego witraża Tiffany'ego. Problem polega na tym, czy wiedziała, że jest kradziony.

– Co on mówi?

– Została aresztowana. Ale to pewnie nie ma z nią nic wspólnego.

– Pozwól mi porozmawiać.

Charles odsuwa od niej telefon. Telefon jest wszystkim, co mają.

– Kto do ciebie dzwonił, Charlie? Kto? Daphne, podaj mi pióro.

I tak potykają się w ciemnościach, na które składa się wiadomość, że ich ukochana córka ukradła cenny witraż i sprzedała go kolekcjonerowi z Japonii. To początek ponad dwuletniego piekła, chociaż Daphne nie może uwierzyć, nigdy nie uwierzy, że Ju-Ju jest winna.

Tego wieczoru odkrywają, jeśli mieli jeszcze jakieś wątpliwości na ten temat, że są zupełnie poślednimi ludźmi, zagubionymi w świecie. Dla Daphne jednak bardziej szokujące od stwierdzenia tej bezradności jest uświadomienie sobie, że poza dziećmi nic jej naprawdę nie łączy z Charlesem. Ich dobre cechy, raczej nieliczne, skumulowały się w dzieciach. A teraz ludzie mówią, że Ju-Ju jest złodziejką.

– Charles, co zamierzasz zrobić?

– Na miłość boską, Daphne.

– To absolutnie usprawiedliwione pytanie.

– Przez całe nasze cholerne życie wiedziałaś dokładnie, kiedy wystąpić wobec mnie z zarzutami.

– Niczego ci nie zarzucam. Martwię się. Musimy coś zrobić.

– Próbuję coś zrobić. Gdybyś tylko chociaż na chwilę się zamknęła.

– Dlaczego nie zadzwonisz do Simona? On jest dobrze z Amerykanami.

– Daphne, Simon to gnojek. Supergnojek. A Amerykanie, z którymi jest dobrze, jak to dziwnie określasz, to księgowi. Ju-Ju potrzebuje krewkiego nowojorskiego adwokata, najlepiej Żyda. Może ma takiego, nie wiem. Charlie powiedział tylko, że ma adwokata. Zadzwonię do niego jeszcze raz.

– A Richie nie mógłby pomóc?

– Nie wiem.

Charles bez powodzenia próbuje się ciągle połączyć z Charliem.

Później, kiedy siedzą żałośnie, ponownie dzwoni Charlie, żeby powiedzieć, że Richie chyba wyjechał z miasta. Ale przynajmniej Ju-Ju wyszła za kaucją. Godzinę później Ju-Ju telefonuje ze swojego mieszkania w kooperatywie, jak je nazywa.

– Nie zrobiłaś tego, prawda, skarbie?

– Nie mogę rozmawiać, mamo. Mogę ci jedynie powiedzieć, że wyszłam z więzienia FBI, ale nadal grozi mi oskarżenie. Jeśli do tego dojdzie, za kilka miesięcy odbędzie się proces.

– FBI?

– Mamo, postaraj się nie zamartwiać. Zadzwonię, kiedy będę wiedziała, jak wygląda moja sytuacja, w każdym razie zadzwonię jutro. Teraz muszę się położyć. Tak mi przykro, Bóg jeden wie, która u was godzina. Czy mogę zamienić parę słów z tatą?

– Jak najbardziej. On chce ci zadać kilka pytań.

Charles bierze słuchawkę. Daphne bacznie mu się przygląda. Na brodzie poniżej dolnej wargi nagromadziły się liczne zmarszczki, między coraz bardziej krzaczastymi brwiami u nasady nosa występuje niewielki kawałek jakby luźnej skóry. Skąd się wzięła? Czy to możliwe, że wcześniej tego nie zauważyła? Pory są otwarte, lekko oleiste. Ju-Ju mówi prawie cały czas, Charles wydaje się spokojniejszy. Od czasu do czasu potakuje, tak, to jasne. Nie zadaje żadnego z ważnych pytań, jak choćby tego, czy chciałaby, żeby przyjechali do Nowego Jorku. Daphne ma na książeczce trochę pieniędzy na czarną godzinę, która właśnie nadeszła.

– Daphne, daj mi inne pióro, bo to słabo pisze.

Charles notuje jakieś numery. A kiedy on pisze i wydaje przy tym odpowiednie odgłosy świadczące o wadze sprawy, ona ogarnięta paniką myśli o tysiącu rzeczy. Myśli o Nowym Jorku i o kooperatywie, w której winda wjeżdża aż do hallu – to jest najwyraźniej istotne – o czymś, czego nigdy wcześniej nie widziała, o wielkich pojemnikach kwiatów, tulipanów i narcyzów, które, jak mogłoby się wydawać, powinny rosnąć w ogrodzie pod drzewem, a które tutaj widać na jedenastym piętrze, gdzie wnoszą idealnie wiosenny nastrój do mieszkania w kooperatywie. Można je dostać nawet w koszykach, wtedy ziemię przykrywa mech. Przypomina sobie, jak kładła Ju-Ju do łóżka i jak dziecko nagle przechodziło ze stanu pełnego przebudzenia do absolutnej nieświadomości, o czym ostrzegał jedynie ruch gałek ocznych. Zazwyczaj na krótko tylko pokazywały się maleńkie białka jak w przepiórczym jaju i Ju-Ju już spała. I teraz musi spać, nic się nie zmieniło. Pamięta, jak Charles niósł Ju-Ju do łóżka. Był wtedy młody, po trzydziestce, i tak pewny siebie.

Płacze. Charles się odwraca. Jak długo trwa ta rozmowa? Kiedy dobiega końca, Daphne nie potrafi się nawet tego domyślić.

– Kochanie, co ona powiedziała?

– Dała mi kilka numerów telefonów. Będą jej potrzebne pieniądze. Poza tym chce, żebym zadzwonił do kilku osób. Żebym się dowiedział, czy matka Richiego wie, gdzie on jest. Podała mi numer.

– To wszystko? A nas nie chce zobaczyć?

– Nie pytałem.

– Dlaczego nie?

– Spędziła dwanaście godzin w celi FBI, od piątej rano według jej czasu.

Jej czas. Jej świat.

– Rano pojadę. Nie bój się, za własne pieniądze.

– Nie bądź tak cholernie głupia.

Czemu składa tę idiotyczną deklarację niezależności? Kilka biletów samolotowych do Nowego Jorku – teraz są takie tanie w Internecie – na pewno nie zrujnuje konta w banku. Charles niewątpliwie zauważył, że wsiada na wysokiego konia. Na niższym poziomie zawsze rywalizowali o aprobatę Ju-Ju.

Charles zaczyna się przygotowywać do łóżka. Zamyka francuskie okna, choć jest to pewnie ostatnie miejsce w Anglii, gdzie można się zetknąć z nowymi realiami, po czym przez kuchenne drzwi wypuszcza psa, który do tej pory ze zdumioną miną wylegiwał się na ręcznie dzierganym dywaniku przed kominkiem. *Króliki, bierz je. Bierz króliki.* Pies zobojętniał wobec królików. Biegnie do drzwi, kołysząc się na boki, słychać odgłos pazurków na płytkach ceramicznych.

Daphne chciałaby, żeby byli z powrotem w swoim starym domu. Ten króliczy raj, te smagane wichrem, obsrane przez owce, najeżone janowcami pola, mroźne, nieubłaganie ryczące morze w dole, nędzne bungalowy z łupkowymi patio, niezmordowany wiatr próbujący się dostać pod każdą dachówkę, poczucie, że czekają tu jedynie na odjazd – wszystko to sprawia, że tęskni za wiktoriańskim

93

szeregowym domem, w którym dorastały dzieci. Życie dzieci wypełniało dom. Ona sama miała – z trudem szuka słowa, ale nie może znaleźć lepszego – miała jakiś punkt zaczepienia. Teraz rozumie, że może właśnie dlatego chce ruszyć do Nowego Jorku, żeby odzyskać to utracone poczucie celu. Chociaż nie wierzy w to wszystko, ale jasno widzi, że stronice poświęcone zdrowiu i rodzinie w gazetach mają rację, pisząc, że ludzie – głównie kobiety – powinni mieć w życiu cel. Ostatnio wszyscy bardzo intensywnie zajmują się poszukiwaniem celu. To tylko słowo, choćby nie wiem jak Charles go nienawidził, jednak zawiera prawdę: wszystkim potrzebny jest jakiś cel. Jej praca w kościele, tylko częściowo religijna, niezupełnie wystarcza. Daphne ma uczucie, że porzucając wąski dom nad kanałem, postąpili bezmyślnie, niemal świętokradczo. Znowu płacze. Wyniesienie się z tamtego domu doprowadziło do aresztowania Ju-Ju. Pamięta Ju-Ju wpatrującą się w telewizor przy jedzeniu, kiedy jak kos otwierała usta na każdą łyżkę. Nawet wtedy potrafiła się całkowicie skoncentrować. Oczy się nie poruszały, buzia była otwarta. Synek Sary z sąsiedniego domu nie chciał nic jeść, bez względu na wspaniałość obiecanej nagrody. Charlesa nigdy nie było w domu w porze karmienia, zawsze uczestniczył w jakiejś uroczystości albo grał w golfa z klientem; wracał do domu na rauszu, przysięgając, że już nigdy tego nie zrobi, to cholerna strata czasu. I oczywiście, znowu znikał. Wszyscy partnerzy muszą to robić, to stanowi, niestety, element gry.

Pies nie chce wychodzić na kolejny spacer. Niechętnie idzie za Charlesem, snuje się obok. Charles odczuwa gorzką wściekłość, ponieważ nie wie, jak pomóc córce. Ma nadzieję, że spacer rozjaśni mu myśli. Jakie to typowe dla Daphne, żeby sugerować kontakt z Simonem, tym dwulicowym oszustem. Daphne sądzi, że Charles nigdy się naprawdę nie zmierzył ze światem, kiedy był partnerem w firmie, sikał na klocki dezodorantu i pieprzył stażystki. A przedtem sekretarki. W gruncie rzeczy podejrzenia Daphne miały solidne podstawy. Nigdy nawet przez chwilę nie uważał, że znajduje się w odpowiednim świecie.

Musi panować nad sobą, żeby nie wykrzykiwać głośno swoich opinii, co mu się ostatnio zdarza. Kilka tygodni wcześniej przed swoim klubem przy St James's Square usłyszał, jak młody człowiek mówi do kobiety: „Słuchaj, są pewne problemy z marketingiem, musisz je omówić z Melem". A on, przechodząc, powiedział głośno: „Bzdura". Wszystkie te firmy i ludzie, którzy do czegoś dążyli: do uznania, szacunku dla samych siebie, osiągnięcia celów sprzedaży, awansu, pożyczki na hipotekę, zdobycia udziałów w przedsiębiorstwie, podwyżki płacy, wszystko to kompletna i całkowita bzdura. Czyżby zapomnieli, że umrą? Wiele razy żałował, że nie był tak odważny jak Ju-Ju. Odważny i niefrasobliwy.

Wiatr znad ujścia rzeki jest zimny i mokry. Ju-Ju powiedziała mu kiedyś, że piękno jest zbawieniem, a on skwitował to stwierdzeniem „pretensjonalny nonsens", ale rozumiał, o co jej chodziło. Przypatrzcie się liliom na polu.

Czuje się chory, jakby to, co się w nim nazbierało, było czymś fizycznym, jak guz czy embrion rosnący poza kontrolą. Ale ogarnia go też złość: jedynym usprawiedliwieniem nudy i upokorzeń w firmie Fox i Jewell, a ostatnio Brown, Kaplan i Desoto, było przekonanie – wpojone mu w szkole, w powojennej szarzyźnie, a także przez ojca – że ciężka harówka jest szlachetna. Jest niezbędna dla kraju i rodziny. Mój Boże, cóż za rozczarowanie. Zajął się księgowością, ponieważ – powiedzenie ojca – dla księgowych zawsze będzie praca. Co nie okazało się stuprocentową prawdą. Ju-Ju nie miała wątpliwości, że będzie żyła w świecie piękna. Pamiętał, jak przyszła do jego biura w City, miała zaledwie czternaście lat, usiadła za biurkiem pokrytym marokańską skórą, stojącym na ciemnozielonym aksamitnym dywanie, wśród podróbek lamp z okresu dyrektoriatu, wśród osiemnastowiecznych sztychów czy innych obrazków przedstawiających Cheapside i Mansion House.

Tato, to gówno, to nie jesteś ty, prawda?

Skarbie, jestem księgowym.

Po prostu udajesz, że jesteś księgowym.

Po Oksfordzie pisała pracę magisterską w Courtauld, napisała nagrodzony esej o gotyckich oknach i była szczęśliwa. Lubił odwiedzać ją czasami w porze lunchu, jedli kanapkę w Pret à Manger, obserwując, jak woda nowych fontann pluszcze radośnie na kamieniach. Po czym księgowość wypychała go na zewnątrz.

Pies ma coraz mniejszą ochotę na spacer. Charles czuje, jak w jego wnętrzu rośnie guz; musi iść, bo inaczej ten guz pęknie. Człowiek i zwierzę zmierzają skrajem ujścia do Greenaway. Króliki z uszami spłaszczonymi przez wiatr skubią trawę. Pomimo wiatru morze nie jest bardzo wzburzone; uderza w skały, pieni się, cmoka, bulgoce. Charles czuje, że musi iść dalej, minąć Greenaway, minąć pusty kemping. Jest pierwsza trzydzieści, może druga. Wie, że jest niesprawiedliwy wobec Daphne. Będzie się niepokoiła. Jeszcze raz uzna to za premedytację, coś, co nazywa jego skłonnością do destrukcji. Ale z trudem znosi przebywanie z nią pod jednym dachem. Nie może znieść świadomości, że jego córkę maltretowano w policyjnym samochodzie, że ją rewidowano, fotografowano z przodu i z profilu, oskarżono o przestępstwo. I nie może znieść pewności, że Daphne obwinia o to jego. Pamięta, jak Ju-Ju położyła nogi na zielony blat tamtego biurka, pamięta, że zobaczył jej majtki i pomyślał z ukłuciem w sercu, że wkrótce ktoś zdejmie jej te majtki i zacznie się ten ludzko-zwierzęcy biznes.

Wszyscy jesteśmy poddani jego tyranii, ale kobiety gorzej na tym wychodzą.

Idzie aż do plaży Polzeath. Dochodzą do głosu odruchy warunkowe: pies myśli, że to pora zabawy, chwyta jakieś wodorosty i niezgrabnie z nimi gania. Czas odpływu, szary piasek pod nogami jest twardy. Długi spacer po piasku do Dziecinnej Zatoczki, dokąd oni – i inni równie rozpaczliwie pozytywni rodzice – przywozili swoje dzieci, kiedy były małe. Tu można było zobaczyć odpoczywających Anglików w całej krasie: obwisłe warstwy ciała kobiet, niewysocy, pulchni mężczyźni, chude, niezgrabne dzieciaki na tle pasiastych parawanów i furgonetek z lodami. Kiedy nie padało, był to rodzaj niewymagającego, infantylnego raju. Później przenosili się do bardziej zacisznych zatoczek w taki typowo angielski sposób, niosąc dodatkowe wyposażenie, zabawki i kubełki, zielone piłeczki tenisowe, podróżny koc i kanapki z krabami. Niewypowiadany argument brzmiał, że na tych bardziej odludnych plażach nie spotka się klasy robotniczej, która nie zniesie zbytniego oddalenia od smażalni, co Betjeman zaobserwował czterdzieści lat wcześniej. Istniało jednak ryzyko, znacznie gorsze w pojęciu Charlesa, że spotka się kogoś z londyńskiej dzielnicy N1.

A jeszcze później wyjeżdżali na wakacje do Portugalii i na Mauritius. Idąc, czuje, jak zmniejsza się ta wewnętrzna opuchlizna. Ju-Ju chciała żyć w świecie piękna, i proszę, dokąd ją to zaprowadziło. Taka była jego pierwsza reakcja. Wie, że jest prymitywna i niesprawiedliwa. Wspina się stromą ścieżką na cypel parku narodowego. Dzieje się z nim coś strasznego: jego osobowość się rozpada, tak że może być równocześnie niewrażliwy, prymitywny i winny. Doświadcza cierpienia bycia jednym z tych Anglików, którzy mają świadomość, że nie dotrzymują kroku. Tylko przy Ju-Ju wie, kim naprawdę jest. A teraz, kiedy ona go potrzebuje, on nie potrafi nic zrobić. Może powinien zadzwonić do Simona. Może Simon poczuje się zobowiązany udzielić mu pomocy. W końcu zdradził Charlesa w okresie tego szemranego przejęcia i wypowia-

98

dał pod jego adresem groźby poza protokołem podczas przesłuchań, które w końcu zmusiły go do poddania się i praktycznego bankructwa. Nigdy nie powtórzył Daphne, jaki charakter miały te groźby. Jak to zrobić? I to jest ktoś, kogo Daphne chce prosić o pomoc. Simon ma jacht w Palm Beach, a sam pewnie jeździ na nartach w Aspen, a więc rzeczywiście jest dobrze z Amerykanami. Gdyby jednak istniała choć najmniejsza szansa, że Simon mógłby pomóc, to Charles zadzwoniłby nawet do Aspen czy na satelitarny numer statek-ląd.

Pies nie chce już spacerować. Siedzi i tylko ruchami uszu odpowiada na ponaglenia. Wie, że ten spacer jest szaleństwem. Charles kieruje się w stronę domu, a pies w cudowny sposób odzyskuje energię.

Kiedy wraca do domu, dochodzi czwarta rano. Obawia się, że Daphne siedzi i czeka na niego. Wie, że na jakimś głębszym poziomie, na poziomie niedostępnym męskiej intuicji, zawiódł ją. A teraz ma przed sobą próbę, której pewnie nie sprosta. Jego ukochana córka jest w rękach FBI. Oni – poprawia się – FBI nie zwraca najmniejszej uwagi na ludzkie słabości. Ju-Ju zakochała się w Richiem, a za tym wszystkim stoi Richie, który najwyraźniej wyjechał z Nowego Jorku. Rano Charles zadzwoni do jego matki, mieszkającej skromnie pod Bournemouth, wspieranej comiesięcznymi czekami od jedynego syna. Charles musi przekonać Richiego do powrotu. Choć nie zna faktów, wie, że to wina Richiego.

Daphne śpi. Charles odczekuje kilka minut, by się przekonać, czy nie udaje, ale słyszy ciche znajome odgłosy i wydechy, które ostatnio stały się głośniejsze i wręcz lekko zniekształcone. Daphne śpi. Jak Ju-Ju zasypia natychmiast, bez względu na wszystko. Charles rozbiera się i wkłada piżamę, a jego żona dalej wydaje te drobne odgłosy, ciche kwilenia i pochrapywania. On ostrożnie idzie korytarzem do pomieszczenia nazywanego przez nią pokojem gościnnym, choć nigdy nie miewają gości, wsuwa się pod koce, szepcze imię Ju-Ju i ma nadzieję, że uśnie i nigdy się nie obudzi.

Ale nie usypia.

Rozdział szósty

Ju-Ju leży w wannie. Charlie w stodole próbuje wina. Ju-Ju zapala perfumowane świece dostarczone przez hotel i ma nadzieję przyspieszyć tym sposobem usunięcie plamy, jaką zostawiło na niej więzienie. Niewątpliwie ta plama sięga głęboko, jak wilgoć na starych rękopisach czy akwarela malowana na mokrym gipsie. Plama człowiecza. Charlie zarezerwował ten hotel. Znalazł go w Internecie. To jego pomysł, żeby do Nowego Jorku jechać powoli. Z wanny widać winnice i dalej jezioro. Ju-Ju z zapałem wdycha owocowy zapach świec i spogląda w dół za okno na wodę, pomarszczoną wiatrem, która przypomina płynny metal. Czasami taki monotonnie srebrzysty kolor ma morze w Kornwalii na plaży, na której zbierały z mamą morskie szkiełka na koraliki.

Nie mogę pokładać zbyt wielkich nadziei w Kornwalii.

Wcześniej w Buffalo szli po zrujnowanych ulicach, po których, nie przerywając jedzenia, snuli się otyli ludzie w rozciągliwych kostiumach Buffalo Billa. Kościół znajdował się w dość eksponowanym miejscu zamożnej niegdyś dzielnicy dużych wiktoriańskich domów. Okolica robiła teraz takie wrażenie, jakby przeszło tędy wojsko: domy popalone, drzwi z siatką chroniącą od much wiszące na jednym zawiasie, prymitywne litery reklam obiecujących tańszy alkohol i zniżkowe strzyżenie. Niektóre rodzaje fryzur przedstawiano na ilustracjach.

Znaleźli dozorcę kościoła, niskiego, wystraszonego Ukraińca w za dużym palcie. Wpuścił ich bocznymi drzwiami, ale najpierw wziął pieniądze, które starannie złożył, być może w charakterze zabezpieczenia przed Kozakami. A wewnątrz, w bocznej kaplicy, był Syn Marnotrawny, witraż upamiętniający Schoomacherów, hołd Tiffany'ego nie tylko dla tej holendersko-amerykańskiej rodziny, której fortunę przyniosły barki na Wielkich Jeziorach, ale także dla wielkiego okna w Chartres. Tiffany zachował trójskrzydłowy układ gotyku strzelistego, dodał lilie i magnolie w scenach powrotu do domu, a także bogaty maswerk – ten zaokrąglony fragment na czubku – zawierający tulipany i holenderską żaglową barkę. Na centralnym panelu syn marnotrawny jest ubierany i karmiony.

– To jedno z jego najlepszych okien – powiedziała Ju--Ju. – Jego interpretacja Chartres, choć tak niewątpliwie amerykańska. Cudowna.

Kiedy przyjechała do Nowego Jorku, by podjąć pracę w domu aukcyjnym Christie's, zobaczyła okna Tiffany'ego w muzeum Metropolitan. Odznaczały się amerykańskimi cechami, które szybko nauczyła się rozpoznawać: konkurencyjnością i brakiem zahamowań. Zniknęła samorezygnacja starej Europy. Okazało się, że Biblia nie jest już przestrogą, tylko pochwałą wybranych. A nie ma ludzi w większym stopniu wybranych niż nowojorczycy. W ciągu kilku następnych lat przekonała się, że takie było powszechne nastawienie, szczególnie wśród mieszkańców Nowego Jorku, miejsca, które uważało się za błogosławione i poklepywało się po plecach z dziecinną przyjemnością. W konsekwencji żyli tu także liczni zgorzkniali i rozczarowani ludzie. Ju-Ju rozpoczęła swoje badania, których rezultatem była wydana dwa i pół roku później książka.

Charlie był poważny. Zetknięcie ze sztuką wywołuje taką pełną niepokoju reakcję.
– To jest cholernie piękne – powiedział. – Kolory tak wibrujące, a zarazem tak subtelne.
– Pod względem techniki Tiffany był geniuszem. W przeciwieństwie do innych nigdy nie malował na szkle, używał warstw szkła, żeby osiągnąć te wspaniałe efekty. W każdej chwili możesz mi powiedzieć, żebym się zamknęła.
Spojrzała na twarz Charliego, oblaną światłem witraża. Mógłby być młodym świętym, może Franciszkiem z Asyżu wpatrzonym w niebo, by przekonać się, czy jego gołębie powracają bezpiecznie. Musiała się odwrócić, przypomniawszy sobie jego usilne próby wzniesienia zapór zatrzymujących wodę, kiedy szukała morskich szkiełek. Charliego nigdy nie zniechęcały codzienne dowody

na to, że podejmowane przez niego próby są skazane na niepowodzenie. Czasami przyzywał na pomoc Sophie, która popadała w panikę, kiedy fale zaczynały się przelewać przez piaskowe fortyfikacje. Zdawała się naprawdę zmartwiona tym, że niektóre rzeczy wymykają się spod kontroli.

Kiedy stali pod witrażem, zaledwie sześć godzin po uwolnieniu, Ju-Ju próbowała wrócić do rzeczywistości, w której kiedyś mieszkała, jednak bardziej elementarny świat zamętu i złości nadal trzymał ją w uścisku. Charlie musiał wejść do jej celi. Szczerze mówiąc, niewiele było trzeba, żeby namówić ją do wyjścia. W chwili gdy zobaczyła go ponownie z kwiatami z dziesięciocentowego sklepu i bardzo zdziwioną miną, zeszła z łóżka.

Kiedy wyszli z kościoła, odprowadzani życzeniami boskiej pomocy przez miniaturowego Ukraińca, który machał im ręką z głębi swego palta – miał w sobie coś z solidności korzeniowego warzywa – zaczęła tłumaczyć Charliemu, dlaczego nie chciała opuścić celi.

– Ju-Ju, niczego nie wyjaśniaj. Nie trzeba. Jedźmy nad jeziora. Mamy rezerwację na dwie noce z możliwością przedłużenia. Niczego nie musisz tłumaczyć, postaraj się jedynie powrócić na tę planetę.

– Charlie, mój mały braciszku, jesteś... sama nie wiem, zadziwiająco dojrzały.

– Uwierz mi, to tylko aktorstwo.

Zostawili zniszczone, zdewastowane kataklizmami pogody Buffalo i jechali dalej. W Ameryce nie podróżuje się po to, żeby gdzieś dojechać, podróżuje się w oczekiwaniu nagrody i spełnienia. Kiedy Ruskin powiedział, że kolej żelazna pozwoliła głupcom z Buxton odwiedzić głupców z Bakewell i vice versa, pominął najważniejsze. Stwierdzenie typowo angielskie, niepozbawione snobizmu. Choć – jak lubi powtarzać tata – Anglicy tracą powściągliwość, która kiedyś ich jednoczyła.

Kiedy przyjeżdżasz do miasta po raz pierwszy, nie podzielasz uznawanej mądrości, nie rozumiesz także uprzedzeń ani hierarchii. Nie wiesz, dlaczego jakaś ulica, oddalona zaledwie o przecznicę od innej, jest pięciokrotnie droższa. Ani dlaczego galeria sztuki w dawnym magazynie w podupadłej okolicy będzie prosperować, podczas gdy upadnie inna, usytuowana w dzielnicy bogaczy. To wyczucie rozciąga się na restauracje, księgarnie i sklepy. Jeszcze więcej czasu zajmuje poznanie rozproszonych przedmieść i ich szczególnych przyzwyczajeń.

Po rocznym pobycie w Nowym Jorku umiała się poruszać po Manhattanie i Long Island, w tym także po Brooklynie i dalej po Bronksie i Queensie oraz po niektórych miastach na północy stanów Nowy Jork i New Jersey. Lista zamówień Studia Tiffany na kolorowe okna – a było ich trzy tysiące – prowadziła ją po mieście i okolicach. Przekonała się, że wiele okien zginęło lub zostało zniszczonych. Ale odkryła także, że na cmentarzach i w ogrodach pamięci stały mauzolea z witrażami Tiffany'ego, których nikt nigdy nie widział ani nie skatalogował. Znalazła je na dzielnicowych cmentarzach, w Bronksie i pod wiaduktem w drodze na lotnisko JFK, a także w Hoboken i w Newark. Wkrótce potrafiła już czytać historię społeczną; była ona równie wyraźna jak słoje na ściętych drzewach. Zazwyczaj ważny kiedyś kościół stał przy ulicy zamożnych domów, skazanych na ruinę przez ucieczkę mieszkańców na przedmieścia. Czasami okna pozostawały nienaruszone, czasami brały je w opiekę nowe ewangeliczne czy ortodoksyjne kościoły, zajmujące miejsca ducha episkopalizmu, metodyzmu czy luteranizmu, który za kongregacjami przenosił się na przedmieścia. Częściej jednak okna były potłuczone lub zabite deskami. Kiedyś w kaplicy pamiątkowej znalazła na podłodze idealne kamyczki ze szkła *favrile* Tiffany'ego w kolorze tytoniu i różowej magnolii, co przypomniało jej wrzosy w Kornwalii. Kaplica była meliną narkomanów.

Zaczynając od amerykańskiego skrzydła muzeum Metropolitan, które zrekonstruowało fasadę domu Tiffany'ego, Laurelton House, przeczesywała Nowy Jork na podobieństwo radaru, wychwytując sygnały, które okazywały się solidnymi obiektami. I oczywiście przez cały czas poznawała również restauracje, galerie i tak dalej.

– Jak się masz, ślicznotko.

Anglicy w Nowym Jorku zachowywali się jak Anglicy w filmach, a mieli tylko dwie możliwości: przystojny, trochę narwany wychowanek prywatnej szkoły w zamszowych pantoflach albo bezczelny twardziel z krótkimi sterczącymi włosami, ubrany w skórę.

– *Jak się masz, ślicznotko?* – powtórzyła. – Czy to naprawdę tutaj działa?

– Zdziwiłabyś się do jakiego stopnia. Jestem Richie de Lisle, a to moja galeria. W istocie jesteś moim gościem.

– Doskonałe chardonnay, Richie de Lisle. Szkoda, że nie dotyczy to obrazów.

– Zgoda, obrazy są gówniane, ale się sprzedają. Pracujesz u Christie's, prawda?

– Owszem. Jestem Juliet Judd. Niespecjalnie ważna. Ale dziękuję za zaproszenie.

– Przydałoby ci się drugie, a może i trzecie imię. Juliet Sackville Judd. Jak ci się podoba?

– Przykro mi, ale jestem z Islington. A tam nie używamy dwóch imion.

– Nie szkodzi. Chciałbym, żebyś poznała artystę. Zachary, Zachary Birdseye, to Juliet, Juliet Judd od Christie's. Mówiła akurat, jak bardzo jej się podobają twoje prace.

Zachary Birdseye był wysokim mężczyzną o bardzo gęstych, ciemnych włosach, które zostały precyzyjnie przetrzebione przez łysinę. Między ciemnymi bocznymi pasami pozostała naga czaszka, wrażliwa na atak wszelkich możliwych sił, od religijnych idei do ugryzień insektów.

– Nikt ich nie kupuje – stwierdził żałośnie.

– Kupią, uwierz mi, Zachary. Ty się trzymaj sztuki, a ja się zajmę handlem. Popatrz.

Richie wyjął z kieszeni rolkę czerwonych nalepek, odkleił jedną i umieścił w rogu najbliższego dzieła, które było powiększoną wersją turystycznej pocztówki Twin Towers obrośniętych bluszczem na wzór gotyckiej ruiny.

- Ten już jest w drodze do miasta.

Z bliska widać było, że głowę Zachary'ego Birdseye'a pokrywają drobne paciorki wilgoci, takie same jak krople na zewnętrznych ściankach kieliszka Juliet, które spowodował kontakt schłodzonego chardonnay z ogrzaną ciepłem ciał galerią.

- Chwilami mam wrażenie, że zabłądziłam do filmu Woody'ego Allena. Wiem, że to nie jest szalenie oryginalne, ale taka jest prawda – powiedziała, kiedy Birdseye z niepokojem poczłapał dalej.

- Życie naśladuje sztukę i różne takie. My tutaj nie widzimy różnicy. Zjesz ze mną kolację, kiedy już wyjdą amatorzy bezpłatnego żarcia?

- Gdyby to był film Woody'ego Allena, powiedziałbyś: *Znam tu niedaleko doskonałą włoską knajpkę.* Nie sądzisz jednak, że powinieneś towarzyszyć swojemu artyście? Robi wrażenie przygnębionego.

- Nie martw się o niego, ludzie w białych fartuchach zjawią się po niego o dziewiątej trzydzieści. A więc tak czy nie?

- OK.

- Tylko nie popadaj w przesadny entuzjazm, dobrze?

- Nie wydajesz mi się szczególnie godny zaufania. Ale mimo wszystko, tak, świetnie. Aha, Richie.

- Słucham?

- Jest jeden warunek: nie przesadzaj z chłopięcym wdziękiem.

- Super – powiedział, ściskając jej ramię.

Włącza silniczek jacuzzi i próbuje sobie wyobrazić, że to ją relaksuje. Woda miota się wkoło bez celu. Niektóre kobiety w więzieniu mówiły, że kiedy wyjdą, kiedy znajdą się na wolności, zrobią sobie gorącą kąpiel, jeszcze jaką! W ciągu dwóch lat Richie napisał do niej dwukrotnie. Mieszka gdzieś w Europie. Może na Hydrze. Charlie uważa, że to Richie ponosi winę za wszystkie jej kłopoty od momentu, gdy FBI pojawiło się w jej spółdzielczym mieszkaniu o piątej rano. Ju-Ju wyłącza bąbelki i usiłuje się uspokoić, choć duszą ją zapachy Szwedzkiej Jagody. Zdawkowe i trochę oficjalne listy Richiego wyrażały jego głęboki żal i rozczarowanie z powodu rozwoju sytuacji, perfidii prawników i tak dalej. Przypominały list polityka, ponaglanego do pisania przez sekretarkę. Ojciec nigdy jej nie odwiedził. Matka powiedziała, że nie mógł się zmusić do oglądania jej w opałach.

– Czy jest na mnie zły?

– Nie, zdecydowanie nie jest zły.

Ale w chwili gdy matka mówiła te słowa, Ju-Ju wiedziała, że ojciec jest zły. Zły, że życie nie potoczyło się tak, jak powinno, i że wszystkie nadzieje, jakie pokładał w córce, spełzły na niczym. A to jest gorsze niż upokorzenie płynące z faktu, że wyciągnięto ją z łóżka, gorsze niż samotność i groza zamknięcia z szaleńcami. Jednak w końcu niektóre z tych szalonych osób stały się jej bliskie. Odkryła – choć powinna to sobie uświadomić na początku – że te kobiety żyją w świecie innej moralności. Były kryminalistkami tylko w takim sensie, w jakim zoolog klasyfikuje gatunki. W istocie należały do podgatunku ludzkiego, który nie jest zdolny dokonać ani moralnych, ani wielu innych wyborów.

FBI wiedziało, że Anthony Agnello zaproponował Richiemu witraż, że Richie rozpaczliwie potrzebował pieniędzy i że poprosił ją o pomoc w znalezieniu kupca. A jednak na podstawie czysto formalnego drobiazgu – że to ona w rzeczywistości pertraktowała z japońskim kupcem – została skazana za przestępstwo federalne, podczas gdy Richiego sądzono za wykroczenie stanowe, karane wysoką grzywną i pracą na rzecz lokalnej społeczności, a polegające na tym, że nie zgłosił policji podejrzenia, iż obiekt może być kradziony. Grzeczność z jej strony, ponieważ wiedziała, jak zdesperowany był Richie, przerodziła się w poważne przestępstwo.

Jednak bez względu na to, jak bardzo arbitralny był wyrok, dopuściła się przestępstwa. Nie miała okazji wytłumaczyć sądowi prawdziwych okoliczności. Jej współwięźniarki, które zamordowały własne dzieci, przemycały narkotyki czy dokonywały prymitywnych oszustw z kartami kredytowymi, były mniej winne, ponieważ nie znały niczego innego. Sposób, w jaki wykorzystywały swoje ograniczone zasoby, nosił miano przestępstwa, ale nie było to pojęcie należące do rozróżnianych przez nie kategorii.

Agnello był świadkiem gwiazdą. Zabawny jak bohater Damona Runyona. Od lat okradał cmentarze, rabował urny, posągi, ławki i witrażowe okna. Sposób, w jaki opisywał swoją przestępczą egzystencję, rozbawił przysięgłych do łez: Agnello przedstawił siebie jako porządnego faceta, który stara się zarobić parę groszy. Oczywiście, dla niej nie było to takie śmieszne. Ukradł to okno przed

110

wieloma laty. Nikt nawet nie wiedział, że zginęło. Kariera Agnella obfitowała w barwne epizody. Opowiedział,
jak zabrał z cmentarza urnę, w której odkrył czyjeś prochy. Naprawdę źle się czuł, kiedy opróżniał ją na po-
dwórzu za swoim domem w Bronksie. Wspominał, w jaki sposób ukradł to okno. Wraz z dwoma kumplami
spędził prawie całą noc na wyciąganiu go. Pokazał zdjęcie okna handlarzowi, który miał sprawdzić, czy uda mu
się potwierdzić jego autentyczność. Ten handlarz
– współmieszkaniec Bronksu – skontaktował się z jakimś facetem, Angolem, który miał galerię, bo jego dziewczyna, też Angolka, była ekspertem. Okazało się, że jest
czym handlować. A reszta, jak to mówią, to już historia.
Agnello był urodzonym gawędziarzem, nawet sędzia się
uśmiała, i zza jej rozchylonych warg ukazały się dziwnie
różowe dziąsła jak u świnki morskiej.

Na cmentarzu Woodlawn na północy Bronksu, stano-
wiącym jedno z ulubionych miejsc Agnella, jest niewielki
strumyczek, który zaczyna się malowniczym wodospa-
dem, po czym wije się i szumi, nim zniknie w pobliżu
Thruway. Plusk wody, zmyślnie posadzone drzewa, mauzolea usytuowane w znacznej odległości od siebie obiecy-
wały, że nikt nie zakłóci zmarłym spoczynku i stanowiły
wyraz uznania światowych osiągnięć. A jednak, jak odkryła Juliet, w ciągu wielu lat z tego właśnie cmentarza skradziono ponad sto witraży, niektóre autorstwa Tiffany'ego,
inne jego rywala La Farge'a.

111

Juliet obejrzała wiele zachowanych okien, niektóre miały sygnaturę warsztatów Tiffany'ego, inne, niepodpisane, były niewątpliwie jego autorstwa. Teraz potrafiła je zidentyfikować i zadatować od pierwszego spojrzenia. Szkło zawierało wszystkie potrzebne wskazówki. Nauczyła się rozpoznawać tematy, mniej czy bardziej szczegółowo omawiane w katalogu, od Anioła Zmartwychwstania po pejzaże, które często przedstawiały łagodny wodospad w otoczeniu magnolii i wistarii. Rozczulała ją bezbłędnie amerykańska cecha szkieł Tiffany'ego; chciały być lubiane i podziwiane. Myślała, choć nigdy o tym nie mówiła, że dzięki sztuce można zrozumieć kraj i jego mieszkańców.

Jej adwokat próbował, dość niefortunnie, sugerować, że z powodu swojej miłości do Tiffany'ego chciała ocalić skradziony witraż. W końcu nikt nie zgłaszał jego zaginięcia, a wiele okien przepadło przy rozbiórce budynków lub w wyniku wandalizmu. W podsumowującej mowie sędzia odniosła się z pogardą do tej argumentacji. Równie stanowczo odrzuciła twierdzenia adwokata, że oskarżona nie mogła wiedzieć o tym, że witraż jest kradziony, skoro nie figurował w żadnym spisie skradzionych dzieł sztuki. A czy próbowała się tego dowiedzieć? Nie, nie próbowała. Jednak decydujące okazały się czeki zaprezentowane na procesie, podpisane przez nią i zrealizowane przez Agnella. Kim jej zdaniem był Agnello, dopytywała się pani sędzia, międzynarodowym koneserem sztuki?

Richie poprosił, żeby zapłaciła Agnellemu, bo sam nie miał już nic. Agnello żądał gotówki, musiała napisać pięć oddzielnych czeków, żeby mógł je zrealizować w kolejne dni, omijając przepisy o praniu pieniędzy, ograniczające podejmowanie gotówki do jednorazowej sumy dziesięciu tysięcy dolarów.

W czasie przerwy adwokat nalegał, żeby wyjaśniła, że jedynie pomagała Richiemu.

– Sędzia się na panią szykuje. Sprawa nie toczy się po naszej myśli.

Ale Ju-Ju nie mogła tego zrobić.

Znaczenie Ameryki rosło, potrzebowała własnej sztuki, mogła sobie na to pozwolić. Woodlawn było miejscem ostatecznego spoczynku ludzi, którym udało się w tym kraju. Brutalna kapitalistyczna walka z rządowymi regulacjami, z ratuszem i olbrzymimi ruchami proletariackiego surowca, układanie torów kolejowych, przybycie mas imigrantów, zapał pracy, wybuch bogactwa prowadziły do triumfu zwycięzców: spoczną, skąpani o pewnych porach dnia w miękkim świetle okna Tiffany'ego, nieustannie pocieszani przez głos natury, szemrzący strumyk.

Ludzie pochowani w tym pierwszym amerykańskim ogrodzie pamięci tworzyli niemal cały poemat o rozwoju Ameryki. Tak to widziała Ju-Ju, tu też znalazła tytuł swojej książki. Niektóre mauzolea były równie duże jak domy w położonym niżej Bronksie, a na pewno równie duże jak psia buda Anthony'ego Agnello zrobiona z desek

113

i lepów na muchy. W Woodlawn pakowacze mięsa Armourowie leżą obok producentów mydła Babbitów. Brodaty Iceberg spoczywa obok wynalazcy drutu kolczastego. Ojca golfa pochowano obok ojca bluesa, najbardziej znienawidzony człowiek w Ameryce, Jay Gould, spogląda na Gaila Bordena, który obdarzył świat skondensowanym mlekiem. Odbył się tu pogrzeb sześciu burmistrzów Nowego Jorku, łącznie z Fiorellem La Guardią, który twierdził, że nie ma republikańskiego czy demokratycznego sposobu wywożenia śmieci. Jest tu także Robert Woods Bliss, ale tylko duchem, bo zginął na „Titanicu". Leżą tu J.C. Penney, F.W. Woolworth i Samuel Cress, reprezentujący handel detaliczny. Magnat kolejowy Collis P. Huntingford spoczywa w splendorze granitu i marmuru. Ciało A.T. Stewarda, magnata kupieckiego, wykradziono z jednego z takich grobowców i zażądano dwudziestu tysięcy dolarów okupu. Wymiana odbyła się na wiejskiej drodze Bronksu, blisko dzisiejszego zoo.

Bogactwo szukało ostatecznego potwierdzenia w klasycyzmie. Wiele nagrobków ma klasyczny charakter, inne zdobią motywy biblijne lub egipskie, zwoje, urny, kolumny, odwrócone pochodnie i eksedry.

Niemożliwy do zatrzymania pęd amerykańskiej historii. Juliet zdawało się, że rozumie głód sukcesu, piękna, arkadii i zbawienia, które zaspokajał Tiffany. Sam Tiffany padł ofiarą pędzącego strumienia zmian, na wiele dziesięcioleci wypadł z łask.

114

Charlie puka do drzwi. Ju-Ju wkłada biały frotowy szlafrok – białe frotté to zbytek – i otwiera. Charlie trzyma w ręku butelkę wina.

– Przyniosłem ich najlepszy sikacz. Chodź.

Słońce łagodnie oświetla jezioro. Na wzgórzach na drugim brzegu leżą jeszcze śnieżne łaty. Charlie rozpala w kominku. Ju-Ju pije alkohol po raz pierwszy od dwóch lat. Charlie siada obok i obejmuje ją ramieniem.

– Jestem trochę wstawiony – oznajmia. – Chyba nie nadaję się na kipera.

Ściska ją, a ona ma wrażenie, że próbuje jej coś przekazać, może wspólny im obojgu galaretowaty szpik kostny. Charlie zaczyna pogodnie nucić.

– Coldplay – mówi.

– Kim oni są?

– Nieważne.

Najwyraźniej przez dwa lata wiele ją ominęło.

– Mały Charlie, który budował tamy na piasku. Byłeś aniołem.

– Ju-Ju.

– Słucham?

– Muszę ci coś wyznać.

– O Boże, co takiego?

– Miałem zwyczaj jakby szpiegować cię na wydmach.

– Ty perwersyjny maluchu!

– Jak się całowałaś z tym, co jeździł na desce surfingowej.

– Jeśli były to tylko pocałunki...

115

– Czasami trochę więcej. W istocie dużo więcej. Istny zwierzak z ciebie.

– O Jezu, Charlie.

Przy kolacji mówi:

– Ju-Ju, będziemy mieli z Aną dziecko.

– To wspaniale.

– Chcielibyśmy, żebyś była matką chrzestną. Zgoda?

– Oczywiście. Ale nie musisz aż tak się starać, żeby mnie uszczęśliwić, Charlie.

– Prawdę mówiąc, zrobiliśmy to z Aną ze względu na ciebie.

– Uuu, uuu.

– Uważaliśmy, że będziesz miała dosyć czasu, żeby posiedzieć z dzieckiem.

Jest już pijana. Potem śpią w tym samym łóżku, a ona wyobraża sobie ukradkowy powrót wszystkich ludzkich soków. Nie jest to potok ani szemrzący strumień, ale powolne kapanie z kranu czy ze stalaktytu.

Rozdział siódmy

*Podczas długiej zimy 1381 roku w opactwie Rievaulx
kwitły stosunki analne.*

Sophie jeszcze nie obudziła się do końca. W takich
właśnie chwilach przychodzą jej do głowy pierwsze zdania. Powinna je zapisywać. Zastanawiała się nad powieścią historyczną. Myślała też o powieści opartej na jej
własnym życiu tutaj, w malowniczym Hoxton w pobliżu
targu kwiatowego. Prawda jest taka, że pewnie mniej wie
o miejscowych niż o cystersach z Riveaulx. A powinno
się pisać, jak wszyscy twierdzą, o czymś, co się zna.

Ale prawda jest taka, że niczego nie znam. Nie do końca. Nawet nie rozumiem, na czym polegają efekty specjalne. Pewnie mogłabym napisać bardzo krótkie opo-
wiadanie o moim życiu i filmach reklamowych. Na
przykład o pocałunkach Ornelli Illuminati. Trzeba znaleźć własny głos, ale *głos* tak bardzo się kojarzy z osobą
w średnim wieku. Mama pijała amontillado – większość
z jej przyjaciółek wybierała fino – a *głos* to właśnie rodzaj
słowa kojarzącego się z sherry, lekko staroświeckim,

117

snobistycznym i samolubnym. To było, zanim mama odkryła wina z Nowego Świata. Teraz w Zakątku Kulika chardonnay leje się jak woda.

Chyba wiele osób myśli, że pisanie to sposób na zmianę własnego życia. Może ja też tak myślę.

Jestem spóźniona.

Szybko się ubiera. Stara się nie myśleć o bałaganie, jaki panuje wokół, choć słyszy słowa matki: naprawdę nie wiem, nie rozumiem, jak możesz żyć w takiej norze. Zostawia za sobą dekorację w stylu Brit Art złożoną z zagubionej bielizny, zapomnianych posiłków i organicznych dowodów, które doprowadziłyby do szaleństwa tropiące psy.

Wczorajszego wieczoru po rozmowie z Ju-Ju postanowiła skończyć z takim trybem życia. Miała dosyć Dana. Zakochała się w nim, bo jest niekwestionowanym wodzem w swoim świecie. Uznają to wszystkie kobiety, od charakteryzatorek po klientki. Jest wodzem plemienia na własnym terytorium. Jednak ją przestaje to interesować, i to w szybkim tempie. Dan jest jak dziecko z tą swoją miłością do zabawek, które nazywa „zestawem". Zaczynają ją irytować nawet jego przyzwyczajenia seksualne; wymaga od niej działań z ogórkami i paskami, które wydają jej się raczej głupie niż obrzydliwe. Seksualność mężczyzn to dziwna rzecz; bezustannie zaglądają z drżeniem w przepaść.

Kiedy wczoraj wieczorem wreszcie zadźwięczał telefon, Ju-Ju wydawała się zmęczona.

– Doskonale się czuję, Soph. Doskonale. Lekko przestraszona, ale Charlie prowadzi.

– Dobrze jest być na wolności?

– Wspaniale. Choć czuję się trochę zdezorientowana. Co robisz?

– Jeszcze jestem w pracy. Zamieniamy alfy romeo jakby w morświny, jak mi się zdaje. Ale naprawdę niewiele mnie to obchodzi. Kiedy przyjedziesz do domu?

– Charlie jest szefem objazdu. Jedziemy do Nowego Jorku przez Finger Lakes. To jakby kolejny powrót. Będziemy w domu, jak tylko załatwię sprawy mieszkaniowe i inne. Nie mogę się doczekać spotkania z tobą, Soph.

– Och, Ju-Ju.

– Nie płacz.

– Przepraszam.

– Nie, to ja przepraszam.

– Ja też.

Słyszy w tle pogodny głos Charliego:

– Jezu, te kobiety, ple, ple, ple.

– On zostanie ojcem.

– Kto?

– Charlie. Ups, może nie powinnam była ci mówić.

– To prawda? Nie mogę uwierzyć.

– Oddam mu słuchawkę. Ona nie wierzy, że zostaniesz ojcem.

– Sophie, będę tatuniem, a ty ciotunią. Pomyślałem, że najpierw powiem o tym Ju-Ju, żeby nie czuła się jakby wyłączona. O, popatrz, łoś. Nie, to koń. No, pogadaj ze swoją siostrą. Tylko bez ryków.

- Gratuluję, Charlie.
- To nie było trudne. Oddaję słuchawkę.
- Jest w świetnym nastroju!
- Jest wspaniały.
- Na pewno?
- Absolutnie.
- W porządku. Skoro tak mówisz. Gdzie jesteście?
- Zmierzamy do Buffalo. Po co? Bo chcę tam obejrzeć witraż Tiffany'ego. Nie zamierzam go ukraść, nie.

Jakie to typowe dla Ju-Ju. Taksówka się spóźnia. Kierowca, Afrykańczyk, cuchnie piwem i potem. Nastawia radio. Próbuje wyregulować odbiór stacji, która brzmi tak, jakby nadawała spod wody.
- Przepraszam, ale trochę się spieszę.
- Wszyscy się spieszą. Za dużo pośpiechu.
Ma na policzkach plemienne blizny. Przestaje nastawiać radio i przyciska gaz. Sophie niewiele spała, czuje się słaba, ale szczęśliwa. I teraz ten zwariowany Afrykanin każe jej za to płacić.
- Lubisz szybko? Dobra. Podoba ci się Michael Schumacher, wielki kierowca? Dobra, to jedziem!
Samochód podskakuje, piszczy, drga na wczesnoporannych ulicach. Jeszcze jest ciemno. Na tych mrocznych ulicach świadomość, że jest się na nogach, nim wstanie miasto, sprawia, że Sophie czuje się jak na lekkim rauszu. A sposób, w jaki wstrząsa nią na tylnym siedzeniu, tylko wzmaga poczucie ekscytacji, jakby była w wesołym mias-

teczku w podniebnej kolejce, w lunaparku, który ustawiano w Highbury Fields: *Do góry, pędź kolejko do góry, i szybko, szybko w dół.* Zrezygnuje z koki wtedy, kiedy rozstanie się z Danem. Nie powie mu tego dzisiaj, ale zaraz po tym, jak dostanie pieniądze, jak praca dobiegnie końca, jak alfy przemienią się w delfiny. Tak, wtedy to zrobi. Któregoś dnia poznała żonę Dana i to mógł być punkt zwrotny. Eteryczna blondynka, była modelka w kosztownej, cudownie haftowanej, powiewnej sukni. Pająki pewnie pracowały bez przerwy, by stworzyć taką nić. Kobieta przywodziła na myśl muzę prerafaelitów zostawioną na słońcu. Dan mówił o niej jak o wariatce, toteż spotkanie tej eleganckiej, choć wyniszczonej istoty stanowiło niespodziankę.

Miała wyraźny londyński akcent.

– Złotko, ty jesteś Sophie?

– Tak.

– Powodzenia.

Brzmiało to tajemniczo, ale Sophie zrozumiała, że nie była pierwsza.

Co zresztą nigdy jej nie przyszło do głowy.

Trzyma się dzielnie. Ju-Ju wyszła na wolność. Przez niemal dwa lata świadomość, że Ju-Ju jest zamknięta, odbierała Sophie siłę. Wspomina zarośnięty ogród matki, zwinięty klematis, pleśń na różach, czerwone żuki na liliach; rośliny tracące chęć do życia. Nie winiła Ju-Ju, ale rok przed procesem rzuciła narkotyki. Uwięzienie siostry podważyło jej pozycję, jakby sama cierpiała na jakąś zarazę. Ale dzisiaj Ju-Ju jest wolna, a Charlie będzie miał dziecko!

– Michael Schumacher, hej! – woła, kiedy kierowca wyprzedza ciężarówkę firmy Sainsbury.

Na szczęście przyjeżdżają do studia przed Danem. Sophie robi sobie kawę i schodzi na plan, gdzie wszystko czeka tylko na sygnał Dana: *Fiat lux*. Ekipa mówi do niej „skalbie" i uśmiecha się porozumiewawczo. Sophie doskonale zdaje sobie sprawę, że jest dla nich rodzajem wyobrażenia, reprezentuje osobę rozpasaną seksualnie, jak wszystkie pomylone pannice z pewnego środowiska. Zna ich z różnych prac, mają brudne tenisówki, obwisłe brzuchy, są niewysokimi ludźmi o gołębim sercu, jak elfy i krasnoludki pracujące w tej ciemnej jaskini, która za moment zostanie magicznie oświetlona. A krasnoludki to mali mężczyźni, którzy nigdy nie dorastają. Ta praca, polegająca na zabawianiu się światłem, dźwiękiem, kamerą i samochodami, idealnie odpowiada umysłowo opóźnionym. Poprzedniego wieczoru Ornella powiedziała jej, że we Włoszech delfiny uważa się za symbol seksu. Ale we Włoszech wszystko jest symbolem seksu.

Kiedy po rozmowie z Ju-Ju zadzwoniła do rodziców, odebrał ojciec:

– Tato, jestem taka szczęśliwa.

– Zgoda.

– Nic nie mówisz?

– Tak.

– O co chodzi?

– O nic. A dlaczego?

– Nie wiem, sądziłam, że będziesz świętował.

– Szedłem właśnie do łóżka.

– No to dobrze.

Czekała, żeby się odezwał. W końcu to był jego obowiązek.

– Sophie, przyjadę do Londynu w czwartek. Czy możemy się spotkać?

– Bardzo chętnie. Do tego czasu skończymy tę robotę, więc będę wolna.

– Gdzie się umówimy? Nie jestem na bieżąco.

– Zadzwonię. Mogłabym pogadać z mamą?

Słyszy ich krótką wymianę zdań.

– Mamo, co mu się stało?

– Nic – odpowiada *sotto voce* – po prostu jest zmęczony i może lekko zbulwersowany. Skarbie, jeszcze pracujesz?

– Tak, ale kończymy w środę i potem zrobię sobie przerwę. Niewykluczone, że przyjadę w przyszłym tygodniu.

– Przygotuję twój pokój. Czy ty w ogóle coś jesz?

– Jak najbardziej, mamo. Słyszysz, jak trawię bułkę z bekonem? Choć tak naprawdę jest cicho. Bułka była smaczna.

– Wydajesz się jakaś inna.

– To przez ten bekon.

– Nie o to mi chodzi, wydajesz się mniej zaabsorbowana. Czy to z powodu Ju-Ju?

– Chyba tak. To odpowiednie określenie, bo wydaje mi się, że spadł mi kamień z serca. Jak myślisz, kiedy wróci Ju-Ju?

– Nie umiała powiedzieć. Musi coś pozałatwiać w Nowym Jorku. W sprawie tego mieszkania.

– Co sądzisz o Ju-Ju?

– Wydała mi się zmęczona. Prawdę mówiąc, rozmawiałam z nią dwukrotnie. Za drugim razem obydwoje byli jakby mocno upieprzeni.

– Sophie, jak ty się wyrażasz!

– Mamo, zamierzam zerwać z Danem.

– Nie chcę mówić, że się cieszę, ale jednak to powiem. Jesteś taka młoda i ładna, nie zamierzasz chyba...

– Wiem. Po prostu bądź szczęśliwa. Doszłam do takiego samego wniosku, choć może inną drogą.

– Moja siostra Sara poszła z żonatym mężczyzną.

– I co? Jaki jest morał tej historii?

– To było dawno.

– W porządku. Czy jest jeszcze tata?

– Nie, poszedł spać. Tuż przed twoim telefonem oznajmił, że chyba uda mu się pospać. Przez ponad dwa lata nie spał bez proszków dłużej niż godzinę. Frances Cooper zaprosiła nas wszystkich na kolację.

– Kiedy?

– Kiedy będziemy gotowi. Pod pozorami szorstkości jest naprawdę wrażliwą osobą.

– Zgoda, pod warunkiem, że nie będzie tej lesby, jej córki.

Ilekroć rozmawia z matką, czuje pełną wyrzutu obecność niewypowiedzianych słów.

Dlaczego powiedziałam, że zerwę z Danem? Może chciałam ją zapewnić, że wszystko będzie lepiej. A może współzawodniczę z Ju-Ju.

Zjawia się Dan.

– Pieprzone korki. Zapal światła.

Reflektory wahają się przez chwilę, nim zaświecą pełnym blaskiem. Rusza wózek pod samochodem – dziś jest to model lusso 430 T-spark – więc koła zaczynają lśnić.

– Dobra, wczoraj w nocy, kiedy już spokojnie spałaś, zrobiłem drobny montaż – mówi Dan. – Chociaż to moje zdanie, wyszło kurewsko dobrze. Sama zobacz.

Podaje jej dyskietkę. I rzeczywiście materiał jest znakomity, delfiny wjeżdżają w fale i wyjeżdżają z nich, przemieniają się w samochody i znowu w delfiny; jest w tym już nieodparty rytm i blask.

– To tylko mały fragment, o niskiej rozdzielczości, surowy jak cholera, ale chyba chcecie zobaczyć, co robimy.

– On jest gienjusz – oznajmia Ornella. – Delfin jest jak, jak... jak wy to mówicie. Jak fallus. Gienjusz!

Ornella klepie Dana po ramieniu.

– Skarbie, niewiele się mylisz – mówi Dan.

Sophie daje Ornelli kawę i ciastko, po czym pyta Dana, czy ma wszystko, czego potrzebuje.

– Wszystko gotowe na długą sesję. A jak twoja siostra?

– Wolna. I szczęśliwa oczywiście.

– To dobrze. Znajdziesz dziś czas na kolację, kiedy to skończymy?

– Dziś nie mogę, Dan. Wszyscy przygotowujemy się na jej powrót. Muszę być w pogotowiu.

– No problemo, jak mówią Anglicy.

– Pamiętaj, że nie naśladujesz akcentów. Film zapowiada się dobrze. Ornella jest zachwycona.

– Film jest dobry. Sam nie wiem, jak to robię za takie pieniądze.

- To dlatego, że jesteś gienjusz z tym, jak to mówią, fajusem.
- Dosyć wygłupów. Cieszę się, że twoja siostra jest wolna.
- Dzięki, Dan.
- Grzeczna dziewczynka.

Dan wraca do monitora; włosy ma długie, lekko szpakowate, z przedziałkiem pośrodku. Nagle wydaje się archaiczny, przypomina starych muzyków rockowych, których wygląd wziął rozbrat z ich kalendarzowym wiekiem. Asystujące chochliki o jabłkowatych kształtach czekają na jego instrukcje.

Sophie obserwuje go przez chwilę. Zastanawia się, jak to przyjmie. To dziwne, ale bez względu na wiek, nawet jeśli jest się bardzo młodym, zawsze ma się w głębi duszy to przekonanie, że gdzieś czeka właściwy mężczyzna i że trzeba go znaleźć. Nie byle kto, ale ten, którego los ci przeznaczył. To oczywiście nonsens, ale musi odpowiadać jakimś głębokim instynktom. I ten ktoś to na pewno nie jest Dan. Dan pochylony nad monitorem, skóra jego twarzy przemienia się w jej oczach w welin, chudy tyłek lekko spłaszczony, jeden czy dwa długie siwe włosy na piersiach, fryzura wyzywająco porządna, przebiegłe oczka wpatrzone w ekran z intensywnym, dziecinnym zaabsorbowaniem. Nie, to nie Dan.

Cokolwiek przyciągnęło mnie do Dana, zbyt szybko się wyczerpało i zużyło. Może moje pragnienia są zbyt zachłanne – w istocie wcale nie seksualne – za to pełne nadziei, że coś znajdę, coś stałego.

Sophie wydaje się, że wszystko, łącznie z aresztowaniem Ju-Ju, upokorzeniem ojca i jej romansem z Danem, że to wszystko dowodzi braku stabilności. Może zawiniły narkotyki, które już zaczyna ograniczać.

Jest w mojej osobowości coś, co pewnie odziedziczyłam po tacie, a co nie chce żyć w tym świecie i przyjmować go takim, jaki jest. Ludzie religijni czerpią pociechę z wiary, że musi istnieć jeszcze inny świat. Mój problem polega na tym, że ja w to nie wierzę. Muszę się więcej nauczyć. Muszę czytać.

Obserwuje Dana w czarnym kowbojskim pasie, mocno wyblakłych dżinsach, w koszuli Paula Smitha, z buńczuczną czupryną i wie, że to koniec. Ju-Ju jest na wolności; wszystko się zmieni. Sophie już nigdy nie zobaczy fiuta Dana, z którym zawarła niezależny alians, mały kraj podpisujący układ z innym.

Każdy chłopak, jakiego miałam – a było ich sześciu lub siedmiu w zależności od tego, co rozumiemy przez „chłopaka" – pozostawił inne wspomnienie w tym względzie. Czasami te partie wydawały jej się nieatrakcyjne, pozbawione cech estetycznych. Czasami uważała, że są niedopasowane, odmienne od tego, co kojarzyłoby się z całą widoczną osobą. Ale trudne, może wręcz niemożliwe, jest zgadywanie w sprawie seksu. Nigdy też naprawdę nie wiadomo, co o seksie myślą rodzice. Tata najwyraźniej był niezłym numerem, jak to kiedyś powiedziała mama. Ale do jakiego stopnia? Któregoś dnia koleżanka ze szkoły St Paul, Emily Schuster, powiedziała, że jej ojciec miał drugą rodzinę, mieszkającą w Surrey. Właśnie się dowiedziała, że ma siostrę, na miłość boską, niemal dokładnie w tym samym wieku. Jadły lunch w Yo Sushi przy Poland Street, ustawiając na ruchomej taśmie puste talerze, kiedy nikt nie widział, a Emily płakała nad zupą miso. Obydwie śmiały się nad sashimi i udawały, że to danie im smakuje. Piły sake, choć Sophie nigdy do końca nie była pewna, czy świętują – w końcu było to intrygujące – czy coś opłakują, a może jedno i drugie równocześnie. Takie historie słyszy się codziennie. Wydaje się, że już nie można zaufać rodzicom, że będą prowadzić dostojne, aseksualne życie staruszków. A jednak, co dziwniejsze, bez względu na to, co się dzieje, jak bardzo chaotyczna jest ich wewnętrzna egzystencja, mają zdecydowane opinie na temat dziewczyn i chłopaków i nie mogą się powstrzymać od ich wyrażenia.

Dan, nieświadom niczego, manipuluje pokrętłami. Sophie wychodzi do biura produkcji. Tęskni za tym, żeby porozmawiać z rodzeństwem, ale Charlie i Ju-Ju na pewno jeszcze śpią. Zatrzymali się w hoteliku nad jeziorem. Sophie czasami myśli, nie mając nadziei, że okaże się to słuszne, że musi istnieć jakieś odpowiednie miejsce do życia. Dzwoni do Any, żeby jej pogratulować, ale słyszy tylko strasznie sztywną wiadomość na sekretarce. Ana, dwa lata od niej starsza, urodzi jej bratanka lub bratanicę, a to wymaga, by się bardziej do siebie zbliżyły. Ana ją onieśmiela, jest tak soczyście piękna, tak różna od dziewczyn, z którymi zwykle chodził Charlie, tamte były raczej interesujące-ładne niż wspaniałe. Ana pochodzi z Ameryki Południowej, jest Wenezuelką czy Kolumbijką, a według Sophie w jej bazaltowych brwiach i nosie jest coś azteckiego, choć nie wie zbyt wiele o Aztekach, Inkach i tak dalej. Charlie nie powiedział nic rodzicom, ponieważ chciał najpierw poinformować Ju-Ju. Rodzinę, bez względu na to, czym jest, trzeba chronić, nie jest to stabilna organizacja. Poza tym decydując się na dziecko, Charlie otwiera bramy najeźdźcom.

Później Ornella bierze trochę kokainy w biurze produkcji, a Sophie usprawiedliwia się, że jej w tym nie towarzyszy. Nagle, tak nagle, że przypomina to Damaszek, wszystko wydaje jej się śmieszne – to parskanie, grymasy, pocieranie nosa, uśmieszki pełne samozadowolenia. Do biura produkcji wchodzi Dan. Mówi, że komputer wymaga przeprogramowania, więc kończy już pracę. Koniec zdjęć. Ale i tak nieźle im poszło, to dobry film. Idzie zająć się dalszym montażem, skoro tak go wystawiła do wiatru. Sophie dzwoni do Steve'a, montażysty, żeby go ostrzec, i zamawia samochód dla Dana. Ornella wpatruje się w Dana w zachwycie. Patrzy na Brunelleschiego *di nostri giorni*, prosi, żeby ją zabrał na montaż, gdzie będzie mogła obserwować maestra przy pracy.

Następnego ranka przy francuskim ciastku Ornella mówi Sophie, że przespała się z Danem, co – zważywszy na okoliczności – zaskakuje Sophie i mimo zdecydowanego postanowienia, że go porzuci, sprawia jej przykrość. Przez chwilę próbuje się pocieszać myślą, że dla pisarza wszystko jest materiałem na powieść.

129

Kiedy Dan zjawia się w pracy, mówi do niej:

– Masz twarz jak gradowa chmura.

– Nie zniosę już ani minuty dłużej twojego widoku – odpowiada Sophie. – Na tym polega problem.

Karzełki cofają się, niemo, ale z poważnymi minami.

Sophie wychodzi ze studia po krótkich zmaganiach z ciężkimi drzwiami i wsiada w autobus do najbliższej stacji metra. Pociąg przyjeżdża od razu. Choć jest to metro, ta stacja znajduje się tak daleko na przedmieściach, że kolejka jedzie na powierzchni. Sophie wydaje się, że pociąg wygląda jak zagubiony kret, który wyszedł z nory. Dzwoni komórka: Dan twierdzi, że wszystko, co mówi Ornella, to kłamstwo. Wzięła za dużo kokainy w montażowni. Wszystko jej się pomieszało.

– Żegnaj, Dan.

– Sophie!

– Dan, jadę do domu. Jakby już tu nie wrócę.

– Soph, ona jest naprawdę pierdolnięta.

– Dan, to koniec. Powodzenia z delfinami.

– Proszę cię, nie w połowie kręcenia.

– Dan, każdy może robić herbatę i zamawiać taksówki.

W tym momencie pociąg szczęśliwie daje nura pod ziemię, wracając do swojego królestwa, a telefon milknie. Ona jednak nadal słyszy jęczący głos Dana: proszę, Sophie, proszę, metaliczny dyszkant wśród szyn i kabli tego *Götterdämmerung*.

I to błaganie podnosi ją na duchu, ponieważ zawiera nutkę słabości.

Rozdział ósmy

Daphne nakrywa do śniadania. Słyszy Charlesa na zewnątrz. Jest to jeden z tych poranków, który po wichrach i sztormach końca lutego wstaje tak miękki, wilgotny, spokojny – najlepsze określenie to czuły – że ma się wrażenie, jakby całe poprzednie szaleństwo natury było tylko dziełem wyobraźni. Pastor powiedział kiedyś, że mieszkanie w Kornwalii przypomina pobyt na morzu: Kornwalia to wielki statek ruszający na Atlantyk. Metafory pastora są dobre. Kazanie zwykle zaczyna od tekstu z Biblii, który następnie uwspółcześnia, żeby obejmował nowoczesne życie: *Och, żebym miał skrzydła gołębicy, czy, jak to dziś mówimy, Ryanair. Mój tekst dotyczy dzisiaj lotu. Wszyscy jesteśmy w locie, ale od czego uciekamy? Co nas niepokoi w miarę rozwoju naszego życia? Dlaczego uważamy, że musimy odfrunąć? Czego nam brak? Dlaczego odczuwamy niepokój w społeczeństwie dobrobytu?*

Charles układa drewno. Daphne słyszy stuk polan; wydają metaliczny dźwięk. Kiedy tu zamieszkali, Charles zbudował niewielką przybudówkę na drewno, które miało nadać zapach ich życiu, w jakimś sensie je wzbogacić, uczynić bardziej uduchowionym. Ogień i dym palącego się drewna to rzeczy elementarne, niezbędne, by rodzaj ludzki prosperował. Daphne myśli o Eskimosach i Lapończykach, którzy podczas bezkresnej nocy w namiotach potrzebują pociechy, jaką przynosi ogień. Charles zaniedbał swoją szopkę na drewno. Tuż przed Bożym Narodzeniem Daphne zasugerowała, żeby zamówił więcej polan, ale popatrzył na nią, nie rozumiejąc:

– Polan?

– Owszem, wydaje mi się, że przyjemnie byłoby napalić w kominku. To może nas podnieść na duchu.

– Uważasz, że potrzebujemy pocieszenia?

– W domu zrobi się ciepło i przytulnie.

– Uważasz, że jestem przygnębiony.

– Charles, ja tylko mówię, że przyjemnie byłoby mieć ogień w kominku, kiedy wieczory robią się dłuższe. Nic więcej.

– To dla nas wieczory robią się dłuższe. Ta część zdania jest prawdziwa.

– Co to ma znaczyć?

– Że nie widzę powodu.

– Ja to zrobię. Jutro zamówię trochę drewna.

– A, szantażyk. Przemykamy się poniżej radaru. Zawsze byłaś w tym dobra.

– Charles, proszę cię, nie zaczynaj. Nie idź tą drogą.

– „Nie idź tą drogą". Znowu rozmawiałaś z tym brodatym pastorem.

Zamówiła drewno, które zrzucono z ciężarówki obok garażu przed dwoma miesiącami. Teraz, przypaliwszy grzankę, Daphne myśli, że ostry stuk polan układanych w stertę to dobry znak. Stuk, stuk, jak kowadło. Ju-Ju jest w drodze do domu, jadą malowniczą trasą, jak powiedział Charlie, więc może Charles się z tego otrząśnie. Daphne wychodzi przed dom, żeby zawołać go na śniadanie. Prawie wszystkie okrągłe polana są już ułożone, końcami na zewnątrz, żeby wyglądały schludnie i porządnie jak w Skandynawii, niemal jak dzieło sztuki. A Charles przygląda się im, jak kurator wystawy na wolnym powietrzu.

– Śniadanie, skarbie.

– Tak, dlatego czułem swąd spalonych ofiar.

Jednak mówi to pogodnie, więc jej udręczone serduszko podskakuje z nadzieją.

Prawda jest taka, że kobiety mojego pokolenia wychowano w przekonaniu, że istnieją jedynie poprzez mężczyzn. Nie ma znaczenia, czy wiesz, że to nonsens, czy wyraźnie dostrzegasz, że mężczyźni są równie, a może nawet bardziej omylni, w głębi duszy zostałyśmy zaprogramowane tak, by wierzyć, że mężczyznom powierzono pieczę nad życiodajnymi siłami.

Charles układa kilka ostatnich polan.

– Pamiętasz, jak pojechaliśmy do Laponii? – pyta.

– Też myślałam o Skandynawii.

– To dobrze, musimy być psychotyczni.

– Chyba chciałeś powiedzieć „uzdolnieni parapsychologicznie"?

– Daphne, to był żart. Notatka do siebie: dosyć żartów.

Ubrany jest w polarek i dżinsy, które wyraźnie wiszą na pośladkach, jak flaga w bezwietrzny dzień, ale nadal widzi w nim wysokiego, szczupłego młodzieńca, jakim był; ten młodszy mężczyzna nie zszedł jeszcze całkiem ze sceny. Daphne zastanawia się, czy jesteśmy tymi samymi osobami co przed czterdziestu laty. Tak naprawdę nie wierzy w reinkarnację, choć wierzy w nią wielu dobrze wykształconych ludzi, ale we własnym życiu każdy może zaobserwować, że przemienia się w kogoś innego. Kiedyś poszła na prezentację dań japońskiej kuchni, jedzenie zostało przekształcone w kwiaty będące symbolami wartości duchowych, tak przynajmniej powiedział prowadzący pokaz, choć tłumaczenie trudno było zrozumieć. Nawet nie zaczęła mówić Charlesowi o jedzeniu jako symbolu. To dziwne, że stał się rozdrażniony i pełen pogardy, ponieważ zawsze był bardzo tolerancyjny. Według teorii Frances mężczyźni stają się destrukcyjni, w miarę jak słabnie ich seksualna potencja. Określiła to słowem „mściwi".

Charles wchodzi do kuchni i nalewa sobie z dzbanka dużą filiżankę kawy.

– Co za dzień!

– Piękny.

– Idę pograć w golfa.

– To dobrze.

– A ty co robisz?

– Ścielę łóżka, szykuję ręczniki.

– Dla Ju-Ju.

– Dla Ju-Ju, dla Sophie, a może nawet dla Charliego.

– Co powiedziała Sophie?

– Że zerwała z Danem i rzuciła pracę. Ma trochę zaoszczędzonych pieniędzy.

– Biedne dziecko. Było jej trudno?

– Wygląda na to, że nie. Po prostu mu to powiedziała.

Daphne wie, że choć Charles zarezerwował najgłębsze uczucia dla Ju-Ju, to nie był zadowolony, że Sophie żyje z żonatym mężczyzną po czterdziestce. Daphne raz spotkała Dana, wydał jej się uroczy, choć miał wyraźnie londyński akcent. Angielszczyzna znad rzeki, jak to dziś nazywają.

– To dobrze. Prosto po golfie jadę do Londynu. Muszę podpisać jakieś rachunki, a wieczorem mam spotkanie powierników. Idę z Sophie na kolację i wrócę do domu w piątek.

– Mister Dynamizm.

– Pewnie myślisz, że to z powodu zwolnienia Ju-Ju.

– A tak jest?

– Sam nie wiem.

– Z kim grasz w golfa?

– Z Clemem. Tylko z Clemem. Muszę iść wcześniej po piłki.

W tych drobiazgach Daphne widzi nadzieję na powrót normalnego życia. Choć jeśli popatrzeć na rodziny, to nie ma czegoś takiego jak normalność. Nie przyznała się, że poprosiła Clema, żeby zaproponował Charlesowi grę.

Charles zjada grzanki i płatki i zaczyna szykować się na golfa. I nawet tutaj, mimo że trwa to długo, widać poprawę. Zamiast oskarżać ją, że schowała jego kije i wyrzuciła najlepsze buty, wyciąga je z garażu, bez proszenia o pomoc znajduje wilgotną szmatę i czyści.

Po jego wyjściu Daphne idzie nad zatokę, na skraj mokrego piachu. Jest odpływ, więc widać kataraktę na Doom Bar. W ogóle nie ma wiatru. Czasami Bray Hill przypomina jej *Wieżę Babel* Pietera Bruegla. Kiedy Ju-Ju studiowała w Instytucie Courtauld, ciągle chodziły razem do różnych galerii. Ju-Ju była stale w ruchu, chciała zobaczyć każdy obraz w Londynie, każdą instalację i każdą wystawę. Pojechały do Hackney zobaczyć przebudowany dom Rachel Whiteread. Obydwie uznały, że jest cudowny. Daphne myśli czasami, że Bray Hill kryje osadę, ziggurat albo zasypane niebiańskie miasto. Nie powiedziałaby tego Charlesowi, bo uznałby to za nienaturalne. Jednak dla Ju-Ju sztuka i wyobraźnia były rzeczywiste i prawdziwe.

Dla mnie wyglądało to inaczej. W wojskowej rodzinie mogłaś podziwiać akwarele żony pułkownika. Nikt cię jednak nie zachęcał do głębokich rozważań nad prawdą czy znaczeniem sztuki. Czy w ogóle nad czymkolwiek. To było nie do przyjęcia.

W następnym wcieleniu będę odważna i wolna.

Zawsze szuka morskich szkiełek i dzisiaj po burzach ostatnich nocy szybko znajduje kilka kawałków, w tym jeden duży, niebieski, w kolorze, jaki może mieć tylko szkło, jest to głęboki, teatralny błękit. Często zadawała sobie pytanie, czy wspólne wyprawy po morskie szkiełka rozbudziły zainteresowanie Ju-Ju witrażami. Pod tym względem była idealnym dzieckiem. Zawsze chętnie robiła to, co zaproponowano, a ten jej zapał bardzo utrudniał życie Sophie i Charliemu. Ju-Ju była gotowa na wszystko: zbierała ćmy na wydmach nocą, szła do Muzeum Nauki czy do zoo w Londynie z pewnego rodzaju rozbawieniem, jakby chciała zadowolić rodziców, tak że w jej obecności człowiek czuł się uprzywilejowany. Tymczasem Charlie szybko nauczył się rzucać wyzwania. Przez lata wykrzykiwał „Nudne, nudne" na każdą propozycję, Sophie zaś nawet w wieku dziewięciu czy dziesięciu lat była poirytowana, a często zażenowana rodzinnymi pomysłami. Charles popierał tę jej wywrotowość. Początkowo Daphne sądziła, że chciał w ten sposób pomóc dziecku przełamać trudności, dopiero potem uświadomiła sobie, że wykorzystywał Sophie przeciwko niej. Zdawał się zachwycony, kiedy trzeba było zabrać Sophie ze szkoły St Paul. W każdym razie Daphne cieszy się, że poszedł do klubu golfowego. Być może teraz jest na wzgórzu nad plażą. To ich mały wszechświat, który szybko stygnie.

Charles z ciężkim westchnieniem zajmuje miejsce w pociągu. Dlaczego człowiek wzdycha, siadając? Czy dlatego, że ciało jest sztywne – a po golfie bardzo zesztywniał – czy z powodu zmęczenia światem? *Weltschmerz.* Musi powstrzymać się od tego wzdychania. Zawsze rozpoczyna podróż pociągiem pełen nadziei.

Czego się spodziewam? Wyzwolenia, zbawienia?

Kiedy człowiek robi się starszy, zaczyna zauważać, że te biblijne słowa mają znaczenie, a przynajmniej znaczącą dźwięczność.

Przy pierwszym dołku Clem powiedział, że gdzieś wyczytał, iż golf przypomina Kościół katolicki, pełen reguł, których nikt nie przestrzega, i charakteryzuje się równą ilością dewocji, wstydu, winy i głębokiej wiary, że dopuszczenie kobiet do pełnego członkostwa przyniesie ruinę.

Stał przy pierwszym dołku zdenerwowany. Zachęcający pierwszy strzał, mknący w dół w stronę kościelnej wieży. Chociaż Charles spędził godzinę na poletku ćwiczebnym, był zbyt spięty i posłał piłkę na zarośniętą część pola. *Dodatkowy strzał,* zadecydował Clem, *żeby powitać twój powrót.* I potem już poszło dobrze.

Pociąg wyjeżdża ze stacji dość chwiejnie, potem jedzie pewniej. To śmieszna mała stacyjka, daleko od wszystkiego, która nigdy nie miała być stacją dla pasażerów, dopóki dr Beeching nie zredukował sieci kolejowej. Charles pamięta Beechinga: okrągły, wąsaty, w tweedowym ubraniu. Teraz, kiedy czasami publikują jego zdjęcie, robi wrażenie bohatera komiksu, na przykład książeczki z panem Menem, które czytywał dzieciom. A przecież Beeching w czasach jego młodości był znaną postacią, anachronizmem z epoki edwardiańskiej, typem świńskiego rzeźnika z wielkim brzuchem podtrzymywanym grubym ubraniem. Podobnie wyglądał też nauczyciel Charlesa ze szkoły podstawowej, pan Kettle, w okrągłych okularach na dużej, mięsistej twarzy.

A teraz ja staję się takim typem. Zastanawiam się, jak naprawdę widzą mnie Charlie i Sophie. I jak będę wyglądał w oczach Ju-Ju po trzech latach.

138

Tuż za Bray Hill, gdzie dziesiąty dołek biegnie zboczem w dół do zadziwiająco ocienionej doliny nad plażą, Clem zapytał:

– Jak się czuje Juliet? Podobno wraca do domu.

– Tak.

– Nie jesteś jeszcze gotowy, Charles?

– To zależy, co masz na myśli.

– Chodzi o to, czy gotów jesteś o tym mówić?

– Nie.

– Więcej o tym nie wspomnę. Chcę tylko powiedzieć, że wszyscy zdajemy sobie sprawę, przez jakie piekło przeszliście. Poczekaj, Charles, pozwól mi dokończyć. Wszyscy też wiemy, że to straszna pomyłka wymiaru sprawiedliwości.

– Dzięki, Clem. Nie było to łatwe.

Charles odszedł po mocnej wydmowej trawie w poszukiwaniu piłeczki, wdzięczny losowi, że Clem nie może widzieć, jak bardzo poruszyło go to własne wyznanie. Znalazł piłkę na piaskowej łasze – zabawne, jak golf kieruje myśli na maleńkie szczegóły topografii, które na moment nabierają wielkiej wagi: sposób, w jaki wygina się trawa i jak gromadzą się łodyżki na miniaturowych stertach drewna, zagłębienia na powierzchni. To się nazywa *ukształtowanie terenu*, kategoria nieistniejąca w przyrodzie. Czasami to ukształtowanie przypomina mu modele, które tworzył w dzieciństwie, z ołowianymi zwierzętami gospodarskimi, fragmentami lustra zamiast jezior, gałązkami zamiast drzew.

Wyciągnął piłkę, a kiedy dotarł z powrotem na pole, mieli już za sobą podjęte przez Clema próby nawiązania bliskiego kontaktu. Jednak przy wyjściu z klubu Clem dał mu wizytówkę z napisem *Anioły Wschodu*, z numerem telefonu i adresem internetowym.

– Co to jest?

– A jak ci się wydaje?

– O Jezu, Clem, co ty wyprawiasz? Zakładasz burdel w Trebetherick?

– Charles, doszedłem do wniosku po dwóch minutach głębokiego namysłu, że w moim wieku – w naszym wieku – sto pięćdziesiąt funtów raz na jakiś czas to słuszny wydatek. Proś Honey. Jest Wietnamką.

– Północną czy Południową?

– Z której strony chcesz. Przyjrzyj się temu w Internecie. Zagramy w przyszłym tygodniu?

– Bardzo chętnie.

– Witaj z powrotem na świecie.

Kiedy pociąg pędzi w stronę Plymouth, Charles zastanawia się, jaki związek widzi Clem między zwolnieniem Ju-Ju a wietnamską dziwką.

Przeprawa wysoko nad rzeką Tamar zawsze wydaje mu się ekscytująca. Dzięki zakotwiczonym w dole łódkom można się zorientować, w którą stronę zmierzają pływy. W wąwozie stoi domek, na który zwykle patrzy, na brzegu leży wyciągnięta łódka, na wodzie kołyszą się dwa idealnie usytuowane łabędzie. W szkole uczyli się wiersza pod tytułem *Dzikie łabędzie w Coole*. Zawsze myślisz, że po tamtej stronie trawa jest bardziej zielona,

140

powiedziała mu Daphne, ale to prawda, że miał nadzieję na coś więcej, i to wywołuje u niego dręczące niezadowolenie w ciągu całego życia. Kiedy pracował w firmie Fox i Jewell, umieścił za biurkiem napis, oczywiście nieduży, który brzmiał: Somos mas, „Jesteśmy czymś więcej", okrzyk chilijskiej proallende'owskiej opozycji. Trochę trwało, nim Simon i spółka rozszyfrowali to wywrotowe hasło i bez wątpienia zapisali je w głównym rejestrze przy jego nazwisku. Kiedy odbywał praktykę, nadal pisano w rejestrach, i jeszcze pamięta zapach opraw i niepewne zaloty atramentu i papieru. Pióra miały stalówki, którym nie można było wierzyć, szczególnie z samego rana. Nocą zapadały na atramentowe zakrzepy.

Zastanawiam się, dlaczego nigdy nie zapominamy takich zmysłowych doznań?

Jak zwykle nie powiedział Daphne wszystkiego. Musiał podpisać bilanse, ale nie było pośpiechu. Zasypia, idzie do obrzydliwej toalety, znowu zasypia. Ma nadzieję, że nie otwiera ust, kiedy śpi. Ma nadzieję, że nie wzdycha.

Ona mieszka w Norwood – chyba przez czterdzieści kilka lat pobytu w Londynie nigdy nie był w Norwood. Teraz ma czterdzieści sześć lat. A może czterdzieści pięć. Nadal młoda. Nie młoda w tym sensie jak dawniej, ale młoda w jego stygnącym wszechświecie. Już jest ciemno, tak po londyńsku, zapada gazowy zmierzch. W Kornwalii noce są czasami tak głębokie, że trudno zobaczyć własne dłonie. Ale londyńskie życie rozgrywa się co noc w takich

141

miazmatach. Kiedy dzieci były nastolatkami – szczególnie kiedy Ju-Ju miała chyba piętnaście lat – ich powrót do domu z tej szarówki, w radosnym nastroju, zupełnie bez lęków – wydawał mu się drobnym cudem. Oni są londyńczykami, a ja nigdy naprawdę nim nie będę. Jeśli wysyła się dziecko do szkoły z internatem w wieku lat siedmiu, tak jak mnie, tak jak Daphne, to dziecko już nigdy nigdzie naprawdę nie przynależy.

Dochodził do przekonania, że jego niespokojne, wykorzenione uczucia są typowe dla pewnego rocznika angielskości.

Dlatego w rozmowie wymieniamy pogodne banały i unikamy pytań. To prewencja.

W owych czasach – wydaje się to już tak dawno – uważano też, że w Londynie pracuje się i odpoczywa, ale nie mieszka. Nie miało znaczenia, że ojciec spędzał pięć dni w tygodniu w City, dom był tam, w Petersfield. Kiedy kupili z Daphne dom w Islington, jego rodzice zachowywali się tak, jakby młodzi wynieśli się do Timbuktu, choć później matka nie mogła wyjść z podziwu, jak zwarty jest ich dom, i przypuszczała, że pewnie łatwo o niego dbać. Prowadzenie wielkich domów na wsi było zadaniem kobiet: trzeba było ścinać kwiaty, nakrywać stół, czuwać nad szybkowarem, pouczać głupawe wiejskie dziewczyny, zamawiać udźce. Ogrodnik musiał dostać herbatę ze śmiertelną dawką cukru.

Teraz metro jest zawsze pełne, ale przynajmniej nie zatłoczone. W kolejce prawie nikt nie wygląda na Anglika. Jest grupka młodych Chinek, dwóch śpiących Afrykańczyków. Są jacyś potężni młodzi Amerykanie, jakieś

142

czarne kobiety słuchające muzyki przez słuchawki, kilku młodych Pakistańczyków z kolczykami w uszach, ze szpicami wytłuszczonych włosów i w bardzo dużych adidasach.

Niewykluczone, że jestem jedynym Anglikiem w całym wagonie.

Jednak tu na dole wszystko zmienia się szybko w zależności od demografii na górze: na Leicester Square wsiada grupka roześmianych, wystrojonych dziewcząt, ponad talią widać miękkie ciało. Tłuszcz, nawet wałki tłuszczu, nie są już traktowane jako coś nie do pokazania.

Charlie nigdy nie cierpiał jego komentarzy na temat ludzi na ulicy; podejrzewał, że stanowią dowód uprzedzeń.

– Charlie, od dwudziestu lat jeżdżę samochodem. Z moich doświadczeń wynika – popatrz, popatrz tylko na to bmw – że dziewięćdziesiąt procent kierowców, którzy używają prawego pasa, żeby jechać prosto, to czarni. To nie oznacza, że nienawidzę czarnych. Prawdę mówiąc, wcale tak nie jest.

– Tato, do cholery, oszczędź mi swojej pop-socjologii.

Czy to źle zauważać, że własny kraj się zmienia? Czy trzeba udawać, że wielokulturowość to niczym niezakłócone błogosławieństwo, czy że byliśmy rasą szarych myszy, dopóki nie pojawiła się muzyka rap, złodzieje z Indii Zachodnich i sushi, żeby podnieść nas na duchu? Oczywiście, doskonale wie, do czego zmierza Charlie: nie można generalizować, a to właśnie robią ignoranci. Ale nawet Charlie snuje prymitywne domysły na temat typów ludzkich, muzyki, polityków, na temat gustu, a ostatnio także Ameryki.

143

Kiedy z hałasem i świstem Charles zmierza wśród wstrząsów wagonu na południe od rzeki, tęskni za tym, żeby zobaczyć Ju-Ju i znowu z nią porozmawiać: straszne jest to, że jej potrzebuje, bo jego świat – jego osobowość – się rozpada, a to on powinien ofiarować jej pewność i pociechę. Czy jesteś gotów o tym mówić, Charles? Clem z tą swoją twarzą spiskowca – którą Daphne nazywa twarzą podstarzałego lotharia – pełną nadziei. Czy mógł powiedzieć Clemowi, że kiedy zamknięto Ju-Ju, jego dusza (czymkolwiek jest, bo na pewno nie tym towarem po obniżonej cenie, którym zajmuje się pastor) została zredukowana do zera? Przez ponad dwa lata zaledwie egzystował, podczas gdy Clem węszył i przemierzał szlaki męskich recydywistów w jaguarze wybitym skórą i zdobionym listwami z orzechowego drewna – obwisła moszna – kelner, dla mnie armagnac – uchwyty z włókna węglowego – jakie warzywa są do filetu? – sperma na kobiecie-dziecku ze Wschodu – krawat brytyjskiego związku krykieta.

Teraz młodzi Pakistańczycy zagadują rozchichotane pulchne dziewczyny, a pociąg pędzi, najwyraźniej w dół, w stronę środka Ziemi.

Daphne jest sama. Zawsze uważała, że będzie jej dobrze samej – trochę czasu dla siebie – ale prawda jest taka, że czuje się niepewnie. Często sprząta, pisze listy i dzwoni do przyjaciół. Dzisiaj jednak czyta książkę o aniołach z wędrownej biblioteki. Pokoje dzieci są gotowe, chociaż nie wiadomo dokładnie, kiedy wróci Ju-Ju. Daphne wie,

144

że zawsze oczekują świeżej bielizny, nawet jeśli u siebie żyją w brudzie. Czysta bielizna, odpowiednio nakryty stół i pieczony kurczak; wszyscy troje są urodzonymi konserwatystami, jeśli chodzi o sprawy rodzinne. W ich pojęciu rodzina powinna pozostać niezmienna. Ona i Charles w dzieciństwie nigdy właściwie nie doświadczyli prawdziwego życia rodzinnego. Teraz wydaje jej się, że wszystko rozgrywało się jakby na podstawie scenariusza: *Musisz jeść, siedź prosto, umyj szyję, wyczyść buty. Czysty talerz to czyste sumienie.* Jakby przez cały czas zagrażał im moralny chaos. Charles uznał, że to rezultat posiadania imperium: nieznane czaiło się za płomieniem ognia, kędzierzawi tubylcy w każdej chwili mogli upomnieć się o całą głuszę.

Daphne czyta książkę, która twierdzi, że wysoka śmiertelność w wiktoriańskiej Anglii powodowała pewną nerwową czujność, mitygowaną jedynie działalnością aniołów. Dzisiaj wiele osób wierzy w anioły. Czasami, kiedy jest sama w kościele i układa kwiaty, wyobraża sobie, że tworzy wspólnotę z innymi, którzy już odeszli, ale są życzliwi. Wywołują cichy hałas złożony z brzęczenia pszczół, ryku fal i akordów organowych dobiegających z oddali. Nigdy nawet nie próbowała powiedzieć o tym Charlesowi. A mieli zwyczaj ze sobą rozmawiać. Kiedyś wyznał jej, że czasem budzi się zlany potem, słysząc, jak chłopca w jego szkole chłoszczą prefekci; między uderzeniami laski następowała straszna cisza, zanim powstawał ostry ruch powietrza i bestialskie kaleczenie ciała. Tych dźwięków nigdy, przenigdy nie zapomnę,

145

powiedział, a włosy lepiły mu się do czoła. Może Charles dlatego tak bardzo przeżył uwięzienie Ju-Ju, bo zawsze wyobrażał sobie, że potrafi uchronić swoje dzieci przed tym wszystkim, co w jego dzieciństwie było surowe i samotne. Aniołowie są posłańcami. I – Daphne przyznaje, że to ją zaskoczyło – egzystują w islamie tak samo, jak w Starym i Nowym Testamencie. Według Mateusza, sam Jezus podsunął pomysł anioła stróża dla dzieci. Widziała cudowny posąg Epsteina w katedrze w Coventry, ale ta wojownicza skrzydlata istota nie przypomina anioła, jakiego teraz wyobrażają sobie ludzie. Myślą o swoim aniele raczej jak o przyjacielu, powierniku, który *zawsze ma dla nich czas*. Charles naturalnie nie znosi tego wyrażenia; według niego jest ckliwe.

Kiedy w delikatnie poskrzypującym domu dzwoni telefon, Daphne przez moment odczuwa lęk.

– Halo, mamo.

– Charlie. Jak się czujesz, kochanie?

– Świetnie, oboje czujemy się świetnie.

– Gdzie jesteście?

– W regionie zwanym Finger Lakes. Rano ruszamy do Nowego Jorku. Ju-Ju śpi. Chyba zaczyna się odprężać.

– Tak się cieszę. Jesteś wspaniałym chłopcem.

– Dzięki, mamo. Nie chciałem ci mówić, zanim nie porozmawiam z Ju-Ju. Mamo, jesteś tam?

– Co takiego?

– Chcę ci coś powiedzieć.

– Charlie, żeby tylko nie było to nic strasznego.

– Ależ nie. Będziemy z Aną mieli dziecko.

– Och, Charlie!

– Ty płaczesz. Mamo, nie płacz. Ostatnio wszyscy w tej cholernej rodzinie ciągle leją łzy.

– Och, Charlie, to cudowna wiadomość.

– A zanim zapytasz: tak, zamierzamy się pobrać.

– Zrobicie to tutaj, w naszym kościele? To byłoby wspaniale.

– Muszę pogadać z Aną. Ona też ma rodzinę, a w każdym razie ojca. Mnie jakby bardzo by się to podobało. Ale nie traktuj tego jak nieodwołalnej decyzji i, błagam, nie rozmawiaj jeszcze z brodatym.

– Nie, nie, poczekam. Kochanie, jestem taka szczęśliwa. Tata pojechał do Londynu, ale możesz do niego zadzwonić na komórkę.

– Sama mu powiedz. Myślisz, że jest na to gotów?

– Jest w dużo lepszej formie. Czy Ju-Ju ucieszyła się z twojej nowiny?

– Chyba tak. Obawiałem się, że to jakby może zadziała na zasadzie kontrastu. Że niby my jesteśmy szczęśliwi i ustabilizowani... wiesz, o co mi chodzi. Więc nie mogłem powiedzieć ci wcześniej niż jej. Zapytała, czy już z tobą rozmawiałem, a ja wyjaśniłem, że chcieliśmy najpierw powiadomić o tym ją.

– Wydaje mi się, że miałeś rację. Jesteś aniołem.

– Dobranoc, mamo.

– Gratuluję, kochanie. Wam obojgu. Poślę Anie kwiaty.

– Ja też ci gratuluję. Wreszcie zostaniesz babcią.

Daphne musi z kimś porozmawiać. Próbuje zadzwonić na komórkę Sophie, ale nikt nie odpowiada. Próbuje złapać Charlesa, ale jego telefon jest wyłączony. Za późno, żeby dzwonić do Frances, dokłada więc kolejne metaliczne polano do kominka i znowu bierze książkę. Jednak aniołowie wydają się teraz mało istotni. Zastanawia się, czy młodzi wiedzą, jakiej płci będzie dziecko i który to miesiąc.

Bo chcielibyśmy zarezerwować kościół, zanim ciąża będzie zbyt widoczna, chociaż obecnie ludzie się tym specjalnie nie przejmują. Jak mawiała moja mama, muszę mieć coś, na co będę czekać. I teraz mam dwa, nie, trzy takie wydarzenia: powrót Ju-Ju, ślub i wnuk.

Pusty, przewiany wiatrem pejzaż jej życia znowu się zaludnił.

Rozdział dziewiąty

Początkowo kolacja z Richiem nie przebiegała najlepiej. Oboje byli zbyt czujni. Richie wygłosił kilka uwag na temat koloru i formy wyraźnie skradzionych od Ruskina, a ona uznała, że próbuje jej zaimponować. Trochę zanadto przywiązany był też do kontrastu między sztuką apolińską a dionizyjską. Jesteś zwykłym naciągaczem, pomyślała. Próbował płynąć na każdej artystycznej fali, jaką zdołałby złapać. Nie miał ani własnych norm, ani poglądów. Później przekonała się, że jego metoda polegała na rozsiewaniu opinii i zręcznych uwag, żeby się zorientować, co chwyci. Był typem nazywanym przez jej ojca kameleonem.

Kiedy powiedziała mu tego wieczoru, że uważa Brit Art za sztukę sław, pustą, płaską, powierzchowną, pozbawioną jakiegokolwiek moralnego czy estetycznego stanowiska, zareagował:

– Tak myślisz o mnie. Uważasz mnie za oportunistę.

– Oczywiście, że jesteś oportunistą, pytanie sprowadza się do tego, czy jest w tym coś więcej.

149

– Bardzo niewiele. W istocie nic. Stawiam sobie za punkt honoru, żeby mówić rzeczy, których prawie nie rozumiem. Nie chcę, żeby ludzie czuli się nieswojo w moim towarzystwie.

– Masz też bardzo samokrytyczny sposób bycia, co w istocie jest parawanem dla bezczelności.

– Przekonałem się, że w Nowym Jorku oczekują od Anglika, że będzie uroczy, i to w sposób właściwie nieznany w ojczyźnie. A to są moje żałosne próby zaspokojenia tych oczekiwań.

– Możemy coś zjeść? Co tu jest dobre?

– Tu wszystko jest dobre. Na przekąskę weź carpaccio z czerwonego tuńczyka.

– O Boże!

– Cooo? – powiedział, przeciągając samogłoskę na sposób brooklyński. (Okazało się, że świetnie naśladuje akcenty).

– Nie wiem. To takie nowojorskie.

– Zgoda. Taaaakie zabawne.

Przespała się z nim tego wieczoru, bo uważała, że jest sympatyczny i wystarczająco przystojny, a także dlatego, że obydwoje znajdowali się z dala od domu.

Kiedy zapytał, czy ma ochotę pójść do niego, odpowiedziała:

– Dlaczego nie?

– Psiakość, zawsze jesteś tak pełna entuzjazmu?

Jej mały braciszek stoi w progu.

– Gotowa na śniadanie?

150

– Jak najbardziej.

Później w samochodzie mówi jej, że rozmawiał z mamą o dziecku.

– A z tatą?

– Nie było go w domu. Jest w Londynie.

– Mama się ucieszyła?

– Wydawała się uszczęśliwiona. Ale jakby lepiej by było, żebyśmy się najpierw pobrali. Wszystko w porządku?

– Charlie, powoli wracam do rzeczywistości. Nawet nie umiem ci powiedzieć, co czułam, widząc te wszystkie świeże owoce, płatki śniadaniowe, kwiaty i tak dalej. Jestem pewna, że w twoich oczach wyglądały przeciętnie, nic nadzwyczajnego, ale mnie przypominało to oglądanie martwej natury Fantina-Latoura. Wszystko, co jadłam przez ostatnie dwa lata, wyglądało jak zeskrobane z podeszwy czyjegoś buta. Sztucznie pastelowe kolory w Loon Lake, absolutna ponurość Otisville, uniform więzienny, tym wszystkim, cholera jasna, przesiąkłam aż do szpiku kości. Obiecuję, że nie będę zbytnio narzekać, ale to przeniknęło głęboko.

– Nie zasłużyłaś na taki los.

– Kocham cię, Charlie. Kocham cię za to, że najwyraźniej wierzysz we mnie. Problem polega na tym, że mnie brak wiary w siebie. Dokąd dziś jedziemy?

– Do Hudson Valley. Zamówiłem pokoje w kilku miejscach, a na Manhattan dotrzemy w weekend.

– Brzmi nieźle.

Jego twarz. Twarz rodzinna. Patrzy na niego z boku w trakcie jazdy. Patrzy, żeby dojrzeć, co kryje się w tej twarzy; twarze podobno wyrażają cechy charakteru. Za jego twarzą przepływają drzewa – jakie mnóstwo drzew – drewniane domy, winnice, jeziora. Jego twarz miga. Zabawne jest to przekonanie, że pokrewieństwo ujawnia się w rysach. To prawda, ale dlaczego miałoby to sugerować, że przekazuje się także cechy charakteru? Wyraz twarzy także świadczy o charakterze, o czym wiedzą malarze. W galerii Courtauld ukradkowy *Adam i Ewa* Cranacha czy współwinna naga kobieta Modiglianiego, na które patrzyła codziennie, były zbyt jednoznaczne, zbyt pełne sugestii; nie ma ludzkiej twarzy, którą można tak odczytywać.

W twarzy Charliego jest coś z mamy. Sposób, w jaki się rozgląda znad kierownicy, lekko unosząc brodę, przystosowując oczy do nowej perspektywy, jakby były na szypułkach, a także lekkie przymknięcie powiek w chwili, gdy używa jakiegoś przekonującego argumentu. Usta, w przeciwieństwie do mamy, ma duże.

W więzieniu straciłam wiarę w malarstwo. Zwątpiłam w prawdę sztuki. Tam sztuka wydawała się słabością. Niektóre więźniarki malowały obsceniczne fantazje ze skrzydlatymi końmi, z zielonymi znakami zodiaku i kobietami o włosach z węży. Malowane przez nie twarze były zazwyczaj nędznym odtworzeniem twarzy z komiksów. Nigdy nie przyszłyby im do głowy, że z obrazu – Vermeera czy nawet Stubbsa – można odczytać charakter.

Zorientowała się, że dla nich charakter nie jest niczym subtelnym, raczej ograniczoną liczbą prymitywnych

152

cech, takich jak przemoc, sentymentalizm i brak zahamowań. Ich życia, tak samo jak ich twarze, często wymykały się spod kontroli, w ścisłym związku z tymi cechami, toteż nastawione były na agresję, krzyki i płacze, jakby przechodziły one po drucie od jednej do drugiej. Kiedy teraz patrzy na Charliego, który pilotuje ją przez ten pocętkowany i zwodniczy krajobraz, widzi jego pewność siebie, przyjemną pewność, świadczącą o tym, że Charlie dobrze się czuje w swojej skórze, jak mówią Francuzi. *Bien dans sa peau.* Wypukłość, znajdująca się najwyraźniej tuż pod skórą czaszki, uwidacznia się chwilami wyraźniej pod wpływem gry światła.

– Charlie, Charlie.

– Słucham?

– Jesteś przystojnym, małym diabełkiem.

Charlie się uśmiecha. Jego uśmiech jest ciepły, nie potrafiłaby jednak powiedzieć, gdyby ktoś ją zapytał, jak to się dokładnie objawia, oprócz braku więziennych konwulsji, znajdujących sobie drogę na powierzchnię. Wie tylko, że on odznacza się niewinnością, choć przez dwa lata wierzyła, że nigdy już się z taką niewinnością nie zetknie.

– Co cię gnębi, Ju-Ju?

– W więzieniu zaczęłam podejrzewać, że wszystko, co znałam wcześniej, nie było rzeczywiste.

– Na przykład co?

– Na przykład ty, Charlie. Nie byłam pewna, czy w ogóle się obudzę.

– Och, Ju-Ju, to musiało być straszne.

153

– Czułam, nadal czuję, że zostałam wciągnięta w coś niewypowiedzianego. Nie chcę tego porównywać, ale kiedy czyta się o ocalonych z Zagłady, ci ludzie myślą że... że...

– Ju-Ju, zatrzymajmy się. Niedaleko stąd jest miejscowość Watkins Glen, która słynie z naleśników. Mam ochotę na naleśnik.

Ju-Ju cała drży.

– To twoja twarz, Charlie. Widzę w niej tak wiele, a sądziłam już, że mi ją zabrano. Może część...

– No to przyjechaliśmy do naleśnikowego raju.

Charlie ją obejmuje i idą niezdarnie przez parking do drewnianej smażalni naleśników, wychodzącej na jezioro. Ju-Ju czuje pod swoją dłonią żebra Charliego, a głębiej, między nimi, bardziej miękki przesmyk, który oczywiście miał też w dzieciństwie. Ta fizyczna kruchość jest wzruszająca.

Daleko na jeziorze zbierają się kaczki, wyczuwając porę naleśników. Światła plamią wodę niepewnie i nierówno, tak jak blask świecy padający na srebrną powierzchnię, choć od dwóch lat Ju-Ju nie widziała ani świec, ani srebra.

Kelnerka nieproszona przynosi im miejscowy przysmak, syrop klonowy najwyższej jakości, i proponuje dodatkową kawę.

– Charlie, ona poluje na twoje ciało.

– Czy uważasz, że nasza rodzina ma seksapil?

– Chyba tak. Tata zawsze był trochę ogierem, choć nie jestem pewna, czy to rozgłaszał. Ale tak wyglądał. A teraz ty tak wyglądasz, choć wcale nie jesteście do siebie podobni.

– Ty też to masz.

154

– Nadal?

– Jesteś absolutnie piękna.

– Tragicznie piękna? À propos, uroda nie zawsze idzie w parze z seksownością.

– Tragicznie seksowna.

– Och, to wspaniale!

Zbiera się flotylla kaczek. Kilka z nich wychodzi na brzeg, idą pokracznie, cały wdzięk zostawiły w usianej plamami światła wodzie, która ma kolor kremowy.

– Wydaje mi się, że przed powrotem do domu powinnaś robić mnóstwo bardzo zwyczajnych rzeczy, na przykład karmić kaczki syropem klonowym.

– Charlie, to naprawdę działa.

Syrop klonowy z naleśników wytworzył dziwacznie błyszczący wyciek na powierzchni wody. Kiedy ruszają w drogę do kolejnego jeziora, Ju-Ju pyta Charliego, gdzie zamierzają wziąć z Aną ślub.

– Mama oczywiście chciałaby, żebyśmy się pobrali w St Enodoc.

– A Ana?

– Będziemy musieli ją zapytać.

– Jaka ona jest?

– Wspaniała.

– I to jest właśnie to?

– Musisz ją poznać, wtedy sama się przekonasz.

– Nie przeszkadza jej, że szwagierka siedziała?

– Nie, chyba myśli, że to jakby dodaje blasku. Jej ojciec pochodzi z Ameryki Południowej. Tam inaczej na to patrzą.

- Masz jej zdjęcie?

- Nie, nie przy sobie.

- O Boże, mężczyźni są beznadziejni.

Wydaje się, że Charlie niechętnie rozmawia o Anie. A Ju-Ju rozważa, wracając do myśli przerwanych naleśnikowym postojem, co Ana wniesie do rodzinnej fizjonomii. Może twarz rodzinna pociemnieje, nabierze orlich rysów. Czuje się dziwnie zazdrosna o tę nieznaną Anę, która wchodzi do rodziny i produkuje kolejnego Judda. Dziecko stanie się bezdyskusyjnym faktem, nawet jeśli będzie cechować je ta południowoamerykańska odmienność, rodzaj wyniosłości wysokogórskiej, jakby wysiłek życia na tym świecie nie był nawet wart podejmowania.

- Czy będziemy przejeżdżali w pobliżu Ithaki? - pyta.

- Owszem.

- Na uniwersytecie Cornell jest okno Tiffany'ego, które chciałabym zobaczyć. Nie masz nic przeciwko temu?

- Oczywiście że nie.

- To okno pamiątkowe. Nic religijnego, po prostu ozdoba. O ile pamiętam, przedstawia magnolie i kwitnące jabłonie.

Przez dziesięć czy piętnaście minut oglądają witraż. Na szczycie kwitnąca gałąź jabłoni styka się z obsypanym kwiatami drzewem magnolii, co sprawia, że okno wygląda jak furtka. Ju-Ju zastanawia się, czy widziała wcześniej takie kolory. Witraż w całości jest niezwykle subtelny, jakby Tiffany świadomie powściągał swój entuzjazm dla wibrujących barw. Na dole umieszczono słowa:

A rankiem śmieją się twarze tych aniołów, które kochaliśmy od dawna i dawno zgubiliśmy. Zmartwychwstanie.

– Czego szukamy? – pyta Charlie.

– Tak naprawdę to nie jest dzieło sztuki, raczej wytwór rzemiosła. Patrzę na rozwój techniki. Jest to jednak wyjątkowe i bardzo amerykańskie. Sądzę, że Ameryka nadal ma ambiwalentny stosunek do sztuki, a może i do literatury, i dlatego w tym, co kupują Amerykanie, musi zawsze tkwić element opłacalności: Będę coś z tego miał. Tego właśnie chcą. Udowodnię coś na własny temat, jeśli to kupię. Czy wiesz, że kongregacje emigrantów wierzyły w wybór? A sukces był dowodem łaski Boga, czyli oznaką, że zostaliśmy wybrani. My zatraciliśmy tę wiarę po Cromwellu, jeśli nie liczyć kilku zapóźnionych zwolenników nonkonformizmu typu pani Thatcher, która utrzymywała, że nie istnieje coś takiego jak społeczeństwo. Chciała przez to powiedzieć, że ludzie dzielą się na zbawionych i potępionych. Widzę to wszystko w tych oknach; są niemal jak paszport do tamtego świata dla odchodzącej rodziny Knappów o anielskich twarzach. To nie jest sztuka taka jak Picasso, broń przeciw nieprzyjaciołom.

Charlie stoi w milczeniu, skąpany tym razem w jasnej, wiosennej, jabłkowej zieleni.

– Przepraszam, Charlie, za dużo mówię.

– Mów dalej. Jesteś cudem natury. Dawniej bałem się ciebie, byłaś taka mądra.

– Tylko udawałam – mówi Ju-Ju, ale oboje wiedzą, że to nieprawda.

– Spróbuję przestać.

Kiedy wracają do samochodu, mijają wielki stadion zajmujący środek campusu. Ju-Ju zastanawia się, ile czasu upłynie, nim powrócą stare rodzinne urazy, bo przecież powrócić muszą. Przez chwilę w drodze śpi. Budzi się i słyszy, że Charlie rozmawia przez komórkę; ma śmieszną słuchaweczkę w uchu i maleńki mikrofon. Jest bogaczem. Szybko kończy rozmowę, wyjmuje słuchawkę, żeby podkreślić, że jego głównym zajęciem jest opieka nad nią.

– Dobrze spałaś?

– A długo spałam?

– Nie, z pół godzinki.

– Wiesz, że w pierwszym roku ani razu nie przespałam dłużej niż dwadzieścia minut. Miałam migrenę od budzenia się dziesięć czy piętnaście razy w ciągu nocy.

– Nigdy mi o tym nie mówiłaś.

– Nie mogłam. Jechałeś tak daleko, żeby się ze mną zobaczyć, i za każdym razem mieliśmy tylko godzinę.

– Ju-Ju, dlaczego zrobiłaś to dla Richiego?

– Tak naprawdę nie zrobiłam tego dla Richiego.

– W porządku, nie dla niego. Więcej nie będę pytał. Dzwoniła mama. Nie mówiła jakby bezpośrednio o naszym ślubie w kościele, ale jakby ogólnie omawiała ślub z brodatym.

– Uuu, wydaje się, że sprawa przesądzona. Oczywiście rozumiesz, że ślub to idealna przykrywka.

– Owszem, przyszło mi to do głowy.

– Dla rozmaitych rzeczy. Myślisz, że Ana się zgodzi?

– Jest rozsądna. Rozumie. Rozmawiałem z nią.

– Zgoda, ale czy rozumie naszą mamę?

– Nie, ale, jakby, kto ją rozumie?

Ju-Ju wie, co Charlie ma na myśli. Mama zawsze sięga po coś, co jest nieosiągalne. Gotowanie to jedna sprawa, ale gnębią ją także pragnienia mniej namacalne, jak to, by mieć gust czy utalentowanych przyjaciół. Wiele czasu spędza, czytając biografie kobiet, które *wiodły interesujące życie*. Większość z nich była też bogata, miały olbrzymie domy na wsi i posłuszne psy. W ostatnim liście pisała „o potrzebie duchowego wymiaru w życiu". Ju-Ju nie była pewna, czy chodziło tu o jej życie, czy o życie matki. Jej własne doświadczenia z duchowością przybrały ponury aspekt: niewiele kobiet przebywających w więzieniu żyło w rzeczywistości pełnią życia. Jak ta, z którą dzieliła celę w Otisville, a która budziła ją co noc strasznym wrzaskiem, była bowiem przekonana, że rodzi diabła. Świat duchowy, z jakim się zetknęła, wydawał się rezultatem schizofrenii, epilepsji czy przemocy. Nie jest to wybór stylu życia, jak sugeruje mama. Trudno jednak zaprzeczyć, że irracjonalność i emocjonalność mają bardzo realne konsekwencje. Charlie wierzy, że z powodu Richiego postąpiła tak nierozsądnie i nietypowo; jakby cechy charakteru były czymś niezmiennym.

Jeśli w ogóle nauczyłam się czegokolwiek, to właśnie tego, że charakter nie jest dobrem stałym. Tata wierzy w charakter. Wierzy, że należy go uprawiać jak ogród, bo inaczej zdziczeje. W jego oczach cały kraj popada w ruinę z powodu pobłażliwości.

W pojęciu jej ojca Richie był dziwnie pozbawiony charakteru. Był, jak sam powiedział tamtego pierwszego wieczoru, niczym nasiąkająca bibuła.

– Chcesz powiedzieć, że wszystko niewyraźnie się na tobie odciska?

– Chcę powiedzieć, że nasiąkam tym, co jest najbliżej.

Usiłował zrobić to, co Miles Black w pobliskiej galerii: sprzedawać modne dzieła sztuki i zostać kimś w artystyczno-towarzyskim pejzażu. Kiedy zaczęli ze sobą chodzić, przydała Richiemu trochę wiarygodności. Udało jej się załatwić wystawę Piotra Polaskiego i niewielką galerię zaczęto zauważać. Wkrótce Richie zapragnął wynająć większy i droższy lokal.

– Richie, to się nie trzyma kupy. Nie możesz się wyprowadzać z miejsca, które prawie nic cię nie kosztuje, żeby płacić tam dwieście dolarów, nie mając w galerii żadnych wielkich nazwisk.

– Ale jeśli się tam nie wyprowadzę, nie zdobędę wielkich nazwisk.

– Nie sądzę, żeby występował taki związek przyczynowy.

I oczywiście nie występował. W nowej galerii panował ruch, była modna, ale Richie nigdy nie przyciągnął naprawdę wielkich nazwisk; Uklansky, Jeremy Diller czy ktokolwiek ze starej paczki, która płaciła komorne u Paula Kasmina, gdzie na wernisażach zawsze było dużo śmiesznych krawatów i miękkich lnianych marynarek. Pewnego wieczoru zobaczyła tam Hockneya, uśmiechał się przemądrzale w atmosferze bogactwa. Sukces w sztuce prowadzi do autoparodii, a jest to proces związany z kon-

160

wenansami pewnie tak samo jak u wziętych adwokatów czy oficerów armii.

Nie ulegało wątpliwości, że Richie w szybkim tempie zmierza do bankructwa, ale dla niego wcale nie było to oczywiste. Miesiąc po otwarciu nowej galerii, Biały Żar De Lisle'a 2 z barem espresso i klubem, poznała pisarza z Luizjany, który akurat opublikował swoją pierwszą powieść *Chłopiec z błotnistej równiny*. Jeżeli ktoś poza nią ponosił winę za to, że wylądowała w więzieniu, był to obsesyjnie zajęty Faulknerem Davis Lyendecker. Był delikatnym młodym człowiekiem, po stypendium Rhodesa, który pracował teraz nad nową powieścią, a czasami zarabiał jako lektor w Random House, czekając, aż porwie go sukces. Połączyła ich świadomość, że mogli się mijać na głównej ulicy albo w bibliotece Bodleian. Miał bardzo grube uda, w łóżku dzieliła z nim prostą namiętność, jego grube, towarzyskie nogi i jej trochę mniejsze odkrywały wspólną swobodę i przyciąganie. Miał również coś, czego brakowało Richiemu: wiarę w transcendentną moc sztuki. Wierzył, że możliwe jest zrozumienie za pośrednictwem literatury, choć charakter tego zrozumienia jest z konieczności ograniczony.

Początkowo traktował ich związek lekko, ale prowadzenie niezbadanej egzystencji nie leżało w jego naturze, więc przystąpił do jej badania. Ona wolała nie przyglądać się temu z bliska; niemal nie do zniesienia erotyczne było to, że miała dwóch kochanków. Ekscytowały ją kontrastowe tempa. Pewnego dnia kochała się z każdym z nich dwukrotnie. Jak wyjaśnić jakiejkolwiek zdrowej

161

osobie ten rodzaj swobody i zapomnienia, jaki osiągnęło jej ciało? Więc kiedy Charlie zapytał o Richiego, zupełnie nie potrafiła tego wytłumaczyć. Mogłaby na przykład powstrzymać Richiego od pożyczania kolejnych pieniędzy, znaleźć mu sponsora, ale w ciągu tych czterech czy pięciu niespokojnych miesięcy odpowiadało jej to, że miotał się w poczuciu własnej ważności. Zazwyczaj spotykała się z Davisem w porze lunchu, potem kochali się i rozmawiali bez ograniczeń w jego małym mieszkanku. Meldowała się co rano w swojej przegrodzie w Rockefeller Center, a potem miała cały dzień na szukanie witraży Tiffany'ego i spotkania z Davisem. Znacznie później spotykała Richiego na jakimś wernisażu albo w restauracji. Witał ją tym swoim żarliwym, czarującym, niewinnym spojrzeniem, podczas gdy ona nadal – tak jej się zdawało – pachniała zwierzęco-chemicznymi sokami miłości. Wyobrażała sobie, że jej ciało wydziela pewną woń, jeszcze nie zapach. Jestem dziwką, myślała uszczęśliwiona, wiedząc, że nie może to trwać długo, bo Davis stawał się coraz bardziej niespokojny i dociekliwy; domagał się, żeby zostawiła Richiego. Jego wzruszającą cechą była otwartość, którą kochała. I przez cały czas wiedziała, że Richie idzie na dno, ale nic nie zrobiła, żeby mu pomóc.

Charlie wiezie ich do Catskills. Nie, nie zrobiła tego dla Richiego, zrobiła to dla siebie, ponieważ chciała przeżyć życie aż do naturalnego kresu. Zrobiła to posłuszna egoistycznemu, pierwotnemu zewowi krwi w obliczu tego, co sprawia, że większość ludzi, nawet tych, którzy mieli poprzednio dobry charakter, staje się zupełnie bezradna.

Charlie tłumaczy jej, o czym ona już wie, że góry Catskills były kiedyś ulubionym terenem wakacji nowojorskich Żydów. Jest sumiennym przewodnikiem. W pobliżu drewnianego zadaszonego mostku widzą kilka danieli. A potem mijają wielki zbiornik, który dostarcza do Nowego Jorku wodę pitną, podobno najsmaczniejszą na świecie.

Kiedy Richie zrozumiał swoją sytuację, był już winien prawie sześćset tysięcy dolarów zaledwie po sześciu miesiącach i nie było ratunku, póki nie zjawił się Anthony Agnello ze swoją propozycją. Ju-Ju oglądała okno w niewielkim magazynie, właściwie w szopce za domem Agnella w Bronksie. Okno było niepodpisane, ale rozpoznała Tiffany'ego ze środkowego okresu. Anioł anonsujący zmartwychwstanie Marii Magdalenie i drugiej Marii: *Czemu szukacie żywego wśród umarłych. On zmartwychwstał.*

– Nie proszę, żebyś zrobiła coś więcej – powiedział Richie, ale ona już sprawdzała, witraża nie było na liście skradzionych dzieł. Zdawało się, że Agnello wszedł w posiadanie tego okna przed kilku laty na cmentarzu we Flatbush. Dwa dni później zgodziła się podać nazwisko kolekcjonera w Japonii. Miała tylko zaświadczyć, że okno jest oryginalne. Zostało zapakowane i wysłane do Japonii, a pieniądze, czterysta pięćdziesiąt tysięcy dolarów, wpłynęły na konto równie gładko i spokojnie, jak szum skrzydeł anioła zdobiącego witraż.

A stało się to dlatego – miała mnóstwo czasu, żeby to przemyśleć – że w burzliwej zmysłowości tych miesięcy obojętne jej były wszelkie przyziemne względy. Sędzia i oskarżyciel federalny przedstawili ją czy „scharakteryzowali", jak napisał „New York Times", jako osobę arogancką, gardzącą prawem. Ale ona nigdy nie myślała o prawie. Nie próbowała zrobić pieniędzy ani czegoś ukraść czy zajmować się paserstwem, chciała jedynie przedłużyć ten stan łaski. Kiedy Richie poprosił, żeby wystawiła pięć czeków realizowanych w gotówce po dziesięć tysięcy dolarów każdy, ponieważ Agnello nie miał konta w banku, zrobiła to bardzo chętnie. I w końcu przez tę beztroskę stała się przestępcą. Trzy czy cztery miesiące później Agnello został aresztowany za drobne wykroczenie i z zapałem wkroczył w nowy etap życia jako licencjonowany komik, co obejmowało wyszukane przyznanie się do winy, żeby uniknąć kary. Mógł zdemaskować wielkie nazwiska oszustów w handlu sztuką. Więc kiedy Charlie zapytał, dlaczego pozwoliła, by Richiemu uszło to na sucho, odpowiedź – jeśli w ogóle istnieje jasna odpowiedź – brzmiała, że zdradziła go z powodu żądzy. Miała zamiar zostawić go dla Davisa. Poza tym – co już mniej ważne – adwokat powiedział z tą prawniczą, oprawną w skórę, głęboko pomarszczoną pewnością kogoś, kto wszystko wie, że zostanie skazana na grzywnę. Nic więcej.

Jadą w stronę Hudson Valley przez amerykański pejzaż małych miasteczek, lasów i tandetnych przedsięwzięć. Wiele z nich w absolutnej głuszy musiało być skazanych od zarania: kręgielnie, pokazy latania, malowanie sprayem po obniżonych cenach, nocleg w indiańskich szałasach, mongolski grill, kurze skrzydełka w barze samochodowym, motele z dykty, park dinozaurów, historyczny pokaz armii brytyjskiej, wioska i sklepik plemienia Algonkinów.

Davis napisał do niej do więzienia. Jego list ociekał litością nad sobą. Druga powieść szła źle; trudno mu było się pogodzić z dwulicowością Juliet. Ju-Ju zdawało się, że nie posiada niezbędnej dla powieściopisarza umiejętności postawienia się w jej sytuacji i zrozumienia stanu jej ducha. Wykładał teraz sztukę twórczego pisania w Minnesocie, on ze swoimi grubymi udami, udami jak prosiaki, buszował tam w cudzej kukurydzy. Ale nadal ją kochał. Nie odpisała. Jak miałaby to zrobić? Drugiego listu od niego nawet nie otworzyła.

Ciągle jadą. Ona przez wiele miesięcy pozostawała w miejscu.
Charlie się uśmiecha.
– W porządku?
– Doskonale. Przemieszczam się z moim małym braciszkiem. Nie zdawałam sobie sprawy, do jakiego stopnia niszczy mnie tkwienie w jednym miejscu. Nie mówię o więzieniu, mówię o braku ruchu. Mogłabym tu siedzieć cały dzień i patrzyć, jak za oknami śmiga pejzaż.

Czuje jeszcze w ustach smak więzienia, ale teraz widzi przy drewnianym płocie ciemnoczerwone tulipany, czuje zapach esencji waniliowej, kiedy przejeżdżają obok Krispy Kreme, i widzi dzieci sprzedające jabłka przed budynkiem szkoły z czerwonej cegły.

Dlaczego pamiętam jego uda, jakby reszta jego osoby, różowawe usta, twarz rozpieszczonego chłopca, długie, proste włosy w kolorze orzecha były jedynie postronnymi widzami tego fizycznego dramatu?

– Z tobą zaznałem jedynych momentów prawdziwego szczęścia – napisał. – *Z toobooo... zaznałem... z tobaaa...*

Rozdział dziesiąty

Charles wraca pociągiem do Kornwalii. Podpisał rachunki. Skrzypek z Leyton i doktorant z Rochesteru otrzymali doroczne nagrody Shad Thames Apprentices. Organizacja ta przeżywała okres rozkwitu za czasów Gladstone'a, a jej ostatni triumfalny okrzyk zabrzmiał podczas stoczniowych strajków w latach sześćdziesiątych pod wodzą Jacka Dasha. Pieniądze zostawione przez wytwórcę mydła, sir Ephraima Smedleya, na morską edukację młodych londyńczyków istniały jednak nadal. Teraz wydawano je na doroczny obiad powierników i dwa stypendia dla studiujących nawigację, a z braku takowych na jakikolwiek ciekawy program dalszych studiów, według uznania powierników. Jako pracownik firmy Fox i Jewell Charles był honorowym audytorem i powiernikiem, a kiedy go wyrzucono z pracy, zachował te funkcje. Był to dziwny, najwyraźniej bezużyteczny fundusz, ale nie przewidziano sposobu jego likwidacji.

Zebranie jak zwykle przeszło gładko, niemal zupełnie obcy ludzie zebrani razem nad kieliszkiem sherry, jak to założył dobroczyńca. Może niezupełnie obcy, ale znajomi na angielski sposób, którzy nigdy nie stają się sobie bliscy i nigdy tego nie pragną. W istocie dobroczyńca zapisał każdemu z powierników roczny przydział sherry, ale uznali, że lepszą formą wynagrodzenia jest zwrot kosztów. Pociąg zmierza do Kornwalii, chłonąc świeże powietrze. Charles próbuje przemyśleć, co dokładnie się wydarzyło przedwczoraj wieczorem w Norwood. Poniekąd wie, co się stało, ale głębsze tego znaczenie pozostaje tajemnicą. Dzwonił też Charlie, żeby mu oznajmić, że zostanie dziadkiem. Ju-Ju wzięła słuchawkę i zapytała, czy nie uważa, że to fantastyczne? Wcale nie był pewien, ale oczywiście powiedział tak, to cudowne, i głupio zapytał ją, kim jest ojciec, wyobrażając sobie więziennego strażnika albo członka gangu.

– To nie ja, tato, to Charlie. Charlie i Ana będą mieli dziecko.

Ju-Ju się roześmiała. Słyszał, jak mówi: „Ojciec myśli, że to ja jestem w ciąży", oddając telefon Charliemu. Prawda jest taka, że Charles wcale nie chce rozmawiać o tym nowym dziecku.

– Weźmiemy ślub w St Enodoc. Co o tym myślisz, tato?

– Muszę kończyć, synu. Gratuluję.

Ktoś zbliżał się do drzwi nr 43 przy Doggett Road. Ale to była jakaś postać opatulona ciepłą kurtką, roznosząca ulotki. Charles poczuł się zażenowany, że uciszył syna, który wiózł Ju-Ju do domu i który był przepełniony tym poczuciem ważności i wspaniałości, ogarniającym młodych rodziców. Wszystkich młodych rodziców. Próbował ponownie połączyć się z Charliem, ale nie wiedział, jakim kodem się posłużyć. Kiedy zmagał się z telefonem, stojąc po drugiej stronie ulicy naprzeciwko nr 43, o mało nie przegapił kobiety, która otworzyła drzwi kluczem i weszła do środka. Dochodziła dziewiąta. Czy to za późno? Przeszedł przez ulicę – Boże, co to za miejsce, arcydzieło nijakości – i zadzwonił do drzwi. Dzwonek był tani z niewielką ręcznie wypisaną kartką – *Zwiebel*, to było jej nazwisko po mężu – poniżej.

Podeszła do drzwi, ale nie otworzyła. Odsunął się trochę, żeby mogła go zobaczyć przez wizjer.

– Kto tam?

Czy nie rozpoznała go w ciemności, czy upłynęło zbyt wiele lat?

– Charles.

– Jaki Charles?

– Charles Judd. Jo, to ja, Charles.

Po krótkiej szamotaninie z zasuwami i zamkami drzwi się otworzyły. Na południe od rzeki nigdy nie dość ostrożności.

– Wielki Boże, Charles, co ty tu robisz?

– Jo, muszę cię o coś zapytać. To nie potrwa długo.

Kobieta wygląda na zmęczoną, nie w wyniku jakiegoś pojedynczego wydarzenia, ale chronicznie, konstytucjonalnie – egzystencjalnie – wyczerpaną. Jej twarz, którą zapamiętał pełną zapału i w której cała uwaga nie wiadomo dlaczego skupiała się wokół ust, jest pełniejsza niż dawniej, a ona sama też wydaje się w sumie bardziej przyziemna.

169

– Charles, co za niespodzianka. Wejdź. Jest straszny bałagan, ale cały dzień byłam w pracy.

Dom jest duży, wiktoriański bliźniak, w hallu stoi wieszak na palta i doniczka na drewnianym postumencie. Postument został niefachowo pomalowany na imitację jasnego żyłkowanego marmuru.

– Wejdź tutaj, właśnie zapaliłam kominek.

Kominek jest gazowy, z imitacją węgla, płonący rzekomym płomieniem. Kobieta bierze od Charlesa płaszcz.

Ubrana jest w kostium, żółty jak jaskry, który robi dziwnie przygnębiające wrażenie. Włosy ma obcięte bardzo krótko, ale to najwyraźniej jedyny wymóg postawiony fryzjerowi. Ferowanie wyroków byłoby niesprawiedliwością z jego strony, wygląda jednak na to, że Jo dołączyła do anonimowej armii zawiedzionych kobiet.

– Jo, pamiętasz, jak procesowałem się z Fox i Jewell?

– Owszem, usiądź, Charles, jeśli chcesz. Parzę akurat herbatę. Napijesz się?

– Tak, poproszę.

Kobieta wychodzi z pokoju. Pewne znaki wskazują, że przez dom przewinęło się dziecko, jakieś rodzinne zdjęcia, szkolny portret, sztywny i nieprawdziwy, chłopczyk w przepisowym mundurku, zdjęcie tak wyretuszowane, że wygląda jak mały pulchny święty w blezerku, spoczywający na gzymsie kominka. Ktoś próbował trochę rozweselić to miejsce skandynawskimi zasłonami w kwiaty, ale pomieszczenie jest tak wysokie, a meble – z zamszu i stali – tak blisko podłogi, jakby mieszkańcy byli tu na biwaku.

170

Kobieta wraca z tacą i nalewa herbatę.

– Zanim zaczniemy, to spytam, jak się czujesz, Charles?

– Doskonale.

– Słyszałam o Juliet. Tak bardzo, bardzo mi przykro.

– Ona już wraca do domu.

– To dobrze.

– A co u ciebie?

– Dwa lata temu rozstałam się z Tonym, pracuję w lokalnej agencji nieruchomości, u Bearmana.

– Ile masz dzieci?

– Jednego syna. Jasona. Ma jedenaście lat.

– Jedenaście? Coś podobnego!

– Cukier?

– Nie, dziękuję.

– Dobrze wyglądasz.

– Myślisz pewnie, że przypominam nieboszczyka.

– Nic podobnego. Naprawdę wyglądasz świetnie.

Charles nie może się zmusić, żeby powiedzieć, że i ona wygląda świetnie. Mówi zamiast tego, jak wiele dla niego znaczyła. To nieprzekonujące, ale przynajmniej prawdziwe.

– Charles, po co przyszedłeś?

– Miałem twój adres i chciałem cię zobaczyć.

– Chciałeś zapytać o coś związanego z tamtą sprawą.

– Owszem. Nie zamierzam cię krytykować, Jo, nic z tych rzeczy...

– Ale...

– Ale zawsze się zastanawiałem, co się naprawdę wydarzyło.

– To znaczy?

– Dlaczego dałaś im oświadczenie, że cię molestowałem, że molestowałem cię seksualnie i że byłem z tego znany w firmie?

– Nie są to dokładnie moje sformułowania.

Migoczący ogień – musi się tam kręcić jakieś nieduże kółko, żeby rozprowadzać błyski i tworzyć wrażenie różnorodności – oświetla jedną stronę jej twarzy.

– Ale taki był ich sens. Jo, praktycznie mnie zrujnowałaś. Musiałem zrezygnować, kiedy mój adwokat przeczytał to oświadczenie. Nie dlatego że było prawdziwe, ale dlatego że nie mogłem dopuścić do jego upublicznienia.

– Ale przecież uprawialiśmy seks w biurze.

– Jest wielka różnica między uprawianiem seksu a rodzajem seksualnej zarazy.

Kobieta wstaje. Charles też. Oczekuje, że każe mu wyjść, a tymczasem to ona wychodzi z pokoju. On siada. Elektroniczny miedziany zegar na ścianie z dekoracyjnym wahadłem wydzwania kwadrans. Ona wraca z papierową chusteczką do nosa.

– Przepraszam.

– Nie przyszedłem po to, żeby cię denerwować. Czuję się podle.

– Charles, znalazłam się w strasznej sytuacji. Wiedzieli, że mieliśmy romans. Wszyscy w biurze wiedzieli. Kazali mi więc napisać oświadczenie, że mnie wykorzystałeś. Byłam stażystką, miałam zaledwie dwadzieścia trzy czy cztery lata, a ty byłeś partnerem w firmie. Oczywiście, że to nie była prawda. Kochałam cię albo tak mi się zdawało. Kiedy nadeszła chwila przejęcia, przed dzie-

172

sięciu laty, a ty odszedłeś, powiedzieli: popatrz, on nas podaje do sądu, ale my wiemy, że dobierał się do damskiego personelu. Jeśli powiesz, że cię molestował i tak dalej, tak jak inne, wypłacimy ci rekompensatę. To był nonsens, ale ubrali to w prawnicze szaty. Chodziło o dwanaście tysięcy funtów. Byłam bez grosza. Nadal jestem bez grosza, jak widzisz. A oni zapewnili: nie martw się, to nie dojdzie na salę sądową. Zresztą, chodziłam z Tonym, byłam w ciąży i potrzebna nam była pierwsza rata na dom. Ten straszny dom. Czy chcesz usłyszeć, że kłamałam? Nie powiem tego.

– Nie zamierzam cię o nic prosić.

– Więc po co przyszedłeś?

– To trudno zrozumieć. Chyba sam dobrze nie wiem, ale skoro moja córka wraca do domu, chciałem cię zapytać, czy naprawdę zachowywałem się jak świnia.

Słowa „zachowywałem się jak świnia" niemal uwięzły mu w gardle.

– Charles, nigdy nie byłeś świnią. Byłam w tobie nieprzytomnie zakochana. Nigdy nie spotkałam kogoś takiego jak ty. A ty uwielbiałeś mnie pieprzyć. I to sprawiało, że czułam się tak dobrze.

Wyraża się z trochę większą bezpośredniością, niż mu w tej chwili potrzeba.

– Owszem.

– Charles, to było dwadzieścia trzy lata temu.

– A ja jestem starym człowiekiem.

– Może jesteś starszy, ale wciąż wyglądasz doskonale.

A zresztą, ja jestem teraz tęgą samotną matką i mieszkam

w tym domu, na którego porządne urządzenie nigdy nie było nas stać.

Jego serce – a właściwie wnętrzności – się topią. Przetapia je ta nazbyt ludzka opowieść. Znowu wstaje, czując na twarzy ciepło ceglanego pieca, ona też podnosi się w tym swoim kostiumie żółtym jak jaskier i obejmuje go ramionami.

– Charles, tak mi przykro.

Z bólem, z egoistycznym bólem Charles czuje, że to ciało – to musi być to samo ciało – wydaje się przylegać do jego ciała równie dobrze jak gekon do ściany. Ale równocześnie odczuwa wielką ulgę jak po wypróżnieniu pęcherza, bo wie, że ona nie myślała o nim jak o seksualnej zarazie, jak o człowieku wykorzystującym swoją pozycję.

Po podpisaniu protokołu i rachunków, po wypiciu sherry błądzi po Charing Cross Road, ogląda książki, sztychy i memorabilia. Przed kilkoma miesiącami kupił tu rozprawę o etyce, której jeszcze nie przeczytał ze strachu przed tym, czego mógłby się z niej dowiedzieć o własnych moralnych niedostatkach.

Od wielu miesięcy nie czuł się tak dobrze, zastanawiał się jednak, jaki to ma sens: już nigdy nie kupię żadnej książki podróżniczej, antycznej mapy czy pięknego sztychu kaczki, odkrytej przez jakiegoś podróżnika-przyrodnika w Patagonii. Stojąc bezczynnie między półkami, czyta, że według Ludwiga Feuerbacha chrześcijaństwo zrodziło się z ludzkiej potrzeby wyobrażenia sobie doskonałości:

„Za pomocą wyobraźni człowiek mimo woli kontempluje swą wewnętrzną naturę. Przedstawia ją jako twór własny. Naturą człowieka, naturą gatunków jest Bóg". Kim jest Ludwig Feuerbach? Charles nie ma pojęcia, ale zachowa tę myśl na następną okazję, kiedy brodaty pastor zacznie mówić o duszpasterstwie Kościoła, co wydaje się anglikańskim słowem-wytrychem dla każdego problemu, o którym pastor chce trąbić.

Kiedy poprzedniego wieczoru zadzwonił do Daphne, oznajmiła, że już rozmawiała z pastorem, naturalnie bardzo ogólnie, o kościelnym ślubie Charliego i Any. Rodzice Any są niepraktykującymi katolikami, zresztą mieszkają osobno, ona w Bogocie czy Quito, a on w Limie i Waszyngtonie. Więc wszystko zależy od nich.

– Uważam, że jesteśmy im to winni, nie sądzisz?

– Ale co?

– Prawdziwy, staroświecki, wiejski ślub.

– Naprawdę?

– Owszem. Wiesz, o co mi chodzi. Nie utrudniaj.

Wiedział, o co jej chodzi. Rodzina miała być skarbnicą wartości i dobrej woli, a kościół St Enodoc z tymi ciekawymi wydmami, polem golfowym, grobem Betjemana i obietnicą zapiaszczonych kanapek i herbaty pełnej os, naładowany był ledwie ukrywanym symbolizmem. Oczywiście dla Daphne była to także wspaniała okazja zademonstrowania rodzinnej solidarności z okazji rychłego powrotu Ju-Ju.

Czuł się – mój umysł błądzi – jak Żyd, który oczyścił futryny drzwi. Przynajmniej teraz może powitać w domu Ju-Ju, kiedy Jo potwierdziła, że to, co się wydarzyło przed dwudziestoma trzema laty, nie było formą gwałtu, nie chodziło o próżnego mężczyznę w średnim wieku, który wykorzystuje młodą dziewczynę. Uwolniony od tego strachu powita Ju-Ju w domu. Czasami żałuje, że nie jest Żydem ze znacznie silniejszą świadomością własnego miejsca we wszechświecie, nawet jeśli Żydzi zdobyli tę świadomość w ekstremalnych sytuacjach.

Ostatnio robię się wręcz śmieszny.

Obiecał pozostawać w kontakcie z Jo, choć nie bardzo potrafił to sobie wyobrazić.

Kiedy spotkał się z Sophie w Covent Garden, całej restauracji ukazał się jej brzuch i gumka od majtek, gdy zdjęła płaszcz. Brzuch miała lekko zaokrąglony, Charlie na moment znieruchomiał.

– To tylko brzuch, tato. Teraz taka moda. Ale jestem głodna.

Chciał zapytać o tego jej mężczyznę, który miał na imię Dan, chciał, żeby potwierdziła, że już się z nim nie widuje. Było jednak za wcześnie na wścibstwo. Dan jest starszy od Sophie o dwadzieścia lat i żonaty.

Przypomniał sobie słowa Jo: „Uwielbiałeś mnie pieprzyć". Starał się jednak nie kojarzyć tego Dana ze słodkim ciałem córki.

– Tato?

– Słucham?

– Wybrałeś?

– Jeszcze nie, przepraszam.

176

Przy stoliku stoi młody kelner, pewnie z Australii albo z Południowej Afryki, ze swoim notatnikiem.

– A ty, kochanie, co będziesz jadła?

– Chimichanga.

– To ja też poproszę.

Nie miał najmniejszego pojęcia, co to jest, chociaż przed laty był w Meksyku. Pamiętał, że bez względu na to, co się zamówiło, na stoliku lądowała brązowa, rozmiękła fasola i jakieś nadziewane naleśniki przystrojone odrobiną mazi z awokado.

– Jak praca? – spytał.

– Wiesz przecież, że ją rzuciłam.

– Prawda, przepraszam. Masz dosyć pieniędzy?

– Jakby dosyć na parę miesięcy.

– A twój facet?

– Mój facet, Dan, czterdzieści trzy lata i żonaty, o czym też doskonale wiesz, jest już grzanką.

– Co to znaczy „grzanką"?

– Historią, przeszłością.

Szybko przeszła na temat Ju-Ju. Miała wrażenie, że perspektywa jej powrotu naładowała rodzinę jakby energią.

– To dziwne, ale w jakiś sposób jest nam potrzebna. Byliśmy jakby w otchłani, kiedy była za ścianą.

– Co znaczy „za ścianą"?

– Zapuszkowana, w ciupie.

– Sophie, to niezbyt przyjemne.

– Tam nie było przyjemnie, byłam tam.

Kiedy nadeszło chimichanga – podejrzanie szybko – jadła zawzięcie. Zgodnie z obawami Charlesa, były to jakieś niezidentyfikowane kawałki ułożone jak kurhany wokół centralnego naleśnika.

Sophie nagle przestała pochłaniać jedzenie.

– Musimy się pozbyć nawyku myślenia, że ona jest niewinna. Zastanawiałam się nad tym: to prawda, że wzięła na siebie karę za tego kutasa Richiego, ale to nie czyni jej niewinną. Fakt, że potraktowano ją surowo, jakby był to proces pokazowy, ale nie mówimy tu o Dreyfusie czy o Nelsonie Mandeli. Mama powtarza wszystkim, że to pomyłka, a ty napisałeś do Tony'ego Blaira, że wszystkiemu winna jest histeria i ksenofobia administracji Busha.

– Chwileczkę. Napisałem list, ale potem się zastanowiłem.

– Wiesz, co myślę?

Patrzy na nią, na jej małe niewinne usta i mały niewinny brzuszek pod stołem i – choć próbuje się powstrzymać – wyobraża sobie na nich spermę Dana.

Uwielbiałeś mnie pieprzyć.

– Tato?

– Przepraszam. Chwila seniora. Słucham?

– Tato, sądzę, że nie znamy całej historii. Musi być jakby powód, dla którego pozwoliła sobie jakby na ten upadek.

Odnosi wrażenie, że Sophie dysponuje nowym słownictwem, może z serialu *Przyjaciele*, który wszyscy kiedyś oglądali. On też, i nawet całkiem mu się podobał. Czy Ju-Ju pozwoliła sobie na upadek? Jeśli tak, to po prostu wypadła z łaski. A teraz wkroczyli w fazę postupadkową. Zgadzał się jednak ze swoją córeczką, że nic nie jest takie, jak się wydaje, zwłaszcza w sprawach serca.

– Soph, a jak idzie pisanie?

– Nijak. Za mało wiem.

Te dzieciaki chcą być pisarzami i malować albo zajmować się muzyką. A londyńskie prywatne szkoły naprodukowały mnóstwo odnoszących sukcesy muzyków, malarzy i tak dalej, Charles jednak nie pozbył się do końca dawnych uprzedzeń zaszczepionych mu przez ojca – *ktoś musi wykonywać prawdziwą robotę*. Nie najlepiej się czuł, myśląc o rozczarowaniu, jakie ją czeka. Ale to dylemat rodziców: jak dodawać dzieciom odwagi w obliczu świadectw życia.

Nie byłem dobrym ojcem, choć przynajmniej na poziomie teoretycznym byłem otwarty i tolerancyjny.

– Tato, Charlie mówi, że Ju-Ju trochę się o ciebie niepokoi.

– Z jakiego powodu?

Miał wrażenie, że przygniata go ciężkie powietrze.

– Była urażona, że jakby nigdy do niej nie pojechałeś.

– Nigdy tego nie powiedziała.

– Oczywiście, nie mogła tego powiedzieć, kiedy siedziała. Czułbyś się przymuszany. Wyjaśniłam Charliemu, że ty jakby nie mogłeś znieść widoku jej cierpienia. Bo to prawda, co?

Zajął się meksykańskim bałaganem na swoim talerzu: przesunął mus z awokado za fasolkę, pokroił elastyczny naleśnik, zjadł znaleziony w jego wnętrzu kawałek czegoś, co wydawało się kurczakiem.

– Tato?

Nie potrafił na nią spojrzeć.

– Tato, przepraszam.

179

– Masz rację, Sophie. W zasadzie.

Nie zniósłby widoku cierpienia Ju-Ju, ale nie mógł przecież powiedzieć Sophie, że obraz Ju-Ju w więziennym kombinezonie zburzyłby niepewną budowlę, jaką stało się jego życie. Teraz ma tylko jeden cel: zachować spokój, bez względu na cenę, dopóki jego rodzina nie wróci na utarty szlak. Choć nie jest pewien, jak się o tym dowie, jakie sygnały się pojawią, kiedy już do tego dojdzie. Za bardzo kochał Ju-Ju, bardziej niż biedną Sophie czy Charliego, ale wie, że to egoistyczna miłość, która była dla niej ciężarem.

– Sophie, skarbie, chcesz puddingu?

– Dobrze się czujesz?

– Oczywiście. Zamyśliłem się na chwilę. Rozpaczliwie chciałem ją zobaczyć, ale ilekroć decydowałem się na wyjazd, przekonywałem sam siebie, że to nieodpowiednia pora. Wydaje się, że ostatnio wszyscy porozumiewamy się za pośrednictwem Charliego, więc poproś, żeby przekazał Ju-Ju, że masz rację: to by mnie wytrąciło z równowagi, a ją chyba by przygnębiło. Dużo o tym myślałem. I to jest powód.

– Oficjalny?

– Tak, kochanie. Czy mogę wyrazić zadowolenie, że rzuciłaś Dana?

– Jeśli musisz.

– Muszę. Uważam, że w twoim wieku nie wolno się wiązać z kimś zdesperowanym. A mężczyźni w średnim wieku żyjący z młodymi dziewczynami są zdesperowani.

Myślał o tym, co powiedziała Jo. Nawet teraz, po tylu latach, pamięta to straszne uczucie uciekającego czasu, które seks tak bardzo podkreśla. I dlatego właśnie Clem płaci za wietnamską dziwkę o ciele dziecka i prawdopodobnie dlatego pedofile na ogół mają pięćdziesiątkę czy więcej, a wiele starszych kobiet – bo kobiet nie omija żadne seksualne szaleństwo – dostaje obsesji na punkcie młodych mężczyzn.

„Na oceanie wieków nigdy nie możemy zarzucić kotwicy na jeden dzień".

– Tato, a to co?

– Alphonse de Lamartine.

– Tato.

– Tak?

– On znowu tu jest.

Kelner uśmiechał się porozumiewawczo do Sophie. Rozumiał doskonale, tak samo jak ona, że staruszek potrzebuje trochę czasu.

– Czy jest jakiś pudding, w którym nie miał udziału Meksykanin sikający w orzech kokosowy?

– Prawdę mówiąc, psze pana, to nasza specjalność, ale mamy też dobry sejnik albo jody.

– Sernik – wykrzykuje Sophie z entuzjazmem. – Poproszę, to brzmi zachęcająco.

– Jesteś z Nowej Zelandii?

– Tak, psze pana, z Wellington.

– Ja też zjem sejnik.

– Tato, naprawdę...

– Taki żarcik. Ci z kolonii to lubią.

– Sikanie w orzech kokosowy? O co tu chodzi?

Pociąg przejeżdża przez Tamar. Po lewej Charles widzi okręty wojenne błyszczące światełkami w mroku wieczoru. Jest przypływ. Łabędzie wybijają się z tej ciemności, jasne, świetliste. W małym domu w wąwozie widzi światło w oknie. To kolor sera, niemal kolor kostiumu Jo, a dokładnie kolor światła świecy w porze adwentu.

Kiedy pożegnał się z Sophie, ogarnął go lęk: zniknęła w niewielkiej grupie obserwującej połykacza ognia, który wydychał płomienie w trakcie żonglowania pochodniami. Pozostawiła go w przekonaniu, że jej szczupłe ciało jest zbyt kruche, by poradzić sobie z samą tylko masą, która ich otaczała – dziwił się, że powłoka ziemi może to wszystko utrzymać. Narastało wrażenie, że mogą człowiekowi zagrażać nieruchome obiekty – skały, budowle, klify. Widząc Sophie, której nigdy nie kochał tak głęboko, jak powinien (choć faktem jest, że miłość nie jest poddana woli), jej mały brzuszek i delikatną, pozbawioną zmarszczek buzię, dziecinny nosek z tym strasznym kolczykiem, nosek, którego wszystkie powierzchnie są zaokrąglone i nieuformowane jak u niemieckiej lalki, siedzącej na krześle w sypialni jego matki jako przypomnienie jej idyllicznego dzieciństwa, rzucającego pewien cień na jego własne; widząc Sophie znikającą nagle jak Dickensowski urwis w tym olbrzymim mieście, poczuł niepokój. Przekonał się, co zresztą tak naprawdę zawsze wiedział, że miasto jest dziełem wielkiego oszustwa.

Kiedy wychodził, Jo powiedziała: Jednym z powodów rozstania, jakie podał Tony, była ciągła zazdrość o ciebie. Zawsze mówiłam o tobie.

Rozdział jedenasty

Charlie dostrzega, że został uznany w rodzinie za osobę zrównoważoną. Zadzwoniła Sophie z informacją, że tata życzy sobie, by przekazał Ju-Ju jego słowa: nie odwiedzał jej w obawie, by jego zdenerwowanie nie wpłynęło na nią przygnębiająco. Z tatą tak zawsze: nie chce być postrzegany w złym świetle, więc teraz wytłumaczył Sophie, że fakt, iż nie odwiedzał Ju-Ju, trzeba złożyć na karb jego niezwykłej wrażliwości. Szuka dla siebie usprawiedliwienia.

– Charlie, jego stosunki z Ju-Ju są wyjątkowe.

– Tak wyjątkowe, że nie odwiedził jej przez dwa lata.

– Więcej niż dwa.

– Rzeczywiście.

– Tata nie jest w najlepszej formie. Kelnerowi w Camelback oznajmił, że nie chce na deser szczyn w orzechu kokosowym.

– Co to miało znaczyć?

– Wydaje mi się, że uznał to jakby za dowcip. Niedobrze z nim. Czy mogę rozmawiać z Ju-Ju?

– Nie. Chodzi wokół jednej z rezydencji Rockefellera. Ona jest zadziwiająca. Jak dla mnie zbyt błyskotliwa.

– A co ty robisz?

– Siedzę na tarasie Tarrytown Inn, patrzę na rzekę i telefonuję.

– Co powiedziała Ana na pomysł ślubu na wsi?

– Troszkę niepokojące jest to, że ten pomysł ją zachwyca. Dlaczego nie pojedziesz do niej i nie wytłumaczysz jej na przykład, kim był Betjeman.

– Niewykluczone, że tak zrobię. Nie zrozum mnie źle, ale dla mnie ona jest z innej planety.

– Mama mówi, że rozstałaś się z Danem?

– Wiadomości szybko się rozchodzą.

– A jak tam życiodajne prochy?

– Mój nowy plan obejmuje tylko trochę zielska.

– Grzeczna dziewczynka. Muszę teraz coś załatwić. Pogadamy później.

To jest rodzina. W rodzinie jest się określoną osobą. Matka, szczególnie moja matka, układa jedną półprawdę o tobie na drugiej, aż stworzy całą strukturę, całą sfabrykowaną osobę. To się zaczyna od drobiazgów: jesteś nieporządny, odpowiedzialny, umiesz liczyć, jesz za szybko, boisz się żab, nieodpowiednio trzymasz pióro, a następnie te nitki zostają wplecione w rodzinną tapiserię, rodzaj arrasu z Bayeux, który już na zawsze upamiętnia tę całkowicie fikcyjną scenę. Teraz on – jak głosi mit – stał się kompetentny. Nie mówi się własnej matce o pornografii, masturbacji, nieuczciwości, paleniu trawki w szkole, ściąganiu na egzaminach czy kradzieżach w sklepie. Mama

184

myśli na przykład, że Sophie trochę „eksperymentowała" z narkotykami. Nie wie, że Charlie zapłacił za jej sześciotygodniowy pobyt pod Bristolem, żeby ją odzwyczaić od prochów, kiedy miała dziewiętnaście lat. Nawet teraz nie jest jeszcze zupełnie wolna od nałogu, choć najwyraźniej przekonała samą siebie, że wystarczy jej trochę trawki od czasu do czasu.

Poza tym Charlie tak naprawdę nie kocha Any. Uświadomiła mu to w pełni sprawa dziecka.

Gdybym ją kochał, szalałbym z radości, że będę miał dziecko.

Kiedy mama zasugerowała ślub w St Enodoc, ucieszył się, jakby naciskaniem odpowiednich guzików mógł zrekompensować brak namiętności.

Może to egzotyczność Any przekonała go, że ją kocha. Teraz dręczą go drobne, niedające się zignorować fakty. Nie zdawał sobie sprawy, że ona od czasu do czasu tleni sobie zarost nad górną wargą. Z niewiadomych powodów przygnębiająco podziałał na niego fakt, że znalazł butelkę perhydrolu w szafie obok spiralek do rzęs, butelek szamponu, odżywek i kremów, które Ana gromadzi, a które często zawierają dziwne australijskie i meksykańskie ingrediencje. Ale czego oczekiwać od ciemnej latynoskiej dziewczyny? Irytował go także jej zwyczaj rozmawiania przez telefon z matką mieszkającą w Limie. Ana wyjaśniła, że w Ameryce Południowej – choć sama wychowała się w Paryżu i Waszyngtonie, gdzie jej ojciec pełnił jakieś niejasne funkcje dyplomatyczne – niekończące się pogaduszki należą do zwykłego akustycznego tła, podnoszącego na duchu, ale pozbawionego znaczenia.

Nie bierz tego poważnie, Carlito, mówi. Charlie nie lubi tego dziecinnego zdrobnienia. Obawia się, że po urodzeniu dziecka Ana przekształci się w coś ogromnego, wilgotnego i wymagającego. Już zatrudniają służącą, płochliwą drobną osóbkę z Dominikany, która nie mówi po angielsku, ale wielbi Anę i nabrała już wyniosłości niani-rezydentki. To prawda, że interesy idą dobrze, ale jeszcze nie tak dobrze, żeby stać ich było na dom na Notting Hill, czego pragnie Ana. Trzeba sprzedać masę skarpetek, żeby kupić jedną z tych rezydencji ze stiukami, nawet na skraju dzielnicy sąsiadującym z biedotą. Do czego się przymierzają.

Próbował sobie tłumaczyć, że kiedy zjawia się dziecko, wszystko się zmienia. Tak jak Juddowie powtarzali sobie, że jak tylko Ju-Ju wyjdzie na wolność, wszystko się zmieni.

Charlie dzwoni do kumpla o imieniu Gus, którego firma specjalizuje się w wywiadzie przemysłowym. Zlokalizowana jest w jego sypialni w Clerkenwell. Gus przeważnie zbiera informacje z sieci. Porządkuje je i pisze raport. Przed kilkoma laty na przykład znalazł szwedzką stronę, dowodzącą ponad wszelką wątpliwość, że Irak zakupił wyposażenie, które można zastosować do produkcji gazu paraliżującego. Ten istotny fakt krył się w podaniu firmy Norrskoping o licencję eksportową. Informacja została z wdzięcznością przyjęta przez rząd.

Na komórce wyświetla się numer Gusa.

– Masz coś?

– Charlie, znalazłem Richiego de Lisle. Prowadzi galerię z rdzenną sztuką amerykańską i obiektami kultury materialnej w San Diego. Teraz nazywa się Richard Lillie. W rzeczywistości to jego autentyczne nazwisko. À propos, matka mówi do niego Dicky.

– Dzięki, Gus.

– Kiedy wracasz?

– W przyszłym tygodniu, może pod koniec.

– Dobra, prześlę szczegóły e-mailem.

Charlie zapisuje wszystko w notesie oprawionym w skórę. Resztę poranka spędza przy e-mailach, w istocie nie ma to większego znaczenia dla interesów, zaspokaja jedynie pragnienie, by niczego nie zaniedbać. Przekonał się, że odziedziczył ojcowską łatwość posługiwania się cyframi, mimo że zrezygnował z matematyki w szkole. Wydaje się, że człowiek przejmuje pewne zdolności rodziców. On potrafi dodawać, Sophie pisać ortograficznie, a talenty Ju-Ju nie znają granic. Okazuje się, że zamierza stworzyć słownik dialektu wschodnioamerykańskiego. Ma nawet umowę, wynegocjowaną z więzienia. Tego ranka po śniadaniu – obfitym, zróżnicowanym, miłym dla zmysłów – ruszyła na wielką wycieczkę po Kykuit, rezydencji Rockefellerów. Są tam rzadkie tapiserie projektowane przez Picassa, a przy rezydencji – ogród rzeźb. Umówiła się także na oglądanie pobliskiego kościółka, do którego Nelson Rockefeller zamówił okno u Chagalla dla uczczenia pamięci swojej matki. Ju-Ju mówi, że to jedyny witraż Chagalla w Ameryce.

187

Wydaje mu się, że Ju-Ju wygląda na kompletnie odwodnioną. Jakby odpłynęło z niej jakieś podstawowe ludzkie zrozumienie. Z trudem akceptuje ofiarowaną przez niego zwykłą, banalną pociechę pokrewieństwa, choć wykonuje wszystkie niezbędne gesty. Może próbuje się z powrotem nawodnić – przychodzą mu na myśl japońskie papierowe kwiaty – zanurzając się w pięknie i sztuce, jakby tam znajdował się klucz do tego, kim jest. Wzruszyła go, kiedy podzieliła się z nim podejrzeniami, że wszystko to, co wiedziała przedtem, nie było rzeczywiste. Co na przykład? *Na przykład ty, Charlie.* Powiedziała, że *Jądro ciemności*, które on znał tylko jako *Czas Apokalipsy*, mówi o uwstecznianiu się Kurtza, powrocie do niższej formy ewolucji. *Charlie, tak właśnie się czułam. Może w jakimś sensie stałam się kimś innym.*

Teraz ona bierze rytualną kąpiel w sztuce, a on, człowiek, który nie kocha matki swojego dziecka, stał się osobą kompetentną, podczas gdy ojciec traci grunt pod nogami, więc cała rodzina zwraca oczy na niego. Musi mieć nadzieję, że sam znajdzie ocalenie w ojcostwie.

Przyglądał się bacznie rodzicom z małymi dziećmi. Rodzic z obsesją na punkcie dzieci często robi wrażenie, że próbuje wykluczyć drugiego rodzica. Charlie obserwuje młodych ojców, którzy równie dobrze mogliby nosić cholerne koszulki z napisem: *Żałuję, że nie jestem z osobą dorosłą.* Wysyła e-mail do swojego biura: Zróbcie koszulkę od projektanta z napisem: *jestem ojcem, ale także człowiekiem.*

Ana dzwoni do niego z Bond Street. Ogląda drobiazgi od Tiffany'ego. Ile może wydać? Czy podobają mu się pamiątkowe łyżeczki jako stołowe prezenty weselne? Co to są stołowe prezenty weselne? Drobne pamiątki z wesela dla gości – tanie ze srebra i drogie z platyny. Posłuchaj, Ana, to zależy od tego, ile osób przyjdzie. Rozmawia z nią bardziej obcesowo, niżby chciał, ale udaje mu się coś ocalić, zapewniając kilkakrotnie, że ją kocha.

Dlaczego ona uwielbia luksusowe towary? Kupiłaby suspensorium, gdyby miało etykietkę Prady. Drażni go to, bo swoją firmę zbudował, opierając się na pomysłach drobnych projektantów i sprzedając towary tanio. Chociaż to na skarpetkach – **skarpet-mi-to.com** i **zamówskarp.com** – zarobił pieniądze. Kiedy klienci raz je zamówią, rzadko się wycofują.

Ju-Ju dostała w skórę, jak mówią tutaj. Amerykanie wiedzą, że życie może człowieka złamać. W Wielkiej Brytanii nie przyjęliśmy tego pomysłu, szanujemy ludzką słabość i kruchość, bo wydaje nam się, że należą do obrazu ciągłości, jak dwie strony linii podziału. To, co powiedziała Ju-Ju, było słuszne: wybranym się wiedzie, inni przepadają. Ona zazwyczaj ma rację. Tego ranka obserwował, jak czeka na autobus do raju Rockefellerów, ściskając w dłoniach tani zielony plecaczek (mógłby jej co nieco powiedzieć o modnych torebkach), gotowa do wyjazdu, z twarzą niezwykle napiętą, jak u kogoś, kto siada na fotelu dentystycznym.

– Baw się dobrze, siostrzyczko.

– Szkoda, że ze mną nie jedziesz.

Powinien był pojechać. Machała do niego samotna pośród pastelowych staruszków, kiedy autobus odjeżdżał.

Richie odpowiada za wiele spraw: za tę napiętą, zdenerwowaną twarz jego pięknej siostry, odbitą w szybie odjeżdżającego autobusu, tak że przez moment robiła wrażenie osoby, która zaraz zacznie krzyczeć. Głównie o to właśnie ma pretensję do Richiego, znanego również jako Dicky. Ojciec czasami nazywa muszkę motylkiem pod szyją i jest przekonany, że tego typu określenia mają solidne konotacje, podczas gdy wszystko, co wiąże się z siecią czy młodymi ludźmi – mówi o tym „kultura młodzi", które to określenie zaczerpnął przed wiekami z „Private Eye" – jest trochę wulgarne i niestałe. Dicky Lillie, nawet jeżeli Ju-Ju sobie tego nie życzy, będzie musiał odpowiedzieć za swoje grzechy.

Charlie lubi kobiety. Lepiej się czuje w towarzystwie kobiet niż mężczyzn. W męskiej kompanii nie odpowiada mu klimat współuczestnictwa, mężczyźni uśmiechają się porozumiewawczo, kiedy znajdą się razem. Charlie wie, że to z powodu kobiet. Mężczyźni uważają siebie za przedstawicieli uczciwych, autentycznych wartości w świecie, w którym kobiety rozsiewają chorobliwe i podstępne miazmaty. Na najbardziej podstawowym poziomie widać to wyraźnie u robotników, którzy ustawiają rusztowania, a szczególnie tych, którzy remontują sklepy, a także w pubach City. Zebranym tam facetom wydaje się, że zwyciężają: *Nie martw się, brachu, jeszcze tu jesteśmy.* Charlie czuje się więc nieswojo z powodu swoich myśli o Anie, bo jego zastrzeżenia są irracjonalne: przeszkadza mu to, że farbuje sobie – powiedzmy otwarcie – wąsy, że lubi zakupy, że uwielbia torebki, że jej cyce robią się ciężkie. Kiedy Ju-Ju zapytała, czy ma zdjęcie Any, poczuł się winny, bo nigdy nie przyszło mu do głowy, żeby nosić jej zdjęcie w portfelu. Zastanawia się, jak się ułożą stosunki między Aną a Ju-Ju.

Właściwie zawsze chciałem związać się z kimś takim jak Ju-Ju.

Siedzi wygodnie na tarasie. Znacznie niżej po olbrzymiej rzece płyną barki, całe pociągi barek. Każe to przypuszczać, że gdzieś w głębi kraju istnieją gigantyczne, prymitywne kopalnie wydobywające rudę czy wielkie tartaki przetwarzające drewno, a cały ten towar musi spłynąć w dół rzeki. Wszystkie główne miasta amerykańskie leżą u zbiegu jezior i rzek. Była to jedyna droga dostarczenia ciężkich towarów na rynek. Charlie czeka na tarasie, żeby się przekonać, czy oferta z Niemiec, oczekiwana lada dzień, dotarła do prawnika, który prowadzi negocjacje. Jego prawnik też ma dwadzieścia osiem lat i należy do grona przyjaciół. Nazywa się Martha Wilkes, kiedyś ze sobą chodzili. Nie powiedział Anie, że rozważa sprzedaż firmy. Natychmiast splądrowałaby Bond Street i wykupiłaby Holland Park.

– Lubisz Anę? – spytał Marthę przed wyjazdem do Ameryki.

– Jest wspaniała.

– To nie jest odpowiedź na moje pytanie.

– Coś nas łączyło, Charlie, więc trudno mi zachować obiektywizm.

191

- Wiem, ale cenię sobie twoje zdanie.

- Charlie, dziewczyny zawsze dokonują porównań, kiedy pojawi się nowa, znacząca rywalka.

- To idiotyczne zdanie rodem z telewizyjnego serialu. O co ci właściwie chodzi?

- Co takiego ona ma, czego ja nie mam? O to chodzi. Akurat nie mówię o pojedynku ja kontra Ana, ale tak właśnie myślą dziewczyny.

- No i?

- Ona jest inna niż wszystkie twoje byłe, ze mną włącznie.

- Pod jakim względem?

- Jest taka staroświecko kobieca. Bardzo latynoska kosztowna laska.

- Chcesz powiedzieć, że spotykam się z Evą Peron, która i tak ucieknie ze swoim nauczycielem tanga. Rozumiem.

- Z grubsza o to chodzi.

- À propos, to ty mnie rzuciłaś.

- Tylko dlatego, że pieprzyłeś się z moją przyjaciółką.

- Byliśmy za młodzi.

Martha przysłała mu informację: *Ciągle czekam na Szwabów.* A on odpowiedział: *Bardzo latynoska kosztowna laska i ja pobieramy się. Och, co by było, gdyby!*

Ojciec Any wygląda na profesjonalnego członka południowoamerykańskiej klasy ambasadorsko-przedsiębiorczej. Przede wszystkim ma – prezentuje – cieniutkie wąsiki.

Teraz Charlie myśli, że to było ostrzeżenie. Ojciec Any miał też marynarkę zarzuconą na ramiona jak pelerynę, co świadczyło, że jest gotów w każdej chwili zająć się samotnym groźnym bykiem lub rzucić okrycie pachoł-kowi, gdy zrobi się za gorąco. Jego twarz znaczyły dziwne płaskie myszki w kolorze nikotyny. Włosy miał rzadkie, jednak gęstsze niż Charlie, zaczesane do tyłu jak u wło-skiego premiera. Przyjechał do Londynu na konferencję o połowie wielorybów. Charlie podejrzewał, że przekupili go Japończycy, stanowiący użyteczne źródło dochodu dla dyplomatów z krajów pozbawionych dostępu do morza. Ciekawe, że w Londynie czuł się jak u siebie w domu. Doskonale pasował do Savoyu. Zwracał się do Charliego z rozbawieniem, jakby zetknął się z przedstawicielem ja-kiegoś nowego plemienia, dziwacznych, balsamujących krowy Anglików. Powagę zachowywał dla swojej drugiej córki, Any, która studiowała modę w St Martin's dzięki funduszom Narodów Zjednoczonych. Rozmawiali o pie-niądzach. Ich rodzinny dom tam w dżungli rozpadał się. Aż trudno uwierzyć, ilu jest złych, szalonych ludzi, *loco* w Ekwadorze. Tymczasem jego luksusowa córka zdawa-ła się czuć równie swobodnie w bogato zdobionym, peł-nym luster barze, a także w Grillu, gdzie wędrowny eks-pert od wielorybów i dyplomata zapodział gdzieś swój portfel. To też, myśli teraz Charlie, powinien był uznać za kolejny znak.

Równocześnie intrygowała go, wręcz imponowała mu, naturalna swoboda, z jaką Juan Pablo obracał się w Sa-voyu. Zachowywał się tak, jakby przybył do własnego domu, gdzie od dawna na niego wyczekiwano, i teraz nikt nie szczędzi wysiłków, by wynagrodzić mu dyplomatyczne trudy w niesfornym świecie zewnętrznym. Musiał mieć lepszy stolik, więcej oliwek, muzykę trzeba było ściszyć, do koktajlu wlewać mniej martini. Tak, proszę pana, słucham, ekscelencjo.

Kelnerzy i maîtres d'hôtel słyną ze złej znajomości ludzi: nieodmiennie nabierają się na przestępczo-artystyczny wygląd, na starszych panów z niewyobrażalnie młodymi przyjaciółkami, na sygnety, banknotówki, portfele z krokodylej skóry, a zwłaszcza na nadmierne napiwki.

Niech Bóg ma nas w swojej opiece, jeśli Juan Pablo zjawi się na ślubie.

Charlie myśli, że na ślubie może naprawdę dojść do farsy, galeon pod pełnymi żaglami przywiany do małego angielskiego portu.

Ju-Ju nie chce rozmawiać o Richiem. Richie – to czyste spekulacje, bo zetknął się z nim tylko w pogodnym towarzyskim ścisku Nowego Jorku – świadczy o istnieniu takiej strony Ju-Ju, nad którą ona nie panuje. Może chodzi o seks. Richie jest jednak typem Anglika, dla którego seks stanowi lekką rozrywkę, jak posiadanie psa czy piwniczki z winem. Kto wie? Wieczorem przed wyjazdem pieprzył Anę, starając się unikać spojrzenia na skoszone siano jej górnej wargi, patrzył w jej głębokie zielonoszare oczy – właściwie w kolorze wodorostów – i zdało mu się, że zobaczył rodzaj bezosobowego szaleństwa, atak *petit mal*. Przewracała oczami, usta się poruszały. Może szeptały obsceniczne słowa w języku Inków. Charlie nie był

194

pewien, czy ona zdaje sobie sprawę z jego obecności. Jej orgazm był głośny, bolesny i całkowicie osobisty. Jej ocalenie, podobnie jak w przypadku fundamentalistów, to sprawa pomiędzy nią a jej bogiem.

A co ponaddwuletni pobyt w więzieniu zrobił z moją siostrą pod tym względem? On latał na drugą stronę Atlantyku, by ją zobaczyć w Otisville i Loon Lake, Richie zaś nigdy jej nie odwiedził. A w tych miejscach – o czym nie mogli rozmawiać – przebywała gwałtownie oderwana od dwóch mężczyzn, których kochała najbardziej. Sophie miała rację – Ju-Ju łączył z ojcem głęboki i niepojęty związek. To musiało być dla niej podwójnie bolesne, zatroskana i zarumieniona mama, ja i Sophie pojawiający się posłusznie w tych okropnych miejscach. Bez taty. Kiedy sędzia, ta szydercza suka, stwierdziła, że Ju-Ju będzie musiała się nauczyć, że nikt nie stoi ponad prawem, nie zauważyła, że oderwanie Ju-Ju od kochanka i od ojca, od sztuki i piękna, było karą okrutną i nienaturalną. Musimy przestać wierzyć w jej niewinność, powiedziała Sophie. Ale dokładnie jak daleko sięga jej wina? Wiedzą to tylko ona i Richie.

Może nigdy nie odkryję prawdy, bo w sprawach seksu nic nie jest jasne ani logiczne. A jednak muszę porozmawiać z Richiem.

Dzwoni Martha. Nic nowego: Szwaby chętne, ale zwlekają. Myśli, że złożą ofertę w następnym tygodniu.

– Charlie, chyba nie sugerowałam podczas naszej ostatniej rozmowy, że Ana jest odmieńcem.

– Nie, w zasadzie nie.

– Charlie, bardzo się cieszę ze względu na ciebie.

- A głównie dlaczego?
- Dla wszystkiego: kosztowna laska, dzieciak, forsa, siostra wypuszczona z pudła.
- Martha, co do tej laski, to nie jestem pewien. Czuje potrzebę wyrzucenia tego z siebie.
- Charlie, nie bądź palantem. Oczywiście, że nie jesteś pewny, przeżywasz właśnie męskie wahania. Jako twoja prawniczka i była dziewczyna – przynajmniej jako jedna z nich – radzę ci wziąć zimny prysznic. Pamiętaj, że będziesz miał dziecko, a dziecko jest najważniejsze. Wolność to uznanie konieczności. Hegel. Teraz wychodzę z biura. Do widzenia.

Ona ma rację. Będzie miał dziecko, a dziecko jest najważniejsze, jednak głos Marthy, wspólna wiedza, londyński spryt, sam język dotarły do niego wyjątkowo bezpośrednio. Ana zawsze – do pewnego stopnia – pozostanie cudzoziemką.

Kiedy Ju-Ju wraca z wycieczki, jest trochę nieświeża. Jej włosy matowo kasztanowe – zazwyczaj pulsujące kosztownym życiem – wymknęły się spod opaski, którą przewiązała je rano, i okalają twarz. Wygląda pięknie, jakby lekko stuknięta, twarz z roztargnieniem odwrócona, ale uśmiecha się. Po wyjściu z autobusu ściska jej rękę para starszych ludzi, mężczyzna w firmowych spodniach do golfa, które sięgają dużo powyżej jego naturalnej talii, a kobieta w dżinsach, jakie potrafią wynaleźć jedynie staruszkowie: elastycznych i z zakładkami.

Ju-Ju nagle go zauważa, przywołuje go i przedstawia:

– To mój młodszy brat Charlie. Charlie, to państwo Morgenfruh.

– Miło pana poznać, młody człowieku. Ma pan wspaniałą siostrę.

– Słyszę to przez całe życie.

– Dysponuje ogromną wiedzą. Opowiedziała nam wszystko o Chagallu.

– Nie przynudzała trochę?

– Ależ skąd. To profesor w przebraniu.

Kiedy szli do gospody, mąż pociągał nogami, jakby kroczył po zdradliwym lodzie, Charlie uściskał Ju-Ju.

– Było przyjemnie?

– Fantastycznie. A u ciebie?

– Interesy. Nic szczególnie ciekawego.

– Państwo Morgenfruh pochodzą z Montrealu. On zaczynał, krojąc solone mięso w delikatesach swego ojca imigranta, a stał się jednym z najbogatszych ludzi w Kanadzie. Jest właścicielem supermarketów Morning Fresh.

– A teraz przerabia kulturę.

– Nie ma w tym niczego złego.

– Wiedzą o tobie?

– Wiedzą o mnie wszystko.

– No i?

– Uważają, że jestem ofiarą.

– Wszyscy tak uważamy.

– Tak przynajmniej twierdzisz.

Ju-Ju mobilizuje się do tego stopnia, że Charlie rozpoznaje jej ochoczy, rozbawiony, lekko koślawy sposób poruszania, kiedy zmierzają do kawiarnianego ogródka; Charlie przypomina sobie, że ona tak chodzi, kiedy jest szczęśliwa, z niefrasobliwą niecierpliwością, jakby nie było czasu do stracenia. Jej twarz wyciągnęła trochę koloru ze słonawej głębi, oczy błyszczą. Przy herbacie – gospoda dysponuje ekumenicznym wręcz wyborem prezentowanym w drewnianej gablotce – opowiada mu o Rockefellerach, o Picassie i Chagallu, o szkole Hudson River, przytacza także wzruszającą historię państwa Morgenfruh. Typowe dla niej jest to, że nie widzi podstarzałych, śmiesznie odzianych turystów, tylko ludzką historię.

A w dole, w głębokim wąwozie, przepływają barki i statki, jakby dla przypomnienia, że w słońcu wczesnej wiosny prawdziwy biznes amerykański nadal się kręci.

– Charlie.

Patrzy na nią, jest zarumieniona i pewnie zbyt podekscytowana wolnością.

– Ju, wyglądasz na szczęśliwą.

– Charlie, Noah Morgenfruh sądzi, że jestem w pewnym sensie sławą. Twierdzi, że wszyscy będą chcieli poznać moją historię.

– A co ty na to?

– Nie sądzę, żeby to był dobry pomysł.

– Masz na myśli całą historię?

– Oj, Charlie.

Rozdział dwunasty

Inna rzecz dotycząca aniołów: nie uczestniczą bezpośrednio w zmaganiach życia, są ponad tym. I dlatego je lubimy. Są niezaangażowanymi obserwatorami, bezstronnymi dobroczyńcami. Skrzydła dostały dopiero w późniejszych stuleciach. Autor uważa, że były niezbędnym rekwizytem, antidotum na oschłość religii i pociechą w śmierci.

Nigdy nie rozmawiają z Charlesem o śmierci, chyba że w związku z ubezpieczeniami – jego emerytura, jego testament. Nigdy nie mówią o tym, jak sobie poradzi to z nich, które przeżyje. Ani o tym, jak poradzą sobie dzieci. „Radzenie sobie" to coś, co wyszło z mody, nawet samo słowo brzmi dzisiaj dziwnie. Ale na liście cnót jej rodziców „radzenie sobie" zajmowało jedno z czołowych miejsc. Była to niezbędna zaleta żony wojskowej. Wymagała jedynie zrównoważenia i umiejętności przystosowania się: wyobraźnia czy inteligencja nie wchodziły w zakres obowiązków.

Czy potrafiłam sobie dobrze radzić? Uczciwie mówiąc, chyba nie.

Beztroski styl i swoboda, do których dążyła, jakoś jej się wymknęły.

Na powitanie wracającego z Londynu Charlesa gotuje rybę w curry według przepisu z Goa. Charles lubi ostre jedzenie, a ona dokładnie wie, jak przygotować tę potrawę, bo uczyła się tego na kursie Ricka Steina.

Lubi płynąć promem na drugi brzeg na targ do Padstow. Ponieważ jest odpływ, prom musi wykonać pętelkę aż do ujścia, więc teraz, w drodze powrotnej, widzi oddalające się Bray Hill i Daymer Bay, a za nimi kościół przykucnięty w pofałdowanej zieleni. Teraz prom odnalazł czarną wstążkę kanału i płynie nim w górę ujścia do plaży, gdzie ląduje. Daphne jest jedną z trójki pasażerów. Już niedługo, poczynając od Wielkanocy, prom będzie zatłoczony, kolejki letników będą stały na Rock Beach czy po drugiej stronie w Padstow. Letnicy – była kiedyś jedną z nich – wprawiali ją w zażenowanie; żyli pełnią życia, ich dzieci nadal chodziły do szkoły, mężowie mieli jakieś cele; wszystko było przed nimi. Przyjeżdżali tu swoimi mercedesami czy bmw. Celowo, żeby górować nad tutejszymi mieszkańcami. Jednak dzisiaj Daphne ma na co czekać.

Kiedy prom przedziera się w górę głównej arterii wodnej, mały kościółek znowu ukrywa się za wzgórzem Bray. W tym tygodniu Frances układa kwiaty. Omawiały już kwiaty na ślub. Charlie poprosił Ju-Ju, żeby była jego drużbą. Podobno teraz młodzi tak robią. Kiedy w rozmowie z Charliem wyraziła wątpliwość, czy zwyczaj ten dotarł już do Trebetherick, oznajmił: Mamo, dzięki temu będzie mogła przemówić. Pastor uważa, że to doskonały

200

pomysł. Kościół nie ma w tej sprawie oficjalnego stanowiska: *a jeśli ma, to nikt mi o tym nie powiedział.*

Podczas wczorajszej rozmowy Ju-Ju zdawała się dużo szczęśliwsza. Nawet jako dziecko zawsze była zajęta, teraz oglądała sztukę nowoczesną w Muzeum Rockefellera poza Nowym Jorkiem. Jadą na Manhattan – oni tak mówią o Nowym Jorku – Charlie musi wyruszyć do Kalifornii na spotkanie w interesach, a tymczasem Ju-Ju uporządkuje sprawy mieszkaniowe. Daphne chciałaby być tam z Ju, wie jednak, że choćby najbardziej się starała zachować spokój, ma tendencję do wygłaszania nieodpowiednich tekstów. Im robi się starsza, tym mniej potrafi ukryć swoje uczucia. Frances na wieść o dziecku, może z chęci pokazania, że ludzkie nieszczęścia rozkładają się po równo, oznajmiła, że nie ma dnia w jej życiu, żeby nie płakała nad córką i nad tym, że nigdy nie będzie miała wnuków. Chociaż w gazetach piszą o lesbijskich parach, które jakimś sposobem mają jednak dzieci.

Daphne dziękuje marynarzowi, którego twarz pod wpływem słońca, wiatru i słonej bryzy, nabrała koloru i faktury rudego jabłka. Zza tego gwaszu letnich pasażerów wygląda niewielki, podejrzliwy, rozeźlony rozumek. Daphne sprawia przyjemność to, że jest traktowana niemal tak jak miejscowi. *Patrz pod nogi, Daphne,* mówi marynarz, kiedy ona schodzi na ląd z pachnącą torbą zapasów. W kuchni Wschodu bardzo ważna jest kolendra, chociaż ona woli pietruszkę. Nawet pietruszka stanęła do konkursu popularności: w książkach kucharskich płaska kontynentalna pietruszka wypchnęła kędzierzawą angielską. Już w samochodzie Daphne czuje nasiona kminku i kolendry, a także kozieradkę. Kupiła długoziarnisty ryż, zawsze ma trudności z jego ugotowaniem, więc na wszelki wypadek zaopatrzyła się też w chlebek naan. Chce zademonstrować, że rodzina Juddów znowu jest w doskonałej formie, koniec z rybą i frytkami od Codfathera czy kluskami z Barnacles.

Poprzedniego wieczoru wpadł Clem, żeby odnieść czapkę Charlesa, tę tweedową, która wyraźnie cuchnie makrelą. Charles zostawił ją w klubie. Clem posiedział chwilę, wypili półtorej butelki chardonnay. Z nim to się opłaca, jest skarbnicą żartów i plotek. Pewnie bardzo męczy swoją żonę. Zjedli trochę wędzonego łososia z ciemnym chlebem i cytryną. Trudno o coś lepszego, naprawdę. Z Clemem nigdy nie wiadomo, co naprawdę myśli. Powiedział, że bardzo lubi Charlesa i cieszy się, że wraca do formy. Kiedy wychodził, pocałował ją w usta, ale delikatnie.

– Możesz jechać samochodem, Clem?

– Prosisz, żebym został?

– Nie bądź głupi, Clem, chodzi mi o to, czy dasz radę?

– Jestem zbyt wstawiony, żeby iść, więc będę musiał pojechać.

Daphne ma lekkie poczucie winy, bo mógłby sobie pomyśleć, że coś sugerowała. I niewykluczone, że ta skomplikowana kolacja – te wszystkie przyprawy, wszystkie kawałki dorsza – to demonstracja jej niezłomności. Clem ma bardzo dziwny zwyczaj: siedzi jak pasza na fotelu i co chwila sięga przodu spodni, jakby chciał uwolnić jądra.

Robi to bardzo szybko, jest to raczej odruch niż świadome działanie, Daphne o tym wie, co nie przeszkadza, że łapie się na niespokojnym odliczaniu, kiedy nastąpi kolejna wycieczka, zupełnie tak samo, jak czeka na dźwięk budzika.

– Tak, sądzę, że Charles jest w dużo lepszej formie – powiedziała do Clema, nie mając najmniejszej ochoty kontynuować śledztwa.

Jest w nas, Anglikach, coś takiego, że naprawdę nie lubimy ze sobą rozmawiać. A może to tylko nasze pokolenie: życie, śmierć, miłość, seks, takie rzeczy, wszystkie obciążone są potępieniem. Oni z Charlesem nigdy nie rozmawiali o tym, jak radzą sobie jako rodzice osoby uwięzionej. Najwyraźniej radzili sobie bardzo źle, Charles bez końca przyglądał się klifom, nawet pies popełnił samobójstwo, i te straszne, pełne napięcia wizyty, które składała bez męża w koszmarnych więzieniach pełnych nienormalnych, zdeformowanych ludzi. Oczywiście miała okazję jedynie rzucić okiem na innych odwiedzających w drodze do „pokoju spotkań", ale sądząc po gościach, więźniowie musieli być dziwolągami natury. Podstawowe pytanie, na które zdaniem pastora powinni sobie odpowiedzieć, sprowadza się do tego, czy gnębi ich poczucie winy, czy nie. Nie mają powodów, by czuć się winnymi, mówi. Ale Charles nie chce o tym rozmawiać.

Po powrocie do domu Daphne rozkłada metodycznie wszystkie ingrediencje na kuchennym stole. Przygotowanie jest bardzo ważne. Taksówka Johnny'ego odbierze Charlesa z pociągu o siódmej dwadzieścia pięć, co oznacza, że mogą jeść około ósmej. Daphne ma więc dwie godziny. Znajduje moździerz i tłuczek do miażdżenia przypraw po upieczeniu. Wysypuje je, tworząc przyjemny, żelazisty wzgórek. Sieka cebulę. Oczy jej mocno łzawią, pastwisko królików wydaje się pływać. Ryba jest już pokrojona na jednakowe kawałki. Można użyć strzępiela, lucjany czy stadnika żółtoogonowego, ale nic nie wie o tych rybach, a dorsz zawsze się sprawdza. Daphne tnie nożyczkami świeżą kolendrę do filiżanki. Wychodzi z domu po kilka liści laurowych. Dawniej stosowało się suszone, które jej mama wkładała do gulaszu, co nadawało mu smak lekarstwa na kaszel po obowiązkowych pięciu godzinach w piekarniku. Teraz wykorzystuje się świeże. Daphne kroi je bardzo drobno. Przepis mówi o pięciu dużych czerwonych chili na sześć osób. Jeśli chodzi o chili, to nigdy nie można mieć pewności, więc starannie rozcina dwie papryczki i wyjmuje nasiona. Robi to łyżką, wyskrobując je. Nasionka są podobno śmiertelną trucizną. Następnie sieka chili, trzymając je przez celofan, jak na obrazku. Jedna z kobiet na kursie nosiła szkła kontaktowe, potarła ręką oczy i strasznie cierpiała. Musiała wyjąć szkła. Nie wzięła ze sobą okularów, więc trzeba ją było odprowadzić do hotelu, miała opuchnięte oczy i była zła.

Niewielka kupka posiekanego czerwonego chili obok pokaźnego wzgórka przypraw, zieleń liści laurowych i jaśniejszy odcień zieleni kolendry tworzą na drewnianej desce martwą naturę jak na fotografiach w kolorowych czasopismach. Dorsz lekko cuchnie, więc Daphne go przykrywa. Włącza piecyk i wysypuje przyprawy na ka-

204

wałek folii. Powinny się jak najlepiej upiec, nim zostaną starte na pastę z odrobiną oliwy. Przygląda się tej martwej naturze, wdycha przyjemne zapachy przypraw piekących się w piecyku. Wkrótce są gotowe. Miażdży je i naciera nimi rybę, wstawia naczynie do piecyka. Wtedy orientuje się, że zapomniała o limetkach. To inteligencja wizualna, zabrakło jej filcowej zieleni limetek na tym miniaturowym wschodnim targu. Idzie do sklepu, w którym jest tylko jedna limetka, dwie cytryny, grapefruit i tuzin niewielkich pomarańczy. Tyle cytrusów. Daphne bierze limetkę i dwie cytryny. W chwili gdy wychodzi ze sklepu z małą plastikową torebką, ulicą przejeżdża Clem w swoim jaguarze. Gwałtownie hamuje, cofa, praktycznie przygważdża ją do wykładanej kamyczkami ściany dawnej poczty.

– Żałuję, że wczoraj wieczorem nie przyjąłem twojej propozycji.

– Clem, miło było cię widzieć.

– Wyglądasz wspaniale...

– Spokojnie...

– Co powiesz na mały kieliszeczek u Marinera?

– Sama nie wiem.

– Chodź, nie odmawiaj sobie wszystkiego.

– No dobrze.

Wsiadając do samochodu, Daphne wybucha gwałtownym, nieposkromionym chichotem. Tutaj on jest na swoim terytorium. Ma robione na drutach samochodowe rękawiczki. Jego przedramiona są bardzo opalone, widnieją na nich plamy przebarwień od nadmiernej ekspozycji na słońce podczas gry w golfa. Ubrany jest w spłowiałe żeglarskie spodnie w kolorze burgunda i różową koszulkę polo. Prowadzi samochód spektakularnie ulicą biegnącą w dół w stronę plaży, za garażem przyspiesza.

– Pewnie jesteś szczęśliwa?

– Z jakiego powodu?

– Z powodu Juliet oczywiście.

– Jestem. Oczywiście, że tak. Trochę mnie niepokoi, że Charles nie widział jej trzy lata.

– Charles jest skomplikowany.

– To znaczy?

– Trudno mi go zrozumieć. A tak przy okazji, ja jestem raczej powierzchowny. Nie ma we mnie żadnej ukrytej głębi.

W lecie pub jest zawsze zatłoczony. Teraz jest tu niemal pusto. Nie pytając jej o zdanie, Clem zamawia dwie lampki szampana.

– Świętujemy.

Daphne patrzy na jego ogorzałą, niemal żółtaczkową, starczą twarz i zastanawia się, czy to prawda, że on ma kobiety w Londynie. *Jestem powierzchowny*. Raczej celowo. W ramach kamuflażu.

Kiedy odwozi ją do domu, obydwoje są lekko wstawieni. Jak mówi Clem, nie co dzień świętuje się wyjście córki z więzienia. Daphne porusza się szybko, żeby uniknąć pocałunku.

Jeszcze zanim doszła do frontowych drzwi, poczuła zapach spalenizny. Kuchnia jest zadymiona i śmierdząca.

206

Światło nie chce się zapalić. Kiedy Daphne otwiera drzwiczki piekarnika, wydobywa się stamtąd gęsty czarny dym. Od piekarnika zrobiło się krótkie spięcie. Daphne szybko otwiera kuchenne drzwi, ale już cały dom przeszedł zapachem spalonych przypraw i ryby. Tak pewnie pachnie w Goa w porze posiłków. Dym przesycony wonią chili zapiera dech. Daphne patrzy na kuchenny zegar ukryty za mgłą dymu. Jest siódma czterdzieści pięć. Wyjmuje naczynie z piecyka. Poza limetkami, które zostawiła w samochodzie Clema, dokładnie stosowała się do przepisu. Sprawa jest poważna. Ryba i przyprawy się połączyły. Doszło do jakiejś reakcji chemicznej. Widać maleńki płomyczek, kiedy pali się resztka dorsza, jak tamten nieszczęsny pojazd kosmiczny w chwili wejścia w atmosferę ziemską. To było straszne. Może sobie wyobrazić kilka ostatnich minut załogi. Widzi zbliżające się światła samochodu. Niezdarnie wybiega kuchennymi drzwiami ze spalonym naczyniem w ręku, polewa je wodą z ogrodowego kranu, powodując gejzery pary. Ale to nie taksówka Charlesa, to Clem.

– Daphne, jesteś tu?

Wkracza do zadymionej kuchni z torebką cytrusów.

– Zostawiłaś to w samochodzie.

– Nie sądzę, żeby były jeszcze potrzebne.

– Chyba nie. Gdzie są bezpieczniki?

Pomaga jej doprowadzić kuchnię do jakiego takiego porządku. Wygląda na to, że nastawiła w piekarniku grill.

– A co gotowałaś, jeśli mogę użyć tego słowa?

– To miała być ryba w curry po goańsku.

– Nie wiedziałem, że w Goa jeszcze praktykują kremację.

– A kim ja jestem? Wdową rzucającą się na stos?

– Powinnaś dostrzegać jasną stronę sytuacji.

– Czyli co?

– No, cały dom mógł spłonąć. Nic się nie stało poza tym, że już zawsze będzie tu śmierdziało spaloną rybą. Kiedy wróci Charles, powiemy mu, że coś się stało z piecykiem i że ja zapraszam do Blue Banana w Polzeath.

– Nie sądzę, żeby chciał tam pójść.

– Uwierz mi, że to dobre miejsce. Poproszę, żeby ściszyli muzykę.

Blue Banana to nowo otwarty lokal. Zatrzymała się kiedyś na chwilę przed wejściem i odwróciła głowę, żeby przeczytać menu, złożone głównie z zabawnych kanapek, klusek i kawy o dziwacznych nazwach, ulubionych przez młodzież. Sophie by się tu podobało: może powinna tu pracować w lecie, kiedy zjawią się amatorzy surfingu.

Taksówka Johnny'ego czeka. Charles nigdy nie może się pozbyć wrażenia, że stacja jest tymczasowa. Pewnego dnia uświadomią sobie, że nie można postawić stacji w lesie, wiele kilometrów od wszystkiego. To jak scena z *Doktora Żywago*; jest jedynym pasażerem, który tu wysiada. Ale zjawia się Johnny; wychodzi z trudem ze starego nissana, jego biodra poruszają się tak, jakby każde prowadziło odrębną kampanię: zbaczają z kursu. Johnny pali przez cały czas, przy tym je pasztecik, toteż zazwyczaj w samochodzie czuć zapach obu mimo sosnowego dezodorantu wiszą-

208

cego na wstecznym lusterku. Johnny jednak jest poczciwym człowiekiem z dość rygorystycznie wydzielanym zasobem wiejskiej mądrości. Nie zwracając uwagi na stan swoich bioder, upiera się, by zanieść neseser do samochodu. Charles wolałby siedzieć z przodu, ale przednie siedzenie jest zawalone mapami, kwitami, brukowcami i okruchami pasztecików. Z tyłu jest ciasno, a siedzenie jest zniszczone. Johnny otwiera mu tylne drzwiczki, zaciąga się głęboko papierosem, zanim wyrzuci niedopałek w krzaki.

– Pewnie w tym cholernym Londynie pogoda nie była taka łagodna?

– Nie najgorsza.

– A jednak dobrze być już w domu.

Kiedy Charles siada, rama samochodu skrzypi, wydaje przenikliwy dźwięk i milknie.

– Resory – wyjaśnia Johnny. – Przejechał już dwieście tysięcy.

Ruszają w noc.

Charles ma głębokie poczucie samotności; zmierza do domu, ale myśli o Jo i jej okropnym otoczeniu. Smutny widok, Jo tak pulchna i przeciętna w tym swoim żółciutkim kostiumie. I ostatni rzut oka na Sophie znikającą w Londynie, kiedy zostawiła go w bezmyślnym tłumie wśród zapłakanych budowli. Może przez niego czuła się zażenowana. Kiedy wjeżdżają w wąskie uliczki między żywopłotami, którymi biegnie sekretna trasa Johnny'ego, przy akompaniamencie konkretnej muzyki wybitych resorów, próbuje wyobrazić sobie twarz i obecność swojej córki Ju-Ju. Nie potrafi. Może jedynie przypomnieć ją sobie jako małą dziewczynkę, w chwili gdy odbiera jedną z wielu nagród w szkole St Paul lub trzyma kraba za odnóże.

Ponieważ nie pojechałem się z nią spotkać przez prawie trzy lata, jej obraz zatarł mi się w pamięci; ponoszę karę za własne tchórzostwo. Chciałby się do niej zbliżyć. Ale zamiast tego sporządza w myślach inwentarz jej rzeczy, które zostały w domu – zachowane ze względu na „wartość sentymentalną", jak mówi Daphne – jakieś nabożne bzdury z jej chrztu w St Bartholomew, dziecinny list wychwalający zalety Muzeum Pomidora na Guernsey, zdjęcie całej rodziny w strojach narciarskich, mały mundurek harcerski, jakieś zaświadczenie o przepłynięciu w palcie odpowiedniego dystansu. List pomidorowy, tak jak go zapamiętał, znowu go rozśmiesza: *Wiem o pomidorach więcej, niżbym chciała.*

– Jest pan w dobrym nastroju, panie Judd.

– W nie najgorszym, Johnny. A jak tam konie?

– No, z tym to nie jest za dobrze. Jeden z moich pewnie jeszcze biegnie w Chepstow. A wystartował w sobotę.

Johnny ma problem z zakładami na wyścigach konnych.

Nie mogę się głośno śmiać ani mówić pewnych rzeczy publicznie.

W metrze na Paddington kazał się zamknąć dwóm młodym kobietom, które ryczały ze śmiechu, opowiadając o kimś, kto zarzygał tylne siedzenie samochodu. Odpieprz się, pilnuj swojego nosa.

Co jest istotą drugiego człowieka? O to mi chodzi, nie o zapamiętane fragmenty, porzucone skrzydełka owadów czy owadzie ciała pamięci, ale o żywą osobę.

Nuci.

– Cliff Richard. Jeden z wielkich, panie Judd. Mów pan, co pan chce. Absolutny, pieprzony geniusz. Wybaczy pan mój francuski.

Kiedy dojeżdżają do domu, Charles dostrzega jaguara Clema. Daje Johnny'emu duży napiwek w ramach rekompensaty za nucenie i nieodpowiednie śmiechy.

– Co to, panie Judd? Boże Narodzenie dopiero za dziewięć miesięcy.

– To na resory.

Samochód odjeżdża, podskakując. Daphne wychodzi na spotkanie Charlesa.

– Cześć, kochanie. Piekarnik zwariował. Dobrze, że spotkałam Clema. Zaprasza nas na przekąskę. Nie tyle zaprasza, ile nalega. Przecież go znasz. Poczuje się dotknięty. Chodź, wejdź.

Jej oddech pachnie zielonymi winogronami, które dopiero co sfermetowały. Charles przypomina sobie miejscowość zwaną Rüdesheim, gdzie spotkał dziewczynę, kelnerkę. Dokładnie naprzeciwko Bingen, gdzie król pruski (jedynie tytularny) popełnił samobójstwo.

– Witamy cygańskiego wędrowca w domu – mówi Clem, częstując go kieliszkiem jego własnego chardonnay. – Ładny garnitur.

– Dzięki, Clem. Co tu się stało?

– Piekarnik strzelił, kiedy gotowałam. Clem wstąpił, żeby oddać czapkę, którą zostawiłeś w klubie.

– Na szczęście zrobił spięcie. Piecyk.

Charles nie bardzo potrafi sobie wyobrazić sekwencję wydarzeń. Clem i Daphne stoją naprzeciwko niego jak wspólnicy. Kuchnia śmierdzi niczym restauracja indyjska, ale mocno nasycona rybą. Widzi coś, czego tak poszukiwał, jakiś prawdziwy fragment Ju-Ju w sposobie czujnego pochylenia głowy Daphne, a także w jej ochoczym kroczeniu do przodu, niemal koślawym, jakby nagle uświadomiła sobie, że ustawili się w nieodpowiedniej kolejności.

Kiedy byłem chłopcem, często mówiono nam, gdzie stać, kiedy się podnieść i tak dalej. Doskonale rozumieliśmy niewidzialną przestrzeń. Teraz nikt się tym nie przejmuje. Ale niby dlaczego miałby się przejmować?

W Blue Banana jest prawie pusto. Wita ich dziewczyna, którą Clem najwyraźniej zna, oczywiście mogą usiąść, gdzie chcą. Siadają blisko okna. W zapadającej ciemności dostrzegają za plażą rozległą falę przyboju. W barze siedzi miejscowy mężczyzna – w sezonie prowadzi wypożyczalnię sprzętu surfingowego – przerzucając się z bardzo młodym barmanem żartobliwymi zwierzeniami. Miejscowi uwielbiają takie figle.

– Dzisiejsze dania specjalne wypisano na tablicy, poza tym wszystko w karcie.

– Clem, ja ją znam. Kto to jest?

– Prawdziwa bomba, co? Jest córką tych ludzi, którzy co roku wynajmują na lato wielki dom powyżej Daymer.

– Wiem. Talbotowie. Dziewczyna studiuje na uniwersytecie w Exeter. Zrobiła sobie roczną przerwę. Ma na imię Phoebe.

Charlesa zawsze zadziwia to, ile Daphne wie o dzieciach innych ludzi. Phoebe ma tatuaż surfera, płynącego na fali, jeśli fala się załamie, surfer zniknie z oczu za delikatnym wzniesieniem jej pośladków, których koszula – sięgająca talii – nie zakrywa do końca.

– Phoebe, czy to prawdziwy tatuaż?

– Charles, naprawdę! Ty jesteś Phoebe Talbot?

– Tak. Jak się czuje Juliet?

– Niedługo będzie w domu. Mniej więcej za tydzień.

– To wspaniale. Nie, panie Judd, to taka nalepka. Czy mogą już państwo zamawiać?

Napis na jej koszulce brzmi: *Upadły anioł.*

– Przede wszystkim poprosimy o butelkę dobrego nowozelandzkiego chardonnay. Co wy na to? Charles, Daphne?

Kiedy Phoebe idzie zamówić wino, Charlesowi trudno oderwać wzrok od łagodnie falujących ruchów surfera. Zastanawia się, co Phoebe chce przez to powiedzieć. Zazdrości młodym. Kto im nie zazdrości?

– Sophie zerwała z Danem – mówi.

– Powiedziała mi o tym. A jak się czuje?

– Chyba dobrze.

– A czy coś je?

– Przepraszamy cię, Clem. Przynajmniej kiedy była ze mną, jadła jakieś meksykańskie paskudztwo. Żarłocznie.

– Ona nic nie je – wyjaśnia Clemowi Daphne. Jest przekonana, że jeśli Sophie zacznie jeść, będzie to oznaczało koniec eksperymentu z narkotykami, chociaż o narkotykach w ogóle nie wspominają.

– W istocie jest dość pulchna. One teraz odsłaniają brzuchy, tak jak ta Phoebe.

– Czasami w obecności tych młodych dziewczyn człowiek w ogóle nie wie, gdzie podziać wzrok – zauważa Clem.

– Robisz wrażenie kogoś, kto nie ma z tym kłopotów – stwierdza pogodnie Daphne.

Charles cieszy się, że Daphne jest tak odprężona. To odsuwa od niego część napięcia, atmosferycznego napięcia, które odczuwa.

– Trzeba dokonać wyboru. Albo wpatrujesz się uporczywie w ich twarze, jak szaleniec, albo próbujesz się zachowywać naturalnie. Ja należę do szkoły naturalnego zachowania.

I masz w Londynie wietnamską prostytutkę.

– Mówiłeś coś, Charles?

– Przepraszam, nic nie mówiłem, mamrotałem sobie pod nosem.

– Czasami nuci.

– Zawsze to robi – mówi Clem. – Nuci na polu golfowym.

– Jak mój ojciec. Znał piosenki z lat dwudziestych. A ja teraz nucę melodie z lat pięćdziesiątych.

– To samo z dowcipami. Nie przypominam sobie żadnych dowcipów późniejszych niż z lat sześćdziesiątych – wtrąca Daphne, być może świadoma swojej nielojalności sprzed kilku minut.

– Kobiety nie potrafią opowiadać dowcipów – stwierdza Clem. – Nie wiem dlaczego.

214

Clem stopniowo kolonizuje cały stolik, a jego chwyt sięga dalej, w stronę baru i Phoebe.

– Anektujesz cholernie dużo powietrza – zauważa Charles.

– Wyluzuj, Charles. Phoebe, pan Judd musi się czegoś napić. Jeszcze jedną butelkę chardonnay, *pronto*. Jego dom o mało się nie spalił.

Charles czuje się zdany na samego siebie z powodu duchowej szczodrości Clema, jeśli tak można to nazwać.

Rozdział trzynasty

Może to dlatego, że mają zostać szwagierkami. A może dlatego, że Charlie wyjechał. Ana dzwoniła do niej dwukrotnie. Sophie zgodziła się spotkać z nią na drinka w pubie przy Walton Street. Ana chce porozmawiać. Sophie postrzega Londyn, sama musi to przyznać, w dość szczególny sposób: określone dzielnice mają określone kolory. Chelsea i cały obszar od rzeki do Harrodsa widzi jako intensywnie brązowy. Oczywiście, bywa tam od czasu do czasu, na ogół jednak woli trochę wyblakłe zielenie takich miejsc, jak Shoreditch, Clerkenwell, Camden, Soho i Brixton. Są jeszcze inne okolice, których prawie nie zna, jak Battersea, Finchley i Waterloo. Mają one barwę musztardowożółtą. Stara się unikać Hammersmith, gdzie chodziła do szkoły, ta dzielnica nie ma koloru. Zupełnie jak niewytłumaczalny jasny płyn, który współegzystuje z krwią. Walton Street, nadmiernie wypolerowana, ze skrzynkami kwiatów, z kosztownymi sklepami sprzedającymi zasłony i chwosty, z wyrazistymi kołatkami na białych drzwiach wejściowych, z tą ogólną aurą samozadowolenia leży w samej głębi brązowego terytorium.

Tam właśnie się kieruje. Kiedy człowiek znajdzie się w dzielnicy brązowej, trafia w świat pewnych siebie głosów i kosztownych dodatków. No i facetów. Faceci zazwyczaj noszą – nadal – mokasyny, preferują też koszule z długimi rękawami, których mankiety są czasami luźno podwinięte. Faceci mają długie włosy z kosmykami niepoddającymi się kontroli. Zimą wkładają ciemne palta i wyprasowane dżinsy. Richie jest facetem, choć twierdzi, że tego właśnie oczekiwano od niego w Nowym Jorku. Przespała się z nim któregoś wieczoru, kiedy Ju-Ju poszła na przyjęcie. Wtedy często nie była sobą, choć miała dopiero dziewiętnaście lat.

Mieszka w dzielnicy rzekomo ciekawszej, bardziej ożywionej i zróżnicowanej, ale wcale nie dlatego się tam wprowadziła. Myślała co prawda o komicznej powieści, której akcja rozgrywa się w sklepie z bajgielkami, zwanym Koszerna Kuchnia Betjemana. *Niewiele osób zdaje sobie sprawę, że nieszczęsny poeta laureat uwielbiał łososia i bajgle. Żeby przełamać monotonię pisania królewskich wierszy, w 1958 roku otworzył sklep z bajglami przy Bacon Street. Pierwszy Betj Bajgiel zawierał wędzonego w domu łososia z sosem Gentleman's Relish i serem stilton. Targowi handlarze nie od razu to polubili.*

Brąz Kensingtonu i Chelsea jest dokładnie kolorem podszewki ostatniego dobrego garnituru taty uszytego w firmie Gieves i Hawkes. Nosi go na dobroczynne uroczystości. Sophie czuje się niepewnie przed spotkaniem z Aną, więc przed wyjściem wciąga kilka szybkich wdechów (odtąd już tylko zielsko). Czego można się spodziewać? Ana jest w ciąży. Ana jest ciemna i ponętna. Anę – jak powiedziała mama – cechuje uwodzicielska uroda, jakby tyle piękna mogło oznaczać jedynie kłopoty. W towarzystwie Any Sophie ma wrażenie, że jest blada, wyprana z koloru.

W porównaniu z pubami w jej dzielnicy, w których panuje raczej utylitarna atmosfera stacji kolejowej, tu królują zielone płytki ceramiczne, drewno pełne odcisków i plam, to miejsce przypomina burdel w kolorze szaropistacjowym z lambrekinami i miękkimi siedzeniami; w King of Bohemia oceniano by fachowo, ile dałoby się za to wziąć na wyprzedaży rzeczy używanych. Jest tu maszyna do cappuccino, wielki wazon lilii, niektóre stoły nakryte lnianymi obrusami i ciężkim srebrem. Mężczyzna w nieskazitelnym fartuchu sięgającym do ziemi pyta ją, czy ma rezerwację. Rezerwację w pubie? Na lunch? Nie sądzę. Jestem tu umówiona, wyjaśnia. Jakieś nazwisko? Sophie podaje nazwisko Any, a mężczyzna mówi: Ach, siedzi pani w kąciku przy kominku. Przynosi jej koktajl Bellini i coś wytwornego do pogryzania, duże oliwki i krakersy o smaku chili w kształcie ryb. Musi takie kupić dla mamy.

Kiedy czeka na Anę, pub wypełniają stali bywalcy. Nie są to jednak bywalcy w jej pojęciu – pomylona staruszka w pończochach przeciwżylakowych, pijak z Bangladeszu o imieniu Ali i dwóch tynkarzy, których każdy ruch zostawia warstwę kurzu. Nie, tutaj są to agenci od nieruchomości, jubilerzy, kobiety, które przez cały dzień nie

218

mają nic do roboty poza kupowaniem torebek i jedzeniem lunchu, podczas gdy ich mężowie jedzą lunch gdzieś w dolnym biegu rzeki. To jest część miasta, w której jeszcze przetrwała angielskość, tyle że w kostiumie z pantomimy.

Któregoś wieczoru tata powiedział, bez żadnych konkretnych odniesień: *Jak szybko wszystko się zmienia*, miał pewnie na myśli wartości i standardy zachowania. W jego szkole codziennie przeprowadzano oględziny karku, bo tam ostatecznie gromadzi się brud, musieli nawet w zimie brać zimny prysznic, mali zmarznięci chłopcy ze ślimaczkami kutasków – czekoladki Guylian – co rano o siódmej ustawiali się w szeregu pod czujnym okiem szkolnej pielęgniarki. *Teraz nazwano by to maltretowaniem dzieci. Chodzi mi o to, że im jestem starszy, tym lepiej rozumiem, że wszystko, w co wierzymy, jest tymczasowe i nieistotne. Na przykład, jak czysty jest twój kark?*, mówił tata.

Any nie ma. Sophie zamawia następne Bellini, koktajl wydaje się uzupełniać rezultaty trawki, może to naturalne ingrediencje. Bez względu na powód Sophie czuje się wyjątkowo dobrze nastawiona do tego zapomnianego angielskiego plemienia, żyjącego w odległych wąwozach, którego wszyscy członkowie wypowiadają się właśnie teraz pogodnym głosem. Dobiegają do niej dziwne zdania – *minimum pięćset – bal z polowaniem – pierwsza piętnaście kapitan – absolutnie uwielbia Ludgrove – cztery przecinek pięć tłoczone paliwo – okulał – niania z Nowej Zelandii – Val i Lobo – o połowę młodszy od niego – Cobbler's Cove – uwielbia spędzać czas z kumplami*

– *najwyżej czterysta baniek* – słyszy te zdania i powątpiewa, czy ojciec ma rację. Może to, co się dzieje, to tylko przetasowanie kart. A jeśli istnieją określone kategorie – zachłanność, snobizm, idealizm i tak dalej – i te kategorie są stałe, tylko wraz z modą zmienia się ich treść? Postanawia nosić przy sobie notes, w istocie kupiła taki sam, jak ma Charlie, ale nie zabrała go, zresztą do tej pory niczego jeszcze nie zapisała. Wszystkie dobre pomysły przychodzą jej do głowy w nieodpowiedniej chwili.

Muszę utrwalić te myśli, szczególnie jeśli pójdę na uniwersytet.

Coraz więcej dziewcząt prowadzi niewielkie dzienniczki, dzienniczki podróży. Chociaż jest coś pretensjonalnego w zapisywaniu myśli w miejscu publicznym.

Akurat miała zamówić trzecie Bellini, kiedy zjawiła się Ana; przez kilka chwil stała w drzwiach, by wywołać maksymalny efekt. Wielki Boże, ma zieloną torbę Birkin! Taka torba kosztuje cztery tysiące funtów. Tyle pieniędzy za pieprzoną torbę! Ana ją dostrzega, zrzuca palto z dużym futrzanym kołnierzem, nawet nie patrząc, kto je odbiera, macha ręką i wzrusza ramionami, na które opadają ciężko czarne kaskady włosów. Może być coś takiego jak nadmiar włosów. Pewnie ma czarne aureole wokół sutków.

– Sophie, przepraszam. Taksówka pojechała na Randolph Road, możesz to sobie wyobrazić?

– *No problemo.* Jestem nieźle wstawiona.

– Poproszę to samo – mówi Ana do kelnera.

– Nowa torba?

– Tak. Piękna, prawda? Dostałam ją od faceta, który używał jej w filmie reklamowym. Taniocha. Mogłabym ci taką załatwić.

Sophie przygląda się jej badawczo, słuchając opowieści o koszmarze dziesięciominutowej podróży, która przeciągnęła się do trzydziestu minut.

Ju-Ju prosiła, żeby opisała jej Anę, bo Charlie podobno nie ma jej zdjęcia. *Hej, Ju-Ju, patrzę teraz na nią i mogę zameldować, co następuje: Ana jest piękna urodą latynoską. Ma niemal nieprzyzwoicie gęste włosy. Błyszczą tak, jakby pobierały ze wszechświata energię elektryczną. Brwi ma solidne, może powinna je trochę zwęzić, jej oczy są ogromne. Wpatruję się w nie z bliska, żeby się przekonać, czy wzmocniła efekt, ale niestety nie; ona po prostu ma BARDZO DUŻE SZAROZIELONE OCZY. Jej wargi są żeberkowane – jak te ekstrazmysłowe kondomy – dziś mają kolor różowej kamelii – a kości policzkowe wystają. Najbardziej zadziwiające jest jej szlachetne czoło, jakby wysuwające się do przodu. Kiedy to zauważysz, wydaje się bardzo dziwne. Zdecydowanie ma w sobie krew indiańską. Może pochodzi z plemienia Inków. Jej zęby są niesamowicie białe. Na górnej wardze widać nieznaczny cień. Wygląda jak zwierzę odznaczające się wręcz ekstrawaganckim zdrowiem, jak jeden z koni wyścigowych w Ascot – błyszczy. Mama twierdzi, że jest uwodzicielska; ja powiedziałabym, że jest w niej coś bardziej zwierzęcego, bardziej pierwotnego. Może właśnie to pociągało Charliego. Może, jak tropikalna roślina, ona też szybko zwiędnie. Pozostaje*

221

nam jedynie żywić taką nadzieję. Poza tym ma torebkę Birkin: cztery tysiące funtów, cena volkswagena polo z niedużym przebiegiem.

Sophie uważa, że kiedy patrzy się z bliska na czyjąś twarz, należy się postarać, by zobaczyć ją rzeczywiście i spróbować zbilansować z tym, co wiemy o danej osobie. Relacja pomiędzy tobą a twarzą znajdującą się naprzeciwko ciebie, która jest obrazem lub niezbyt solidnym przewodnikiem po tym, co kryje się pod spodem, nie jest niezmienna, bo wnosisz do oceny własne uprzedzenia. Stale zmieniasz tę relację, przy każdym spotkaniu. Prowadzisz coś w rodzaju indeksu giełdowego. Twarz Dana stopniowo spadała w jej ocenie; jej atrakcyjne aspekty ulegały zmianie w miarę, jak go poznawała, chłopięcość wieku średniego stała się lekko złowroga, niby rodzaj perwersji. Ju-Ju będzie chciała wiedzieć, co jest istotą Any, ale ja nie wiem, do czego ją porównać.

Ana dostała zamówiony drink. Jest w nastroju rodzinnym. Sophie czuje kierowane do niej ciepło. Rodzaj ciepła, jakie wydziela zwierzak o wyraźnie wyższej temperaturze ciała. Uważa, że już jesteśmy spokrewnione; wymienia cząsteczki rodzinne. Wyciąga ode mnie DNA.

– Rozmawiałaś z Charliem?

– Kilkakrotnie – odpowiada Sophie.

– Wydaje się bardzo zaabsorbowany Yew-Yew.

– To na pewno nie jest łatwe.

– Na pewno. Nie mogę się doczekać, kiedy ją poznam.

Jej angielski z amerykańskim akcentem chwilami się potyka, jakby o wystające skałki mowy ojczystej.

222

- Przeżyła trudny okres.
- Bardzo. Charlie mówi, że jest zupełnie rozbita.
- Ma duże zasoby.
- Co masz na myśli?
- Jest mądra i utalentowana. Nawet jakby lekko obsesyjna. W końcu wszystko będzie dobrze.
- Mam nadzieję, że mnie polubi.

Sophie teraz rozumie powód tego spotkania: Ana zastanawia się, czy Ju-Ju stanowi konkurencję do uczuć Charliego. Chce mnie umieścić w swojej drużynie.

- Ana, na pewno cię polubi.
- Ja jakby nie jestem intelektualistką.
- A kto jest? To jakby stara szkoła.
- Wiesz, o co mi chodzi. Może nie potrafię w ogóle z nią rozmawiać?
- O to się nie martw, ona mówi jak normalny człowiek. Przeważnie.
- Charlie ją kocha.
- Tata ją kocha. Ja ją kocham. Wszyscy kochają Ju-Ju. To może być przekleństwo, ale nie sądzę, że powinnaś się tym martwić.

Wypijają jeszcze po jednym Bellini. Sophie zastanawia się, ile koktajli musi strawić jej bratanek/bratanica, nic jednak nie mówi. Przechodzą na mniej grząski grunt, czyli sprawę domów. Ana sądzi, że idealny byłby ładny, duży dom w Notting Hill, a Sophie orientuje się, że ona nie do końca zrozumiała angielski sposób życia.

Czasami zachowuję się jak tata; uważam, że nie można tak po prostu wejść, trzeba zapłacić za wstęp.

– Uważam, że Notting Hill jest naprawdę, absolutnie cool – mówi Ana.

– A jak idzie skarpetkowy interes Charliego?

– Chyba dobrze. On się specjalnie nie chwali. Na przykład dopiero wczoraj powiedział mi, że musi jechać do Kalifornii.

Sophie podnosi na duchu fakt, że ta zielonooka pantera pada ofiarą niepewności jak każdy człowiek.

– Zawsze był taki – mówi, nadal odczuwając *Freude* na to wyjawienie *Schaden*. – Dowcip polega na tym, że Charlie jest osobą kompetentną, dobrze zorganizowaną, jaką nigdy nie był mój ojciec, choć to on miał być księgowym, to znaczy ojciec.

Ana nadal nie jest pewna.

– Zawsze ma mnóstwo zajęć.

– Nie mówię jakby, że jest nudny – kontynuuje Sophie. – Nic podobnego. Charlie jest po prostu jakby samowystarczalny, i tyle. Dla mnie to wręcz zaskakujące, co z niego wyrosło.

– Wiesz, że on nigdy nie chciał dziecka. To jakby po prostu się nam zdarzyło. Ja tego nie planowałam ani nie postanowiłam: hej, będę miała dziecko.

– Będzie zachwycony ojcostwem.

Zdawała sobie sprawę, że nie istnieją na to żadne bezpośrednie dowody, ale wiedziała też, że większość młodych ojców popada w taki entuzjazm z powodu wyjątkowego cudu, jaki udało im się stworzyć, przynajmniej na jakiś czas, zachwycają się więc swymi nowo odkrytymi zaletami duchowymi. Na przykład widzą siebie nie w mieszkanku na Fulham, tylko we wszechświecie, w solidarnym związku z poprzednimi i przyszłymi pokoleniami. Bardzo nieliczni ludzie – jej zdaniem – są odporni na tę licencjonowaną sentymentalność.

– Wolałabym mieć własne życie. Wiesz, o czym mówię. Jakby nie chcę tylko siedzieć w domu i zmieniać się w warzywo. I mówić wyłącznie o dzieciach.

Sophie odczuwa senność.

– Nie chciałabym, żeby Charlie nagle uznał, że jestem nudna.

– Nie, to zdecydowanie się nie zdarzy.

– Zawsze byłam jakby aktywna. Jakby naprawdę zajęta. Czy będziesz ze mną robiła różne rzeczy?

– Oczywiście. Jakie rzeczy?

– Jakby normalne. Jak chodzenie na pokazy, do galerii czy w ogóle. I na lunch.

– À propos lunchu, czy nie powinnyśmy czegoś zamówić? Jakby trochę się zalewam.

Zastanawia się też, czy to dobrze, że Ana zamawia kolejne Bellini na pusty żołądek. Kiedy czekają na jedzenie, Ana wyrzuca z siebie to, co leżało jej na sercu, a Sophie widzi przez okno wychodzące na Walton Street, że pada deszcz. Nie znosi książek, w których wykorzystuje się pogodę dla efektów literackich: deszcz w chwilach emocji i napięcia; słońce dla romansu, ciemność nocy, by przydać znaczenia. Powinno się przyznać pogodzie należne jej miejsce: akurat pada, często pada, znowu będzie padać. Pogoda jest interesująca, nie jest jednak tanią metaforą. Dziwne, ale restauracja wydaje się jaśniejsza i bardziej ożywiona, odkąd na zewnątrz zrobiło się ponuro. Niewykluczone, że tak właśnie dzieje się w życiu, trzeba szukać pewnej prawdy w drobnych szczegółach. Chryste, muszę być bardziej pijana, niż sądziłam.

Ana mówi, że Charlie chce tradycyjnego ślubu kościelnego i zaproponował, by Juliet była drużbą. Sophie rozmawiała już o tym z mamą, pastorowi nie przeszkadza, że drużbą będzie kobieta. Ana wyobrażała sobie ślub w ratuszu Chelsea, potem lampka wina i lunch dla najbliższych przyjaciół. Jej ojciec, wędrowny ambasador, chce ją poprowadzić do ołtarza, jeśli pozwolą mu na to obowiązki. Charlie utrzymuje, że to oszust. Przynoszą jedzenie, znajoma luksusowa mieszanka, skropiona i ozdobiona kolorem i fakturą na obrzeżach talerza, zupełnie jakby Jackson Pollock pracował na czarno w kuchni.

Ju-Ju, na jej górnej wardze lśnią mikroskopijne kropelki potu. Charlie żeni się z osobą o wielkich czynnych porach niczym morski ukwiał. Jej brwi błyszczą. Dziecko będzie naoliwioną kulką.

Boże, jesteśmy straszną rodziną. Klanową i krytyczną. Nawet mama wierzy, że wywodzimy się z jakiejś naturalnej arystokracji. A tata podnosi zwodzony most w obronie przed barbarzyńcami. Nagle widzi oczyma wyobraźni matkę zmierzającą przez pole golfowe do kościoła; pochyla się w strugach deszczu i niesie tamten plastikowy kubeł. Jest w niej, w jej walce, coś heroicznie instynktownego. Dobra Kobieta z Trebetherick.

W pubie-restauracji zapanowało teraz pewne rozleni-wienie; nie wszyscy się koncentrują. Wyraźny jest niski stopień upojenia alkoholowego, a może również drobne wątpliwości. Rytuał kawowy, oleiste, dwuznaczne kieliszki porto sygnalizują koniec. Lekki smuteczek. Jednak Ana radośnie płynie pod prąd. Omawia swoją suknię ślubną, zaprzyjaźniony projektant ma jakieś wspaniałe pomysły. Sophie czuje, że przygnębiona dodatkowo alkoholem i narkotykiem, zapada się w głąb. Próbuje wytłumaczyć Anie, jak idealny jest kościółek na piaskowych wydmach, spacer przez dziesiąty dołek, mit wykopaliskowy, grób poety laureata... jednak traci serce, jeszcze zanim dojdzie do sedna, którym jest przesłanie o powrocie i ocaleniu, a które ma wysłać ten ślub: popatrzcie, Charlie Judd i jego Jennifer Lopez przyjechali do starej Anglii po błogosła-wieństwo; popatrzcie, Juliet Judd, tak okrutnie potrakto-wana, wróciła po odkupienie; popatrzcie, rodzina Juddów jest na swoim miejscu po kilku krótkich spięciach. Angielskość wyleczyła ich wszystkich. Jeruzalem!

Jestem pijana. Przemieniam się w przecenionego Wil-liama Blake'a.

Jest też zmęczona Aną, która ani razu nie zapytała, jak jej się żyje.

Później, z powrotem za granicą Hoxton, czuje się, jakby przypadkiem wylądowała w Rumunii czy Bułgarii, o tyle jest tu brudniej, bardziej ponuro i bezbarwnie. Jej mie-szkanie przypomina celę bloku przesłuchań w Tiranie.

Jeśli nie pójdę na uniwersytet, pojadę do Barcelony.

Można było tu mieszkać, kiedy pracowała po szesnaście godzin na dobę, ale teraz nie potrafi tu zostać.

Dzwoni do Charliego, na jego koszt, on ma oczywiście trzypasmowy telefon.

– Cześć, Charlie.

– Dwie siostry w stereo. Ta druga siedzi obok mnie. À propos, dzięki, że porozmawiałaś z Aną.

– To było zabawne.

– Powiedziała, że byłaś wspaniała, choć nie mogła wtrącić ani słowa.

– Odpieprz się. Ona nawet nie nadążała zaczerpnąć powietrza. I musisz ją powstrzymać od picia, bo inaczej będziesz ojcem potworka. Pozwól mi porozmawiać z Ju-Ju.

– Cześć, Soph.

– Gdzie jesteście? Już na Manhattanie?

– Zbliżamy się do Bronksu. Też rozmawiałam z Aną, nie słuchaj Charliego, powiedziała, że pozwoliłaś jej się wygadać i że jesteś aniołem. Jaka ona jest?

– Absolutnie wspaniała.

– Wszyscy to mówią. Ale czy jest miła? Uu, Charlie mnie bije. Przestań podsłuchiwać, skup się na drodze.

– On zawsze był dokuczliwy. Trudno powiedzieć. Ona mówi bez przerwy. Martwi się jakby, że uznasz ją za głupią. Powiedziałam, że jesteś bardzo tolerancyjna wobec głupków. A poza tym, Ju-Ju, ona ma torebkę marki Birkin, choć pewnie nigdy nie słyszałaś o takich torbach.

– Co to za torebka?

– Skórzana z zamkiem. Hermes. Kosztuje CZTERY TYSIĄCE FUNTÓW.

– O Boże. Czy Charlie o tym wie?

– Zapytaj, przecież siedzi obok ciebie.

Słyszy, jak Ju-Ju mówi coś do Charliego.

– Wie. Nie płacił za to. To ważne. Myślę jednak, że kłamie. Uf, znowu mnie bije.

– Kiedy przyjedziesz?

– Niedługo.

– Wszystko w porządku, Ju?

– Chyba wracam do siebie. Sophie, skarbie, to nie będzie trwało krótko. Nie mogę się spieszyć.

– Ju-Ju, proszę cię, przyjeżdżaj do domu.

– Jak tylko załatwię wszystko tutaj. Obiecuję.

Sophie czuje się samotna. Nie powinna była błagać Ju-Ju, żeby wróciła do domu. Ale wszyscy na nią czekają. Ona i Charlie mają dobrze w tym swoim krótkim filmie drogi.

Później dzwoni Dan, a ona zgadza się pojechać z nim do Lahore, ale to tylko tymczasowe ustępstwo, bo czuje się samotna.

– Nieźle – mówi Dan. – Nie ma jak dobry wyjazd, kiedy jesteś przygnębiona, jak mawiał mój tata.

– A kto mówi, że jestem przygnębiona?

– Znam twój głos.

– A jak tam alfy?

– Gotowe. Dziecinko, chcę ci coś powiedzieć.

– Słucham?

– Zostawiłem Patsy.

Jej samopoczucie leci w dół. Zupełnie jak jeden z tych francowatych delfinów. Żeby się przygotować na spotkanie z Danem, zwija skręta i zaciąga się głęboko.

Rozdział czternasty

W więzieniu zaczęła myśleć o samej kradzieży. Aż do rozprawy kradzież należała do innego świata. W istocie poznała wszystkie szczegóły dopiero z zeznań Agnella. Jednak później, podczas dręczących bezsennych nocy zorientowała się, że śnią jej się te szczegóły. Sny ułożyły się w opowieść: trzech Amerykanów włoskiego pochodzenia z Bronksu pojechało furgonetką na cmentarz we Flatbush. Jeden z nich, Anthony Agnello, otworzył bramę dorobionymi kluczami. Zamek był zardzewiały. Przestraszyli się, kiedy przejeżdżał patrol policyjny. Brama skrzypiała, zarośnięty cmentarz budził grozę. Podjechali furgonetką pod mauzoleum, które stało dogodnie ukryte za drzewami. Agnello i jego przyjaciele nie byli szczególnie kompetentni. Upuścili drewnianą skrzynię, kiedy zdejmowali ją z furgonetki. Rozległ się głośny huk, pobiegli więc się ukryć za budynkiem mauzoleum. Sędzina zapytała, dlaczego zachowali się tak idiotycznie, skoro przed grobowcem stała ich furgonetka. *Proszę wysokiego sądu, my tak nie byli, jak to powiedzieć, nie byli my na sto procent trzeźwe. Taka wódczana odwaga, jak to mó-wią na Bronksie, wasza wysokość. To znaczy... Wiem, co to znaczy, panie Agnello.* Wtedy Agnello otworzył mauzoleum. Potrzebował prawie całej puszki WD40, że-by naoliwić zamek. Nikt nie odwiedzał tych zmarłych przez pięćdziesiąt lat. Teraz nadeszła kolej Marcela Mos-tardy, zaczął poluzowywać okno od środka, nie łamiąc ołowianych podziałek ani szkła. Zajęło to dwie godziny. Tymczasem Jimmy Fusco ustawił zrobioną przez siebie skrzynię obok tylnego okna mauzoleum i wyłożył ją ko-cami. Fusco srał w gacie – *wysoki sąd daruje, Jimmy był początkujący.* Kiedy zahuczała sowa, chciał uciekać do domu. W końcu wyjęli okno mające prawie trzy metry wysokości i położyli do skrzyni, Jimmy zabił ją gwoź-dziami, po czym wpakowali ją do furgonetki.

W więzieniu Ju-Ju widzi siebie jako nadzorcę tej opera-cji, jakby naprawdę była obecna przy kradzieży, kiedy ci trzej mędrcy wyjęli okno upamiętniające Unę Stimhouse. Na jawie rozważa, choć nie interesuje się teorią snów, dlaczego ciągle śnią jej się sceny z zeznań. Uczucie, że znalazła się w kiepskiej powieści kryminalnej – pohuki-wanie sowy, syrena policyjna na Flatbush Avenue, wilgot-ny chłód mauzoleum – jest tak silne, że trudno je zaakcep-tować rozumem. Wydaje się, że sny wybierają ten styl, tę prostą opowieść. Kiedy ponownie odgrywa przebieg wyda-rzeń, jeśli odgrywanie jest tu odpowiednim słowem, które rozegrały się dwa lata przed jej przybyciem do Nowego Jorku, kiedy to złodziej cmentarny i niedoszły komik An-thony Agnello z dwoma kumplami ukradł mierzący prawie trzy metry witraż Tiffany'ego przedstawiający odkrycie pustego grobu Chrystusa, ona stoi w wilgotnej, wysokiej trawie, w pokrzywach i młodych zaroślach, stoi naprzeciwko trzech klownów, którzy zabrali się do pracy przy oknie z napisem: *Dlaczego szukacie żywego wśród umarłych. On zmartwychwstał.*

Część jej obrony polegała na twierdzeniu, że nie jest to unikalny witraż. Został ukradziony – o czym już wiemy – jak ukradziono tyle innych dzieł sztuki z różnych cmentarzy nowojorskich, a nawet z tak odległych dzielnic, jak Westchester czy Newark. Wszyscy w świecie sztuki wiedzieli o tym, że okna padają łupem złodziei. Sam pan Agnello przyznaje się do kradzieży licznych przedmiotów. Władze nie zareagowały. Prawdziwe przestępstwo popełniono rok przed przybyciem pani Judd do kraju. Pani Judd jedynie uznała fakt istnienia tego witrażu. Poproszono ją o potwierdzenie jego autentyczności. I zrobiła to. Mogła podejrzewać, że witraż pochodził z kradzieży. W końcu skąd się wziął w szopie w Bronksie? Jednak nie wymieniał go żaden spis przedmiotów skradzionych. I tak pewnie zostałby sprzedany lub pocięty. Potem zapytano ją, czy zna jakiegoś kolekcjonera. Oczywiście znała. Ma ich cały spis, na tym polega jej praca. Panie i panowie przysięgli, czy to to samo co jazda na cmentarz we Flatbush, w środku nocy, furgonetką z pudłem narzędzi i wielką skrzynią?

Ława przysięgłych, usłyszawszy o czekach, które otrzymał od niej Agnello, uznała, że to jest to samo, a nawet coś jeszcze gorszego. Miała dwa lata, żeby się nad tym zastanawiać, i zorientowała się, jak źle wybrana została linia obrony. Równie dobrze mogła stać tamtej nocy na cmentarzu. A i tak Agnello ze swoimi kumplami kradłby urny i marmurowe ozdoby z równym entuzjazmem, bo tacy ludzie jak ona stworzyli rynek zbytu na niektóre przedmioty, jak choćby witraże. To była bardzo subiektywna rozprawa, jedna opinia przeciwko drugiej, jedna sprzedaż przeciwko drugiej, póki nie osiągnięto finansowego porozumienia. Jej książka pomogła wywindować ceny na Tiffany'ego na niebotyczny poziom.

Teraz wydaje jej się, że rozumie charakter owej powtarzającej się sceny na cmentarzu. Amerykanie, ale nie tylko oni, coraz częściej skłonni są postrzegać wydarzenia w rzeczywistym świecie przez infantylne sylogizmy telewizji i filmu. W tym przypadku trójka sympatycznych cwaniaczków z Queensu (jeden z nich, składając zeznania, ma na piersi złoty medalion), równych facetów, drobnych kryminalistów o długich i szlachetnych tradycjach, okrada cmentarz we Flatbush. Nie mają pojęcia, co kradną, dopóki świetnie wykształcona cizia z Upper East Side i ze starej Anglii, z Oksfordu ni mniej, ni więcej, gdzie studiował stary Bill Clinton, gdzie inny cwaniaczek, Jay Gatsby, też podobno pobierał nauki, nie przekształci uczciwych wysiłków tych bałwanów w poważne przestępstwo. Tak to się odgrywa. A sędzia rozumie jej udział: to zemsta. Jej słowa, adresowane do kręcącej się, otyłej, absurdalnej ławy przysięgłych sugerują prymitywnie, po czyjej stronie powinni stanąć. Sędzina daje im okazję wymierzenia ciosu w imieniu jednego z maluczkich. I robią

234

to. Stawiają Juliet Judd w centrum tego przestępstwa. Z niewielką pomocą przemienili skomplikowane wydarzenia w coś znajomego: w HISTORYJKĘ. A ją wyprowadzają w kajdankach, bo historyjka wymaga rozpoznawalnego zakończenia.

Teraz siedzi w swoim mieszkaniu. Portier, Irlandczyk Sean Costello, który wyjechał z Corku przed czterdziestu laty, jest jedyną osobą, która wie o jej obecności. Ju-Ju niemal się ukrywa, choć mieszkanie pozostanie jej własnością jeszcze przez kilka tygodni. Potrafi liczyć, ale Charlie przed wyjazdem do Kalifornii zaproponował, że przedstawi jej wszystkie możliwości. Braterska opieka Charliego zaczyna ją drażnić; pragnąc ją chronić, traktuje ją tak, jakby zaraziła się w więzieniu jakąś przypadłością wymagającą stałej czujności. Powiedział też mamie, że jego zdaniem Ju-Ju cierpi na agorafobię.

– Charlie, muszę sama pozałatwiać swoje sprawy.

– Ja tylko staram się pomóc.

– Byłeś wspaniały. Nawet więcej. Ale muszę się uporać z agentem od nieruchomości, z bankiem i tak dalej.

Ale teraz, kiedy Charlie wyjechał, żałuje, że go nie ma. Czuje się przytłoczona. W więzieniu towarzyszyło jej dziwne poczucie bezpieczeństwa. Może naprawdę cierpi na agorafobię. Kiedy mieszkanie zostanie wreszcie sprzedane z błogosławieństwem zarządu spółdzielni, nadal będzie winna prawnikom sto tysięcy, a bankowi mniej więcej sto pięćdziesiąt. Bank zgodził się na jej propozycję spłat ratalnych, ale w zamian domaga się wystawienia rozmaitych dokumentów, których kosztami ją obciąży. Chce także spisu jej ewentualnych zarobków i złożonego pod przysięgą oświadczenia, że nie ma niezadeklarowanych aktywów. Charlie zaproponował, że pójdzie z nią do banku, jednak ona nie może czekać na jego powrót. Chce wszystko załatwić możliwie jak najszybciej.

Siedzi na podłodze w pustym mieszkaniu otoczona papierami. Tutaj mama po raz pierwszy spotkała Richiego. Zrobił na niej wrażenie: łatwo było to poznać, bo w takich sytuacjach jej głos przybierał fałszywie pogodny ton i ni stąd, ni zowąd zanosiła się dźwięcznym dziewczęcym śmiechem. Ten śmiech przypominał ulewę w słoneczny dzień. Oczywiście osobom, które nie słyszały dotychczas tego nagłego wybuchu, wydawał się spontaniczny. Być może to wrodzona cecha córek wojskowych: zawsze z niepokojem próbują zrobić wrażenie na mężczyznach, zawsze starają się nie okazywać niezadowolenia.

– A co dokładnie trzyma cię tutaj, w tym Wielkim Jabłku, Richie?

– Sprzedaję dzieła sztuki.

– Jakimi obrazami handlujesz?

– Mamo, tłumaczyłam ci. Richie zajmuje się nowoczesnymi obrazami i instalacjami.

– Pani Judd, czy pani maluje?

– Mów mi Daphne. Trochę pacykuję. Znam swoje możliwości. Ale uwielbiam to. Głównie akwarele.

Zachichotała uwodzicielsko.

– Straszliwie niedoceniane, moim zdaniem.

236

– Och, nie musisz tego mówić. Wiem, że jako hobby akwarele traktowane są na równi z golfem i brydżem.

Duże wrażenie zrobił na mamie osobny hall, w którym zatrzymywała się winda. A wkrótce pytała Seana Costello o radę w każdej sprawie, od taksówek po wystawy, nawet jeśli wcześniej już o tym rozmawiały, jakby potrzebowała jeszcze jednej opinii.

Ju-Ju siedzi na podłodze, na parkiecie widzi plamy zostawione przez innych ludzi, kiedy ona przebywała w więzieniu, tracąc pieniądze na przymusowym wynajmie. Sean twierdzi, że nowi właściciele mają zamiar odcisnąć tu piętno własnych osobowości. Przyjęło się już powszechnie, że wystrój domu stanowi ważną formę wyrazu. Tiffany urządzał domy dla wyczulonych na projektowanie i groby dla wyrobionych estetycznie starców.

W więzieniu rozmyślała czasami nad swoją miłością do piękna. Nie chodziło o pożądanie przedmiotów, raczej o fascynację ideą, że sztuka jest inna od reszty życia, jest czymś czystym i bardziej autentycznym, co według słów Hugona von Hofmannsthala było prawdziwą wewnętrzną formą, która przenika materię. Osoba religijna powiedziałaby: czymś bliższym Boga. W więzieniu, gdzie wyrwane z gazety zdjęcie uroczych szczeniaków czy błyszcząca pocztówka z widokiem zachodu słońca w tropikach uchodziły za piękne, nie bardzo wiedziała, czy w ogóle istnieje piękno, co może oznaczać, o jakiej wielkiej prawdzie zaświadczać. Siedząc tu pośród papierów i papierków, wie, że już nigdy nie powrócą czasy, kiedy znajdowała taką przyjemność – czasami wręcz ekstazę – w obcowaniu ze sztuką.

Pamiętam natomiast wieczór, kiedy Lavelle Brown zabiła się nożem kuchennym, i dzień, kiedy zmuszono mnie, bym została zajączkiem świątecznym.

Telefon w hallu wejściowym dzwoni akurat w chwili, gdy Ju-Ju stara się ocenić, ile mogą być warte jej ubrania i rzeczy osobiste: *Spisać wszystkie ruchomości, w tym diamenty, złotą i platynową biżuterię. Spisać wszystkie antyki, dywany i dzieła sztuki, podając ich przybliżoną wartość.* Telefon brzmi przejmująco w pustym mieszkaniu.

To Sean.

– Panno Judd?

– Tak?

– Jest tu dżentelmen, który twierdzi, że jest pani przyjacielem.

– Sean, czy możesz go zapytać o nazwisko?

Słyszy ostry ton głosu Seana:

– Jak się nazywasz, bracie?

– Panno Judd, on twierdzi, że nazywa się Davis Lydendocker czy jakoś tak.

– Sama z nim porozmawiam.

– Oczywiście, panno Judd. Pani chce z tobą rozmawiać.

– Davis?

– Cześć, Juliet.

– Czego dokładnie chcesz?

– Chcę cię zobaczyć.

– Teraz nie mogę, Davis. To nieodpowiednia pora.

– Tylko na moment.

– Nie.

– Błagam. Muszę się z tobą zobaczyć.

238

- W porządku. Oddaj słuchawkę portierowi. Sean, możesz go wpuścić.
- Jest pani tego pewna, panno Judd?
- Dziękuję, Sean. Jestem pewna.
- Mówiła pani, żeby nikogo nie wpuszczać. Cofnij się, bracie. - Szepcze: - On się tu kręci od wielu dni. Widziałem go.
- Możesz go wpuścić.
- W porządku, jak pani sobie życzy.

Ju-Ju czeka przy drzwiach windy, gdzie dawniej zawsze stał olbrzymi wazon z kwiatami: niegdyś żywiła – jakże absurdalne – przekonanie, że trzeba w nim mieć mnóstwo takich samych kwiatów, pięćdziesiąt tulipanów, dwadzieścia pięć peonii czy sto żonkili. Teraz, stojąc przy windzie, przypomina sobie, jak matka układa pół tuzina goździków i coś zielonego w tych kościelnych wazonach z rżniętego szkła, co daje efekt takiej martwoty jak wieńce pogrzebowe. Dlaczego Davis chce się z nią zobaczyć? Dlaczego jest w Nowym Jorku? Dlaczego kręcił się koło budynku?

Słyszy nadjeżdżającą windę. W więzieniu o złagodzonym rygorze słychać było odległe, no, nie tak bardzo odległe, metaliczne dźwięki, jak na stacji rozrządowej, które niedwuznacznie i dobitnie świadczyły o zamknięciu i ograniczeniu; te odgłosy zawsze powodowały gwałtowne przemieszczanie się jej żołądka i przyległych organów. Teraz, kiedy winda, stukając i trzeszcząc, pnie się do góry, odczuwa dokładnie to samo. Drzwi otwierają się jakby po chwili wahania. Wie dokładnie, ile to potrwa.

Szczęk. Drzwi stanęły otworem. Davis jest ubrany w lniany garnitur, pognieciony trochę bardziej, niż nakazuje obowiązująca moda. Stoi w drzwiach z rękami opuszczonymi, dłonie skierowane w jej stronę, jak baptysta z Południa gawędzący z Bogiem. Bardzo utył, cała reszta dogoniła świńskie uda.

– W Minnesocie nie ma nic do roboty, prócz jedzenia – mówi.

Ona wie, że to przećwiczony tekst.

– Och, Davis, wejdź. Nie ma mebli, ale wejdź.

Nigdy wcześniej tu nie był. Porusza się powoli.

– Jak się masz, Davis? – przerywa milczenie Ju-Ju.

– Tylko Murzyn może stwierdzić, czy muł śpi, czy nie.

– Co to ma znaczyć?

– Że nie jestem pewien.

– Portier powiedział, że się tu kręciłeś.

– Przeczytałem, że wychodzisz, i chciałem się z tobą zobaczyć.

– Poprosiłabym, żebyś usiadł, ale nie ma na czym, tylko na podłodze.

– Więc siadajmy na podłodze.

Zauważa, że Davis musiał mieć kłopoty: włosy ma obcięte bardzo krótko, ale nieporządnie, a rysy twarzy jakoś się przemieściły, tak że teraz nie są w jednej linii. Szczególnie oczy wydają się zmaltretowane; są zasnute mgłą.

A przecież to ja spędziłam dwa lata w więzieniu.

– Davis, co masz do powiedzenia?

Była kiedyś na ślubie, którego udzielał szaman z plemienia Lakota (w istocie był to australijski Żyd z Crouch

End), wszyscy siedzieli na podłodze, żeby życzyć młodej parze długiego życia, szczęścia i każdej innej improwizowanej mądrości, jaką potrafili przywołać, podając sobie tymczasem z rąk do rąk fajkę pokoju. To było przerażające.

– Davis, mów!

– Nie mam nic do powiedzenia. Uznałem, że powinienem się z tobą zobaczyć.

– Mogłeś przyjść o każdej porze. Zasady odwiedzin są w Internecie.

– Byłem w Minnesocie. Napisałem.

– Żałosny list. O sobie samym.

– A ty odpisałaś, żebym się wynosił z twojego życia.

– Nie, Davis. Napisałam, że jest za późno. Nie było cię, kiedy cię potrzebowałam. Czułam się dotknięta, że piszesz do mnie rzewne listy, pełne Faulknerowskiej ludowości – zakładam, że to o mułach i Murzynach to też Faulkner? Tak? – o stanie własnego ducha. Ale kiedy mnie aresztowali, zniknąłeś. I wiesz co? Podczas procesu nie mogłam powiedzieć prawdy, że sypiałam z tobą, bo ty zniknąłeś. Gdybym mogła wyjaśnić wszystko tak, jak to omawialiśmy: zrozumcie, byłam w strasznej sytuacji, oszukiwałam Richiego, czułam, że zakochuję się w innym mężczyźnie, w tym oto mężczyźnie, tym poecie z Missisipi, więc kiedy Richie poprosił mnie o pomoc, uznałam, że jestem mu to winna, ponieważ zajęta czym innym dopuściłam, by doprowadził swoją firmę do upadku, bo byłam zakochana w tobie. Ława przysięgłych uwierzyłaby mi, bo to była prawda. Nie zamierzałam popełniać przestępstwa, nie miałam też w tym żadnego interesu. Chciałam tylko dotrwać do chwili, gdy Richie dostanie swoje pieniądze. Ale ty zniknąłeś. Co miałam robić, wezwać cię nakazem sądowym? Czy powiedzieć: kochałam go, ale okazał się palantem? Musieliśmy więc zdecydować się na inną strategię: nie podejrzewaliśmy, że obiekt jest kradziony i w pewnym sensie próbowaliśmy go ocalić. Dwa lata. Dwa cholerne lata, Davis, podczas gdy ty w tej cholernej Minnesocie uczyłeś niedocofów francowatego twórczego pisania.

Juliet płacze. Łzy przychodzą w wielu postaciach; te są z głębi, z najbardziej fundamentalnych pokładów, płyną z jej oczu, nosa, a potem tajemniczo, również z ust. Wymiotuje łzami, żółcią, śluzem i kamieniami. Davis też zaczyna płakać, jego tłustym ciałem wstrząsają bezgłośne dreszcze. Próbuje ją objąć. Być może przyjęłaby ten gest, gdyby nie był tak nieśmiały, tak słaby, tak konwencjonalny.

– Odpieprz się. Nie dotykaj mnie. Ty gnojku. Ty fałszywy wypierdku z błota Missisipi. Ty tłusty, francowaty chujku. Ohydny, nędzny, samolubny pierdoło.

– Przestań, proszę, przestań – zachłystuje się. – To nie takie proste.

– Wystarczająco proste. Pojechałeś uczyć koedukacyjne grupy, jak pokazywać-nie-mówić, wykładać charakterystykę postaci i fabułę, sens pieprzonego początku i zakończenia, znaczenie stylu, posługiwanie się dialogiem, trzynaście głosów powieści, wszechobecny narrator, wprowadzenie dialektu z odniesieniem do tego tłustego pedała Faulknera...

242

- Wcale nie był taki gruby ani...
- Ale ty jesteś - dławi się chemicznymi ściekami.
- Pojechałeś do Minnesoty, kiedy ja od ponad roku byłam zamknięta w Otisville. Gdzie kobiety gwałcą się nawzajem, okaleczają się, krzyczą całe noce, kradną sobie tampaksy, szprycują się prosto do żołądka, trzymają narkotyki w odbycie. Własnym lub cudzym. To jest właśnie zajączek świąteczny, gdyby cię to interesowało. A tymczasem ty cierpiałeś na zaśnieżonych pustkowiach, ponieważ - nie musisz mi mówić - przekonałeś się, że im więcej mówisz o literaturze, tym bardziej wysycha twoja wyobraźnia, i nie potrafiłeś już pisać, więc zastanawiałeś się, czy nie jesteśmy po prostu kamieniami, okaleczonymi jabłoniami i żabami obdarzonymi mózgiem, a potem pomyślałeś: może naprawdę byliśmy z Juliet dla siebie stworzeni, ale, niestety, Juliet tu nie ma i mnie nie wysłucha, więc przelecę kilka panienek, żeby ukoić cierpienie, dopóki ona nie wyjdzie. A potem wziąłeś trochę prochów, napiłeś się southern comfort i uznałeś: może jak się znowu spiknę z Juliet, dam radę wykorzystać swoje doświadczenie. Odzyskam kontrolę nad własnym życiem. Znowu będę autorem własnej opowieści czy inne podobne bzdury. Będę mógł zademonstrować, zamiast opowiadać. Będę mógł doczepić swój wózek do tej upadłej gwiazdy, nabiorę trochę szyku, sławy, mogę...
- Juliet, kocham cię.
- O kurwa, tylko tego mi brakowało. To naprawdę szczyt. Czy wiesz, że włosy łonowe Murzynek przypominają druciak? Czy wiesz, że kobiety w więzieniu

wstrzykują heroinę, hop, prosto do żołądka? Och, już to mówiłam. Czy wiesz, że pieprzą się z odwiedzającymi w pokoju spotkań, a strażniczki nagrywają to na amatorskie wideo i potem sprzedają? Czy wiesz, że większość więźniarek to wariatki, cholernie zdemenciałe na umyśle – teraz sama krzyczy tak jak jedna z nich – tak kurewsko szalone, że pozabijały własne dzieci albo pocięły sobie cipę kuchennym nożem?

– Juliet, przestań. Proszę cię, przestań.

Słyszy w jego słowach długie samogłoski Południa i milknie.

– Juliet, przeszedłem załamanie nerwowe.

– Coś podobnego. Tak cholernie mi przykro. To musiało być piekło. Niemoc pisarska. Zbyt częsty, ale całkiem pozbawiony znaczenia seks. Oddalająca się wcześniejsza zapowiedź. Davis, jesteś straszliwie, rozpaczliwie żałosny. Ja nie jestem tą samą osobą. Może nigdy nie będę, ale jedno mogę ci powiedzieć na pewno: nienawidzę cię teraz i zawsze będę cię nienawidzić. Dotarło to do ciebie?

– Byłaś taka...

– Cokolwiek chcesz powiedzieć, jakakolwiek byłam, nie chcę teraz tego słuchać. Idź już sobie. Na twoim miejscu znalazłabym dobrą salę gimnastyczną i ciężką fizyczną pracę. Może łupanie orzechów. Och nie, tam, skąd pochodzisz, uprawiają bawełnę, prawda? Królowa Bawełna. Wracaj do Jefferson i zacznij od początku, tłusty zadku. Pchnij tę krypę, unieś belę.

– Julliet, zawsze cię kochałem. Nie mogłem znieść myśli o tym, że pieprzysz się z Richiem.

– A ja nie potrafiłam znieść przebywania...

Słowa jednak nie chcą już przejść jej przez usta. Czuje się – jak prawdziwe bywają stereotypy – wyczerpana. Nawet kiedy on wyciera swoją pulchną, sponiewieraną twarz i z trudem wstaje, ona się zastanawia, czy to mówienie językami będzie dla niej oczyszczeniem. Też podnosi się z trudem. Davis człapie po papierach w stronę drzwi.

– Juliet.

Ona nie odpowiada.

– Proszono mnie, żebym o tobie napisał.

– No i?

– Pomyślałem, że powiem ci o tym. Bo napisałem.

Juliet podnosi słuchawkę telefonu w hallu.

– Sean, potrzebuję pomocy.

– Już wychodzę, wychodzę – mówi Davis.

– Nie, Sean, już w porządku, on wychodzi. Wyprowadź go tylko na dole przez drzwi wejściowe.

Kiedy strażniczki w Otisville groziły, że kogoś zamkną, mówiły „Zatankuję cię". Ale dla więźniów „tankowanie" miało inne znaczenie: znaczyło rzucanie w kogoś gównem, czasami nawet dochodziło do unieruchomienia celu. Niektóre więźniarki nazywały to „przyprawianiem". Oddział dla psychicznych nazywał się „sortownią", gdzie ludzie „się wyślizgują". Żeńska lesbijka była „puszkiem". A ona, Ju-Ju, była „zajączkiem świątecznym".

Jednak, o ile wiem, nie było określenia na niemoc pisarską.

Po kilku minutach zjawia się Sean.

– Poszedł. Wyglądał na wariata.

– Ma problemy.

– A kto nie ma?

– Prawda.

– Wszystko w porządku, panno Judd?

– Tak.

– Potraktowano panią paskudnie. Wszyscy o tym wiedzą. Naprawdę mi przykro, że pani się wyprowadza.

– Dziękuję, Sean. Doceniam to.

Rozdział piętnasty

Być może dzisiaj Niemcy złożą ofertę na **zamów-skarp.com** i **skarpet-mi-to.com**. W pewnym sensie to prawda, że dzięki Internetowi wszystko jest bardziej globalne. Ale tą drogą rozchodzi się też mnóstwo śmieci, nawet nie wspominając o porno. Oczywiście na długo przed Internetem nie wszystko poddawało się racjonalnej kontroli, ale teraz pękły tamy. Charlie nie postrzega Internetu jako celu samego w sobie. Tata zapytał go kiedyś, czy nie martwi się tym, że odbiera zarobki sklepom. Miał pewnie na myśli te potworne miejsca przy Jermyn Street.

– Nie, tato, tym się nie martwię. Bo tego nie robię. Sieć też nie. Jest neutralna. Sieć jedynie dostarcza środków. To jakby oskarżać samochód, że odebrał pracę koniom, czy obarczać go winą za pijanych kierowców. Nie możemy powiedzieć: nie kupujmy więcej samochodów.

– To łatwe.

– W porządku, koś trawnik ręcznie. Albo wróć do królików jako siły napędowej.

– Dzieją się jakieś złowrogie rzeczy. Chyba wiesz, co mam na myśli.

– Co dokładnie? Sprecyzuj jakby o co ci chodzi?

– Na początek o to, że ludzie cały czas mówią „jakby".

– O kurczę!

Sieć niewątpliwie zachęciła różnych szaleńców, by się odezwali. Nie ma w niej standardów moralnych, edukacyjnych czy dokumentalnych. To prawdziwe piekło głupków nieznających ortografii. Ludzie wszędzie próbują odnaleźć jakieś znaczenie w rzednącym powietrzu. Wierzą, że zapisując swoje banalne myśli, przydają im powagi, że proklamują swoje przeznaczenie.

W dzielnicy San Diego, gdzie podobno Richie ma swoją galerię, natyka się na specjalistkę od tarota, sklep z bielizną i kościół w magazynie, niemal jedno przy drugim. Galeria, którą wreszcie znajduje, robi wrażenie tymczasowej. W ciągu kilku godzin bez trudu dałoby się ją przekształcić w salon samochodowy czy sklep z kuchennymi meblami. W oknie wystawowym olbrzymie malowidło przedstawiające scenę z westernu według Frederica Remingtona: Indianin na malowanym koniu jedzie do domu po śniegu. Być może jest jedynym ocalałym po bitwie, bo zgnębiony koń ma nisko zwieszony łeb. Inne obrazy także pokazują bolesną kruchość życia rdzennych Amerykanów i utraconą niewinność ujeżdżania dzikich koni czy łapania bydła. Jest też wystawa plakatów George'a Caitlina. Każdy z nich zawiera przesłanie dla obywatela zainteresowanego metafizycznymi poszukiwaniami: to przesłanie nie dotyczy faktów czy historii, jedynie wagi osobistego i emocjonalnego rozwoju. I właśnie to głupie uniewinnianie, ten infantylizm ojciec widzi jako zsuwanie się po równi pochyłej.

Tato, ja tylko sprzedaję skarpetki. To nie moja wina.

W recepcji pogodna kobieta koło trzydziestki siedzi przy stole na kozłach przed terminalem komputerowym. Ma odpowiednio optymistyczne piersi w artystycznym podkoszulku. Za nią w gablotce wystawiona jest srebrna biżuteria z turkusami plemienia Nawaho i naszyjniki z kolców jeżozwierza.

– Dzień dobry panu. W czym mogę pomóc?

– Chciałbym mówić z panem Lillie.

– Sprawdzę, czy jest wolny. Kogo zaanonsować?

– Charlie Judd.

– Pan jest Brytyjczykiem?

– Owszem.

– Dick, jest tu pan Charles Judd z Anglii.

Richie wychodzi z biura na zapleczu. Nosi grubą bransoletkę Nawaho i naszyjnik ze srebra i turkusów.

– O Jezu. Charlie. Charlie, chłopcze! Chodź do mojego gabinetu. Napijesz się czegoś? Kynance, kochanie, pobiegnij do delikatesów, przynieś trochę chai i coś do jedzenia. Croissanta albo coś, bo umieram z głodu. A ty, Charlie, co byś chciał?

– Latte. Odtłuszczone.

W gabinecie Richie robi zdziwioną minę, gdzieś się podziała jego angloszarmanckość.

– Charlie, co się stało?

– Byłem w mieście i uznałem, że możemy pogadać.

– Nie nawijaj, Charlie. Powiedz mi, po co przyjechałeś. I jak mnie znalazłeś.

W Nowym Jorku Richie nosił garnitury od Paula Smitha i Boateng. O ile Charlie pamięta, najbardziej lubił szerokie białe paski. Tutaj wydaje się bardziej swobodny w stroju, choć jest prowincjonalny w tej indiańskiej biżuterii i spłowiałych dżinsach. Z wcześniejszego życia zostały tylko zamszowe pantofle. Choć, oczywiście, mogą to być mokasyny.

– Czy ona wie, kim jesteś?

Wskazuje głową na ulicę, gdzie udała się Kynance.

– Wie, że jestem Richard Lillie, co najwyraźniej wiesz i ty.

– Chodzi mi o to, czy zna twoją historię?

– Nie. I cieszyłbym się, gdybyś tego nie wypaplał.

– Ju-Ju wyszła z więzienia.

– Wiem. Dowiedziałem się z gazety. Czy powiedziała ci, że napisała do mnie, żebym nigdy więcej się z nią nie kontaktował?

– Wcale mnie to nie dziwi.

– Dlaczego tak mówisz?

– No, może dlatego, że ona dostała dwa lata, a ty lekkie zadrapania.

– O Jezu!

Richie jest opalony i zdaje się być w dobrej formie. Może zaczął biegać albo jeździć na rolkach. Jednak jego oczy bronią się przed tym optymistycznym reżimem. Są nieufne i zmęczone.

250

– Jak ona się czuje?

– Jest w okropnym stanie.

– O Jezu! Sądzisz, że mogę pomóc?

– Raczej nie. Chyba że jakby gotów jesteś przyznać się do krzywoprzysięstwa.

– Charlie, istnieją...

Wraca Kynance z zapasami.

– Hej, chłopaki, nie mieli takich croissantów, jakie lubi Dick, więc kupiłam inne ciastka.

– Dobrze, skarbie. Będziemy tu jakiś czas, więc nie łącz żadnych telefonów. Musimy z Charliem trochę nadgonić.

Richie wyjmuje z szafy talerze.

– Lubię prawdziwą porcelanę, a ty? Oni tutaj wszystko jedzą z kartonów. Kawa smakuje polistyrenem. Ale ja próbuję, na tę małą skalę, dbać o standardy.

Przenosi ciastka na talerz. Staje się postacią lekko komediową: ostatnie atuty sprzedaje tanio tutaj na przedmieściach San Diego. Na nosie ma delikatną siatkę żyłek, jakby go pocierał.

– Co chciałeś powiedzieć?

– Chciałem powiedzieć, że niezupełnie tak było. To skomplikowane. Miałem zamiar pójść do FBI i wyjaśnić: posłuchajcie, nie wiedziałem, że to okno jest kradzione, prosiłem jedynie Juliet Judd, znanego eksperta, żeby je sprawdziła, a ona stwierdziła, że według jej wiedzy jest oryginalne i czyste. Adwokat utrzymywał, że pewnie nie dostanie nawet grzywny, podczas gdy mnie groziłoby dziesięć lat, gdybym miał świadomość, że witraż pochodził z kradzieży i mimo to wywiózł go z kraju.

251

– Przecież oboje wiedzieliście, że jest kradziony.

– Charlie, jest kradzione i kradzione. Nigdy o tym nie rozmawialiśmy, to przecież było oczywiste. Wszystkie te okna są kradzione, o czym FBI doskonale wie. Zresztą Ju-Ju wcale nie była zainteresowana. I to było dziwne. W końcu problem ograniczał się do eksportu. Wybraliśmy złą linię obrony. Kiedy w sądzie zaprezentowano czeki, wyglądało na to, że to wszystko jej sprawka. Do tamtej chwili nie wiązano jej bezpośrednio z Agnellim. Zataili jednak tę informację aż do rozprawy. Jeszcze wtedy proponowałem, że całą winę wezmę na siebie – a na tym etapie zdecydowanie dostałbym dziesięć lat albo więcej, ale ona mi nie pozwoliła. Chciałem zeznać, że nigdy jej nie wyjawiłem, po co te czeki.

– Miałeś więcej niż dwa lata, żeby wygładzić tę historyjkę.

– Charlie, nie potępiaj mnie, proszę. Przeszedłem piekło. Oczywiście nieporównywalne z tym, co przecierpiała twoja siostra, ale jednak piekło. Popatrz na mnie: sprzedaję tandetę Nawaho i gówniane sztychy pieprzonych rdzennych Amerykanów, jacy nigdy nie istnieli, i mieszkam w tej zasranej dziurze. Nie mogę jechać do Nowego Jorku ani wrócić do Londynu. Po prostu wegetuję. Nadal mam ogromne długi.

– Nie wiem dlaczego, ale jakby wcale mi cię nie żal.

– Nie oczekuję tego od ciebie. Nie wątpię, że niepokoisz się o siostrę. Wiem, skąd pochodzisz. Po prostu chciałbym, żebyś wiedział, że nie wystawiłem jej do wiatru. Wprost przeciwnie. Kochałem ją. Pewnie nadal ją

252

kocham. Ja ją w to wciągnąłem i byłem gotów dostać po łapach. Sam ją zapytaj.

Połamał bułeczkę na kawałki, ale nie je. Zęby ma wybielone. Ich biel kontrastuje z opalenizną, co sprawia, że Richie wygląda nieodpowiedzialnie. Co, oczywiście, jest prawdą. Niewątpliwie przelatuje też tę kobietę ze sterczącymi cyckami. Co innego mają do roboty, siedząc przez cały dzień w magazynie i czekając na sprzedaż amuletu czy sztychu pierwszych Amerykanów zachowujących się ekologicznie?

– Charlie, czy to Ju-Ju prosiła, żebyś się ze mną spotkał?

– Nie. Ona nie ma pojęcia, gdzie jesteś. Ostatnio widziano cię w Montrealu.

– A jak ty mnie znalazłeś?

– To nie było szczególnie trudne. Dwa kliknięcia w Internecie, jak twierdzi mój człowiek.

– Ach, Internet. Kiedy widziałem cię po raz ostatni, zakładałeś firmę tekstylną. Czy działa?

– Na to wygląda.

– A rodzice?

– Mieszkają w Kornwalii. Jakoś sobie radzą.

– Bardzo lubiłem twoją matkę. Pamiętam jej śmiech. Wspaniale się śmieje. A jak oni to znoszą?

– Nie najlepiej. Richie, przepraszam za bezpośredniość: chciałbym ci wierzyć, ale dobrze by było, gdybyś mi teraz wszystko wyznał. Żaden z nas nie zniesie już kolejnych wstrząsów ani rozgłosu.

– Nie mam nic więcej do powiedzenia. Przysięgam na własne życie.

– W porządku.

Chwilę siedzą uspokojeni.

– Gdzie ona jest?

– Tego nie mogę ci powiedzieć.

– Zgoda, ale chociaż przekaż jej, że jeśli to możliwe, chciałbym ją znowu zobaczyć.

– Tego też jej nie mogę powtórzyć. Ona nie wie, że z tobą rozmawiam.

Charlie czuje, że coś w nim się usztywnia. Najprawdopodobniej Richie kłamie. Bez względu jednak na to, czy jego historia jest prawdziwa, w jaki sposób doszedł do tego, że w nią uwierzył, Richie stanowi przyczynę nieszczęścia Ju-Ju i rodzinnej klęski. Sophie nie brała narkotyków przez cały rok do chwili aresztowania siostry. Tata prawie się pogodził ze swoim wygnaniem, a mama bardzo się starała, poprzez kursy kucharskie, układanie kwiatów w kościele i tak dalej, żeby utrzymać rodzinę na powierzchni. Tata oczywiście pomniejszał jej wysiłki. W jego pojęciu on sam wznosi się ponad ryby, kwiaty i skarpetki, jest Owidiuszem nad Morzem Czarnym marzącym o powrocie do Rzymu. Charlie czuje, jak niebezpiecznie rośnie w nim gniew na Richiego w tym humorystycznym otoczeniu country-and-western.

– Richie, muszę iść. Mam tylko nadzieję, że powiedziałeś mi prawdę.

– Powiedziałem. Nie groź mi, Charlie. To nie ma sensu. Popatrz na mnie.

Kiedy Charlie czeka na lotnisku w Los Angeles na samolot, dzwoni Martha z wiadomością, że Niemcy złożyli ofertę.

– Ile?

– Trzymaj się, Charlie. Siedzisz?

– No mów.

– Trzy miliony.

– Marek niemieckich?

– Funtów, Charlie, prawdziwej angielskiej floty. Mogę się jeszcze trochę potargować.

– Spróbuj, zadzwonię, jak dojadę do Nowego Jorku.

– Zadzwoń rano.

Podczas lotu zastanawia się, jakie to uczucie być bogatym. W wieku dwudziestu ośmiu lat będzie znacznie bogatszy, niż kiedykolwiek byli jego rodzice; wkroczy do zupełnie innej krainy. Rozważa, jak przyjmie to Ana, na kogo wyrośnie dziecko, bogate, choć ma to jakiekolwiek znaczenie tylko w relacji do braku pieniędzy. A bogactwo straciło swoją tajemniczość. Tak różni ludzie je zdobyli.

Niewiele zrobiłem, by na to zasłużyć: nie studiowałem księgowości, nie namalowałem obrazu, nie trudziłem się pracą fizyczną. Zrozumiałem po prostu, że mnóstwo osób chce mieć pewne rzeczy, ale nie wchodzić po nie do sklepu, nie podpisywać czeku i nie zastanawiać się. I wiem, czego szukają. I za to właśnie dostaję trzy lub cztery miliony. Może tata ma rację, stare pewniki i odwieczne prawdy nic już nie znaczą. Zero. Null.

Z jakiegoś powodu na lotniskach robi się refleksyjny, niemal melancholijny. Nie czuje uniesienia, o jakim

255

opowiadają ludzie w chwili, gdy znajdą się w przestronnym przedsionku odlotu. Wyobraża sobie Anę zamieszkałą w Notting Hill; widzi siebie na spacerze z dzieckiem; niemowlę tuż po urodzeniu zapisane do jednego z tych kosztownych przedszkoli, widzi Anę przy lunchu. Odnosi wrażenie, że lunche ciągną się w nieskończoność jak taśma z sushi. Kiedy poznał Anę, była w St Martin's i trochę pracowała jako modelka. Spotykała się z ciekawymi ludźmi. Ale „ciekawi" okazali się puści, okazali się ludźmi, którzy chcą kręcić wideo o tajemnicach naczelnych lub przekonać wszystkich światowych przywódców, by zrezygnowali z przemocy, na specjalnie zwołanym festiwalu, gdzie szef radia zgodził się na wielki nagłówek. To, co wygadywali, pijąc jego drinki, wykraczało poza granice śmieszności. A jednak Ana zdawała się absolutnie szczęśliwa w ich towarzystwie. Jeden chłopak, Chorwat pracujący jako model, przez połowę lunchu rozmawiał przez komórkę z przyjacielem w Mykenach. Opowiadał mu, co jedzą: *Teraz wezmę kombinowaną sałatę. Combo. Bombo. Tak. Comba la Bomba. Cool. Jak tam Greczynki dziewczynki? Niezłe łupy, co? Ana je singapurskie kluski, tak, Ana? Dżdżownice z Singapuru. Tak. Cool. A cool Charlie je świńskie jaja. Żartuję, to pyzy. Mówiłeś, że pyzy, prawda, Charlie? Pyzy. No coś takiego.*

Charlie musiał nagle wyjść. Ana była zła: obraził jej wysokoandyjskie poczucie przyzwoitości. Później tego dnia powiedziała mu, że jest w ciąży. Niepokoiło go właśnie to powiązanie kłótni i oznajmienia. A także fakt, że ślub naładowany był znaczeniami.

Dzwoni do Ju-Ju, ale nie ma jej w mieszkaniu. Może już odłączono telefon. Ju-Ju jest jedyną osobą, której ma ochotę powiedzieć o pieniądzach. Uświadomił sobie, jak bardzo brakowało mu możliwości pogadania z nią. W więzieniu dostawała kartę telefoniczną, ale tylko jedną na miesiąc, a każda karta pozwalała jej rozmawiać z domem przez półtorej minuty. Może zgodzi się, żeby pomógł jej finansowo. Wchodzi do samolotu. Ju-Ju pewnie jest w banku, przekazuje te żałosne formularze i oświadczenia. Kiedy samolot startuje, Charlie odczuwa cały ciężar swojej nielojalności wobec Any, a uczucie to rośnie wraz z uciskiem w uszach w miarę, jak samolot wznosi się ku niebu.

Po niedługim czasie lecą nad nicością; światła przedmieść, niekończące się na ziemi, okazały się sztuczną biżuterią, luźno zawieszoną na skraju kontynentu. I ta myśl przypomina mu o kontrakcie, jaki zawarł z życiem za pośrednictwem Any.

Co Ju-Ju widziała w Richiem? Co przyciąga ku sobie ludzi, że łączą swoje egzystencje i potem, jakby w ogóle nie brali tego pod uwagę, podporządkowują się przypadkowym regułom? Dlaczego Ju-Ju zaryzykowała tak wiele dla Richiego? Kiedy widział ich razem – trzeba przyznać, że w dobrym i zabawowym okresie – zdawało mu się, że Ju-Ju uważa Richiego za sympatycznego półgłupa, ledwie nadającego się na towarzysza dla inteligentnej kobiety. A tymczasem Richie twierdzi, że nie interesowało jej skradzione okno. Wiedziała, że jest kradzione, tak jak kradzione są marmury Elgina. Teraz Charlie rozumie, co się stało: Richie przedstawia siebie w roli niewinnego, głupiego, ale niegroźnego, podczas gdy to on ją wrobił jako mózg tego przedsięwzięcia. Nie był taki głupi; Agnello został opłacony z jej konta. Chyba że jest jakieś inne wytłumaczenie. Jeśli tak, to być może należy do gatunku tych, które nie poddają się rozumowi. W seksie, w rodzinie są głębokie pokłady nierozsądku. Jego oczekiwanie, że dowie się prawdy od Richiego, było naiwne.

Któregoś wieczoru Ju-Ju powiedziała: „Charlie, podoba mi się myśl o tobie jako o milionerze. Chodzi jedynie o to, żeby nigdy nie przyszło ci do głowy, że robienie pieniędzy świadczy o twojej wyższości. À propos, nie świadczy też o tym nędza".

– Bardzo dziękuję. Zachowam to w pamięci.

– Charlie, chodzi mi o to, że widziałam bogaczy, którzy uwierzyli, że są utalentowani również w innych dziedzinach, na przykład w sztuce. Wielkie rzeczy. Wielkie pomysły. O ile wiem, kolekcjonerstwo jest rodzajem sugestii, że twoje bogactwo wskazuje na jakieś głębokie, kosmiczne zrozumienie.

Już widział, że powiedziała prawdę: jako samozwańczy „naprawiacz" wytrzymałej rodziny Juddów pozwolił sobie na przekonanie, że zdoła rozstrzygnąć problem moralny na korzyść Ju-Ju. Było to złudzenie; co udowodnił pierwszy kontakt z Richiem, zostały wypłukane podstawowe soki. Opowieść Richiego o przebiegu wydarzeń była tak dobrze przećwiczona, że pewnie sam w nią wierzył. Ale czym się on różni od nas pod tym względem? Teraz pociesza się z Kynance; i w romansach, i w sztuce spadł o kilka klas w dół.

258

Ju-Ju subtelnie próbowała mi wyrzucać, że chcę panować nad tym, nad czym panować się nie da.

Od czasu do czasu przysypia, kiedy samolot leci płaskim łukiem z powrotem do Nowego Jorku i jego ukochanej siostry, którą kocha także Richie. Zastanawia się, czy niebezpiecznie jest przyciągać zbyt wiele miłości w tym wygłodniałym świecie.

Rozdział szesnasty

Frances oznajmiła, że jej córka Pip spotyka się z mężczyzną. Nie użyła oczywiście słowa lesbijka, ale nie ulegało wątpliwości, że Daphne powinna zrozumieć wagę tej informacji. Młoda para rozważa możliwość zamieszkania razem. Daphne zastanawia się, czy lesbijstwo nie jest po prostu fazą w życiu. Kobiety nigdy nie pociągały jej seksualnie, ale nie wyklucza, że *in extremis* można pomylić bliskość istniejącą między kobietami z pociągiem seksualnym.

– Co to za facet? – pyta.

– Nie znam go. Pip powiedziała: „Mamo, jeszcze za wcześnie, nie chciałabym go zbyt szybko wystraszyć".

Sprzątają w zakrystii, rozpisują nowy rozkład zajęć. W kościele, co jest dość niezwykłe, nie unoszą się żadne zapachy, ale w czasie Wielkiego Postu nie ma w nim kwiatów. Daphne rozważa, czy Frances nie wymyśliła tego nowego związku w odpowiedzi na szykujący się ślub i dziecko w rodzinie Juddów.

– Nie sądzisz, że przydałoby się więcej pianki do czyszczenia? – pyta Frances.

– Tak. Zamówię. Może poszalejemy i zamówimy z tuzin? A sekator? Stać nas na nowy? Używam prywatnego. Ten już nie chce ciąć.

Zakrystia jest maleńka. To dziwne, ale Daphne czuje tu bliższy związek z religią niż w samym kościele. Stoi tu stara szafa kryjąca liturgiczne wyposażenie, które w dzisiejszych czasach trzeba zamykać na klucz, a także szafka z przyborami do układania kwiatów, takimi jak szpagat, pianka kwiatowa, drut i kryształowe wazony, tutaj trzyma się także poduszki na klęczniki i książeczki do nabożeństwa wymagające odnowy. Od stu lat te poduszki robią parafianki. Ścieg był na pozór bardzo prosty, ale w istocie dość skomplikowany. Z biegiem lat klęczniki się wycierały, splot się rozluźniał. Potem następował okres, w którym dość już zniszczone poduszki dawały się jakiś czas używać, nim wróciły do zakrystii, by czekać na reperację. Są jeszcze w okolicy kobiety, które chętnie robią te podkolanniki. Wazony na kwiaty, ślady na drzwiach szaf, skrzypiący sekator, wytarte drewniane uchwyty, popękane płytki na podłodze mówią o pokoleniach kobiet wypełniających drobne, niedoceniane usługi. Teraz kobiety wyruszają w świat, kobiety takie jak Ju-Ju i Pip, zreformowana lesbijka, znajdują należne sobie miejsce, co Daphne popiera, choć podobnie jak Frances wie, że nie jest to łatwe.

– Podobno Ana jest niezwykle efektowna.

– Owszem, widziałam ją tylko dwa razy, ale zdecydowanie ma to, co nazywam uwodzicielską urodą.

– Czy chcesz, żebym ci pomogła przy kwiatach?

– Frances, to byłoby miłe z twojej strony.

– Czy to znaczy tak?

– Oczywiście. Zamówię je w Londynie u znajomych.

– Nie w Bodmin? Mogą się czuć dotknięci.

– Nie. Mam dość śmiałe pomysły, które chciałabym z tobą omówić. Nie jestem pewna, czy Bodmin zdoła im sprostać.

Jeszcze nie może powiedzieć Frances, że wybiera się do kwiaciarni Stelli Stevens, żeby przygotować projekt tak wystawny, tak wspaniały, że kościół przekształci się w altanę; myśli przy tym o aniołach, o prerafaelitach. Do tego ogrodu cudów dumnie i odważnie wkroczy jej piękna córka i przystojny syn ze swoją narzeczoną o uwodzicielskiej urodzie. Rozmawiała wstępnie z Aną, która uznała, że to brzmi absolutnie, wręcz superodlotowo, co Daphne rozumie jako zielone światło. Ana zamawia suknie u nadzwyczaj modnego projektanta, a co do kolorów, to jeszcze się skontaktują. Oczywiście nic nie powiedziała Charlesowi. Byłby przerażony kosztami – które ona pokrywa – powiedziałby Daphne: nie wygłupiaj się, to Trebetherick, nie Beverly Hills. Ale ona widzi coś, czego nie dostrzega Charles: rodzina Juddów ma okazję napić się w barze ostatniej szansy.

Kiedy przygotowują się z Frances do wyjścia, przypinają na tablicy nowy rozkład obowiązków, a Frances zagaduje:

– Daphne, jak się miewa Charles?

– O wiele lepiej. A dlaczego pytasz?

– Nie wiem. Widziałam go któregoś wieczoru na cmentarzu przykościelnym.

– No i?

– No i sikał na grób Betjemana.

– Jesteś tego pewna?

– Jak najbardziej. Prawdę mówiąc, to już drugi raz. Nie wiem, czy to jakaś odmiana krytyki literackiej. Mnie osobiście to nie przeszkadza, ale innym może.

– Spróbuję z nim porozmawiać. Proszę cię, nikomu o tym nie wspominaj.

– Nie będę.

– O Boże, chyba wszyscy zmierzamy w tym samym kierunku.

Frances zaczyna się śmiać. Śmieją się obydwie. Po czym Frances mówi:

– Nie wszystkie wiadomości są złe. Moja córka staje się hetero.

– Frances!

– Przecież wszyscy wiedzą! To straszna męka. Ty też wiedziałaś!

– Ludzie zawsze wszystko wiedzą.

– Lepiej chodźmy się czegoś napić.

– Napijmy się mszalnego wina i pobiegajmy na golasa po polu golfowym.

– Lepiej chodźmy w ubraniu do Marinera.

– Doskonały pomysł.

Charles szuka palta. Daphne słyszy odgłosy skrobania, takie dźwięki dobiegały z domku chomików.

– Charles?

– Tak?

- Muszę rano pojechać do Londynu.
- Po co?
- Chcę porozmawiać z Aną. Nie będzie mnie kilka dni.
- Z Aną? Kto to jest Ana?
- Twoja przyszła synowa.
- Ach, ta Ana. O czym będziecie rozmawiać?
- O ślubie. I jeszcze...
- Zawsze mnie zastanawiało, dlaczego kobiety...
- Wiem, co chcesz powiedzieć. Odpowiedź brzmi, bo ktoś musi. To dzięki nam przedstawienie trwa.

Charles staje w progu. Próbuje zasunąć zamek błyskawiczny polaru National Trustu.

- Dokąd się wybierasz?
- Na spacer. Na mój zwykły spacer. Zgoda? Udzielasz mi pozwolenia?
- Oczywiście, kochanie. Czy mogę cię o coś zapytać?
- Nie sądzę, bym zdołał cię powstrzymać.
- Czy siusiałeś na cmentarzu przykościelnym?
- O czym ty mówisz?
- Podobno, tak przynajmniej twierdzi Frances, sikałeś na grób Betjemana.

Daphne chichocze.

- Jesteś wstawiona?
- Nie.

Jednak jest zupełnie pijana. Wypiły z Frances butelkę cloudy bay.

- Cześć, Daphne. Wychodzę.

Jego wyjście opóźnia się, jak zwykle, bo szuka laski i sznuruje buty. W tym celu siada i pochyla się do przodu. Może to sprawa światła, ale wydaje się, że jego zęby nabrały koloru starych szczotek oprawionych w kość słoniową. Włosy, niezwykle gęste, zwisają bez życia. Mają taką barwę jak zawartość spluwaczki. Zbierająca się u nasady nosa fałda skóry, niby stado bydła pędzone do bramy, wyraźnie zgrubiała.

– Charles, to niepoważne.

– O czym ty mówisz? O ślubie?

– Nie. O sikaniu na przykościelnym cmentarzu.

Po jego wyjściu Daphne żałuje, że o tym wspomniała. Nie zrobiłaby tego, gdyby obie z Frances, świeżo pozyskaną wspólniczką, nie wypiły tak dużo. W duchu *głasnosti* opowiedziała Frances o swojej pierwszej miłości, Jeromie, którego spotkała ponownie, kiedy miała trzydzieści pięć czy trzydzieści sześć lat. W tamtym okresie Charles zawsze był albo w biurze, albo w podróży służbowej. Spotykała się z Jerome'em w porze lunchu. Podjeżdżał po nią motocyklem za róg ulicy. Niania Kaylene kładła Charliego spać i oglądała telewizję. Jak wyznała Frances, cudowna była świadomość, że to nie mogło do niczego doprowadzić. On był żonaty i kochał swoje dzieci, a Charlie miał wtedy zaledwie dziesięć miesięcy. Kiedy to się skończyło, jak muszą się skończyć wszystkie romanse, była bardzo nieszczęśliwa; wiedziała jednak, że gdyby Jerome chciał porzucić własne dzieci i zostać z nią, nie zgodziłaby się. Frances powiedziała, że lesbijska faza życia jej córki, która trwała siedem lat, była rezultatem ganiania Erika za babami. Być może pod wpływem wina Daphne nie potrafiła się w tym dopatrzyć żadnej logiki. Brzmiało to po freudowsku. Charles chętnie cytuje jedno zdanie Freuda: „Po czterdziestu latach kontaktów z kobietami nadal nie wiem, czego one chcą". To było z jej strony nie w porządku, że zaatakowała Charlesa. Ale im człowiek robi się starszy, tym bardziej niecierpliwią go słabości innych, może dlatego, że wie, co go czeka. Kiedy mój ojciec chorował po wylewie, nie miałam cierpliwości. Irytowała mnie jego powolność. Brzydził mnie jego sposób jedzenia. Jeszcze teraz odczuwam wstyd.

Charles lubi paszteciki rybne. Zamierzała zrobić je nazajutrz, ale skoro wyjeżdża, to jeśli po powrocie z jego wędrówki powita go paszteciekiem, Charles zorientuje się, że chodzi o rodzaj zadośćuczynienia. Po tylu latach oboje wiedzą, jak wysyłać sygnały dymne, wzywające na rodzinne zgromadzenie. Taka potrawa – kilka kawałków dorsza, trochę wędzonego łupacza i parę gotowanych krewetek – pochodzi z wcześniejszej epoki kuchni rybnej. Nie trzeba niczego siekać; nawet nie widzi się łuski czy szklistego oka. Przed przykryciem tłuczonymi kartoflami moczy się rybę w mleku, co nadaje potrawie tę bezpieczną anglosaską nijakość. Daphne znajduje gałkę muszkatołową, suchą, nieszkodliwą – chociaż gałka nie ma żadnego smaku, trzeba jej dołożyć. Stawia mleko na mały płomień. Przypomina sobie nogi Jerome'a. Były szczupłe i włochate, jak u fauna.

Charles mija kościół. Idzie szybko dróżką, patrząc przed siebie, w stronę dziesiątego dołka. Jest tu dolinka, której należy unikać za wszelką cenę, jeśli wybija się piłkę od dołka umieszczonego powyżej. Dolinę osłania wzgórze Bray, więc rośnie w niej dużo drzew. To istna dżungla. Charles rozgląda się dokoła, schodzi ze ścieżki w dół i zbliża się do strumienia. Tutaj często można znaleźć dobre piłki golfowe. Postanawia się wysikać. W istocie tę decyzję podjęto za niego; szum strumienia wywołuje Pawłowowski odruch pęcherza. Nie może sobie pozwolić na to, żeby ktoś go zobaczył: chwyta się gałęzi, by przejść na drugi brzeg pod osłoną drzew, ale gałąź się urywa, więc on wpada do wody ramionami do przodu. Zastanawia się, skąd ta woda płynie, bo jest bardzo zimna. Próbuje wyjść ze strumienia, ale nie ma się czego przytrzymać. Nogi rozkraczył boleśnie, jedna nadal na suchym lądzie, a druga pod nim w wodzie.

Teraz utonę, poprzednim razem to była zaledwie próba. Nie zdołam długo utrzymać głowy nad wodą.

Ale przychodzi mu na myśl rozwiązanie: musi się zanurzyć. Jeśli wejdzie do strumienia, pomagając sobie rękami i zaniecha prób podniesienia się z tej nienaturalnej, wykrzywionej pozycji, to uda mu się wydostać. Kurtka National Trustu skutecznie chroni przed niewielkimi opadami, ale po zanurzeniu łakomie chłonie wodę. Charles sunie z nurtem, przez chwilkę ma głowę pod wodą, po czym chwyta się gałęzi i wypływa na powierzchnię. Teraz może podciągnąć nogi pod siebie i wstać. Brzeg jest stromy i bagnisty. Telefon komórkowy zamókł. Charles zamierzał obejść Bray Hill, zadzwonić do Jo i zaproponować spotkanie. Nadal stojąc w strumieniu, próbuje się z nią połączyć, ale telefon nie działa.

267

Co miałem jej powiedzieć? Chciałem zaproponować spotkanie w celach seksualnych.

Ale teraz, przemoczony, zmarznięty, stoi w strumieniu i wie, że się ośmiesza. Jestem śmieszny. Ju-Ju wraca do domu. Mam wobec niej obowiązki: trzymać się, zachować godność, dopóki ona się nie zadomowi, cokolwiek to znaczy. Jak wytłumaczy Daphne, dlaczego wpadł do strumienia? Nie mogę powiedzieć: wleciałem do wody, bo już nie wolno mi sikać koło kościelnej furtki. Kiedy Ju-Ju wreszcie wróci, pójdę do lekarza.

Gramoli się ze strumienia. Obok przechodzą dwaj spacerowicze; Charles kuca na niskim brzegu, żeby go nie zauważyli. Są z psem, który biegnie przez środek pola golfowego. Psy powinno się trzymać na smyczy. Jo powiedziała, że wygląda dobrze: „Owszem, jesteś starszy, to oczywiste, ale nadal dobrze się trzymasz". Kiedy wróci Ju-Ju, wyzna jej wszystko. Wyjaśni, dlaczego nie pojechał do Ameryki: jej widok w więzieniu byłby ostatnią kroplą przepełniającą czarę. Znajduje niejakie pocieszenie w myśli, że nie mógł jej odwiedzić, bo nieodpowiedzialnością byłoby przysparzać jej zmartwień.

Chociaż jest bardzo zimno, postanawia ruszyć dalej, żeby wyschnąć. Idzie dróżką wokół wzgórza, nad morze, niedaleko od miejsca, gdzie kiedyś o mało nie utonął, widzi żagle surferów, jak skrzydła owadów mknące przez dorzecze.

Nigdy nie nauczę się surfować. Nigdy nie będę pieprzył Jo. Nigdy nie będę nikogo pieprzył. Z wyjątkiem Daphne.

W butach ma pełno wody i błota. Siada na brzegu porośniętym tymiankiem i zawciągiem nadmorskim, żeby je opróżnić. Myśli o komiksach, które czytał w dzieciństwie: każdy, kto wpadł do wody, po wyjściu z niej znajdował zawsze w kieszeni rybę. Taka była konwencja. A ryby zawsze otaczały dziwne znaki zapytania, sugerujące faliste ruchy. Ryby mają pełne, okrągłe usta. Gazety ciągle piszą o botoksie i kolagenie. Te ryby mają kolagenowe wargi. Otrząsnął się jak pies. *Z wyjątkiem Daphne.* Dlaczego to się nie liczy? Dlaczego czuję martwotę podczas rzadkich seansów seksu? Może dlatego, że nie istnieje biologiczna szansa stworzenia z Daphne dzieci, jakby cały akt został pozbawiony jedynego usprawiedliwienia. Chociaż Daphne jest nadal atrakcyjna – nie potrafi wymyślić cieplejszego słowa. Najwyraźniej Clem tak uważa. Ale Clem znajduje przyjemność z wietnamską lalką za 150 funtów za godzinę. Co człowiek mówi do siebie, kiedy pieprzy dziwkę? *Jestem ogierem, ona mnie naprawdę kocha?* Czy: *Zapłaciłem i chcę dostać, co mi się należy?* Jego członek drgnął – z poczucia obowiązku – w mrocznych głębiach spodni. Kiedy Charles wstaje, widzi wzniesienie nad pomarszczonym morzem. Patrząc na przeciwległy brzeg, dostrzega inne światy, które kiedyś przekraczały wyobraźnię. Teraz można wpaść do strumienia, pieprzyć wietnamską prostytutkę albo ukraść witraż Tiffany'ego. Jest to wiek możliwości.

Ale ja, jakaś część mnie nadal należy do innej epoki.

Daphne powiedziała, że widzi wzgórze Bray jako ziggurat. To piękny pomysł i Charles ma nadzieję, idąc krętą dróżką tuż nad morzem, że nie okazał zniecierpliwienia ani okrucieństwa, kiedy to mówiła.

Dlaczego Frances powiedziała jej, że sikałem na cmentarzu kościelnym?

Pewnie uważa, że oddawanie moczu *al fresco* jest nie w porządku. A przecież trudno o coś bardziej naturalnego. Nie wyrządza to żadnej szkody. Na przykościelnym cmentarzu nie ma kwiatów; to po prostu piaszczysta wydma rzadko porośnięta trawą. Milordzie, nigdy nie celowałem w Betjemana. Nie miałem złych zamiarów. Jednak z powodu gadulstwa Frances wpadł do wody.

Kiedy schodzi ze wzgórza w kierunku drewnianego mostku nad ujściem strumienia, tego samego strumienia, w którym niedawno się zanurzył, czuje wiatr wiejący z południa przez siodło pola golfowego. Palce ma teraz zdrętwiałe, wręcz bolesne.

Daphne puści mi wodę do wanny. Spróbuję jakoś wynagrodzić jej to, że powiedziałem – choćby tylko do siebie – *z wyjątkiem Daphne.*

W sypialni Daphne stoi jej zdjęcie z siostrą. Mają chyba jedenaście i dwanaście lat, już świadome – w taki przedpokwitaniowy sposób – swojej budzącej się kobiecości. Zdjęcie z lat pięćdziesiątych, może z końca czterdziestych. Daphne uważa, że jest czarujące. W tle widać jakieś koszary i koński łeb pod bardzo dziwnym kątem. Dziewczynki ubrane są w tweedowe żakieciki i krawaty klubu jeździeckiego. Kiedy kochają się z Daphne, stara się nie patrzyć na siostry, ponieważ ich młodość pogłębia jedynie jego przekonanie, że odeszli bardzo daleko od prawdziwego znaczenia seksu. Ten seks stał się rodzajem kazirodztwa.

Daphne wykłada ugotowaną rybę na duży półmisek. Sztuka z beszamelem polega na tym, żeby starannie przygotować podstawową zasmażkę; jej mama zadekretowała, że ma to być uncja masła na uncję mąki. Ale mąka kawali się w gorącym maśle, więc trzeba powoli dolewać mleka i robi się sos. Nie ma w tym żadnej tajemnicy, jest to po prostu jeden z cudów gotowania. Mama polewała beszamelem najdziwniejsze rzeczy: kalafior, marchewkę, kurczaka – z dodatkiem curry – a nawet zimne ozory z siekaną pietruszką. Tą kędzierzawą.

Słyszy, że Charles wraca ze spaceru. Otwiera drzwi kuchni.

– Daphne, jestem przemoczony.

– Wielki Boże, co się stało?

– Och, próbowałem wyciągnąć piłkę golfową, nowego dunlopa 65, i ześlizgnąłem się do strumienia.

Daphne bierze go za ręce.

– Jesteś przemarznięty. Szybciutko. Przygotuję kąpiel. Rozbieraj się.

Biegnie do łazienki. Wraca, a on jeszcze nie wykonał jej polecenia, więc pomaga mu ściągnąć przemoczone rzeczy. Charles stoi w kalesonach – w czerwone jamniki – a Daphne owija go ręcznikiem. Usta Charlesa pobladły, a jej się wydaje, że dostrzega siność w kącikach warg. Wyciera mu ręcznikiem włosy i prowadzi go do kąpieli. Widzi jedynie jego pośladki, kiedy zdejmuje gacie – prezent od Charliego, który sprzedaje modne kalesony – i trzyma się brzegu wanny. Kiedy jednak Charles siada w wodzie, Daphne dostrzega jego mosznę, wysoką i skurczoną od zimna, jakby była pocięta głębokimi zmarszczkami.

– Daphne – mówi ostro Charles – coś się pali.

Beszamel nadal jest jasny na wierzchu, ale z głębin wydobywają się brązowe kręgi. Daphne słyszy, jak Charles posępnie podśpiewuje w łazience, choć trudno byłoby rozpoznać melodię. Nigdy nie potrafił śpiewać. Ten drobny incydent wydaje się bardzo charakterystyczny dla niego: nie będzie mogła zgodnie z planem pojechać do Londynu, bo on na pewno dostanie gorączki; zrujnowała sos, ponieważ on wpadł do wody w pogoni za dunlopem 65. Przedmioty związane z golfem mają dla mężczyzn wartość fetyszu. Nawet podstarzali faceci rozprawiają o graficie, o kevlarach i podobnych głupotach, jakby te rzeczy miały wartości duchowe. Charles prosi o szampon, ale ona każe mu czekać, póki nie zrobi nowego sosu, którym polewa rybę, przykrywa wszystko purée ziemniaczanym, rysuje widelcem równoległe linie na wierzchu, które po wyjęciu z pieca będą wyglądały jak bruzdy na jesiennym polu.

Kiedy wraca do łazienki, Charles poci się tak obficie, jak turecki pasza.

– Daphne – mówi. – Kocham cię. Przykro mi, że uważasz mnie za gnojka.

– Bredzisz w gorączce.

Ogarnia ją jednak fala czułości.

– Och, Charles. Jesteś takim głupkiem.

– Na miłość boską, nie płacz.

Jego penis blado unosi się na wodzie, choć jest zakotwiczony.

– Zrobiłam zapiekankę rybną.

– Uwielbiam zapiekankę rybną.

Rozdział siedemnasty

Jeden dzień z życia młodej, samotnej Sophie Judd, bezrobotnej pisarki z londyńskiej dzielnicy Hoxton. Na kilka dni ma przyjechać matka. Sophie jest potwornie zestresowana. Musi wysprzątać mieszkanie i wyjąć kolczyk z nosa.

Wyjęcie kolczyka w końcu okazało się proste, choć maleńka muterka zarosła. Podobno trzeba co jakiś czas ją wyjmować i czyścić. Sophie łzy płynęły z oczu, została jej krwawa dziura.

Wie, że decyzja o wyjęciu kolczyka to drobna, ale znacząca sprawa. Dostrzega, że ilekroć człowiek podporządkowuje się życzeniom rodziców, w jakiś sposób poddaje się ich obozowi, ich światopoglądowi. Wysiłki matki, by zachowywać się rozsądnie – *Kochanie, wszyscy kiedyś przez to przechodziliśmy* – tylko utrudniały sytuację. Jednak kiedy poprzedniej nocy po wieczorze z Danem popatrzyła na siebie w lustro, zobaczyła to, co pokazywała nagła panika we wzroku matki: ćpunkę.

Kolczyk w nosie kazała sobie założyć tuż po wyrzuceniu ze szkoły St Paul, wtedy ogoliła także głowę po bokach. Została jej końska grzywa od czoła do karku. Ufarbowała tę grzywę na czerwono. Nadmiar narkotyków, choć właściwie dotyczy to wszystkich substancji halucynogennych, każe wierzyć, że świat alternatywny jest bardziej realny. Można się spierać, że nie ma niczego „realnego", ale to, co widzą ćpuny – co ja widziałam – istnieje głównie jako przeciwieństwo tego, co dostrzegają normalni ludzie. Teraz zniknęła ostatnia pozostałość tamtego złudzenia (czy bardziej egzaltowanego stanu w zależności od indywidualnych talentów wizjonerskich), której ślad stanowiło jedynie niewielkie zagłębienie w nosie.

Tata leży w łóżku zaziębiony. Pod nieobecność mamy Frances karmi go zupą. On zawsze był typem potentata przykuwającego uwagę. Nie ma mowy, żeby wstał z łóżka i odgrzał sobie jakąś puszkę. Sophie sprząta mieszkanie.

Nie robię tego z powodu jej przyjazdu, robię to, bo tak trzeba, a poza tym mama przyjeżdża.

– Mamo, dlaczego chcesz się u mnie zatrzymać? – zapytała.

– Pomyślałam sobie, że jeśli mnie przyjmiesz, to chętnie zobaczę twoje mieszkanie. Ale zawsze mogę się zatrzymać na Basil Street.

– Ale tu jest jakby zsyp. Szczerze.

– Jestem pewna, że to nieprawda. Wszyscy mówią, że Hoxton to nowe Notting Hill.

– Nie w tej okolicy.

– Przyjadę tym o trzeciej trzydzieści. Muszę ojcu wszystko przygotować. Wpadł do strumienia. W jakie metro mam wsiąść?

Sophie tłumaczy, jak do niej dojechać. Wydaje się, że mama traktuje to jak niebezpieczną ekspedycję w głąb kraju, za którą należy jej się uznanie.

– Dam sobie radę. Po wyjściu z metra w lewo obok targu, w prawo przy restauracji New Karachi Kebab, dwa domy dalej nacisnąć drugi dzwonek – bez nazwiska – przy zielonych drzwiach. Wszystko zapisałam.

– Zgadza się, mamo. Drugi dzwonek od dołu. Pójdziemy na dobre tajskie curry.

– Brzmi ekscytująco.

Sophie nie może się zdecydować, czy matka jest mocno irytująca, czy słodka, żeby posłużyć się jej ulubionymi określeniami. Tutaj to słowo znaczy zupełnie co innego. Teraz, kiedy Sophie patrzy na swoje mieszkanie oczami matki, widzi, że jest obrzydliwe. Zaczyna od kuchenki, na której widać skarmelizowane resztki licznych pospiesznych i kiepsko wymyślonych przekąsek.

Moje życie przypomina literaturę kobiecą, przyjeżdża mama, więc sprzątam mieszkanie. Na zewnątrz toczy się niedostrzegane barwne życie historycznego świata londyńskiego East Endu.

Rezygnuje z umycia kuchenki, bo wcześniej dokonała się tam jakaś fuzja, i ogląda łazienkę. Ukrywa wnętrze muszli pod grubą, pachnącą, gęstą warstwą płynu do czyszczenia. Widzi jednak, że na długo przed zjawieniem się mamy warstwa ta spłynie wolniutko do wody, odsłaniając koszmary w kolorze sepii. Ale przynajmniej poprawi się zapach. W istocie wylała tyle tego płynu, że teraz się dusi. Na wannie długości około metra są wapienne osady, obok spływu i pod kranami stalaktyty w pierwszym stadium powstawania. Czyszcząc wannę, niby konserwator obrazów usuwający zachodzące na siebie farby, nagle pojmuje, że wyjęła kolczyk z nosa dla Ju-Ju. Nie dlatego, że Ju-Ju by to przeszkadzało, ale dlatego, że nie chcę, żeby traktowano nas jak rodzinę dziwadeł. Nie chcę, żeby ludzie myśleli: czego tu się spodziewać, najmłodsza córka ćpa – zawsze mówią „ćpa", jakby to brzmiało bardziej wiarygodnie – ojciec nadaje się do czubków.

W głębi duszy, może nie tak znów głęboko, uświadamia sobie, że rodzina wobec każdego żywi pewne oczekiwania. Rodzina domaga się milcząco, żeby wszyscy skupili się wokół Ju-Ju, a wyjęcie kolczyka z nosa nie jest zbyt wygórowaną ceną za to. Przestaje sprzątać, żeby popatrzyć na siebie w lustrze. Dziurka w nosie leciutko ropieje, na obrzeżu krateru tkwi mała kropla przezroczystego płynu. Kiedy miała szesnaście czy siedemnaście lat, spędzała całe godziny, próbując wycisnąć lub pozbawić głowy pryszcze, które pojawiały się bez ostrzeżenia, w nadziei, że staną się niewidzialne czy przynajmniej niezbyt szkodliwe. Rezultat był niezmiennie katastrofalny; pryszcze przekształcały się w bardzo barwne wypukłości, dające sygnały całemu światu. Usiłowała przykryć je makijażem. Kiedy spotykała się z przyjaciółkami w zbyt wyszukanych seksownych ciuchach, których wybór zajmo-

276

wał im długie godziny, wszystkie miały na twarzach takie same erupcje jako dodatek do aparatów na zębach. I znowu stawały się dziewczętami, cierpiącymi wspólnie na lekko komiczny wysyp krost, które nie wydawały się już stygmatami, choć wcześniej w lustrze robiły takie wrażenie. Wyciera lekko nos papierem toaletowym. Po raz pierwszy zauważa, że linoleum wokół muszli klozetowej zwija się. Obowiązkiem matek jest dostrzegać potencjalne źródła infekcji, i jej matka na pewno tego nie przegapi, choć nie włoży rękawiczek i fartuszka, jak wymagałaby tego literatura kobieca.

Jednym z niewypowiadanych powodów wizyty mamy jest to, że Sophie nie chodzi już z Danem. Przyjeżdża więc towarzyszyć córce w ostatnich obrzędach. Dan podjechał po Sophie samochodem. Jego żona Patsy nie do końca przyjęła złożoną przez niego deklarację. A może to on nie zdeklarował się do końca?

– Mam nadzieję, że nie powiedziałeś: zostawiam cię dla Sophie?

– Nie. Nie.

– To znaczy powiedziałeś: słuchaj, właściwie mam cię dosyć, zróbmy sobie, sam nie wiem, jakby chwilę przerwy?

– O Jezu, Sophie, czego ty chcesz? Słuchaj uważnie: odszedłem od Patsy.

– Niczego nie chcę. Jakby nie wierzę po prostu, że się z nią rozstałeś, zresztą nie uważam, że to dobry pomysł, jeśli stanowię część tego równania.

– Nie zakładajmy niczego z góry. Umieram z głodu.

– Zjem z tobą, ale nie będę z tobą spała.

– Nie? Zaryzykuję. Zresztą, kto wspominał o spaniu?

– Cholernie zabawne.

Podczas jazdy Dan wypuszcza nieustanny komentarz na temat innych kierowców. Jest to niemal strumień świadomości. *Kurwa, popatrz na to, już naprawdę wszystko widziałem, głupia cipa, facet z białej furgonetki, wracaj pod swój pieprzony kamień.* Kiedy stoją w korku obok wielu tańszych samochodów, zastanawia się, jak w ogóle mogła go pokochać. Na przykład na planie filmowym, kiedy zmienia alfy romeo w delfiny, jak aktor, ograniczony sceną, jest ośrodkiem uwagi, ale poza planem wydaje się nie z tej epoki, wręcz żenujący. W restauracji odbywa jakieś kumpelskie pogaduszki z witającą gości kobietą w sari, potem uśmiecha się do właściciela, który ma rękę w gipsie: „No, co tam, spadłeś z portfela?". Dan nosi ze sobą swój światopogląd. Gdziekolwiek się udaje, ciągnie swoją banalność, jak krab pustelnik muszlę.

Dlaczego potrzebowałam tyle czasu, żeby to zobaczyć? Wieczór kończy się smutno, ma złamany kręgosłup.

Dan próbował ją pocałować, kiedy podjechali pod jej dom. Powiedziała:

– Przykro mi, ale gdybym cię zaprosiła, wyglądałoby na to, że zachęcam cię do zerwania z Patsy. A tak nie jest.

– Jesteś nędzną cipą. Nie wspominaj więcej o Patsy. Nie jesteś godna, żeby czyścić jej pieprzone buty.

Wygramoliła się z samochodu. Kiedy szła pospiesznie przez zaśmiecony, pachnący pomarańczami frontowy ogródek – światła nadawały chodnikom kolor marokańskiego napoju – nadal widziała jego gniewną, urażoną twarz; nadal czuła zapach skóry i kminku we wnętrzu samochodu. Wiedział, że ją stracił, widział siebie jej oczami. To, że był nieszczęśliwy, nie sprawiało jej przyjemności, choć czuła dziwną lekkość ze względu na siebie. Dan, dokładnie tak jak sugerowała jej matka, był dla niej ciężarem; nie tworzyli wspólnie nowego świata, jak robią to młodzi kochankowie.

Po przyjściu do domu wytarła usta. Miała wrażenie, że są posmarowane czymś tłustym: curry, śliną Dana, a może tylko wydzieliną ludzkiego szaleństwa.

My, Juddowie, zbyt wiele oczekujemy od innych. A może jesteśmy po prostu naiwni.

Rano jeszcze leżała w łóżku, kiedy zadzwonił Dan, żeby przeprosić, nie chciał niczego takiego powiedzieć, był po prostu zmęczony. Oczywiście ona ma prawo do własnej przestrzeni. Może do niego zadzwonić w każdej chwili. On tymczasem wyjeżdża na wielką robotę do Mediolanu. Oszaleli na jego punkcie. Wzmianka o pracy w Mediolanie to rodzaj mantry, która ma przypomnieć jej, a może także jemu, o jego możliwościach. Jednak kiedy Sophie próbuje przykleić linoleum za pomocą superglue, używanego wcześniej w nieudanych próbach sklejenia czajniczka do herbaty, usiłuje sobie przypomnieć, czy kiedykolwiek Dan powiedział coś, co wykraczałoby poza jego własny, zapieczętowany świat, a co wywarło na niej wrażenie. Nic nie przychodzi jej do głowy. On nawet nie umie wyjaśnić swojego wyczucia efektów specjalnych.

279

Może jest autystyczny. Może wszyscy jesteśmy zbyt podekscytowani. *Zbytnio podekscytowani* to byłby dobry tytuł powieści o ludziach, którzy wierzą, że mają możliwość wyboru, podczas gdy w istocie są zaprogramowani: *Zbytnio podekscytowani z Hoxton*, Jane Austin napisana na nowo.

Dzwoni telefon, ale zanim odbierze, musi wyswobodzić palce, przymocowane do linoleum, choć samo linoleum wcale się nie przyczepiło do podłogi. Kiedy wreszcie udało jej się pozbyć rozmówcy, który sprzedawał polisy ubezpieczeniowe, w sposób możliwie jak najbardziej uprzejmy, zorientowała się, że wąski dziubek tubki z klejem zamknął się na zawsze. Zgodnie z reklamą, to bardzo trwały klej. Sophie z powrotem zabiera się do sprzątania.

O ósmej trzydzieści dzwonek do drzwi. Sophie zbiega dwa piętra, świadoma ubóstwa wspólnych przestrzeni i zmęczonych zapachów domu, które wkrótce będzie wdychać jej matka. Otwiera drzwi.

– Jaka interesująca dzielnica – mówi Daphne, wchodząc z pośpiechem. – Piękny zapach przypraw.

– Cześć, mamo. Witaj w nowym Notting Hill.

– Och, tu jest uroczo.

– Wezmę ci torbę.

Całują się.

– Nie ma go. Nie ma twojego kolczyka.

– Owszem. Wyjęłam go wczoraj wieczorem.

– Cieszę się.

– Spodziewałam się, że to cię ucieszy.

– Posmarowałaś czymś rankę?

– Tak.

Matka wydawała się mniejsza, nie mogła się naprawdę zmniejszyć, po prostu kuli się defensywnie, wchodząc po schodach.

– Tlen?

– Jeszcze nie.

– Och, tu jest słodko.

– Nie użyłabym akurat tego słowa, ale dzięki.

– Naprawdę kochanie. To ma charakter. Wszyscy w którymś momencie mieszkaliśmy w tego typu mieszkaniu. Choć muszę przyznać, że widok nie jest nadzwyczajny.

– No nie. Byłoby lepiej mieć za oknem Kilimandżaro i galopujące stada antylop gnu, a nie budynek wydziału kwaterunkowego.

– Hotel Zacisze.

– Baaazyli!

Mama ubrana jest we wzorzystą spódnicę, blezer i bardzo wybłyszczone buty.Te buty wyróżniają ją jako osobę z prowincji. Buty mówią określonym dialektem, a te mają wyraźny akcent West Country.

– Przywiozłam ci prezent.

– Nie powinnaś była.

– Rozpakuj.

– *Zew dzwonów*. John Betjeman, 1960.

– To pierwsze wydanie.

Książka pulsuje. Sophie jak nietoperz chwyta przesłanie sonaru: wszystkie drogi prowadzą do Kornwalii.

- Kiedyś nabierze wartości. Kupiłam ją w antykwariacie.
- Jest piękna. Ale jakby czym sobie zasłużyłam?
- Po prostu chcemy, żebyś o nas myślała. Czasami.
- Bardzo miło. Chociaż ja o was myślę. Praktycznie cały czas. Jak tata?
- Całkiem nieźle leniuchuje.
- A co się stało naprawdę?
- Wpadł do strumienia w tajemniczych okolicznościach.
- Czy on traci rozum? Charlie tak myśli.
- Zawsze były między nimi konflikty. Szczególnie odkąd Charlie go wyratował. A jak tam spotkanie z Aną?
- Dla mnie to trochę za dużo. Zbytnia bujność. Prawdę mówiąc, ona mnie onieśmiela. Jest jakby z innej planety. Czy jej ojciec przyjeżdża?
- Nic nie wiemy. Pojechał z jakąś misją na Wschód. Ma bardzo wysokie stanowisko w ONZ czy w podobnej organizacji.
- Charles twierdzi, że to oszust. Czy tata jest gotów na powrót Ju-Ju?
- Trudno powiedzieć. Ma lepszy humor. Prosiłam Clema, żeby z nim porozmawiał, żeby wytłumaczył mu, że ludzie rozumieją, ale chyba niezbyt mu się to udało. Jestem pewna, że ślub pomoże. Najważniejsze, że Ju-Ju rozumie.
- Ju-Ju zawsze rozumie. Charlie twierdzi, że uwielbiali ją nawet strażnicy więzienni w Loon Lake. Ale ona powiedziała mu, że nie jest pewna, czy kiedykolwiek będzie tą samą osobą co przedtem.

282

– Nie wątpię, że będzie. Na pewno. Jak myślisz, dlaczego w ogóle dała się w to wszystko wciągnąć? Tego nigdy nie zrozumiem.

– Nie wiem, mamo. Próbowałam znaleźć jakieś wytłumaczenie, ale jedyne, jakie mi przyszło do głowy, jest tak denne, że jakby nie mogę w nie uwierzyć.

– To znaczy?

– Prostackie, bezmyślne.

– Więc jakie jest to twoje tłumaczenie?

– Miłość, w wielkim skrócie. Gotowa na doświadczenie z tajską kuchnią?

– Chodźmy.

Wychodzą zgodnym krokiem w uliczny zgiełk.

Mama myśli, że to bazar albo suk, dlatego trzyma mnie tak mocno pod rękę.

– Bardzo tu egzotycznie.

– Nowe Notting Hill, jak sama powiedziałaś.

Ogarnia ją fala czułości dla matki, która potulnie wysiadywała na sali sądowej, a potem jeździła do więziennego piekła i jak męczennica czekała w recepcji z ludźmi tak dziwnymi, że w jej oczach naprawdę byli przybyszami z innej planety. Ich ciała skręcało cierpienie. A teraz planuje ślub. Kwiaty uperfumują wszystkie wcześniejsze wydarzenia.

Kiedy Sophie się budzi, matki już nie ma; poszła na jakieś spotkanie na targu kwiatowym w New Covent Garden. Sophie czuje się winna, że nie wstała i nie

283

zrobiła śniadania. Matka przygotowywała je dla niej przez tyle lat.

Sophie dotyka palcami nosa, zanim sobie przypomni, że kolczyka już nie ma. Brak kolczyka jest niepokojący, jak poczucie straty po wyrwaniu zęba mądrości. Przy łóżku leży tomik Betjemana. To śmieszne, że kobiety typu mamy zawsze interesują się malarzami i pisarzami, zwłaszcza cudzołożnymi, takimi jak nasz drogi, przytulny Betjeman. Betjeman był także szalonym snobem, który przemawiał rodzajem szyfru, co sprawiło, że stał się autentycznym głosem angielskiej klasy średniej. Sophie ogląda swój nos w lustrze. Nos przestał płakać, a otwór po kolczyku się zasklepił.

Przy zielonym tajskim curry, które zdaniem mamy jest pyszne, nie za ostre, wcale nie, rozmawiały naturalnie o Ju-Ju. Kelnerzy chyba rozpoznawali w mamie coś angielskiego, co bezpowrotnie przepadło w Hoxton – jeśli w ogóle kiedykolwiek istniało – i odnosili się do niej z wielką atencją. Może była to sprawa schludnego żakietu i chusteczki z wzorem wędzideł, który to strój rzucał się w oczy w tym morzu swobody; nieformalny luz stał się nowym konformizmem.

– Sophie, muszę ci coś powiedzieć. Wiem, że ty i Charlie myślicie, że oboje z ojcem faworyzowaliśmy Ju-Ju. To nieprawda. Ale przed Ju-Ju mieliśmy córeczkę, która przyszła na świat martwa. Więc kiedy zjawiła się Ju-Ju, byliśmy tak szczęśliwi, że być może trochę przesadziliśmy z uczuciami.

284

Kiedy urodziłaś się ty i Charlie, zapomnieliśmy już o tamtych obawach. Mogliśmy się zachowywać normalnie.

– Nigdy o tym nie wspominałaś.

– Nie, nie mówiliśmy o tym. Postanowiliśmy o tym nie wspominać, żeby Ju-Ju nie pomyślała, że traktujemy ją jak zastępstwo. Uznałam, że trzeba ci to powiedzieć. Choć może nie powinnam. Za dużo piwa Tygrys.

– Nie ma sprawy. Cieszę się, że mi powiedziałaś.

Prawda polega na tym, że tata miał rodzaj romansu z Ju-Ju, który wykluczał ich dwoje. W pewnym sensie poczuli ulgę, kiedy przeniosła się do Nowego Jorku. Psycholog dziecięcy powiedziałby pewnie, że dlatego obydwoje mieli takie kłopoty w szkole. Mama wypiła dwa piwa Tygrys. Ona trzy.

Czuje się wyprowadzona z równowagi historią o martwym dziecku. Nie lubimy, kiedy rodzice trzymają coś w sekrecie. To może hipokryzja, ale niezbędna. Rodzice powinni zawsze zachowywać pozory.

Sophie spała na kanapie, a mama w jej łóżku. Były szczęśliwe i zadowolone jak dzieci w domku na drzewie i gratulowały sobie wzajemnie. Mama stwierdziła, że jest tak zabawnie. Przywiozła białą koszulę nocną, wyhaftowaną pod szyją w maleńkie różyczki, i wodę różaną, którą zmywała twarz. Sophie spała w podkoszulku z nadrukiem Xfm, którą dostała od swojego chłopaka – dyskdżokeja.

– Och, Sophie – zawołała mama zza cienkiej ścianki.

– Słucham?

– Być może w lecie znajdzie się dla ciebie praca w Blue Banana. Pracuje tam Phoebe Talbot, jej rodzina wynajmuje ten duży dom, Sheepfold, ten z kortem tenisowym. Ma porozmawiać z właścicielem.

– Zastanowię się.

– Oczywiście tylko, jeśli będziesz chciała. Ale pomyślałam, że na krótką metę to dobre wyjście.

– Pod jakim względem?

– Jeśli chcesz się na trochę wyrwać z Londynu.

– Mamo, nie sądzę, żebyśmy wszyscy osiedli w Kornwalii, jeśli masz takie nadzieje.

– Nie, ale jeśli ty...

– Nie, mamo, nigdy do tego nie dojdzie.

– Dobranoc, skarbie.

– Dobranoc.

– Sophie, nie gniewasz się, że zapytałam Phoebe? To słodka dziewczyna. Nic jeszcze z nią nie ustaliłam.

– Nie, mamo. To jakby miło, że o mnie pomyślałaś.

– Doszłam do wniosku, że otworzą się przed tobą dodatkowe możliwości. Tak mi to wpadło do głowy.

– Dobranocka.

Matka nie potrafi ukryć biegu swoich myśli.

Sądzi, że potrzebuję zmiany z powodu Dana i narkotyków. Uważa, że nad brzegiem morza zapanuje rodzaj Betjemanowskiej niewinności, i ma nadzieję, że rodzina będzie razem. Najwyraźniej tata jest dla niej ciężkim orzechem do zgryzienia, Ju-Ju go uspokoi, jeśli w ogóle można mu jeszcze pomóc. To dla niego typowe, i to właśnie złości Charliego: wszystko zawsze obraca się wokół taty: jego zdrowia, jego dumy, jego wrażliwości, jego upokorzenia w tej strasznej firmie księgowych.

W szkole mówiła, że ojciec zajmuje się inwestycjami bankowymi, bo nie potrafiła się przyznać, że jest księgowym. A teraz główne zadanie Ju-Ju po dwóch latach zamknięcia w więzieniu federalnym – czyli w pieprzonym zakładzie resocjalizacji – ma polegać na tym, żeby powtórnie zwodować wspaniały wrak, jakim jest Charles Judd.

Sophie robi sobie herbatę i bierze tomik Betjemana. Pomysł mamy – a ten tomik ma dostarczyć inspiracji – polega na tym, że podczas przyjęcia weselnego na każdym stoliku znajdą się dwa czy trzy wersy z Betjemana (córka Frances, która oficjalnie nie jest już lesbą, zajmuje się kaligrafią) w połączeniu z odpowiednią dekoracją.

– Co masz na myśli? Piasek w kanapkach, osy w herbacie?

– Nie, skarbie, nie bądź głuptasem. Tematy. Kościoły, zatoczki, polne kwiaty, miejsca.

– Jak smażalnie?

– Nie, kochanie.

– Panna Joan Hunter Dunn wyskakująca z tortu, spalona słońcem Aldershot? Ju-Ju z rakietą tenisową, mówiąca: „Cześć, ludzie, wróciłam. Dalej, strzelajcie. Nawet nie macie pojęcia, jak bardzo za wami tęskniłam".

– Teraz naprawdę opowiadasz głupoty.

Rozdział osiemnasty

Charlie patrzy z boku na Ju-Ju. Próbuje przyłapać ją na luzie, jakby miało mu to pomóc lepiej odczytać stan jej ducha. Nie ma jednak żadnych wskazówek. Jest napięta, widać jej zażarte zaangażowanie, kiedy po raz ostatni chłonie ten nowojorski pejzaż. „Nie wrócę tu", mówi. W wiosenny poranek jadą przez Brooklyn, ponieważ ona chce zobaczyć cmentarz Pond we Flatbush, scenę przestępstwa, którą, jak twierdzi, tak często odwiedzała w wyobraźni. On nie pyta dlaczego. Wie, że jest moda na rozwiązanie, zamknięcie, rodzaj ostatecznego rytuału, więc jeśli Ju-Ju sądzi, że to pomoże, on z przyjemnością spędzi ich ostatni dzień w Nowym Jorku jako jej kierowca.

Poprzedniego dnia poszli do Metropolitan, Ju-Ju zaprowadziła go do skrzydła amerykańskiego, żeby pokazać Laurelton Hall i witraże Tiffany'ego, które przed czterema czy pięcioma laty zapoczątkowały to wszystko. A dzisiaj jedziemy do Queensu. Powiązania między tymi dwoma miejscami są jednak wydumane; kiedy Agnello ukradł okno, Ju-Ju jeszcze nie przyjechała na Manhattan i nie widziała wystawy Tiffany'ego w Met. Powiązania te stworzono sztucznie. Poszczególne części historii zestawiono na sali sądowej, aby powstała opowieść. Tak to postrzega Ju-Ju. Któregoś dnia powiedziała, że fakty można było uszeregować w zupełnie inny sposób.

Jeśli w ogóle istnieją jakieś fakty. Im więcej się dowiaduje o tej sprawie, tym trudniej mu stwierdzić, co jest faktem.

Powietrze tutaj jest ostre, budynki się zapadają, jakby przebiegająca nad nimi trasa lotu na JFK powodowała ich skarlenie. Za nimi zarys Manhattanu na horyzoncie, ta wielka rafa kapitalizmu, którą synowie pustyni uważają za świadomą prowokację, wznosi się na tle czystego nieba. Stąd, kiedy skręcają z Flatbush Avenue w anonimowe szare uliczki z domami jak skrzynie, bez trudu można go uznać za prowokację wobec zwykłych ludzi lub za świadectwo ich optymizmu, wręcz łatwowierności: żyją tutaj stłoczeni w nędznych domkach, podczas gdy tam na tle niebieskiego powietrza, które nie straciło jeszcze zimowej ostrości, celują w niebo wielkie pałace z piaskowca, granitu i rzadko spotykanego marmuru – wyeksportowano połowę Apeninów, żeby je zbudować. Miasta – a Londyn nie należy do wyjątków – zawsze w swoich kontrastach demonstrują realia, ukryte pod kulturalno-turystyczno-kapitalistyczno-przedsiębiorczą bzdurą.

– Charlie, skręcamy w lewo, a potem drugą w prawo koło delikatesów.

Obok delikatesów rozciąga się plac z używanymi samochodami, za którym stoją rozpadające się, zabite deskami budynki. Rząd flag głosi: *Specjalnie na wiosnę.* Są tu samochody ulubione przez biedotę, duże, dobrze resorowane.

Ju-Ju, którą Charlie od tygodnia badawczo obserwuje, nabrała kolorów. Co sugeruje, może niezgodnie z prawdą, powrót do zdrowia fizycznego. Zawsze miała coś w rodzaju seksualnego piętna, które kryło się w jej skórze, nawet w jej śmiechu. Nie dało się go przeoczyć. Jej włosy wydają się martwe, kiedy patrzy na plan miasta; jakby straciły witalność, jednak Charlie odnosi wrażenie, że widzi na jej skórze powrót owej witalności. Przynajmniej ma taką nadzieję. *Charlie, już nigdy nie będę tą samą osobą.* Pewnego dnia może powie mu, co jej się przydarzyło, jednak już prześladuje go świadomość, że ona tak bardzo cierpiała, i to na poziomie znacznie głębszym niż większość ludzi. Bardzo go to niepokoi, wręcz przyprawia o mdłości, ale usilnie się stara zachować pogodę ducha. Martwi go również to, że bardziej przejmuje się siostrą niż Aną czy dzieckiem.

Niemcy zwlekają, zastanawiają się, czy stać ich na złożenie lepszej oferty. Poprosili o tydzień zwłoki. Martha jest pewna, że podwyższą cenę.

Skręcają w bulwar, przy którym stoją duże domy, niektóre zrujnowane, niektóre obwieszone przewodami, noszące ślady tandetnych i nieudanych przeróbek, z zewnątrz okładane łupkiem, kolonialne przybudówki-garaże i lampy z powozów.

– Obwozisz mnie po opuszczonych przedmieściach.

– Okna Tiffany'ego zostały, kiedy bogaci się wyprowadzili. Powinniśmy już być na miejscu.

Ozdobna brama cmentarna ma grube, kanelowane kolumny z lanego żelaza, ale furtka zamknięta jest na kłódkę i rzadko otwierana, sądząc po brązowych zaroślach. Wchodzą bocznym wejściem w murze, gdzie trzeba przecisnąć się przez kołowrót.

W niewielkim kantorze siedzi strażniczka, ogląda telewizję. Spogląda na nich przez okno i oznajmia:

– Zamykamy o czwartej trzydzieści. Punktualnie.

Mijają krematorium, wygląda na to, że można do niego podjechać jedynie półkolistym podjazdem. Ma prymitywny portyk, gdzie wyładowuje się trumny z karawanu. Wydaje się, że nie jest już używane. Główne drzwi pomazano sprayem.

– W rzeczywistości nigdy tu nie byłam.

– No właśnie.

Ju-Ju doskonale wie, gdzie jest mauzoleum. Idą, trzymając się za ręce jak kochankowie albo jak rodzeństwo, które przyszło na czyjś grób. Cmentarz jest olbrzymi, wiele hektarów rozciągających się w stronę lotniska JFK, które stanowi magnes dla krążących nad głowami samolotów. Charlie widzi światła wieży kontrolnej i wznoszącą się tłustą mgiełkę. Mauzoleum stoi frontem do niewielkiego lasku, w rachitycznej dżungli młodych zarośli, które dopiero puszczają liście pośród połamanych i zdeprymowanych roślin zeszłorocznych. Okno z tyłu grobowca jest zabite deskami, pewnie przez mniej więcej sześć ostatnich lat. Inne grobowce przypominają otwarte skorupy.

A pierwszego dnia po szabacie, wczesnym rankiem, gdy jeszcze było ciemno, Maria Magdalena przychodzi do grobu i widzi kamień odsunięty od grobu. Ewangelia świętego Jana 20, wiersz 1. Maria Magdalena patrzy ze strachem na pusty grób. Okno pamiątkowe Umy Stimhouse. Dwaj aniołowie w grobowcu pocieszają rodzinę Umy, że istnieje życie po śmierci: *Czemu szukacie żywego wśród umarłych? On zmartwychwstał.*

Ju-Ju i Charlie stoją przez chwilę; powietrze jest ciężkie i zimne, jakby zubożone.

– Ju-Ju. Po co tak naprawdę tu przyjechaliśmy?

– Chciałam to zobaczyć.

– To wiem. Ale dlaczego?

– Naprawdę nie potrafię powiedzieć.

– Spróbuj.

– Charlie, są rzeczy, których nie da się wytłumaczyć. Siedząc w więzieniu, rozmyślałam o tej kradzieży. Zaczęłam wierzyć, że brałam w niej udział. Może próbowałam jakoś zracjonalizować fakt, że Agnella i jego kumpli wypuszczono. A może, co bardziej prawdopodobne, nie widziałam siebie w roli przestępcy. Pytałeś – choć właściwie stwierdziłeś to jako coś oczywistego – czy zrobiłam to dla Richiego. W pewnym sensie chciałabym móc odpowiedzieć twierdząco. To po prostu nie było realne. Taka jest najprostsza odpowiedź. Zrobiłam to. W istocie tylko obejrzałam okno, a potem wypisałam kilka czeków. Podczas procesu jednak zaczęłam rozważać, jak mogłam być tak ślepa. Zastanawiałam się, czy sędzia nie miała racji, czy rzeczywiście nie byłam arogancka i nie uważałam, że stoję ponad prawem. A potem w więzieniu tysiące razy powtarzałam sobie całą sekwencję zdarzeń,

Agnello i jego kumple kradną witraż, proponują jego kupno Richiemu, ponieważ, jak się okazało, jeden z nich widział moje zdjęcie z Richiem w jego galerii. Dwie, a właściwie trzy rzeczy, które zrobiłam, w tym fakt, że podałam swój rachunek w FedEd, związały mnie z przestępstwem. Zaczynałam wierzyć, że popadam w szaleństwo. Co noc w Otisville działy się rzeczy niewyobrażalne i co noc przez niemal sześć miesięcy leżałam, nie śpiąc – chyba nigdy nie spałam dłużej niż dwadzieścia minut – i myślałam o całej sprawie. Przypominałam sobie zeznania tak długo – pamiętasz, pohukiwanie sowy, wilgotne i niesamowite mauzoleum, ten stolarz popadający w panikę – aż zaczęło mi się wydawać, że naprawdę tam byłam. Zaczęłam chronić w pamięci wszystkie szczegóły. Podczas bezsennych nocy wierzyłam w to. W ciągu dnia wiedziałam, że to nie może być prawda.

– O Jezu, Ju-Ju. Nie zasłużyłaś na coś takiego.

Charlie obejmuje siostrę ramieniem.

– No, nie wiem. Ale cieszę się, że tu przyjechaliśmy. Dziękuję.

– A co teraz?

– Teraz widzę, że nie było tu żadnych sów. Te drzewka są na to o wiele za małe.

Czy ona żartuje? Charlie nie ma pojęcia. Cała drży. On najpierw myśli, że płacze, ale kiedy ją przytula, odkrywa, że Ju-Ju zachowuje się jak uczestnik wypadku samochodowego.

– Ktoś powiedział, że we Francji wszystko – ślub, chrzciny, pojedynek, pogrzeb, szwindel – wszystko służy jako pretekst do dobrej kolacji. My chyba pasujemy do każdej z tych okoliczności – mówi Ju-Ju.

– A więc zrobiłaś to dla dobrej kolacji.

– Pewnie tak.

Siedzą we włoskiej restauracji w Brooklyn Heights, w rodzinnym lokalu, który oboje z Richiem bardzo lubili. Właściciel nie tylko pamięta Ju-Ju, ale wywołuje matkę z zaplecza i przygląda się z zadowoleniem, jak panie się obejmują. Ju-Ju przedstawia Charliego, najpierw Aldowi Donadio, a potem signorze Donadio.

Aldo mówi do Charliego z niezwykłą powagą:

– Została źle potraktowana. Ci ludzie to szumowiny.

– A do Ju-Ju: – Zawsze będziesz tu mile widziana.

W trakcie kolacji signora robi wokół nich dużo zamieszania, a Aldo odrywa się od witania i sadzania gości, żeby służyć im kulinarnymi sugestiami.

– To niesamowite, ale oni chyba widzą w tobie znakomitość.

– Głęboko w psychice włosko-amerykańskiej tkwi przeświadczenie, że jeśli masz kłopoty z prawem, na pewno postępujesz jak należy.

Na zakończenie posiłku Aldo przynosi tort migdałowy i nalega, żeby zrobić sobie zdjęcie z Ju-Ju, matką i szefem kuchni.

– Będzie wisiało obok zdjęcia z Giulianim.

Giuliani napisał na fotografii: *Nigdzie nie jadłem lepszych tagliatelli.* Jadał tutaj nawet gwiazdor drużyny Yankee, Derek Yater: *Wspaniałe klopsiki. Zupełnie jak bieg do bazy-mety.*

– O Boże, uwielbiam Nowy Jork.

– A Nowy Jork chyba nadal cię lubi.

– Nie mogę tu jednak wrócić.

– Nigdy nie mów nigdy.

– Nie jestem pewna, czy zostanę w Anglii.

– Nie dręcz się. Powolutku.

Kiedy wreszcie wychodzą z restauracji, Aldo ich odprowadza. Fotoreporter robi zdjęcie. Aldo próbuje odebrać mu aparat, ale fotograf zręcznie się wymyka.

– Świnie – rzuca Aldo. – Cholerne świnie.

Kiedy wracają przez żelazne rusztowania Brooklyńskiego Mostu wysoko nad rzeką, Charlie myśli o siostrze, samotnej, wystraszonej, usiłującej jakoś uporządkować swoją historię, tak jak dzieci składają do pudła kolorowe cegiełki. Sprawia mu to ból.

– Ju-Ju, kiedy byłem w Kalifornii, pojechałem się spotkać z Richiem.

– Co takiego?

– Mieszka w San Diego, więc go odwiedziłem.

– Co tam robi?

– To dość żałosne. Prowadzi rodzaj galerii, sprzedaje indiańskie sztychy, czyli rdzennie amerykańskie suweniry.

– Dlaczego wcześniej mi tego nie powiedziałeś?

– Miałem ochotę z nim porozmawiać. A ciebie nie chciałem niepokoić. Nie uzyskałem żadnych odpowiedzi.

– A jakich odpowiedzi szukałeś, Charlie?

– Sądziłem, choć teraz wydaje się to naiwne, że mi wyjaśni, co naprawdę się wydarzyło. Uznałem, że musi być jakieś wytłumaczenie. Jakby inne wytłumaczenie. Jednak może na cmentarzu powiedziałaś prawdę: nie zawsze jest odpowiedź.

– Charlie, wiesz, co się wydarzyło.

– Szczerze mówiąc, nie wiem. To nie ma sensu. Nie byłaś nieprzytomnie zakochana w Richiem, a jednak zrujnowałaś sobie życie. Przynajmniej na jakiś czas. On twierdzi, że gotów był nadstawić policzek.

– Masz rację, zrujnowałam sobie życie, ale nie dla Richiego. Po prostu o tym nie myślałam.

– Dlaczego nie? Ju-Ju, nie znam inteligentniejszej osoby niż ty. Nie umiałaś przewidzieć, co się wydarzy? Tego nigdy nie zrozumiem.

– Byłeś dokładnie taki sam jako mały chłopiec, trochę naburmuszony, ale uroczy.

– Do cholery, Ju-Ju, ta sprawa praktycznie zniszczyła...

– Wiem, Charlie, wiem. Przez ponad dwa lata miałam poczucie winy z powodu tego, co zrobiłam innym. Tacie, mamie, nawet tobie i Sophie.

– Richie powiedział coś, czego nie pojmuję. Podobno kiedy wyszły na jaw czeki, zaproponował, że pójdzie do prokuratora federalnego, przyzna się do krzywoprzysięstwa i poniesie konsekwencje. Czy to prawda?

– Była o tym mowa.

– Ale czy to prawda?

– Nie. Nie sądzę, by naprawdę wtedy tak myślał. Zresztą dzwonił z Kanady, czy wspominał o tym? Nie było poza tym jasne, czy to by mi pomogło. Co jeszcze mówił?

Charlie ocenzurował swoją opowieść. Nie wspomniał o Kynance – niczego nie wiedział na pewno – opisał jednak indiańsko-harcerski wygląd Richiego i jego nową sytuację.

– Myślisz, że cię wrobił? Że się zabezpieczył, bronił swojego tyłka?

– Widzę, że ty tak uważasz. Dużo o tym myślałam. Ale nie bardzo sobie wyobrażam, w jaki sposób mógłby to zrobić. Wiedzieliśmy, że okno musiało być skradzione, ale nigdzie tego nie odnotowano, nie mogli nas złapać, jeśli nikt o tym nie wiedział. Dopóki Agnella nie aresztowali za drobne włamanie. Richie musiałby świadomie skłonić mnie do tego, żebym załatwiła transport i wypisała czeki. A przecież zrobił to jedynie dlatego, że nie miał pieniędzy.

– A potem uciekł.

– Uciekł. Mnóstwo ludzi ucieka, Charlie.

Ju-Ju zostaje w swoim mieszkaniu. Mówi, że chce tu spać, mimo że nie ma mebli. Charlie zatrzymał się w hotelu Westbury, w pobliżu Frick Collection. Bliskość sztuki na Manhattanie jest krzepiąca.

– Na pewno nie chcesz zamieszkać w hotelu?

– Nie, Charlie. Zamierzam spokojnie wyjechać z miasta. Mieszkanie nadal należy do mnie, w każdym razie legalnie. Jeszcze przez jakiś czas należy do mnie i do banku.

– Niedługo pewnie będę miał trochę pieniędzy. Daj znać, gdybyś potrzebowała.

– Na razie nie potrzebuję.

– Bardzo po angielsku. Ciągle prawdziwa Angielka.

– Nie potrzebuję pieniędzy. Naprawdę.

Charlie zatrzymuje samochód przed jej blokiem.

– Wejdę na górę, żeby cię bezpiecznie ułożyć do snu.

W jej skrzynce na listy leży gruba brązowa koperta. Na wierzchu przylepiono żółtą karteczkę.

„Tę przesyłkę przyniósł szaleniec. Powiedział, że powinienem pani to dać. Zamierzałem odmówić, ale upierał się, że to ważne. Mam nadzieję, że postąpiłem słusznie. Sean Costello, portier".

– Od kogo to?

– Od lekko pomylonego faceta, który czytał o całej sprawie.

– Był tu już kiedyś?

– Tak. Ale on jest niegroźny.

– Ju, proszę cię, chodź do hotelu.

– Nie, nic się nie stało.

Mocno przyciska kopertę.

– Ju-Ju, znasz tego człowieka?

– Nie, Charlie. Posłuchaj, nie sądzę, żeby całą tę sprawę dało się szybko zakończyć. Dostałam dużo dziwnych listów. Muszę zachować spokój. Wszystko samo przycichnie w odpowiednim czasie.

– Zgoda.

W windzie całuje go.

– Do widzenia.

298

– O nie, muszę się przekonać, czy nic ci nie grozi.

Wjeżdżają na górę windą wyłożoną boazerią. Stoją obok siebie. Charlie patrzy na Ju-Ju i widzi, że ona marszczy brwi, kiedy zapalają się kolejne wskaźniki pięter, podobne do guzików. Zanim wysiądą, rozbłyśnie ich dwanaście.

Ju-Ju otwiera drzwi mieszkania i zapala światło: pustka, telefon na podłodze, materac w sypialni, ubrania rozrzucone bezładnie sugerują celowe opuszczenie, graniczące z szaleństwem.

– Ju-Ju, zostaję z tobą. Albo ty jedziesz do Westbury.

– Będziemy musieli spać w jednym łóżku.

Kiedy się rozbierają, prosi:

– Charlie, pozwól, że się do ciebie przytulę.

Obejmuje ją mocno. Ona wkrótce zasypia. Przyciska go mocniej i rozluźnia chwyt, zgodnie z nerwowymi poruszeniami chudego ciała; czasami wydaje się, że jest przerażona, jakby dopadły ją nieznośne wspomnienia. Charlie leży bezsennie godzinami, ściskając ją w ramionach.

Jestem jej winien trochę spokoju.

W końcu – ile godzin później? – on także usypia.

Rozdział dziewiętnasty

ZWRÓCIĆ NADAWCY
Davis Lyendecker

Przez ponad dwa lata nie byłem zdolny pisać. Powodem jest to, co Philip Roth wykorzystuje jako epigraf w jednej ze swoich książek:

A kiedy mówił, myślałem, w jakie historyjki ludzie przekształcają życie, jaki rodzaj życia przekształcają w historyjki.

Moje własne życie przemieniło się w historyjkę. Życie kobiety, którą kochałem, przemieniono w historyjkę. Tak silne było moje poczucie bezsilności i winy, że aż do tej pory nie mogłem się zbliżyć do biurka, nie wspominając o napisaniu choćby słowa. Udawało mi się jedynie, i to z trudem, czytać prace moich studentów na Uniwersytecie Minnesoty i omawiać je z nimi. Ale siebie zgubiłem. Miałem uczucie, że niesprawiedliwie zabrano mi życie i przerobiono je na beletrystykę. To był rodzaj kradzieży. Im bardziej się starałem, tym bardziej rozkładało się moje ja. Przeżywałem załamanie.

Żeby znaleźć jakąś pociechę, myślałem o innych pisarzach, którzy przeszli załamanie nerwowe – o Rocie, Styronie, Fitzgeraldzie, Waughnie. Ale wszyscy oni byli ode mnie starsi i wszyscy zdążyli opublikować dobre, nawet wielkie dzieła. Ja miałem na swoim koncie tylko jedną niewielką powieść, *Chłopiec z błotnistej równiny*. Nie potrafiłem już pisać, ale nie mogłem tego robić z własnych, osobistych powodów: straciłem człowieczeństwo.

A oto jak do tego doszło: to są FAKTY, tak jak potrafię je opisać. Co nie przeszkadza, że wydają się częścią fikcji. Byłem zakochany w młodej Angielce, Juliet Judd. Żyła w Nowym Jorku z handlarzem sztuki o nazwisku Richard de Lisle. Zaczęliśmy się spotykać, kiedy on był zajęty promowaniem swoich artystów, przygotowywaniem wystaw, bywaniem na bankietach – tym wszystkim, co robią ludzie w świecie sztuki. Zakochałem się beznadziejnie na długo przed tym, nim zostaliśmy kochankami. Każdego dnia nie mogłem się praktycznie doczekać, żeby wyjść z niewielkiego mieszkania i spotkać się z nią w kawiarni na Bleecker. W wyjątkowe dni spotykaliśmy się w Grammercy Tavern. Zwykle wracaliśmy do mnie.

Nigdy nie mówiła o Richardzie (Richiem) de Lisle, choć ja czasami czytałem o nim i byłem w jego galerii, Biały Żar 2. Sądziłem, że Juliet jeszcze go kocha, nic w jej zachowaniu nie wskazywało, że chce z nim zerwać. Zacząłem myśleć o tym, co robią, kiedy są razem. Raz czy dwa czekałem przed galerią Biały Żar, żeby się przekonać, czy zdołałbym ich śledzić. Nie wiedziałem jednak, że galerii de Lisle'a grozi bankructwo. Właściciel zacierał ślady finansowe powodzią reklamy.

301

Pewnego dnia Juliet powiedziała: „Richie ma duże kłopoty. Odejdę od niego, jeśli mnie chcesz, ale nie mogę tego zrobić teraz, kiedy on jest w takich tarapatach. W ogóle nie mogę tego zrobić, nie wiedząc, czy mnie kochasz". Byłem szczęśliwy, niemal w ekstazie. Poprosiła, żebym poczekał kilka tygodni.

Ale wtedy, jak wszystkim wiadomo, Juliet Judd została aresztowana, oskarżona o przestępstwo federalne, o sprzedaż kradzionego witrażu Tiffany'ego kolekcjonerowi z Japonii. Wyszła za kaucją.

Zadzwoniła do mnie z automatu. Powiedziała: „Pomogłam Richiemu, ponieważ cię kocham. Poza tym nie interesował mnie ten witraż. Spotkaj się ze mną, a wszystko wyjaśnię".

Umówiliśmy się w kawiarni, nie tej co zwykle. Powiedziała – a słowa te mam wypalone w duszy – „zrobię to, co muszę, jedynie pod warunkiem, że mnie kochasz". Odparłem, że dla niej gotów jestem rzucić się w ogień. Takie były dokładnie moje melodramatyczne słowa. „Jeśli będziesz przy mnie, wyjaśnię, że z powodu poczucia winy podałam Richiemu nazwiska kilku kolekcjonerów i potwierdziłam autentyczność witrażu. Nie miałam zamiaru popełniać przestępstwa. Po prostu próbowałam mu pomóc, kiedy tego potrzebował, ponieważ go zdradziłam. Starałam się nie myśleć o witrażu. Ty i ja zostaliśmy wplątani w farsę, która nas przerasta. I to jest moje jedyne usprawiedliwienie".

Następnego dnia wsiadłem w samolot do Minnesoty, gdzie zaproponowano mi pracę – zajęcia z twórczego pisania. Śledziłem proces sądowy z daleka. Pamiętałem jej słowa: ty i ja zostaliśmy wplątani w farsę, która nas przerasta.

302

Pamiętałem też, że uciekłem tak daleko, jak można było uciec od osoby, która mnie potrzebowała; od osoby, którą kochałem. To nie była fikcja.

Wkrótce nie mogłem stanąć przed studentami, nie napisawszy się uprzednio: byłem oszustem, głoszącym artystyczną prawdę i żyjącym wielkim, nieznośnym kłamstwem. Miałem nadzieję, że jeśli uda mi się zacząć nową książkę, to zacznę też odzyskiwać człowieczeństwo. Jednak fikcja zdawała się kompletnie bezużyteczna. Moje życie stało się fikcją, w której występowała dziwna postać nosząca moje nazwisko. Zacząłem brać proszki, żeby zasnąć. Wtedy dotarły do mnie informacje z Nowego Jorku, że proces przybrał bardzo zły obrót: prokurator federalny wyjawił, że Juliet Judd zapłaciła okradającemu groby Anthony'emu Agnello czekami wymienialnymi na gotówkę. Wiedziałem, że to prawda, kiedy powiedziała: „Zrobiłam to, bo Richie de Lisle nie miał pieniędzy, a Agnello nie posiadał konta w banku. Wypisałam pięć oddzielnych czeków, ponieważ nie mogłam podjąć za jednym razem więcej niż dziesięć tysięcy dolarów w gotówce".

I wtedy sędzina wypowiedziała uwagę, podtrzymującą tezę prokuratora federalnego, że Juliet była pomysłodawczynią całego przedsięwzięcia. Poza tym winna była jeszcze przestępstwa prania pieniędzy.

Teraz pod wpływem proszków na sen miałem paranoiczne złudzenia. Wierzyłem, że prokurator poluje na mnie, że w najlepszym razie dostanę nakaz sądowy. Lekarz poradził, żebym przestał brać halcion. Próbowałem, ale byłem uzależniony i choć lek już mi nie pomagał zasnąć, nie mogłem go

303

odstawić. Kiedy Juliet została skazana, próbowałem się zabić. Wziąłem dwa tuziny pastylek nasennych: skończyłem receptę. Zdradziłem kobietę, którą kochałem, zdradziłem swoje powołanie, zdradziłem studentów. Ale jeden z moich uczniów mnie znalazł. Zrobiono mi pompowanie żołądka, spędziłem sześć miesięcy na rehabilitacji. Kiedy wyszedłem, Juliet była w Ośrodku Resocjalizacji w Otisville. Napisałem do niej, próbując wyjaśnić kryzys, jaki przeszedłem, a także moje prawdziwe uczucia. Moje listy były ckliwe i pełne litości nad sobą. Mogłem jedynie usprawiedliwiać się osłabieniem: leki, nie tylko zapisane przez lekarza, wywołały otępienie. Rozmowy w szpitalu zachęciły mnie, podobnie jak pozostałych pacjentów, do myślenia jedynie w kategoriach marszu do przodu. Co za złudzenie! Napisałem ponownie, ale list wrócił nieotwarty z nalepką: „Zwrot do nadawcy". Pisząc te słowa, mam przed sobą tamten list. Nie do zniesienia jest widok odbitej na nim pieczęci Federalnych Służb Penitencjarnych. Mogę jedynie przytoczyć jego treść:

Najdroższa Juliet,
Napisałem do Ciebie przed kilkoma tygodniami. To był wielki błąd. Znajdowałem się jeszcze pod wpływem leków. To, co powinienem wtedy napisać i co piszę teraz, brzmi: zdradziłem Cię, uciekając do Minnesoty.
Nie potrafię wytłumaczyć, dlaczego złamałem słowo. Kiedy rozstałem się z Tobą w kawiarni, nie wątpiłem, że będę zeznawał, że zostaniesz zwolniona, ewentualnie skazana na grzywnę za uchybienia formalne, i że będziemy żyli razem, może nawet się pobierzemy. Jednak pod

wieczór zacząłem myśleć o Richiem, o tym, czy z nim sypiałaś, o tym, czy jestem wystarczająco silny, by cię popierać. Sądziłem, że moja praca, moja cenna praca, będzie mniej ciekawa od mojego życia, jeśli stawię się na podium dla świadków.

Ale co gorsze, i o czym aż wstyd pisać, zastanawiałem się, czy nie uznałaś związku ze mną za rodzaj obrony, obrony sentymentalnej, która dobrze wypadnie na sali sądowej.

To była moja ostateczna zdrada, która doprowadziła do załamania. Masz prawo myśleć, że w takiej sytuacji mówienie o miłości jest abominacyjne. Muszę ci jednak powiedzieć, że kochałem Cię wówczas i kocham Cię teraz.

Davis

To, co napisałem wtedy, ponad rok temu, nadal jest prawdą. Przestałem już wykładać i pojadę do Missisipi, żeby podjąć pracę nad powieścią, która w chwili publikacji *Chłopca* była już we mnie. Spasłem się groteskowo w wyniku leków, nie potrafię się skoncentrować, łatwo się zniechęcam i nadal zasypiam z trudem. Tych zdań nie należy odczytywać jako prośby o łagodny osąd ani jako opisu kary, one po prostu dotyczą faktów.

Jeśli mam dostać nauczkę jako autor jednej powieści, jej charakter odda cytat z przemówienia Faulknera przyjmującego Nagrodę Nobla: Nie może pisać nikt, komu brakuje człowieczeństwa. Mam nadzieję, że wrócę, kiedy odnajdę swoje człowieczeństwo.

Juliet czyta to, siedząc na podłodze w salonie z kosztownym widokiem na fragment parku, ciemny teraz, ale poprzecinany labiryntem latarni widocznych zza bezlistnych drzew. W dzień można zobaczyć, że drzewa żyją nowym życiem, zielenią mchu podobną do tajemniczej narośli na rogach jelenia.

Ju-Ju widzi, że maszynopis jest odbitką korektorską artykułu z małego literackiego magazynu wydawanego w Minneapolis. Davis przykleił do odbitki kartkę: *Juliet, takie są moje prawdziwe uczucia.*

Jeszcze raz czyta te słowa, jego prawdziwe uczucia, fakty. Prawdziwe uczucia i fakty rzadko są tym samym. A prawdziwe uczucia zapisane nie mają nic wspólnego z prawdziwymi uczuciami odczuwanymi.

Kiedy Juliet wraca na materac, Charlie odzywa się w brzemiennej ciemności:

– Wszystko w porządku?

– Charlie, od dwóch lat nie byłam tak szczęśliwa!

Świadomi, że dysponują sekretną wiedzą, leżą przez chwilę w ciemności i milczą.

Rozdział dwudziesty

W New Covent Garden zebrało się piętnaście kobiet i jeden mężczyzna. Dwie kobiety, tak samo jak Daphne, ubrane są w zielone pikowane kurtki. Pozostałe mają na sobie dżinsy i podkoszulki albo drelichowe spódnice i kurtki z kapturem. Wydaje się, jakby świadomie wybrano je tak, by reprezentowały różnorodne kształty kobiecości. Jedna młoda dziewczyna, jak się okazuje pochodząca z Adelajdy, włożyła spódniczkę mini i grube biało-zielone rajtuzy. Są tu także dwie Koreanki, dziwnie opanowane. Samotny mężczyzna to prawdopodobnie homoseksualista, dochodzi do wniosku Daphne. W głębi duszy nie jest pewna, czy powinno się mówić tak po prostu „homoseksualista". Charles powiedział kiedyś, że homoseksualiści przypominają muchy uwięzione w butelce. Mężczyzna jest wysoki i szczupły, ma krótko ostrzyżone włosy i zaaferowany, ale energiczny wzrok, który ona uznaje za typowy.

Zjawia się Stella Stevens i gromadzi ich wokół siebie. Pamięta Daphne i daje temu wyraz w powitaniu. Daphne jak pensjonarka ma idiotyczne wrażenie, że zdobyła jakieś dodatkowe punkty. Stella wyjaśnia, skąd pochodzą kwiaty, głównie z olbrzymich aukcji w Holandii, i w jaki sposób je wybiera. Ważne jest, żeby być tam wcześnie. Wszyscy idą za nią, kiedy prowadzi ich przez targowisko. Dwie Koreanki mają małe kamery DVD. Na targu pracują cockneye – londyńczycy z East Endu. Ostatnio nieczęsto słyszy się to słowo, ale oni są autentyczni, dowcipni, krótkonodzy, krępi. Dla tych mężczyzn kobiety są koniecznym utrapieniem; wszyscy mają egzemplarze gazety „Sun" na prowizorycznych biurkach w morzu kwiatów. W tym kobiecym królestwie kwiatów, w pachnącej jaskini kolorów te odwieczne karły o przyjazno-agresywnym wyglądzie znaczą i patrolują swoją krainę Nibelungów.

Stella wyjaśnia zasady funkcjonowania targu i opisuje sposób, w jaki robi zakupy. Na jednym stoisku wszystkie kwiaty są dobrane kolorystycznie, inne specjalizuje się w roślinach tropikalnych, jeszcze inne w zasuszonych kwiatach, a inne znowu zajmuje się wyłącznie listowiem. W kącie znajduje się olbrzymi stragan, na którym sprzedają wazony, świeczniki, kolorowe druty, bambusowe pochodnie, latarnie, lampki do szampana wysokie na prawie dwa metry, druciane szkielety wieńców, łuków i wszelkich możliwych kwiatowych konstrukcji. Daphne kupuje kilka rzeczy do kościoła, nóż do kwiatów, sznurek z drutem w środku, klej utrzymujący kwiaty w pionie, a także trochę drutu.

Po obejrzeniu New Covent Garden idą do Domu Kwiatów uczyć się układania bukietów. Tajemnica polega na umiejętnym chwycie. W Trebetherick Daphne zawsze kładła do wazonu piankę albo specjalny podkład, po czym wtykała w to kwiaty, a rezultatem zazwyczaj była symetria i porządek. Układanie w ręku wymaga trzymania w lewej dłoni kwiatów i zieleni i dokładania po jednej łodydze, przy równoczesnym okręcaniu powstającego bukietu. Wydaje się, że Stella robi to odruchowo. Ma przed sobą poukładane na kupkach kwiaty i przybranie. Szybko wybiera coś z poszczególnych stosików, różę, trochę bluszczu, lilię, i już wyłania się bukiet.

Teraz Stella pokazuje, jak się robi wiązanki ślubne. Dom Kwiatów jest olbrzymi, jasny i pełen powietrza. To nowoczesny styl życia bez nadmiaru małych zatłoczonych pomieszczeń czy przedmiotów.

Dla mnie już za późno, żeby zostać minimalistką, ustawiać bloki szkła, drzewa bananowe i duże jasne stoły. Za późno, żeby cofać się w czasie czy wyskakiwać do przodu.

Jest tutaj, żeby się nauczyć, jak przemienić ślub i wesele w wydarzenie transcendentne, powitać powrót córki, proklamować kontynuację istnienia Juddów i pojawienie się wnuka. Nawet jeśli kurs układania kwiatów kosztuje tysiąc funtów, nawet gdyby kwiaty miał dostarczyć Latający Holender czy wynajęta furgonetka z New Covent Garden. Latający Holender jeździ po kraju, a jego furgonetki wypchane są kwiatami o wartości dwudziestu czy trzydziestu tysięcy funtów.

Kiedy Stella pokazuje, jak zrobić bukiecik z kremowych i białych różyczek, połączonych z tawułą i obramowanych ciemnymi liśćmi kamelii, i jak związać koniec wiązanki, przykryć go specjalną materiałową taśmą i – co

309

jest bardzo popularne – ozdobić wstążkami z tego samego materiału co suknie druhen, Daphne wyobraża sobie druhny z bukiecikami w ręku przechodzące przez zadaszoną furtkę tonącą w kwiatach; widzi też kwiatowy łuk na ganku kościoła.

Bukieciki druhen powtarzają temat wiązanki panny młodej, ale na mniejszą skalę. Jest wiele sztuczek sprawiających, że długo zachowują świeżość. Daphne zapisuje je w notesie. Rozumie, że weselne bukiety powinny odzwierciedlać porę roku. Chociaż Stella jest słynną kwiaciarką, dostarcza egzotyczne kwiaty i aranżacje dla sław, to jednak twierdzi, że tematy związane z porami roku znacznie lepiej pasują do wiejskich wesel. Wszystko wypada lepiej, jeśli przyjęcie ma określony charakter, któremu odpowiadają bukiety, wiązanki, wystrój kościoła, udekorowanie stołów, a nawet butonierka drużby. Nie powinno się jednak przestrzegać tego zbyt niewolniczo: zindywidualizowane elementy przydają urody i chronią przed korporacyjnym charakterem.

Mężczyzna, który wydawał jej się gejem, niedawno się rozwiódł, jak się okazuje, niedawno też stracił pracę w City. Za otrzymaną rekompensatę zamierza otworzyć sieć ruchomych eleganckich kramów z kwiatami. Przez całe rano układają bukiety. Suknia Any ma dwie bryty ciemnej czerwieni i niezwykły welon cętkowany tą samą czerwienią. Bukiet mógłby więc składać się z róż typu Tamango czy Red Velvet pomieszanych z pomarańczowymi peoniami. Albo z ciemnopomarańczowych bielikrasów i orchidei Maggie Oei, zielonych z czerwonymi

310

środkami, otoczonych bardzo tropikalnymi liśćmi *galax rotundifolia*. Daphne to zapisuje. Koreanki rejestrują wszystko swoimi miniaturowymi kamerami.

Po lunchu – wszyscy siedzą przyjaźnie wokół wyszorowanych, zwyczajnych stołów – robią coś bardzo pięknego: poduszkę z mchu obramowaną srebrnym sznurem: pośrodku jest serce z kwiatów śniedka, w którego centrum spoczywa obrączka.

Kiedy następuje przerwa na kawę, Daphne odkrywa, bo trochę już o tym zapomniała, jak przyjemnie należeć do grupy mającej wspólny cel. Niektórzy już wcześniej się uczyli i potrafią wiązać kwiaty, drutować łodygi i kształtować piankę. Inni po prostu chcą się dowiedzieć, jak upiększyć swoje domy czy udekorować kościół. Ale wszyscy rozumieją, że kwiaty mają znaczenie i przemawiają określonym językiem. Przede wszystkim kwiaty mówią o ulotności życia; Wordsworth nazywa przebiśniegi „myślącym monitorem upływających lat". A Szekspir twierdzi, że stokrotki „reprezentują niewinność". Szekspir bardzo się interesował symboliką kwiatów, a Daphne sądzi, że jego dobra opinia o kwiatach w pewnym stopniu potwierdza jej własne odczucia. Ona także dostrzega, że mają przejmującą cechę, jak to sugeruje obrzęd pogrzebowy: *Człowiekowi zrodzonemu z kobiety krótki czas tylko przypada do życia i pełen jest nieszczęścia. Wyrasta i zostaje ścięty jak kwiat; przesuwa się, jakby był cieniem, i nigdy nie pozostaje na jednym miejscu.*

Zanim skończą całodzienne zajęcia, nauczą się jeszcze, jak zrobić wianki druhen, a nazajutrz będą dekorować szczyty ławek w kościele i stoły na przyjęcie. Ważne jest, aby dekoracja na stole była tak niska, by nie zasłaniała gości po drugiej stronie, lub tak wysoka, by można było patrzyć na nich pod nią.

Daphne idzie w kierunku King's Cross. Ponad rozległą i chaotyczną londyńską zabudowę wznosi się wieża stacji St Pancras; w miękkim, zamglonym, nieprzekonującym świetle wieczoru wygląda jak zamek Ludwika Szalonego. Musiała zostać oczyszczona, odkąd wynieśliśmy się z Islington, ma teraz nieznajomy bogaty kolor terakoty.

W metrze panuje tłok. Jednak Daphne wchodzi ochoczo w tłum, świadoma, że wyróżnia się swoją pikowaną kurtką i plisowaną spódnicą. To tutaj wybuchł pożar, który zabił trzydzieści osób. Szła akurat na zebranie rodziców w szkole, pamięta dym wydobywający się na powierzchnię, ryk wozów strażackich i karetek pogotowia. Stoi, trzymając się końcami palców metalowego pionowego prętu, kołysze się wraz z ruchem wagonu, ruchem zadziwiająco prymitywnym, i myśli: tam na peryferiach, w Kornwalii, moje człowieczeństwo trochę się wytarło, stałam się raczej zasuszonym kwiatem niż istotą żyjącą. I powinnam powiedzieć to tej Meg z Devonu, kiedy zapytała, po co chodzę na czterodniowy kurs Stelli, mogłam powiedzieć: Meg – nowa przyjaciółka z mlecznej krainy – ja blaknę, a mój mąż, były księgowy, tonie; jedna z moich córek siedziała w więzieniu, syn żeni się z egzotyczną pięknością, a druga córka, która kiedyś eksperymentowa-

312

ła z narkotykami, chodziła z żonatym mężczyzną starszym od niej o dwadzieścia lat. Rodzina Juddów się rozpada. A może po prostu przechodzi metamorfozę jak te kwiaty wymieniane w obrzędzie pogrzebowym. Bez względu na to, jaka jest prawda, jak się na to patrzy, uznałam, że akt świadectwa – określenie mojego brodatego pastora – jest niezbędny, Meg. Ponieważ nie możemy mówić o takich rzeczach, pozwolę, by przemówił za nas język kwiatów.

Sophie na nią czeka. Otworzyła butelkę chardonnay i położyła na talerzyku trochę orzechów. W mieszkaniu mocno pachnie sprzątaniem.

– Udany dzień, mamo?

– Bardzo ciekawy. Właściwie to wspaniały. A u ciebie, kochanie?

– Nieźle. Przed chwilą dzwoniła Ju-Ju.

– Co u niej?

– Robi wrażenie szczęśliwej, jakby autentycznie szczęśliwej.

– Mogłabym z nią porozmawiać?

– Jeszcze zadzwoni.

– Tak się cieszę, że jest szczęśliwa. Boję się, że ta sprawa może jej ciążyć przez długie lata.

– Mamo, Ju mówi, że chciałaby na jakiś czas zostać w domu, jeśli to możliwe. Póki nie stanie na nogi.

– Oczywiście, skarbie. To cudowne.

– Ona się martwi.

- Czym?
- Nie wiem. Ale jakby tym, że obarczy ciebie i tatę swoimi problemami.
- To szaleństwo. Tęsknimy za tym, żeby ją zobaczyć. Nie potrafię sobie wyobrazić niczego lepszego niż jej pobyt w domu...

Poza szczęściem, że po długim, pełnym zajęć, zmysłowym dniu spotyka ją teraz błogosławieństwo: córka marnotrawna wraca na dłużej do domu, a ona sama jest posypana pyłkiem lilii w kolorze szafranu, jej ubranie pachnie kwiatami.

- Niewykluczone, że ty też przyjedziesz i zaczniesz pracować w lecie w Blue Banana.
- A może Charlie i uwodzicielska piękność wynajmą mały domek?
- Chyba słyszę w twoim głosie ironię.
- Kto wie? Jeszcze chardonnay?
- Tak, poproszę.
- Mam pomysł. Poszalejmy. Przyniosę kurczaka.
- Jestem za tym.

Podnoszą szklaneczki – szklanka Sophie miała już jedno życie jako pojemnik na musztardę Dijon – i są pełne nadziei, Daphne i jej blada, chuda, urocza córka. Wygląda o wiele lepiej bez tego kolczyka, choć naturalnie nie można jej tego powiedzieć.

- Co znaczy twoje imię w języku kwiatów, mamo?
- Daphne to wawrzynek, czyli nieśmiertelność.
- Jestem za tym. Zdecydowanie. Za nieśmiertelność.
- Cudownie się u ciebie czuję.

Pewnie posunęła się za daleko. Przez chwilę Sophie nie odpowiada. Daphne ma tylko nadzieję, że nie wybuchnie.

– Przeszliście z ojcem piekło, prawda?

– Nie było dobrze. Nie. Szczególnie, że tata naprawdę nie umiał sobie z tym poradzić. Teraz jednak czuję przypływ optymizmu. Przemówiły do mnie kwiaty.

– A czy ja mogę pomóc przy kwiatach? Obiecuję, że będę jedynie wypełniać polecenia.

– Och, Soph, to byłoby cudownie! Mogłabyś przyjechać furgonetką z New Covent Garden. Uświadomiłam sobie, że będzie nam potrzeba mnóstwo kwiatów, trochę drobnej siatki ogrodzeniowej i łuk kwiatowy.

– I to wszystko? Nie ma problemu. A czy ustalono już termin tego kwiatowego festiwalu, to znaczy wesela?

– Rozmawiam o tym z Aną. Ona oczywiście nie chce być zbyt gruba.

– Jesteś pewna, że ona jest w ciąży? Jakby niczego nie zauważyłam.

– To dwunasty albo trzynasty tydzień.

Krwawa plama zniknęła z nosa Sophie, zostało tylko lekkie przebarwienie. Daphne ma dziwne uczucie, że widzi córkę po raz pierwszy. Kiedy eksperymentowała z narkotykami – młodzi zawsze mówią „brała" – potrafiła być pełna chłodnej rezerwy i wojownicza. Ich spotkania niemal zawsze kończyły się awanturą. Chociaż Daphne wiedziała, że to beznadziejne, zawsze próbowała powiedzieć coś Sophie na temat rozsądnego jedzenia czy szukania pomocy, co szybko przeradzało się w serię nienawistnych oskarżeń. Nie potrafiła panować nad sobą tak samo jak córka. Pewnego dnia zadzwoniła przyjaciółka Sophie, żeby powiedzieć, że Sophie źle się poczuła, więc Daphne popędziła pod podany adres na boczną ulicę Holloway Road; znalazła córkę leżącą na podłodze, jej wątłe ciało cuchnęło ekskrementami, oddech niósł zapach rozkładu. Jeszcze dziś wraca do niej tamten smród padliny. Młody lekarz w szpitalu uniwersyteckim zachował wymowne milczenie, zakładając kroplówkę.

Potem stan Sophie chyba się poprawiał aż do aresztowania Ju-Ju. Najbardziej przerażające było to, że zmieniła się w kogoś innego, słodka dziewczynka, która zaledwie przed kilkoma laty bawiła się na plaży, pomagając Charliemu w jego projektach nawadniających, stała się opryskliwą, obcą osobą. To najbardziej raniło, ta nienawiść. Nie można wytłumaczyć dzieciom, że coś ci się należy, bo nosiłaś je dokoła pokoju długie godziny w samym sercu nocy, tuląc w ramionach, przyciskając ich drobne, wykrzywione, zapłakane nieszczęście jak najbliżej własnego krwiobiegu, w nadziei, że szum twojej krwi je uspokoi. Miałaś nadzieję, że ich głębokie, niepojęte nieszczęście wycofa się – bo było niemal nie do zniesienia, a przede wszystkim chciałaś oszczędzić im tego nieszczęścia. A zamiast wdzięczności czy po prostu zrozumienia, spotyka cię pusty, odpychający wzrok, ta straszna gadzia nienawiść.

Charlie mówił często: nie martw się, mamo, nic jej nie będzie. I chyba miał rację. Dziwne jest to, że Charlie mimo swej młodości lepiej zna się na ludziach niż Charles czy ja. Wydaje się, że doskonale rozumie, co czują inni i czego im potrzeba. To dar.

- Mamo, teraz pójdę po tego kurczaka. Zgoda?
- Doskonale. Wybierz to, na co masz ochotę.
- To nie potrwa długo. Nie wpuszczaj obcych mężczyzn.
- Zastanowię się.

Małe mieszkanie, dwa piętra nad brudną ulicą, wymaga od niej heroizmu. Stąd ta szczupła, blada, młoda istota wyruszała o świcie do pracy. Tu prawdopodobnie uprawiała seks z Danem. Straszna jest myśl o tym, że mężczyzna w średnim wieku i jej dziecko wspólnie przebiegali różne stopnie seksualnego szaleństwa. Sophie powinna przyjechać na lato do Kornwalii. Rodzina nie musi przez cały czas przebywać razem w jednym miejscu, ale powinna się spotykać, bo inaczej więź się rozpada. Charles oczywiście uważa, że to egoistyczny nonsens. Ale mężczyźni nie myślą o rodzinie tak jak kobiety: widzą pewną hierarchię i siebie na szczycie stołu. Jej ojciec robił mnóstwo zamieszania przy ostrzeniu noża do mięsa, jakby wszystko, co działo się wcześniej, kiedy trzeba było obierać brukselkę, kartofle, przygotować sos (z Bisto i mąki kukurydzianej) i upiec mięso, stanowiło zaledwie wstęp, zwykłe ustawienie scenografii na ten wspaniały moment, kiedy nóż, pełen zapału dzięki ostrzałce z identyczną kościaną rączką, pokroi staroangielską pieczeń wołową. Od tamtej pory zarówno wołowina, jak i wiele innych rzeczy, bardzo podupadły w oczach opinii publicznej.

Na dole, na tej hałaśliwej ulicy, nie ma pewnie ani jednej osoby, która wiedziałaby, o czym mówię, gdybym próbowała przywołać nastrój niedzielnych obiadów sprzed pięćdziesięciu czy więcej lat, tę wypełnioną poczuciem obowiązku i lekkiego strachu, ale również zadowoloną z siebie surowość niedzieli. Konsumowało się wołowinę, królewską wizytę w Afryce Południowej i Winstona Churchilla; było to jak sakrament, tata rozdawał hostię, upieczoną w sposób absolutnie nieodwołalny.

Przypomina sobie, że nie zadzwoniła, żeby zapytać, jak sobie radzi Charles. Stąd wydaje się, że jest bardzo daleko. I niewątpliwie Frances wykorzystuje każdą okazję, żeby mu dogadzać. Daphne powinna do niego zadzwonić, ale zanim zdążyła to zrobić, usłyszała na schodach kroki Sophie. Kiedy otwierają się drzwi, rozchodzi się zapach kurczaka tikka.

– Mamo, zapomniałam ci powiedzieć. Przejrzałam trochę *Zew dzwonów* pod kątem twoich potrzeb. To urocza książka. Dziękuję. Czy interesują cię moje pomysły?

Kiedy jedzą kurczaka plastikowymi widelcami, Sophie wyjaśnia, jak chciałaby udekorować stoliki.

– Na głównym stole powinien być ten wiersz:

Jak wiatry mknące
Po dróżce lśniącej, wskroś wełnic i tymianku,
I jaskrawości skalnicy wszelkiej,
Tak wzbiera tenor dźwięczny, to mniej, to znów więcej,
I wszystko spieszy ku kościelnej wieży [1].

Nadal jest w niej coś z tego niezmordowanego uporu narkomanów, ale znacznie się polepszyło.

– Sophie, myślę, że to idealne. Urocze.

---

[1] Przełożyła Katarzyna Bieńkowska.

Rozdział dwudziesty pierwszy

Przez ostatnich dziesięć lat życia jego matka leżała w łóżku. Dziwne zdanie, prowokacyjne, niemal feministyczne. Nawet wtedy ludzie wiedzieli o depresji, mogła mieć depresję, ale jeśli ją miała, to ukrywała pod płaszczykiem zapalczywej wojowniczości. Oddalała się po obiedzie, wstawała na krótko na herbatę i przechadzkę po ogrodzie, po czym wracała do miękkiego komfortu pościeli. Czytała bez wyboru albo słuchała radia, czasami śmiała się przy tym głośno i ostro.

Teraz ja leżę w łóżku. Dom jest absolutnie spokojny, choć trochę pogwizduje i pojękuje pod wpływem wiatru znad ujścia rzeki.

Ma przygotowane posiłki i instrukcje, jak je podgrzewać, wypisane schludnym pismem Frances. Nie jest to aż tak trudne, ale udaje wielką wdzięczność. Odnosi wrażenie, że kobietom potrzebne jest infantylizowanie mężczyzn: mężczyźni muszą być postrzegani jako niekompetentni i nie do końca dorośli.

Chcą, żebyśmy byli chorzy.

Jutro wstanę. Już się czuję lepiej. Naprawdę. Przymusowe, a przynajmniej akceptowane, leżenie w łóżku przynosi wyzwolenie. Ponadto, mimo że jest mu zimno i ma dreszcze, czuje wyraźnie, że powraca porządek. Dzwoniła Ju-Ju z informacją, że wreszcie sprzedała mieszkanie i że stopniowo wraca do świata. Tak to sformułowała.

– Mama mówi, że leżysz w łóżku.

– Tak, bo jestem gapa. Poślizgnąłem się, wpadłem do strumienia na polu golfowym i trochę się zaziębiłem.

– Tato, kiedy wrócę, chciałabym pójść z tobą na długi spacer. Zabierzesz mnie na ścieżkę nad brzegiem?

– Oczywiście, kochanie.

– W więzieniu często myślałam o tym spacerze, szczególnie o odcinku od Lundynant do Porth Quin. Czasami próbowałam sobie przypomnieć każdy kamień, każdą furtkę, wzgórze, widok, przypływ i odpływ. Pamiętasz drogę w pobliżu Epphaven, kiedy idzie się w lewo wzdłuż klifu albo prosto nad nim? Zastanawiałam się, którędy pójść, dołem dróżką z rozpadlinami czy górą. Przypominasz sobie dzień, kiedy znaleźliśmy te dziwaczne grzyby?

– Tak, były ich setki.

– Poszedłeś tam jeszcze kiedyś?

– Nigdy więcej ich nie widziałem.

– Mam przeczucie, że znowu tam będą. Uważaj na siebie. A poza tym, Charlie cię całuje.

– Kiedy wracasz?

– Charlie wraca jutro. Ja zostanę jeszcze parę dni. Muszę załatwić kilka spraw. Tęsknię za tobą. Wyzdrowiej, tato.

320

On też od trzech lat był poza światem; a teraz, podobnie jak Ju-Ju, znalazł się na szlaku powrotnym. Z leżenia w łóżku czerpie tyle przyjemności, ile foka, która znalazła się na piaskowej mierzei.

Moim środowiskiem jest świat, te trzy lata były jak tymczasowe wyrzucenie na brzeg.

Wstaje z łóżka, żeby poszukać książki, którą bardzo dawno temu kupił w Londynie. Nosi ona tytuł *Moralność, wprowadzenie* czy coś podobnego, a napisał ją Bernard Williams. Charles schował ją, ale nie pamięta gdzie. A powód jej ukrycia świadczy o pewnej etycznej słabości: pragnął bowiem zataić swój niepokój, że w rodzinnym układzie może istnieć jakiś defekt. Daphne próbowała rozmawiać z nim o związanych z tym problemach etycznych, ale choć on sam nie zna odpowiedzi, nie interesuje go żadne z proponowanych rozwiązań, pochodzących od tego brodacza. Nie życzy sobie pokuty, świadectwa, celebracji czy nawet uznania, że spłaciło się dług wobec społeczeństwa. Nie ma zresztą czegoś takiego jak społeczeństwo; wszystko poszło w diabły. Świat jest pełen hipokryzji, nazywanej polityką, dziennikarstwem czy doradztwem. Odłożył jednak lekturę książki przerażony tym, co mógłby w niej znaleźć.

Chodzi po domu w szlafroku. Wie, że mu się przypomni. Patrzy na półki z książkami, szuka za słownikiem i wśród skoroszytów, spogląda przez okno na ogródek z tyłu domu, gdzie drzewa wzdychają łagodnie jak żałobnicy na pogrzebie, i widzi króliki ośmielone poczuciem opuszczenia, żerujące na całym trawniku, i nagle sobie przypomina: książka jest w składziku z narzędziami pod instrukcją, którą przysłano razem z kosiarką. Otwiera tylne drzwi, królicze zastępy umykają w zarośla. W tym momencie w alejce pojawia się Frances, a to, co niesie, nawet z daleka wygląda na biszkopt.

– Czy przypadkiem nie powinieneś być w łóżku? – pyta. Ubrana jest w płaszcz nieprzemakalny.

– Zgoda, ale dopuszczam pewną swobodę.

– Przyniosłam ci ciasto.

– To miło z twojej strony. Dziękuję.

– Wybierasz się gdzieś dalej?

– Nie, tylko do szopki.

– A nie może to poczekać, aż napijemy się herbaty?

– Oczywiście.

Wracają do domu, on w pasiastym szlafroku, ona z biszkoptem w blaszanym pudełku w polne kwiaty. Musimy odgrywać cholerną pantomimę, myśli Charles.

Później, znowu płosząc rozzuchwalone króliki, odnajduje książkę i niesie do swojego pokoju. Ma poczucie, że musi poznać porządek moralnego świata, jeśli taki istnieje. Nim otworzy książkę, zjada jeszcze kawałek pomarańczowego biszkoptu. Frances robi także dżem ze śliwek i inne przetwory. Tak jak króliki, wszędzie szuka pożywienia. W tym cieście między dwiema warstwami biszkoptu rozsmarowała gorzką marmoladę pomarańczową. Frances wygadała się, że Daphne pojechała do Londynu w sprawie kwiatów na ślub. Daphne ma zwyczaj opowiadać lekko różniące się historie różnym osobom. Odpo-

322

wiedni koń na odpowiedni wyścig. Charles zastanawia się, co takiego trzeba wiedzieć o kwiatach na ślub, w ślubno--weselnych uroczystościach jest coś przyprawiającego o mdłości, te wszystkie pastelowe barwy, bukiety na piedestałach, pozłacane krzesła i dziewicze wiązanki. Przez moment, nawet całkiem długi, usiłuje sobie przypomnieć, za kogo wychodzi Ju-Ju. W końcu rozumie, co się dzieje: ślub Charliego jest w istocie powrotem Ju-Ju; Charlie i ta brazylijska dziewczyna służą za przykrywkę. Frances na pewno to rozumie. Według Daphne jej własna córka też powraca z bardziej dzikich wybrzeży uczęszczanych przez Safonę.

Na swój sposób ja też wracam.

Otwiera książkę na chybił trafił. W dzieciństwie robił tak bardzo często; czasami najpierw poznawał ostatni akapit całości. Teraz czyta: *Problem moralności religijnej nie płynie z jej nieuniknionej czystości, ale z nieuleczalnej niejasności religii.* Więc w jaki sposób zdobywamy wyczucie etyczne, które cokolwiek znaczy? Kiedy Charlie oskarżył go o brak tolerancji, kiedy Ju-Ju ukradła okno, kiedy pieprzył Jo na swoim biurku, kiedy Fox i Jewell zmienili umowę spółki, kiedy zawiódł swoją córkę? Co usprawiedliwiało moralne oburzenie? Skąd bierze się owo usprawiedliwienie? Nie potrafi sobie wyobrazić odpowiedzi, chyba że istnieje jakaś moralność, zrozumiała dla większości ludzi. Ale dlaczego mają ją akceptować? Czyta dalej: *Dlaczego muszę lub powinienem coś zrobić? W rzeczywistości jest bardzo niejasne, czy potrafimy podać przyczynę w odpowiedzi na to pytanie... Oczywiście, prawdą jest, że jeśli będzie żył, będzie robił raczej to niż coś innego.*

A więc tylko to mi pozostaje: utrzymać się przy życiu. Nie ma bezwzględnych norm, mam przekonania, ale nie wierzę w nie.

Schodzi do kuchni, twarz ma rozpaloną, nie może jednak zdecydować, czy z powodu pokrętnej natury filozoficznego dyskursu, czy dlatego że nie wziął paracetamolu. Jeśli nie ma norm, dlaczego czuję się winny? Jeśli nie ma norm, dlaczego Ju-Ju miałaby się wstydzić dwóch lat spędzonych w więzieniu? Jeśli nie ma norm, dlaczego czuję się poniżony przez to, jak postąpili ze mną w firmie Fox i Jewell?

Czuje, że po policzkach przechodzą mu ciarki, jak tonik z chininą musujący w dżinie. Już nikt nie wie, dlaczego to się nazywa tonik. I nikogo to nie obchodzi. A stało się tak – bo taka musi być odpowiedź – że przyjęte idee moralności rozdzieliły się. Zamachowiec samobójca ma poczucie moralności. Pastor też pewnie je ma. Ale dla brodacza i jego samobójczych współwyznawców usprawiedliwienie moralności – religia – jest łatwe. Dla reszty z nas jest niezrozumiałe. *Nieuleczalnie niezrozumiałe, Kevin, mój brodaty przyjacielu.* Czuje się lepiej: może nie istnieje zrozumiałe wytłumaczenie wiary, ale jest nieuleczalnie zrozumiałe wyjaśnienie braku wiary. Zjada jeszcze kawałek ciasta, łyka paracetamol i wraca do łóżka, by kontynuować te skomplikowane rozważania. I nagle myśli o swojej córce próbującej przywołać w pamięci każdy szczegół nadmorskiej ścieżki, przypomina sobie, że nigdy nie robiła mu wyrzutów, że jej nie odwiedził, i ponownie czuje – pomimo nowo zdobytej wiedzy – wstyd i winę.

Może przede wszystkim powinniśmy dołożyć wszelkich starań, by nie przyczyniać się do nieszczęścia, a ja w swoim czasie spowodowałem go sporo, choć pewno nie więcej niż większość ludzi.

O ile dobrze pamięta, nazywa się to utylitarianizmem. Jakby dzięki magii znajduje odpowiedni rozdział: *Sądzę, że utylitarne spojrzenie na rozważania moralne ma zasadnicze zalety. Po pierwsze, jest nietranscendentne i nie odwołuje się do niczego poza ludzkim życiem, zwłaszcza zaś nie do rozważań religijnych. Po drugie, jego podstawowe dobro, czyli szczęście, wydaje się problematyczne tylko w minimalnym stopniu, bo jakkolwiek głęboko ludzie się różnią, niewątpliwie wszyscy mają przynajmniej jedno wspólne pragnienie: chcą być szczęśliwi. Atrakcyjność tego podejścia polega na tym, że problemy moralne da się w zasadzie określać za pomocą empirycznych obliczeń konsekwencji. Po czwarte, utylitarianizm dostarcza wspólnej waluty moralności: odmienne zainteresowania odmiennych grup można spieniężać w kategoriach szczęścia.*

To jest niezłe: rób, co chcesz, biorąc pod uwagę innych. Następnie jednak profesor Williams pokazuje, że mimo wszystko cała ta idea jest problematyczna: zależy bowiem od porównania charakteru szczęścia z wartością proponowanych działań. Odpowiedź utylitarna może stać w sprzeczności z odpowiedzią moralnie poprawną, na przykład wtedy, gdy egzekucja niewinnego człowieka pozwala uniknąć wielkich spustoszeń. Teraz Charles widzi, że to, co przydarzyło się Ju-Ju, było formą utylitarianizmu. Zamknięto ją z powodów, które nie miały żadnego związku z dobrem czy złem. Rozumie także zastrzeżenia profesora Williamsa: władze federalne osiągnęły większą satysfakcję za cenę nieszczęścia mniej ważnych Juddów. Wydaje się to oczywiste. Chciałby z kimś porozmawiać, żeby wyjaśnić zastosowania filozofii. Widzi na książce ślady oleju i resztki niebieskiego proszku z kulek przeciw ślimakom.

Gdyby ktoś szukał przykładu problematyczności utylitarianizmu, dobra byłaby śmierć psa.

Sierpniowy poranek, półtora roku temu. Zaniedbał ogród z powodu zmartwienia o Ju-Ju. W centrum ogrodniczym w Trelights kupił trochę kulek na ślimaki, które niszczą funkie tworzące na pozór naturalną kępkę w zacienionym miejscu pod jednym z murowanych ogrodzeń zarośniętych mchem. Mech przypomina gęste futro w szare, zielone i musztardowe cętki. Charles hojnie rozrzuca kulki wokół roślin. Później, kiedy jest gotów iść na spacer, woła swojego psa. Nie ma odpowiedzi, ale po chwili słyszy ciche pojękiwania i dostrzega zwierzę leżące na grządce, z pyska leci mu niebieskawa piana. Bierze psa na ręce, biegnie do samochodu, kładzie go na przednim siedzeniu obok siebie. Jednak zanim dojechał do weterynarza w Wadebridge, pies zdechł, straszna niebieska piana przestała się pienić. Charles jedzie do Porth Quin, na parking National Trust, niesie ciało psa na nadmorską ścieżkę, nawet kiwa na powitanie głową jakiemuś przechodniowi, podtrzymując głowę psa, po czym wrzuca ciało do starego szybu kopalni. Lecące na dół zwłoki raz odbijają się od czegoś. Nim Charles wróci do

326

domu, idzie na krótki spacer, bez psa. Mówi Daphne, że pies w szalonej pogoni za królikiem spadł ze skały. Zszokowana Daphne niepokoi się, uważa bowiem, że on jest w kiepskim stanie psychicznym. A on tylko chce ją uchronić przed prawdą, że otruł psa. Mogą pocieszać się myślą, że jamniki ostrowłose to zwierzęta impulsywne, beztrosko idące za węchem, nawet na szczycie klifu. To utylitarianizm w działaniu.

A może jest to po prostu moralna rozwiązłość?

Charles zastanawia się też, czy kiedykolwiek poszukuje się w kopalni łupku zaginionych osób czy skradzionych rzeczy. Jeśli tak, to znajdą tam niewielkie zwłoki psa z ich numerem telefonu i będzie bardzo trudno wytłumaczyć, dlaczego zwierzę, po tym jak spadło z klifu, wdrapało się na skałę wysokości trzydziestu metrów i dopiero wtedy rzuciło się do szybu kopalni.

Każdy pusty dom ma swoją wymowę. Ten zmienia się w siedzibę starca. On sam przyczynia się do tego stanu przez gazety, które odkłada do późniejszego przeczytania, przez palta i kurtki przy drzwiach, przez te wszystkie rzeczy, które dawno powinien wyrzucić, ale trzyma je pod jakimś pretekstem. A teraz, kiedy sypia sam, czuje, że jego pokój przesiąkł szczególnym, starczym zapachem. Trudno powiedzieć, co się na niego składa, ale trudno też go z czymś pomylić. Kuchnia, na początku jasna i czysta, stopniowo stała się zatłuszczona, piekarnik zarośnięty, blaty pełne wypalonych kółek, szyby usmolone jak poranek w Gdańsku. Nawet rośliny – nędzne cyklameny w korytku i wątły fikus – mówią o braku wigoru. Króliki, zawsze w natarciu z tym swoim kłapouchym fundamentalizmem, stanowią tylko większą wersję tego, co nieustannie dzieje się wokół niego, wewnątrz domu. Charlie uważa, że trzeba zreperować dach i pomalować dom z zewnątrz.

W Charliem jest coś z fanatyka. Nie rozumie utylitarianizmu, ale jeszcze dziesięć minut temu i dwa kawałki ciasta wstecz ja też nie rozumiałem.

Frances była dość nerwowa. Jest masywną kobietą. Charles nie potrafi sobie wyobrazić, że uprawia z nią seks. To wydaje się niesprawiedliwe, że kobiety w średnim wieku nie mogą zdobyć mężczyzn ani nawet ich kupić. Sądzi, że to raczej kwestia tabu niż sprawa fizyczna.

A jednak Clem przelatuje emigrantkę ekonomiczną, a Jo w Norwood chętnie by mnie znowu zobaczyła. Jest w niej coś więcej niż cień rozpaczy, ale mimo wszystko to niesprawiedliwe.

„Wyglądasz wspaniale", powiedziała. Zaczęła oddychać szybciej i głośniej.

Dom wzdycha. Kiedy nie ma Daphne, Charles czuje się spokojniejszy. Może myśleć. Zupełnie jakby te wszystkie wspólne lata wytworzyły delikatną mgiełkę urazy, której żadne z nich nie potrafi rozproszyć. Przypomina to moment wysiadania z samolotu w tropiku, przygniatającą świadomość, że powietrze jest ciężkie. A jednak Charles za nią tęskni. Nie zadzwoniła poprzedniego wieczoru, i to sprawia, że Charles czuje się trochę nie-swojo, jakby wywierała na niego wpływ z odległości, nie robiąc przy tym nic, co go irytuje, jak na przykład bez-sensowna konwersacja. Mógłby do niej zadzwonić, ale świadczyłoby to o drobnej przegranej.

Między mną a Ju-Ju nigdy nie występowały takie nie-wielkie napięcia. To dlatego, że ma się z dziećmi tę samą krew. Krew z krwi: kolejne dziwne określenie.

Coraz częściej łapie się na tym, że zastanawia się i roz-myśla nad poszczególnymi sformułowaniami na wypa-dek, gdyby już nigdy więcej ich nie usłyszał. Krew z krwi musi wywodzić się z religii, ale teraz wiemy także o DNA. DNA to dosłownie wyjaśnienie życia. On i Ju-Ju są jednym ciałem, krwią z krwi.

Nie odczuwam tego jednak wobec Charliego czy Sophie.

Daphne uważa, że ma to jakiś związek z ich pierw-szym dzieckiem, które urodziło się martwe, ale jego to tak bardzo nie dotknęło.

W młodości jest się odpornym, nawet bezdusznym. Ja byłem.

Ju-Ju chce iść z nim na spacer; czuje się wyróżniony. Podczas odpływu, pójdą do Epphaven. Ona zawsze dosko-nale wiedziała, co mu powiedzieć. Na wakacjach szła za nim dzielnie, póki zupełnie nie opadła z sił. Przez dwa kolejne lata była niezwykle przywiązana do pary szortów w niebieskie kropki; wspomnienie jej cienkich nóżek, kró-ciutkich szortów, wzgórz z owcami i janowcem, wzbu-rzonego morza, obojętnych mew, pełnej zapału twa-rzyczki, przede wszystkim tej twarzyczki; usiłuje sobie przypomnieć, co takiego w niej było, co tak boleśnie chwyta go za serce. Nie do zniesienia jest wspomnienie drobnej twarzyczki zwróconej do niego z ufnością. Łapie się na tym, że szlocha.

Muszę jej wytłumaczyć, dlaczego nie mogłem przyjechać do niej do więzienia. Muszę jej powiedzieć. Muszę błagać o wybaczenie.

Na dole ktoś się dobija do drzwi. Charles wyciera twarz narzutą, wkłada szlafrok, który zdążył się odwrócić na drugą stronę, co odkrywa dopiero, znajdując pasek w środku.

– Idę, idę.

Przy kuchennych drzwiach stoi Clem z butelką wina.

– Musisz coś zrobić z tymi cholernymi królikami – mówi. – Przyszedłem cię trochę podnieść na duchu. Wyglądasz tak żałośnie jak sam grzech.

– Akurat kichałem.

– A ja akurat zrobiłem piętnaście powyżej.

– Dziewięć dołków?

– Cha, cha. Daj mi korkociąg.

– Skąd wiedziałeś, że jestem chory?

– Wiadomości szybko się rozchodzą.

– Czy to Daphne cię napuściła?

– Potrzebna ci tylko szlafmyca i będziesz wyglądał jak Scrooge. Nie, nie przysłała mnie tu Daphne. To jest butelka najlepszego wina z klubu, gwarantowany lek na wszystko, od syfa do schizofrenii.

Ubrany jest w żółte moleskinowe spodnie i klubowy sweter wycięty w szpic. Nalewa wino, które wypełnia pomazane kryształowe kieliszki ciepłą terakotą.

330

– Mam ochotę upić się jak świnia – mówi Clem.

– Jestem chory.

– To żadne usprawiedliwienie. Ten sąd nie przyjmuje twojej obrony. Teraz mi powiedz, kiedy nurkowałeś przy dziesiątym dołku?

– Próbowałem wyjąć piłkę ze strumienia, pewnie jedną z twoich, i poślizgnąłem się. Na brzuch prosto do wody.

– Jezu, żałuję, że tego nie widziałem.

Clem się śmieje. Śmieje się bez żadnych zahamowań, może złośliwie.

– Jak długo byłeś pod wodą? – wydusza z trudem.

– Musiałem się przeczołgać parę metrów. I nieźle po-kombinować, żeby się wydostać. W pewnej chwili mia-łem wrażenie, że się topię.

– Daruj, że się śmieję, ale musisz przyznać, że to zabawne.

– Wtedy nie wydawało się takie śmieszne.

– Dochodzę do wniosku, że bardzo trudno śmiać się pod wodą.

Teraz śmieją się obaj.

– Próbowałem pod wodą zatelefonować.

– O mój Boże!

Oczy Clema zachodzą łzami, mężczyźni śmieją się jak para uczniaków. Aż stają się słabi, bezbronni. W końcu ze świstem oddechów przestają.

– Charles, daj spokój, umieram z głodu. Masz jakieś orzeszki?

– Nie, pospadały.

Znowu zaczynają się śmiać.

– „Golf – opanowanie gry pod wodą", napisał Charles Judd.

Odgrzewają w mikrofalówce pasztet w cieście i jedzą w kuchni. Clem je w bardzo dziwny sposób: w ostatniej chwili wysuwa do przodu wargi na spotkanie widelca. Jego twarz jest dziwnie zakonserwowana: widać chłopięce rysy mimo rzadkich włosów, które w jakiś sposób trzymają się na miejscu, i krzaczastych brwi dysponujących źródłem energii niedostępnym owłosieniu czaszki. Charles uważa, że ta chłopięcość jest lekko makabryczna, jakby płyny po goleniu i inne kosmetyki – Clem jest zawsze wypachniony – działały jak formaldehyd. Myśli o rzędach okazów w słoikach przechowywanych w szkole, o niewyraźnych kształtach małych ssaków, o embrionach i żabach w mętnym płynie. Można uznać, że mały Clem był beztroskim chłopczykiem.

– Clem, chciałbym cię o coś zapytać.

– Strzelaj.

– Jak to jest, kiedy się pieprzy wietnamską dziwkę?

– Chyba jesteś pijany.

– Czy to pytanie cię krępuje?

– Nie, w żadnym razie. I powiem ci prawdę, Charles, że to nie to.

A co jest „to"? Leżąc znowu w łóżku, po tym jak Clem wytoczył się w noc pełną cichych skarg z krzykiem

„Spieprzajcie, króliki", Charles zastanawia się, o co mu chodziło. Płatny seks go uszczęśliwia, do pewnego stopnia, ponieważ autentyczny jest już poza jego zasięgiem. I to wydaje się Charlesowi – jestem lekko wstawiony – okrutnym zawodem, być może najbardziej okrutnym, że kiedy najbardziej potrzebuje się autentycznego seksu, kiedy potrzebuje się nieumiarkowanej namiętności, beztroski i ekstazy, dostępna jest tylko imitacja.

Rozdział dwudziesty drugi

Po wyjeździe Charliego nie czuła się samotna.

W szary wiosenny dzień w Nowym Jorku, trochę popsuty przez wychodzące na powierzchnię pozostałości zimy, pozwala sobie na nadzieję, że jej czarna noc się rozjaśni. Pora prysznica w Otisville trwała dokładnie cztery minuty dla każdej grupy kobiet. Drugiej nocy w więzieniu złapała ją *clicka*, Bull Daggers, i zaciągnęła do pryszniców, kiedy zapadła ciemność. *En una noche oscura.* Takie piękne zdanie.

Charlie zapytał przy drzwiach z kluczami w dłoni:

– À propos, jak się spisałem, w skali od jeden do dziesięciu?

Próbował ułatwić moment rozstania.

– Charlie, tego się nigdy nie dowiemy. Cuda nie mają skali.

– Wobec tego uznam to za celujący.

Całują się, świadomi cnotliwej pozycji ust, tuż pod kośćmi policzkowymi.

– Pozdrów ode mnie Anę.

- Tak zrobię.

I już go nie było.

„Jak będziesz tak waliła dziąsłami w odznakę, obudzisz umarłego".

Tak jej powiedziano tamtego wieczoru w Otisville.

Później zapytano, jaka była woda.

„W porządku".

„Witaj na świecie".

Davis siedzi przy oknie kawiarni przy Bleecker Street i czyta. Światło z zewnątrz robi się coraz słabsze – ona to zauważa – tak że żółtawy blask lampy w kształcie stożka wiszącej nad stołem staje się silniejszy, nadając rysom jego twarzy wygląd produktu nabiałowego. Nadal ubrany jest w garnitur właściciela plantacji, tylko, o ile to w ogóle możliwe, jeszcze bardziej wymięty.

Widząc ją na ulicy, zrywa się, tłuste uda zawadzają o blat stolika i kawa rozlewa się na książkę. Kiedy ona wchodzi, on wyciera stół garścią papierowych serwetek.

- Jestem zdenerwowany – mówi.

- Nie denerwuj się.

Pomaga mu posprzątać.

- Dlaczego zadzwoniłaś?

- Przeczytałam to, co napisałeś.

- Byłaś zła?

- Nie.

Zamawiają kawę.

- W niedzielę jadę do Missisipi.

335

– A ja do Londynu. No tak, przeczytałam twój tekst. Fakty, jak to nazywasz. Szczerze mówiąc, zrobiło mi się trochę głupio z powodu pewnych rzeczy, które ci powiedziałam.

– Nie masz najmniejszego powodu, żeby przepraszać. To, co musiałaś wycierpieć, wykracza poza możliwość zrozumienia. Znacznie wykracza. A ja? Cholera, nie zniosę nawet myśli, nawet wspomnienia o... o...

Ona wyciąga rękę i na chwilę kładzie dłoń na jego dłoni. Jego ręka jest wilgotna. On już nie próbuje nic powiedzieć.

– Davis, napisałeś, że w końcu nie stanąłeś przy mnie, bo sądziłeś, że cię wykorzystam jako rodzaj alibi. Użyłeś wyszukanego sformułowania, obrona serca, tak to ująłeś.

– Tak. Nie zaprzeczam. Nie mogę.

Wydaje jej się, że potrafi go sobie wyobrazić na podium dla świadków, poważny, patetyczny młody dżentelmen z Południa.

Jego twarz też jest wilgotna.

– Davis, ja równocześnie sypiałam z Richiem. To było nieuniknione. Więc do pewnego stopnia miałeś rację. Jednak chciałabym, żebyś wiedział, skoro staramy się mówić szczerze, że byłam zakochana w tobie, nie w Richiem. Jak napisałeś, a ja podobno tak powiedziałam, zostaliśmy osaczeni przez coś, co nas przerastało. To prawda. I zapłaciliśmy za to. Mój Boże, drogo zapłaciliśmy.

Patrzy na niego, opuchniętego od leków, spoconego, niechlujnego, z nieporządnie obciętymi włosami i przemieszczonymi rysami twarzy. Zastanawia się, co on widzi: chudą kobietę o wystraszonej, wybladłej twarzy dzierżawcy gruntu? Twarz oskarżycielską?

– Juliet, nie zasłużyłaś na to, co ci się przydarzyło. Ja zasłużyłem. Zdradziłem cię.

Dawniej wypowiadał się uroczyście, z wykalkulowaną rezerwą, pewnie jak sam Faulkner, teraz jednak w jego głosie brzmi cieńsza nuta i jakaś niepewna, chwiejna kadencja, błagająca o potwierdzenie.

– Według prawa należała mi się kara. Sprzedałam okno, o którym wiedziałam, że jest kradzione. Wówczas nie traktowałam tego jak przestępstwa, ale wyszło na to, że się myliłam.

– Jak było w więzieniu?

– Bardzo ciężko, Davis. Myślałam, że nie wytrzymam. A u ciebie? Było trudno?

– Nie chcę porównywać naszych doświadczeń. Myliłbym pojęcia. Moi rodzice próbowali mnie ignorować, ale wyobrażałem sobie, przez co przeszli twoi.

– Na to pytanie nie mogę dać wyczerpującej odpowiedzi. Czasami zastanawiałam się, czy nie byłoby im łatwiej, gdybym się zabiła. Ojciec ani razu mnie nie odwiedził.

– O Boże.

Davis wypija pół kubka kawy.

– Davis, nie chcę utrzymywać, że to mistyczne doświadczenie jak u świętego Jana od Krzyża, ale wczoraj wieczorem nagle, zupełnie niespodziewanie, poczułam, że jest jakaś nadzieja. Pomyślałam – pamiętasz, co powiedział Jung? – „to jestem ja". Uświadomiłam sobie, że nadal istnieję, w co już naprawdę wątpiłam. Davis, z nikim nie mogłabym tak rozmawiać. Musimy zostawić to za sobą. Byłam niesprawiedliwa, obarczając cię winą.

– Nazwałaś mnie ubłoconym gnojkiem z Missisipi.

– Przepraszam.

– Hojnie szafowałaś obelgami.

Śmieje się, a jego twarz nagle się otwiera jak owoc granatu. Ju-Ju dostrzega teraz resztki tego, co kochała, rodzaj chłopięcego zapału.

– Och, Davis!

– Nazwałaś mnie tłustodupcem.

– Byłam zła.

– Tłustodupca wymyślił Mordechaj Richler. Właśnie on użył tego słowa pierwszy. Piszą o tym w słowniku Lightera.

– Zawsze lubiłeś slang. Tam w głuszy przeczytałam kilka słowników dialektu.

– Jak ci się ułoży z ojcem? Wiem, jak go uwielbiałaś.

– Kto wie? Mój brat Charlie twierdzi, że ojciec chciał do mnie przyjechać, ale uznał, że widok jego załamania tylko pogorszy sytuację.

– Będziesz pracować?

– Przypuszczam, że nikt mnie nie zatrudni. Ale mam pewne plany. A ty, zamierzasz znowu pisać?

– Żywię taką nadzieję. To moja jedyna nadzieja.

– Masz talent, Davis. *Chłopiec* to wspaniała książka. Powiedziałeś mi kiedyś, siedząc dokładnie tutaj, dwa stoliki dalej, że mamy obowiązek dążyć do prawdy. W więzieniu straciłam wiarę w prawdę. Chyba trzeba iść do więzienia, żeby się przekonać, jak kruche są nasze

338

przekonania. Widzę jednak, że ty nie możesz zrezygnować. Nie ma innej możliwości.

– Zawsze dużo rozmawialiśmy. Brak mi tego. Juliet, czy naprawdę mi przebaczasz?

– Tak. Jeżeli jest to w mojej mocy, to tak.

– Dzięki Bogu.

W kawiarni wisi zdjęcie Allena Ginsberga przed procesem w sprawie *Skowytu*. Nowy Jork lubi myśleć, że panuje w nim duch poszukiwań i nonkonformizmu. Drobne rzeczy – zapach arabiki, bulgot poprzedzający kontrolowany krzyk mleka do cappuccino, aromat prosciuto i provalone do sławnych grzankowych kanapek, widok pary całującej się zachłannie, długie białe fartuchy kelnerów i kelnerek, piramidy ciastek, dźwięki salsy – wszystko to Ju-Ju chłonęła tak, jak świeży wilgotny tynk przyjmuje farbę. Włoskie filiżanki, małe, z czerwonymi otoczkami, stanowią cud delikatności, w każdej z nich kałuża espresso obramowana *crema*. Tam w Loon Lake wszystko było duże, prymitywne i brutalne.

Patrzy na nią duża wykrzywiona twarz Davisa Lyendeckera. Trudno odczytać jej wyraz z powodu zmian na powierzchni, jednak Ju-Ju czuje, jak narasta w niej zaskakujące ciepło.

– Sądzisz, że jeszcze kiedyś się spotkamy?

Z jakiegoś powodu głos nie ma związku z miejscem, z którego dochodzi, brzmi jak głos pluszowego misia dziadka, którego mama trzyma w swojej sypialni. Kiedy pociągnie się za sznurek, popiskuje pierwszy wers *Pikniku pluszowych misiów*.

– Na pewno.

Głos misia pyta w gruncie rzeczy, czy jeszcze kiedyś będą mogli kochać.

– Davis, pytanie polega na tym, czy będziemy jeszcze kiedyś takimi samymi ludźmi?

– Nie możesz wejść dwa razy do tej samej rzeki. Nie wiem zresztą, czy to rzeczywiście coś znaczy.

Ju-Ju przypomina sobie gorączkowe rozmowy, jakie odbywali w tej kawiarni przed pójściem do jego mieszkania. To było w wieku niewinności.

– Lubisz rzeki i pływy. Pamiętam, że twoim ulubionym cytatem z całej literatury – poza Faulknerem oczywiście – jest ostatnie zdanie Gatsby'ego.

– Pochodzę z miejsca płaskiego i mokrego. Nie znam niczego prócz bagien i rzek.

– Znasz o wiele więcej, Davis. Muszę już iść. Mam twój adres mailowy. Jak tylko będę miała własny, przyślę ci wiadomość.

On ze wszystkich sił próbuje coś powiedzieć: anarchiczna twarz usiłuje zlokalizować i uporządkować słowa.

– Juliet, czy nadal kontaktujesz się z Richiem? – Skrzyp.

– Nie.

– Masz zamiar się z nim zobaczyć? – Skrzyp.

– Absolutnie nie.

Po przytulonej do ziemi niskości Loon Lake miasto jest zbyt wysokie, zwiesza się niebezpiecznie i buńczucznie nad taksówką. To kłamstwa, którymi raczyła Davisa i Richiego, zaprowadziły ją do Loon Lake. Dziwne, ale

340

okno Tiffany'ego w ogóle nie miało z tym związku. Jeśli jej historia potoczyła się tak źle, to przynajmniej pozostała wierna jednej tradycji literackiej: kobieta lekkich obyczajów musi na zakończenie zapłacić.

Miasto jest zjawiskiem fizycznym, ale tak naprawdę stanowi kumulację ludzkich tęsknot, szaleństw, ambicji i niepowodzeń. Ulice, rozjaśnione miejskim niebem w kolorze indygo, rutynowo zwane są kanionami. Ale to nie są kaniony, to żywe twory, jak rafy koralowe czy mrowiska, nieprawdopodobne rezultaty tych wszystkich tęsknot i szaleństw. Napiera na nią obecność umarłych, zawiedzionych, szlachetnych, szalonych, którzy przyłożyli się do powstania owego zigguratu nierozumu. A teraz do stosu dodane zostało także jej rozczarowanie.

Mogę pocieszać się świadomością, że w tym pomniku absurdu prawie nie będzie miało znaczenia.

Sean wychodzi z bocznych drzwi kantoru. Ma dla niej wiadomości: chce z nią rozmawiać dziennikarz z „New York Timesa", Lloyd Hirschman. Przyjechał specjalnie taksówką.

– Powiedziałeś mu, że wyjeżdżam w sobotę?

– Nic mu nie powiedziałem. Zostawił numer komórki. Prosił, żeby pani przekazać, że ma informacje bardzo dla pani ważne. Dał mi wizytówkę z tym telefonem, o proszę, żeby pani zadzwoniła o każdej porze.

– Dziękuję, Sean.

– Nie ma problemu, panno Judd.

Ściąga dla niej windę i przytrzymuje ręką drzwi, żeby nie wydarzyło się nic niespodziewanego.

Ju-Ju siedzi w pustym mieszkaniu na materacu. Wybiera numer.

– Lloyd Hirschman.

– Dzień dobry, tu Juliet Judd. Chcę tylko powiedzieć i jestem pewna, że pan mnie zrozumie, że nie zamierzam udzielać wywiadów.

– Pani Judd, mam pani do powiedzenia coś znacznie ważniejszego. Muszę porozmawiać z panią osobiście.

– Nic nie zostanie opublikowane, ani jedno słowo, bez mojej pisemnej zgody?

– Nic.

– Mógłby pan przyjść teraz?

Rozdział dwudziesty trzeci

Wydaje się, że ślub, który tak niebacznie wydzierżawił mamie, nabiera rozpędu niedającego się zatrzymać. Jadąc taksówką z Heathrow, zadzwonił do Sophie, która powiedziała, że mama jest w Londynie na kursie układania kwiatów ze szczególnym uwzględnieniem bukietów weselnych.

– W końcu czyj to ślub?

– Och, Charlie, to nie jest łatwe pytanie. Ja odpowiadam jakby za inspiracje literackie i transport kwiatów. A na czym polega twoje zadanie?

– Cholera wie. Ana wykupiła większość Bond Street. Nadal nie potrafi mi wytłumaczyć, po co ludziom pamiątkowe łyżeczki. Jeśli o mnie chodzi, to zamierzałem któregoś dnia wziąć ślub w ratuszu. Zgodziłem się na Trebetherick jedynie ze względu na Ju-Ju.

– Sam to zaproponowałeś. Wiem od mamy. Jak tam Ju?

– Przez cały czas wszyscy o to pytają, zupełnie jakby była chora. A ona czuje się zdecydowanie lepiej. To wyjście z więzienia jest dla niej trudne, wręcz przytłaczające.

Sophie, czy potrafimy nad tym zapanować? Nad tym weselnym szaleństwem?

– Charlie, to pociąg poza rozkładem.

– O Boże! Przyjdziesz na kolację?

– A czy nie wolałbyś być sam ze swoim wytwornym kociakiem?

– Sophie, będziemy sami przez wiele lat. Mama przyjdzie?

– Jasne. Będzie zachwycona. Wspaniale się bawi. Śmiało mogę się wypowiedzieć w jej imieniu. Śmieszny z ciebie facet, Charlie.

– Cześć. O dziewiątej.

– O tej porze ona już dawno śpi.

– O dziewiątej.

Charlie zastanawia się, czy Sophie jest czysta. Dowie się, jak tylko ją zobaczy. Kancelaria Marthy znajduje się nad sklepem z monetami, naprzeciwko British Museum. Zadziwiające, że nadal można kupić monety z czasów Konstantyna Wielkiego czy Wespazjana. Spoczywają w niewielkich gablotkach.

Recepcjonistka mówi, żeby szedł prosto do gabinetu. Martha siedzi przy olbrzymim stole, który służy jej jako biurko. Nie dla niej tłoczona skóra i nawisy regałów pełnych nieczytanych prawniczych dzieł. Charlie całuje ją na powitanie.

– Bez języczka, Charlie. Jestem twoim prawnikiem. Papiery przygotowane.

Na czerwono zaznaczone są miejsca, gdzie Charlie ma złożyć podpis.

– Jakie to uczucie być bogatym?

– Na miłość boską, tylko nie mów Anie.

W tym momencie recepcjonistka wnosi butelkę szampana.

– Martha, czy wyjdziesz za mnie? – pyta Charlie.

– Zgoda. – Odkorkowuje butelkę. – Nasze zdrowie.

Piją.

– Wyglądasz na zmartwionego. A powinieneś być szczęśliwy.

– Jestem szczęśliwy. Ale chcę mieć umowę przedślubną.

– O Jezu, Charlie! Nie uważasz, że na tym etapie to brzmi dość brutalnie? Są inne sposoby. Najlepiej błyskawicznie wywieźć pieniądze.

– To jest legalne?

– Na razie tak. Mogę je umieścić gdzieś poza zasięgiem Any, a ty będziesz podejmował tyle, ile ci potrzeba. O co chodzi Charlie? Masz na to dziesięć minut.

– Nigdy nie powinno się korzystać z porad prawnika, z którym się sypiało. Dziesięć minut chyba nie wystarczy. Zgodziłem się na to małżeństwo, a nawet sam je zaproponowałem, jedynie ze względu na moją siostrę. Chciałem, żeby to była jakaś prosta uroczystość, bo przecież mogliśmy żyć ze sobą dalej tak jak dotychczas. A teraz to się wymyka spod kontroli.

– Hej, Charlie, nie możesz żyć z Aną tak jak dotychczas, jeśli masz dziecko.

– Po czyjej jesteś stronie?

– Po twojej, ale dzieci to sprawa prawna. Ich narodziny pociągają za sobą także odpowiedzialność moralną.

W istocie to, co mówisz, oznacza, że nie chcesz dziecka. Czy może nie chcesz czuć, że zaangażowałeś się już na zawsze? Czy nawet na krócej?

– W sprawie dziecka nikt mnie nie pytał o zdanie, a na wesele w Kornwalii zgodziłem się pod presją. Teraz przekształca się to w festiwal kwiatów, w pieprzoną orgię kwiatów z jakimiś spisami, kolorami i tak dalej. Wiesz, na przykład, co to są pamiątkowe łyżeczki? Tak sądziłem. I wiersze Johna Betjemana. Nie cierpię Johna Betjemana. Mój ojciec też go nie cierpi. Tata pewnie obnaży się na przyjęciu. Wszyscy jesteśmy ateistami, a ten pieprzony pastor, mendowaty wrażliwiec z brodą jak moszna kozła, ma nam dawać ślub. Jezus, cała ta sprawa to czysty koszmar. Ju-Ju będzie demonstrowana jako córka marnotrawna.

– Zapowiada się doskonała zabawa. Idealne angielskie wesele. A jak tam twoja ukochana siostra?

– O Boże! Znowu! Miała niejakie problemy z powrotem do rzeczywistości, ale zdecydowanie odzyskuje już orientację. Nigdy mi o tym nie powiedziała podczas odwiedzin, ale więzienie było piekłem. Absolutnym piekłem. Nie chcę nawet o tym mówić. O mało się nie zabiła, kiedy tata odmówił przyjazdu na widzenie. Załamałem się, kiedy mi to powiedziała.

– Co takiego jest w Juliet? W jaki sposób tak wszystkich do siebie przywiązuje?

– Upiłem się jednym kieliszkiem szampana, ale mogę tylko powiedzieć, że istnieją święte tajemnice, rzeczy, których nie da się ogarnąć rozumem. Ju-Ju ma w sobie rodzaj niewinności. I wiarę. Owszem, wiem, że to kiczowate.

346

– Chyba po prostu chcesz powiedzieć, że ją kochasz.

Tak. Kocham ją i zawsze ją kochałem. Ale nie kocham mojej przyszłej żony.

– Oczywiście, kocham ją. Ale chyba – skoro pytasz – chodzi o to, że Juliet wierzy w piękno i szczęście. Niczego nie sprzedaje.

– Prócz witraży Tiffany'ego.

– Martha, nie bądź świnią. Nikt nie lubi cwaniaczków.

– Wyluzuj, Charlie. Jesteś bogaty, masz się ożenić z najpiękniejszą dziewczyną na świecie, wkrótce zostaniesz ojcem, a twoja siostra wyszła z więzienia i zmierza do zdobycia supersławy.

– Nie sądzę, żeby miała o tym pisać czy udzielać wywiadów.

– Z moich doświadczeń wynika, że ludzie czują potrzebę wytłumaczenia się.

– Masz dwadzieścia osiem lat i w ogóle żadnych doświadczeń, nawet jeśli jesteś wziętą adwokatką. À propos, wyglądasz seksownie w tym kostiumie. Czy to przypadkiem nie Dior?

– Owszem, Dior. Kosztował mnie całą miesięczną pensję, a kupiłam go dla uczczenia tej umowy. I zamierzam go założyć na ślub roku.

– Martha, dlaczego mnie porzuciłaś?

– Już to przerabialiśmy. Pieprzyłeś moją najlepszą przyjaciółkę. O co ci chodzi, Charlie?

– O nic. Po prostu wyję do księżyca.

Tak wzbiera tenor dźwięczny, to mniej, to znów więcej,
I wszystko spieszy ku kościelnej wieży.

Dlaczego powiedziałem, że nienawidzę Betjemana? Nie żywię takich uczuć ani do niego, ani nawet do jego poezji. Nienawidzę Betjemana jako części składowej określonego kodu: Betj i kąpiele morskie, piasek w kanapkach, oglądanie kościołów, nieposiadanie telewizora, przekonanie, że za granicą jest za gorąco, pochwała nieudolności i prostej kuchni.

Pamięta, jak było z Marthą. Ma wrażenie, że poprzednie związki dzielą się na kategorie, a Martha należy do tej kategorii, w której wszystko jest świetnie, ale brak jakiejkolwiek tajemniczości. Na poziomie komórkowym występuje niedobór atrakcyjności, co zdarza się pomimo przyjaźni, podziwu, a nawet wspólnych zainteresowań. Ana musiała go zwieść, oślepić swoim blaskiem. Leżąc z nią w łóżku, nie mógł się oprzeć myśli, że otworzył się przed nim jakiś seksualny róg obfitości i że powinien go hołubić. Ale teraz, kiedy wszystko zmierza do St Enodoc, widzi, że po upływie roku jej atrakcyjność zaczyna blednąć, choć nadal pochlebia mu i ekscytuje go fakt, że stanowią tak rzucającą się w oczy parę. Prawdę mówiąc, jest znacznie szczęśliwszy, gdy znajdują się we dwoje w towarzystwie. Od niej płynie rodzaj blasku, który oblewa i jego, choć przyjaciele nie wiedzą, że ów blask ma charakter mineralny, jak promieniowanie kornwalijskiego granitu. Ona jest piękna, ale to nic nie znaczy.

W końcu dzwoni do Any, ale niania-elektka oznajmia, że poszła na zakupy. Próbuje na komórkę, telefon przez

348

chwilę dzwoni, po czym się rozłącza. Ponownie dzwoni do niani, mówi, że będzie w domu o ósmej, najpóźniej o ósmej trzydzieści, prosi, by uprzedzić Anę, że Sophie i pani Judd przychodzą na kolację. Gdyby w domu nie było nic do jedzenia, to powinna zarezerwować stolik w restauracji. Tryb warunkowy sprawia niani kłopoty. Charlie formułuje więc zdanie inaczej:

– Wracam dom ósma godzina, moja mama i siostra też przychodzić i my iść jeść restauracja.

– Dopsze. – To „dopsze" jest ciężkie od wymówek: dlaczego od razu tak nie powiedziałeś?

Charlie widzi się w przyszłości w roli domowego barana, ciemniaka, który zakłóca poważne życie. Kolejną taksówką jedzie do pokoju z wnęką, gdzie mieści się **skarpet-mi-to.com**, drobny sukces Nowej Międzynarodowej Ekonomii Umożliwionej i Wykreowanej Przez Sieć.

Czuję się winny, bo jestem absolutnie nielojalny wobec matki mojego dziecka i wobec tegoż dziecka.

Nie dociera do niego w pełni znaczenie tego dziecka: na razie Ana i dziecko są dla niego tym samym. Maleństwo jest niewielką bryłką, która jednak szybko urośnie w tym tropikalnym bogactwie. Ju-Ju obok niego była tak rozpaczliwie (jak to się mówi) chuda. Kiedy ją tulił, ogarnęło go przytłaczające wzruszenie: znowu stała się małą dziewczynką. Taką chudą, kościstą i kruchą, że czuł się przy niej pulchny i kształtny jak foka. Pewnej nocy powiedziała: „Jedno ciało, Charlie". Przez sen ludzie mówią dziwne rzeczy – przemawiają językami, wyrażają ciemne czy duchowe tęsknoty – ale Ju-Ju wypowiedziała te słowa

349

spokojnie. Co miała na myśli? Nie było to pytanie, które mógłby zadać jej po przebudzeniu.

Biuro przy Beak Street jest nieduże. Zajmuje je dwoje pełnoetatowych pracowników, Jason i Stephanie, którzy aktualnie siedzą przed monitorami. Oprócz próbek nigdy żaden produkt nie przekracza progu tego biura: wszystko pakuje się i wysyła z różnych miejsc w kraju i za granicą. Jason i Stephanie przez cały dzień przyjmują i załatwiają zamówienia. W ciągu trzech ostatnich lat Charlie zdobył adresy i dane dotyczące kredytu ponad trzydziestu tysięcy osób i te właśnie informacje kupili od niego Niemcy. Jason i Stephanie należą do nowego typu ludzi, którzy nie mają żadnego wykształcenia i nie interesują się niczym poza komputerami. Rozumieją je i żyją za ich pośrednictwem. Jason, który zawsze nosi koszulkę Arsenalu, wymyślił skomplikowane programy mające zachęcić klientów do większych zobowiązań finansowych, ale nie odróżniłby obrazu Canaletta od dziury w ziemi. Stephanie kocha zespoły heavymetalowe takie jak Napalm czy Marduk 4; chodzi wyłącznie w butach na platformach. Jej włosy mogłyby stanowić przystań dla małych ptaszków, a szminka ma kolor tulipanów gatunku Królowa Nocy.

Charlie uwielbia tę dwójkę, która żyje całkowicie w świecie wirtualnym. Myśli o nich jak o egzotycznych zwierzakach domowych. Z poświęceniem zajmują się utrzymaniem ruchu w interesie. Nie widzą całego przed-

350

sięwzięcia w kategoriach złudzenia. Wprost przeciwnie, dla nich stara szkoła to sklepy, okna wystawowe, plakaty i reklama. Charlie przypuszcza, że postrzegają świat materialny jako złudzenie. Odkłada poinformowanie ich o tym, że sprzedał firmę, co zresztą nie zrobi im żadnej różnicy, ponieważ on zostaje. Pyta natomiast, jaka była reakcja na nowe spinki do mankietów: nie najgorsza, za to podkoszulki super. Wielką przyjemność sprawia mu fakt, że to przedsięwzięcie, wymyślone przez niego od początku do końca, funkcjonuje tak dobrze. Budynek, wzniesiony przez hugenotów w 1715 roku, mieścił kiedyś mieszkanie i warsztat modystki. Teraz skarpetki, bieliznę i podkoszulki produkuje się w biednych krajach, gdzie nigdy nie był. Nie musi się martwić o produkcję. W ciągu pół godziny może zamówić dwadzieścia tysięcy par skarpetek albo zmienić dostawcę. Wszystkie płatności, zewnętrzne i wewnętrzne, odbywają się bez użycia skrawka papieru. A tutaj nigdy nie zjawia się żaden klient.

– Tęskniliście za mną? – pyta.

– Nie, w zasadzie nie.

– Ja tęskniłam – mówi Stephanie. Ma bladą twarz, oczy podkreślone proszkiem antymonowym. Demonstruje lojalność wobec innej rzeczywistości. Na wygaszającym się ekranie pojawiają się nietoperze-wampiry, a Stephanie ma na rękach mitenki.

Charlie idzie do kantorka za szklaną przegrodą i włącza swój komputer. Kiedy ojciec zaczynał pracę, pisało się w księgach piórami zanurzanymi w atramencie. Dzwoni do Kornwalii, żeby się przekonać, jak radzi sobie ten dawny księgowy, który rzekomo spędził młodość przykuty do biurka Dickensowskiego urzędnika.

– Tato?

– Kto mówi?

– A ilu masz synów?

– Charlie?

– Tak, tato, Charlie. Wróciłem.

– Źle słychać. Witaj po powrocie.

– Słyszę, że chorujesz.

– Lekkie przeziębienie. Przemokłem na polu golfowym.

Ani słowa o upadku, o podtopieniu; może sprowadzałoby to złe wspomnienia o tym, jak Charlie uratował go przed utonięciem.

– Masz słaby głos, tato.

– To coś na linii.

– Z mojej strony wszystko w porządku.

– Nic mi nie jest, Charlie.

– Był lekarz?

– Może tego nie zauważyłeś, ale lekarze nie przychodzą już do zaziębień. Ju-Ju jest z tobą?

– Nie, wraca w poniedziałek. Czuje się lepiej. Czy mama ci powiedziała, że zamieszka u was na jakiś czas?

– Od paru dni nie rozmawiałem z matką.

– Jest u Sophie w Londynie. Tato, Ju zamieszka u was.

– Bardzo dobrze.

– Bardzo dobrze? To wszystko? Ona dwa lata spędziła w więzieniu.

– Jestem tego świadomy, Charlie. Czytam książkę i nie chcę przerywać. Witaj w domu.

Charlie wpatruje się w ekrany swoich komputerów. Ilekroć rozmawiają z ojcem, często dochodzi do takich potyczek, jak mówi mama. Teraz ojciec jest chory i nie wezwie lekarza, zawsze uważał, że wizyty u lekarzy są oznaką słabości. Mimo to Charlie czuje się nieswojo, bo wie, że ta krótka rozmowa i ukryte w niej oskarżenia zdeprymują ojca. W Hudson Valley Ju-Ju powiedziała, że kiedy jemu zaczęły wypadać włosy – miał wtedy zaledwie dwadzieścia lat – ojciec ostrzygł się na króciutko, żeby zmniejszyć możliwy kontrast.

– Skąd to wiesz, Ju?

– Od niego. Powiedział: „To takie niesprawiedliwe, że ja mam tyle włosów, całą miotłę, a Charlie łysieje". Martwił się.

– Nigdy się do tego nie przyznał.

Ta rewelacja go wzruszyła.

A teraz byłem niedobry. Tacie zawsze łatwiej przychodziło rozmawiać z Ju-Ju. Co takiego wznosi się pomiędzy nami? Może to Ju-Ju, rywalizacja o jej duszę.

Ana każe mu czekać. Nadchodzące macierzyństwo uprawnia ją do tego: to wydaje się oczywiste. Uprawiali seks, nadchodzące macierzyństwo powoduje także chaos w jej hormonach.

Zanim wyszli do restauracji, mama i Sophie wypiły już po dwa drinki i zjadły miseczkę oliwek. Ana, trzeba przyznać, wygląda wspaniale. Na jej tle mama i Sophie siedzące obok siebie robią wrażenie kobiecości w stadium larwy.

Ana ma twarz promieniejącą zdrowiem, nosi torebkę Kelly i dżinsy na długie czarne buty. Jej piersi – choć pewnie on sobie to tylko wyobraża – sterczą zachłannie do góry pod jedwabną bluzką. Złoty łańcuch służy jako pasek, co jest bardzo latynoskie.

– Halo, mamo.

Całują się zdawkowo. Ana ściska jego matkę. Sophie stoi z boku. Charlie pokazuje ręką jej nos. Sophie radośnie wzrusza ramionami i pochylając się w stronę weselnych konspiratorek, wpycha palce do gardła.

– Sophie – mówi Charlie. – Dobrze wyglądasz. Wspaniale wyglądasz – poprawia.

Mama jest ubrana trochę za elegancko. Trudno mieć do niej o to pretensje; w czasach jej młodości ludzie doskonale wiedzieli, co na siebie włożyć. Teraz nie jest to takie oczywiste, ale mimo wszystko na pewno nie chodzi o te białe buciki, sweterek w niebieskie paski z białą apaszką, jak na wycieczkowym rejsie – może to hołd oddany szkole malarstwa Newlyn – i ciemnogranatowe, zbyt dobrze uszyte spodnie. Sophie ma na sobie pogniecioną, starą spódnicę z drelichu i dopasowaną różową górę bez rękawów. Charlie widzi, że jej piersi ledwie naruszają materiał.

Mama chyba zje rybę; mówi, że lubi żabnicę. Charlie przypomina sobie przerażenie na jej twarzy, kiedy zobaczyła głowę żabnicy na targu w Portugalii. Odprawiają więc angielski rytuał zamawiania potraw. Sophie bierze frytki, zanim zdecyduje się na cokolwiek innego. Mama twierdzi, że zjadła ciastka podczas zajęć na kursie, czuje się pełna. A poza tym jadły obie z Sophie chleb i oliwki.

354

Charlie jednak przymusza ją, żeby wzięła chociaż przystawkę: rokiettę z parmezanem. Wizyta w restauracji w towarzystwie starszego pokolenia staje się przedstawieniem. Tata zawsze coś gra, próbując oczarować kelnerów dobrodusznością, a mama przybiera postawę fałszywej skromności: „Tylko troszeczkę, nie za dużo, wielkie nieba, to musi być bardzo pożywne. Nie lubię, jak ktoś za bardzo majstruje przy moim jedzeniu".

Teraz powtarza kelnerowi informację, że się objadła, zwalając winę na duńskie ciastka, i najwyraźniej uważa swoje zachowanie za szczyt nonszalancji. Ana prosi o jakieś danie wegetariańskie, choć nie jest wegetarianką.

Charlie jest zmęczony, ale nie może spać. Nie zasnął od dwudziestu jeden godzin. Obok śpi Ana. Oddycha spokojnie, kiedy odwraca się do niego, czuje na torsie ciepły, uperfumowany wietrzyk. Ostrożnie się odsuwa. Chce porozmawiać z Ju-Ju. Obok niego błyszczące włosy Any – w tym półmroku ich blask trzeba sobie wyobrażać – rozsypały się po całej poduszce. Kosmyki sięgają w jego stronę.

Podczas kolacji miał szaloną ochotę uderzyć rączką widelca w kieliszek i oznajmić, że sprzedał firmę. Jednak ostrożność podpowiada, by nie chwalić się tą umową, dać Marcie czas na ukrycie pieniędzy, a potem powiedzieć na przykład, że zgłosili się nowi inwestorzy. Leżąc obok Any, wspaniałej nawet we śnie, próbuje sobie wyobrazić, z jakim uczuciem będzie budził się przy niej przez kolejne lata. Ale wyobraźnia go zawodzi. Chociaż zrobił pieniądze na tekstyliach, nie potrafi sobie wyobrazić przyszłości określanej wyłącznie przez torebki, kuchnie, urządzenia domowe i posłuszeństwo przypadkowym wymogom mody. Wie, że jest długa lista oczekujących na torebki Kelly. Przestał już się zastanawiać, w jaki sposób Ana za nią zapłaciła. Rozmowa przy stole dotyczyła ustaleń weselnych, pytając o to, zachowałby się po chamsku. Mama, zarumieniona, na rauszu, szczęśliwa, tłumaczyła, jak wyobrażają sobie z Sophie przyjęcie: na każdym stoliku będzie cytat z Betjemana, zawciąg, tamaryndowiec indyjski, łupek i granit kornwalijski jako dekoracja, z której wyrasta kilka malowniczych kwiatów. Najwyraźniej bardzo ważne jest, by dekoracja na stole była albo bardzo niska, żeby widziało się nad nią ludzi po drugiej stronie stołu, albo bardzo wysoka, żeby można było patrzyć pod nią. Ana i mama omawiały ślubną suknię i bukiety, które podobno muszą do siebie pasować. Dwie córeczki kuzynki wystąpią jako druhny. Główną druhną będzie Sophie. Konfetti z płatkow róż oznacza większą klasę i jest bardziej ekologiczne. Ana najbardziej lubi orchidee, i to jest dobra wiadomość, bo według kwiaciarskiej wyroczni orchidee stwarzają olbrzymie możliwości. Trudno uwierzyć, ale można je nawet całkowicie zanurzyć w wodzie w wysokim szklanym wazonie. Do wesela jeszcze dużo czasu, toteż nic nie zostało postanowione definitywnie.

Charlie ostrożnie wstaje z łóżka i idzie do kuchni. Z komórki dzwoni do Ju-Ju.

– Cześć, Ju-Ju.

– Która u ciebie godzina?

– Późno, ale byłem w restauracji z mamą, Sophie i Aną.

– Było miło?

– Raczej przerażająco. Ślubno-weselnie.

– Uff. Charlie, dzwonisz z jakiegoś określonego powodu?

– Nie, chciałem tylko sprawdzić, jak się czujesz.

– Doskonale. Czy potrafisz dochować tajemnicy?

– Oczywiście. Uważasz, że coś wypaplałem?

– Odwiedził mnie dziennikarz „Timesa", Lloyd Hirsch-man. Rzekomo ma dowody na to, że nie doszło do żadnego przestępstwa. To okno, Charlie, nie było kradzione.

– Ale przecież było!

– Podobno nie. Policjant zajmujący się śledztwem w sprawie kradzieży dzieł sztuki zachęcił Agnella w ramach układu z prokuraturą, żeby zeznał, że witraż skradziono. W istocie jakiś krewny rodziny Stimhouse'ów zabrał okno z cmentarza wiele lat temu i umieścił je w swoim garażu. Agnello kupił witraż od jego córki za pięć tysięcy dolarów.

– Jak to wyszło na jaw?

– Wygląda na to, że jakaś jej kuzynka przeczytała w gazecie o całej sprawie i zaczęła domagać się od Agnella części pieniędzy, ale on odmówił. Lokalna policja nie chciała się tym zainteresować, więc kobieta zgłosiła się do „Timesa", który sprawdzał wszystko przez sześć miesięcy. Policjant przyznał, że wywierano na niego naciski, żeby uzyskał jakieś rezultaty. Chciał dostać awans.

– Dlaczego od razu się ze mną nie skontaktowałaś?

– Hirschman wyszedł zaledwie przed godziną. Bardzo chciałam zadzwonić, ale bałam się, że będę ci przeszkadzać. Sądziłam, że jesteś w objęciach Any.

– Dlaczego wszyscy uważają, że stale jestem w objęciach Any?

– Bo jest takim efektownym kociakiem. Charlie, a tak naprawdę, to po co dzwonisz?

– Bez powodu. Tęsknię za tobą. Podobała mi się nasza podróż. Co zamierzasz zrobić? To niesłychane!

– Nie wiem. Nie mam jeszcze pomysłu. Proszę cię, zachowaj to dla siebie. Najgorsze, gdyby się okazało, że to kompletna bzdura czy jakieś niesprawdzone pogłoski. Możemy pogadać rano?

– Oczywiście, a w niedzielę przyjadę po ciebie na lotnisko.

– Dobranoc, braciszku.

Kiedy Charlie z powrotem wślizguje się do łóżka, Ana się budzi i mówi: „Kochamy cię, Carlito".

Początkowo myśli, że ona mówi także w imieniu Ju-Ju, ale po chwili zdaje sobie sprawę, że chodzi o nienarodzone dziecko. Ana chce się kochać. Charlie stara się nie myśleć o białym ciele siostry na wysepce materaca.

Rozdział dwudziesty czwarty

Zmienili umowę spółki. Nowi ludzie spotkali się z prawnikiem w jednym z pomieszczeń i przerobili umowę tak, że partnerzy z dwudziestoletnim stażem jak ja stracili na znaczeniu, nie mieli w spółce żadnych praw. A żeby się upewnić, że nigdy nie pójdę do sądu, że Simon Simpson-Gore zachowa swoją willę, jacht i winnicę z własnym nazwiskiem na butelkach produkowanego tam sikacza, zmusili Jo do kłamstwa na mój temat. To było niemoralne i nieetyczne.

Jeśli te słowa, *niemoralne* i *nieetyczne*, mają jakieś bezwzględne znaczenie, w co wątpi profesor Williams.

Jego policzki płoną. Czuje ból w piersiach. Ma wrażenie, że płuca zostały przepłukane. Myśleli, że szczęście, zwłaszcza ich szczęście, można zapewnić, odbierając mi prawa. Mój błąd – długie lata zajęło mi zrozumienie go – polegał na tym, że za główną sprawę uważałem problem etyczny, podczas gdy to były po prostu pragmatyczne negocjacje. Mogłem dostać bardzo duże odszkodowanie, gdybym posłużył się argumentem utylitarnym: posłuchajcie, panowie, widzę, dokąd to zmierza. Powiedzmy,

359

że mógłbym być bardzo pomocny, wszyscy poczuliby się znacznie szczęśliwsi, ale musiałbym wyraźniej widzieć swoją przyszłość finansową.

Ale zamiast tego wskoczył na wysokiego konia zasad, co okazało się fatalne w skutkach. Byli od niego sprytniejsi, wiedzieli, że można toczyć prawnicze boje bez końca, nie okrywając się hańbą, ale trudno się przeciwstawić pisemnemu oświadczeniu, które stwierdza, że zniewoliłeś niewinną młodą dziewczynę, choć nie mogła się bronić. Czy powiedziałbyś: chwileczkę, ona znała kilka pikantnych sztuczek erotycznych, o których ja nigdy nawet nie słyszałem? Nie, bo bez względu na to, jak elastycznie obchodzili się z prawdą Simpson-Gore i jego kumple, stanowili wzór cnót w porównaniu z kimś, kto podobno wykorzystywał młode, bezbronne kobiety. Mogli podrzeć umowę spółki i spuścić ją w pachnącej sosną muszli klozetowej, a potem przez lata utrzymywać, że zgodnie z opinią prawniczą uzyskaną w gabinecie sędziego, ta nowa instytucja niweluje starszą, archaiczną spółkę. Tobie jednak nie wolno było przyznać, że uprawiałeś seks na własnym biurku (i wszędzie indziej) z kobietą, która w pewnym sensie miała być pod twoją niejako duszpasterską opieką. Nie mogłeś też ryzykować, że dowie się o tym Daphne.

Kiedy wczoraj wieczorem zadzwonił Charlie, spytał mnie, ilu mam synów? O co mu chodziło? Powiedział, że Ju-Ju zamieszka u nas.

Oczywiście, o ile prawdą jest, że dopóki mężczyzna pozostaje przy życiu, będzie raczej robił to niż coś innego.

Muszę pozostać przy życiu. Zapomnieć o Fox i Jewell, o Jo, o wietnamskiej dziwce Clema i pozostać przy życiu.

Jest mi gorąco. Potrzebuję powietrza.

Wstaje z łóżka i wychodzi furtką na tyłach, kierując się w stronę kościoła. Pada, ale jest to delikatny opad morskiej mgiełki, łagodnie chłodzącej rozpalone policzki i niepozostawiającej żadnych śladów na flanelowym szlafroku w szerokie granatowo-szkarłatne pasy.

Jestem egzotyczną zebrą.

Pole golfowe ciągnie się aż za okropny strumień i Bray Hill, tak że wydaje się anonimowe i na pozór bezkresne jak tundra. Kiedyś podczas urlopu w Szwecji poszedł na spacer we mgle i po kilku kilometrach zaczął odnosić wrażenie, że każda kępa drzew, każde okrągłe jeziorko powtarzają się w nieskończoność. Przypadkowo spotkany Lapończyk pokazał mu drogę powrotną do schroniska.

Profesor Williams podaje przykład mężczyzny o imieniu Jim, który znalazł się na centralnym placu niewielkiego południowoamerykańskiego miasteczka. Było tam dwudziestu związanych i skrępowanych Indian. Dowódca, który zdławił indiańską rebelię, zasugerował, że Jim jako szanowany cudzoziemiec powinien zabić jednego z nich. Jeśli to zrobi, pozostali będą mogli odejść wolno. Jeśli nie, wszyscy zostaną zabici, tak jak pierwotnie planowano. Jim ma dylemat: większe dobro wymaga, by zabił jednego człowieka, ale to pozbawiłoby go tego wszystkiego, co sprawia, że w ogóle warto żyć. Podniecony tą interesującą zagadką – mam trochę zdolności filozoficznych

361

– Charles zbliża się do kościoła. Chroni się pod zadaszoną bramką, bo zaczyna mocniej padać.

Na miejscu Jima zapytałbym Indian, czy kogoś wybiorą, czy wolą zginąć wszyscy razem.

Zamierza właśnie się wysiusiać, kiedy słyszy głos.

– Charles.

– O, witaj, Frances.

– Co tu robisz? Jesteś przemoczony.

– Było mi trochę gorąco.

– No to zaprowadzimy cię do domu.

Słysząc tę pierwszą osobę liczby mnogiej, Charles wie, że jej zdaniem potrzebuje pomocy. Tyle kobiet oferujących pomoc, radę, opiekę. Nie zdają sobie sprawy, że głównie pomagają sobie, znajdując – jak sądzą – moralne centrum i zatrzymując się przy nim. Frances bierze go pod rękę, a on uświadamia sobie, jak absurdalnie, wręcz żałośnie musi wyglądać w tym swoim wilgotnym – a właściwie kompletnie przemoczonym – szlafroku. Ona uzbroiła się przeciw deszczowi w długi nieprzemakalny płaszcz i kapelusz. Deszcz, teraz już duże krople, odbija się od tej zbroi. Frances niesie plastikowy kubeł. Charles próbuje sobie przypomnieć, dokąd szedł podczas tej swojej moralnej/etycznej włóczęgi.

Mam rozpaloną twarz, ale poza tym jest mi strasznie zimno. Moralność, według profesora, wymaga pewnej dozy szczęścia; wędrujący gringo, Jim, tego szczęścia nie miał. Ju-Ju najwyraźniej też go nie miała. Reszta z nas żyje w półcieniu moralnej dwuznaczności.

– Masz gorączkę – stwierdza Frances.

W domu owija go ręcznikami, przygotowuje kąpiel i każe mu wejść do wanny, a sama tymczasem wzywa lekarza.

W kąpieli Charles rozgrzewa się szybko jak homary próbujące uciekać podczas egzekucji metodą podgrzewaj-je-powoli-wtedy-nic-nie-czują. Śmieje się. Homary zwykle wyskakują z garnka, drepczą sztywno, ślizgają się i wściekają, skrzypią jak rycerze w zbroi już na kuchence, zanim skoczą na podłogę. Jest taki film Woody Allena, w którym dzieje się coś podobnego. Nie może sobie przypomnieć tytułu.

Zamiast miłego doktora Williamsa zjawia się karetka akurat w chwili, gdy zastanawia się nad zjedzeniem kolejnego kawałka ciasta Frances, żeby nakarmić gorączkę. Frances jedzie z nim w ambulansie, a obok siedzi kobieta w zielonym uniformie i przytrzymuje kroplówkę.

Muszę być naprawdę chory.

Kiedy się zapada jak blade zimowe słońce za linię horyzontu, myśli: powinienem był pojechać do Ameryki zobaczyć się z Ju-Ju. Nie odczuwa ani strachu, ani tak wysławianego spokoju. Umieram, myśli rzeczowo.

Ale nie umiera. Kiedy się budzi – jeśli w ogóle spał – widzi przy łóżku Daphne. Przez jakiś czas leży absolutnie nieruchomo. Obserwuje ją, wydaje się, że potrafi to robić, nie otwierając oczu. Ona czyta jakieś pismo ze zdjęciem panny młodej na okładce. W tym ponurym otoczeniu okładka magazynu promieniuje zamożnością, powodzeniem i szczęściem w kolorze brzoskwini. Panna

363

młoda trzyma w ręku bukiecik. Usta Daphne poruszają się nie tyle niewolniczo, ile w poczuciu akceptacji słów. Rękę Charlesa przymocowano do białej deszczułki, a kroplówkę podłączono od spodu do przedramienia. To taka część ciała, która nieczęsto się ukazuje, na ogół ukryta przed wzrokiem, jak odpływ pod wanną. Ale najwyraźniej lekarze tylko tędy mogą się dostać do środka. Jako chłopiec cierpiał kiedyś na zatrucie krwi po tym, jak huśtał się na latarni; zardzewiała farba przedostała się właśnie przez te niechronione obszary. Do nosa prowadzą dwie plastikowe rury, do których coś przyczepiono. Wyeksponowane żyły są niebieskie i pełne obaw.

Charles zastanawia się, jak długo już Daphne siedzi przy jego łóżku, zgodnie z tradycyjnym modelem przywiązanej żony. Kiedy czyta, w jej okularach odbijają się refleksy medycznej zieleni, ale Charles nie potrafi dojść, co naprawdę się w nich odbija.

– Cześć, Daphne.

– Charles! Och, Charles, jak się czujesz?

– Nie mam pojęcia. Chyba nie jestem tu w pełni obecny.

– Spałeś piętnaście godzin. Masz zapalenie płuc.

– Coś podobnego!

– Owszem. Miałeś niesamowicie wysoką gorączkę, ale udało się ją obniżyć. Frances cię znalazła, kiedy snułeś się, bredząc nieprzytomnie.

– Tak mi przykro. Byłaś zajęta w Londynie.

– Przyjechałam wczoraj. Musisz tu zostać przez kilka dni, ale wyzdrowiejesz.

– Ju-Ju jest już w domu?

364

- Nie, kochanie. Wraca jutro. Charlie odbierze ją z lotniska, a potem ona spędzi dzień czy dwa w Londynie.
- Myślałem, że umrę.
- Nie byłeś w tym odosobniony.
- Dzień przed powrotem mojej córki do domu.
- Charlie twierdzi, że zawsze próbujesz zwrócić na siebie uwagę.
- Och, Charlie. Bohater chwili.
- Naprawdę wspaniale zajął się Ju.

Charles nie potrafi jednak się skoncentrować na tej rozmowie. Znowu zasypia, a kiedy się budzi, Daphne już nie ma. Zostawiła mu zapasowy szlafrok i czyste piżamy. Na razie ubrany jest w szpitalną koszulę, więc czuje od dołu przeciągi, kiedy się przewraca na bok. Próbuje wstać, ale uświadamia sobie, że jest przyczepiony do deski, a nos ma podłączony do jakiegoś aparatu. Naciska dzwonek, zjawia się pielęgniarka. Zaciąga zasłonę wokół łóżka i pomaga mu się ubrać w czystą piżamę. Zapytana, czy wolno mu iść do łazienki, przynosi basen. Kiedy jest już po wszystkim, zabiera go, a Charles czuje się przygnębiony swoją słabością.

Nie ma nawet dosyć energii, żeby przejrzeć ślubne pismo, które Daphne, w jakże typowy dla siebie sposób, zostawiła beztrosko. Pielęgniarka przynosi mu herbatę, potem on znowu zasypia. Śni mu się, że zmartwychwstaje. Bardzo to proste: w jednej chwili nie żyje, a w następnej wstaje. Kiedy ponownie się budzi – ma wrażenie, że unosi się bez przydziału na granicy między jawą a snem – odkrywa, że różnica pomiędzy życiem a śmiercią jest pewnie mniejsza, niż sobie wyobrażamy. Przychodzi lekarz, żeby

365

go zbadać. Spod wyciętego w szpic pod szyją fartucha wyglądają mocno skręcone czarne włosy.

Moje owłosienie na torsie jest rzadkie, teraz włosy rosną dłuższe i siwe wokół sutek.

Lekarz sprawdza kartę: podobno w kroplówce podają Charlesowi antybiotyki.

– Jaki jest mój stan?

– Bardzo dobry. Muszę pobrać krew do badania.

Lekarz siada obok niego na łóżku, szybko znajduje jedną ze zniszczonych żył i wsuwa w nią igłę. Wyciąga krew, która wydaje się ciemna.

– Żona mówi, że mało nie umarłem.

Lekarz zagląda do karty.

– Nie sądzę. Zresztą nie ma pan już gorączki.

Bierze do ręki kolorowe pismo.

– Czyj to ślub? – pyta.

– Mojej córki.

– To miłe.

Lekarz już wyczerpał możliwości błahej rozmowy. Wychodzi, odnotowawszy swoją obecność w karcie. Chyba trudno przez cały czas zachowywać optymizm.

To mój syn się żeni, przypomina sobie Charles poniewczasie. Zastanawiam się, czy śmierdzę. Powinienem wziąć prysznic, zanim Ju-Ju przyjedzie do domu. Muszę poprosić Daphne, żeby jej tu nie przyprowadzała. Muszę już być na nogach, żeby ją powitać, rodziny to alianse personalne, ale zmienne.

Z jego matką, ojcem i bratem trzeba było ciągle renegocjować warunki. Przy czym nigdy nie podejmowało się

366

negocjacji w tym miejscu, w którym się je przerwało. Ojciec zawsze wydawał się zaskoczony, kiedy Charles przyjeżdżał do domu na wakacje, jakby przez dziesięć tygodni w ogóle nie myślał o jego istnieniu.

Ju-Ju, Charlie i Sophie nigdy nie opuszczali moich myśli. Byłem samolubny i głupi, ale gdyby ktoś zapytał, mógłbym uczciwie odpowiedzieć, że nie minął ani jeden dzień, żebym o nich nie myślał. Nie w związku ze mną, ale w nadziei, że im się w życiu powiedzie. Niezupełnie się to udało, ale teraz znowu wszyscy będziemy razem.

To pewnie efekt leków, ale ogarniają go bardzo ciepłe uczucia wobec nieobecnych dzieci.

Jednak nawet pod wpływem leków, półprzytomny, irytował się na Daphne czytającą ten ślubny magazyn.

Kim jestem, żeby ją osądzać? Jestem nikim; nieudanym księgowym z czupryną handlarza antykami, który nie potrafił wesprzeć własnej córki, kiedy tego potrzebowała. Pewnie byłoby lepiej, gdybym nie był świadomy zmienności własnych zasad, gdybym był tak kompletnym gównem jak Simon Simpson-Gore. Wyznaję wartości, ale wydają się one niestałe. Nie jestem pewien, czy w nie wierzę. Gdybym, tak jak profesor, studiował filozofię zamiast księgowości, może lepiej bym wszystko rozumiał. Czy jest coś, co powinienem, co muszę robić? *Jest bardzo niejasne, czy istotnie możemy podać powód człowiekowi, który o niego pyta.* Istnieją jednak, profesorze, sprawy, jak na przykład chęć Ju-Ju, by pójść ze mną na spacer nadbrzeżną ścieżką, które nie mają wprawdzie żadnego znaczenia w sensie absolutnym, filozoficznym, ale w rzeczywistości znaczą wszystko. A jak wytłumaczy pan fakt, że podobnie jak kamyczek w muszli ostrygi, ale bez perspektyw wyprodukowania perły, Daphne oddziaływała na mnie przez trzydzieści sześć lat, powodując, że czułem autentyczne niezadowolenie ze swojego życia. Taka jest rzeczywistość. Potrzebuję powodów. Co robię źle? Dlaczego odczuwam to zniecierpliwienie, nawet kiedy ona niewinnie czyta jakieś pismo? I dlaczego mam pretensję, że przyniosła mi czystą piżamę i czysty szlafrok?

Jej twarz nie jest twarzą rodziny. To dziwne: spotykasz kogoś, żenisz się i masz dzieci, ale ta osoba nigdy tak naprawdę nie jest twoją rodziną. Twarz rodziny to ty sam, odnowiony. Twoje dzieci są tobą w taki sposób, w jaki nigdy nie będzie żona.

Zauważa kwiaty w wazonie. Od jak dawna tu stoją? Są niebieskie, może to irysy, luźno związane i zmieszane z ciemnozielonym listowiem i kwieciem jabłoni.

Rozdział dwudziesty piąty

Samolot wznosi się w niebo niemal bezpośrednio nad miejscem zbrodni. Gdzie, jak twierdzi Lloyd Hirschman, nie doszło do żadnego przestępstwa. Siatka dróg i miejskich przecznic, zaznaczona światłami, biegnie do miękko zakończonych zatok i mokradeł, co sprawia wrażenie, jakby plany urbanistów podarto beztrosko. Hirschman jest poważną osobą. Powoduje nim głębokie przekonanie, że w głuszy opanowanej przez prostaków, przestępców i hipokrytów religijnych, Nowy Jork i „New York Times" reprezentują ostatnią redutę amerykańskiej tolerancji i zrozumienia świata. Wielu nowojorczyków podziela tę opinię.

Samolot skręca na północ nad końcem Long Island, gdzie Ju-Ju uczestniczyła kiedyś w przyjęciu z fajerwerkami wydanym przez George'a Plimsona, i kieruje się na Labrador. Wszystkie transatlantyckie loty mijają z bliska ten półwysep, który leży znacznie bardziej na wschód, niż przypuszczamy.

Hirschman wytłumaczył jej, że Czwarta i Piąta Poprawka dotycząca właściwego procesu zgodnie z interpretacją

369

konserwatywnych sędziów Sądu Najwyższego w Waszyngtonie nie odnoszą się do śledztwa, tylko do rozprawy sądowej. A to oznacza, co zresztą jest jego szczególną obsesją, rosnącą tendencję śledczych do fabrykowania dowodów, ponieważ jeśli tego nie zrobią, to niemal każda sprawa oparta na oświadczeniu i identyfikacji przez naocznych świadków, a także i na przyznaniu się w śledztwie, może być skutecznie podważona podczas procesu. Toteż prokuratorzy, a dotyczy to także prokuratorów federalnych, coraz częściej przychodzą do sądu z gotową umową – jestem winny, ale zawieram układ – i na tym polegają te policyjne dowody nie do podważenia. Nawet jeśli pan Agnello dawał do zrozumienia, że okno pochodziło z kradzieży, była to nieprawda. Kiedy jednak został aresztowany pod innym, stosunkowo drobnym zarzutem, zdecydował się pójść na ugodę. Teraz okazuje się, że śledczy z FBI przydzielony do tej sprawy niemal od razu odkrył, że witraż nie został skradziony, zorientował się jednak, że idący na ugodę Agnello daje mu prostą sprawę, którą łatwo będzie zakończyć. Wykrywalność kradzieży dzieł sztuki nie jest wysoka, czeka go więc pochwała i awans. Dwa w jednym.

Siedzieli z Hirschmanem na podłodze. Przyniósł ze sobą magnetofon, ale ani razu nie zapytał, czy może go włączyć.

– Nie muszę pani przypominać, panno Judd, że jeśli okno nie było kradzione, to nie ma też mowy o przestępstwie.

– Tylko o karze.

Hirschman ma gęstą, siwiejącą brodę. Wyraźne, obwisłe worki pod oczami stanowią ochronę gałek ocznych,

370

sprawiają wrażenie, jakby mogły się bardzo skutecznie zamknąć. Powagi dodaje mu żydowski wygląd; mądrość zdobywana boleśnie przez stulecia.

– Trudno mi sobie wyobrazić, jak się pani czuje.

– To było moje mieszkanie. Zostało sprzedane. Jestem zrujnowana.

– Doszło do strasznej pomyłki wymiaru sprawiedliwości i ludzkiej tragedii.

Zagląda do swoich notatek.

– Czego pan ode mnie oczekuje? – pyta Ju-Ju.

– Sześć miesięcy przed pani zwolnieniem wiedziałem, że ta sprawa śmierdzi. Ale musiałem to udowodnić. Nie wolno nam było wypowiadać się na ten temat bez niepodważalnych dowodów. Myślałem o pani siedzącej w więzieniu. Chciałem do pani napisać, ale się powstrzymałem. Mamy tu do czynienia z jeszcze jednym problemem, może nawet poważniejszym od pomyłki, a mianowicie kwestią wiarygodności wielkich agend rządowych. Wkrótce opublikujemy całą historię, pewnie w ciągu dwóch miesięcy, i wydaje mi się, że tymczasem nie powinna pani rozmawiać z nikim innym. Może przydałoby się pani trochę czasu, żeby przemyśleć wszystkie implikacje. Apelacja, ułaskawienie, każda akcja cywilna, na jaką się pani zdecyduje, będzie stresująca i czasochłonna. Być może usłyszymy stwierdzenia typu: zgoda, uniewinniono ją z powodów formalnych, ale przecież była gotowa popełnić przestępstwo. To oszczerstwo będzie stanowiło część procesu ugody, który, jak przypuszczam, zacznie się od razu. Nie wydaje mi się, żeby w swoich

371

zeznaniach powiedziała pani kiedykolwiek, że wiedziała o tym, iż witraż jest kradziony.

– Nie, nie powiedziałam. Ale jak panu wiadomo, mnóstwo tego typu okien pochodzi z kradzieży. Sto lub więcej z samego Woodlawn, więc głupotą byłoby przypuszczać, że to okno jest czyste, chyba że wzięto by je z prywatnego domu, a przecież tak nie było. Czy mogę pana o coś zapytać? Moja kariera jest skończona, rodzina ucierpiała, podobnie jak przyjaciele, a ja spędziłam dwa lata w więzieniu. Ile to jest warte w dolarach?

– Mnóstwo. Dwadzieścia, trzydzieści milionów, a może więcej.

– Za ile tygodni zaczniecie drukować?

– Najwcześniej za dziesięć. Wydział prawny potrzebuje czasu.

– Poczekacie, aż się na to przygotuję? W zamian obiecuję, że nie będę z nikim rozmawiać ani niczego publikować.

– Żadnych umów na książki, żadnych przecieków?

– Żadnych.

– Interesuje nas pani wersja, na wyłączność, za co oczywiście zapłacimy.

– Zastanowię się.

– Czy możemy się spotkać jutro, żeby wszystko szczegółowo omówić?

– Nie, przykro mi, ale to niemożliwe. Bardzo jestem panu wdzięczna, ale muszę jechać do domu i zobaczyć się z rodziną. Mój brat się żeni. Potem może pan tam przyjechać. Był pan kiedyś w Kornwalii?

– Raczej nie. To gdzieś na południu wyspy?

– Tak.

– Pani Judd, powinna pani podać nam namiary swojego prawnika, a my wyślemy mu cały materiał. Zresztą już wkrótce wszystko zostanie opublikowane. Łącznie z naszym stenogramem wyznania agenta. Czy możemy teraz porozmawiać tak ogólnie przy kolacji?

– Zgoda.

– Znam tu w pobliżu doskonałą włoską knajpkę.

Bardzo wyzwalające wydaje jej się poczucie, że znalazła się w miejscu, które można określić „absolutnie nigdzie". Za oknami nie ma nic, poza wstrząsającymi sygnałami, jakie wysyłają w próżnię światła na skrzydłach. Samolot jako taki nie budzi żadnych asocjacji; jest wytworem przemysłowego projektowania, pozbawionym artyzmu czy indywidualności. Jego nijakość jest świadoma: popatrzcie, to jedynie przedmiot, który funkcjonuje skutecznie. Nie zachęca do rozważań o śmierci, terroryzmie, katastrofalnej usterce mechanicznej czy człowieczym losie. *Wołowina czy kurczak*, to najbardziej filozoficzne pytanie w tym miejscu.

Do domu. Upłynęło trzy i pół roku, z czego niemal dwa spędziłam w więzieniu. A teraz Hirschman mi mówi, że nie popełniłam przestępstwa.

Ta wiedza idealnie pasuje do jej ówczesnego poczucia, że nie było żadnego przestępstwa i że narracja jakoś się zmieniła. A jednak w więzieniu w pełni uznawała swoją winę. Nie było to trudne; nie wymagało nawrócenia ani skruchy, wystarczyło jedynie zaakceptować

373

nieuniknione, że wymiar sprawiedliwości miał prawo ją zamknąć. I na tym polega problem: fakt, że okno nie było kradzione, nie oznacza, że nie doszło do przestępstwa. Widzi jeszcze coś: gdyby Davis stanął po jej stronie, przyznałaby tym samym, że dysponowała wiedzą o kradzieży okna, bo to właśnie wynika z obrony uczuciowej. Tu, w tej próżni na górze, nic nie jest pewne.

Jeśli nie popełniłam przestępstwa, w każdym razie tego, o które zostałam oskarżona, to i tak prawdą jest, że Davis mnie zdradził. Wydaje się, że Richie także nie popełnił przestępstwa, ale ja go zdradziłam. A jeśli ja nie popełniłam przestępstwa, moja rodzina z pewnością została zdradzona. Możliwe sylogizmy wydają się nieograniczone.

Ale kiedy podano precle w kształcie ryb, jej serce już stwardniało: przestępstwo przeciwko mnie, polegające na okrutnej i niezwykłej karze, popełniono na podstawie fałszywego zeznania funkcjonariusza państwowego. Jak mówi Hirschman, to jest poważny problem i wystarczający powód, by zaakceptować moją niewinność.

Wspomniała Hirschmanowi o Kornwalii tak, jakby był to jej dom. Nigdy jej tak nie traktowała, kryła jednak cenne wspomnienia: seksualne pragnienia nastolatki. Wielka rewelacja, odkrycie własnego człowieczeństwa zdarzyło się w Kornwalii.

Myślę, że sztuka i przebudzenie seksualne są w pewnym sensie tym samym, światem stworzonym na nowo.

Kornwalia nie była domem, była ucieczką. Niemal co roku na cztery tygodnie wynajmowali dom położony troszkę wyżej niż obecny. Należał do starej damy, która zawsze w lecie wyjeżdżała do córki do Australii. Dom wypełniały drobiazgi i niepasujące do siebie meble, był tam ciężki komplet jadalny, kolekcja motyli, muszelek i kubków koronacyjnych. Drewnianą półkę do suszenia bielizny, która wisiała w kuchni, opuszczało się za pomocą sznura. Mokre rzeczy zwisały nad kuchenką jak chorągiewki. Przez lata nie było pralki.

Pamięta słowa mamy: „Charles, dlaczego jest nam tu mniej wygodnie niż w domu?".

„Ponieważ bez prymitywnych warunków nie ma mowy o urlopie. To typowo angielskie. Dzięki temu jesteśmy, jacy jesteśmy".

Domem był niewielki budynek w Islington, w istocie prostokątne pudło z cegieł, z georgiańskimi kominkami, gzymsami i ozdobną obudową drzwi. Przyjaciołom rodziców okres georgiański wydawał się szczytem cywilizacji. Wszyscy prawnicy, księgowi i pracownicy City preferowali architekturę georgiańską; była czysta i szlachetna. Nad każdym kominkiem wisiało lustro w pozłacanych ramach, w każdym hallu stojak na parasole, w każdym gabinecie sztych college'u w Oksfordzie czy Cambridge, na gzymsie każdego kominka obowiązkowe zaproszenia, a po obu stronach para mosiężnych świeczników. Ale w domu szkolnej przyjaciółki zobaczyła chropawo pomalowane ściany, wielkie kolorowe płótna Howarda Hodgkina, Bridget Riley i Franka Auerbacha, gołe deski podłogi i prawdziwy ogień na kominku; odniosła wtedy wrażenie, że zawsze wiedziała, jak wszystko powinno wyglądać. Miała lekkie poczucie winy z powodu swojej nielojalności.

Postawiono przed nią kurczaka z ryżem i szafranem, mieszaną sałatkę z fasoli i miniaturowy letni pudding ze świeżymi jeżynami.

Pewnie jestem jedyną osobą w samolocie, która uważa, że to wyjątkowo dobre danie na sobotę.

W sobotni wieczór w Loon Lake dostaliby gulasz z klejącym się makaronem i galaretkę owocową. Niektóre kobiety wspominały, że kiedyś przed cięciami budżetowymi dawano im dwa desery. Większość z nich miała obsesję na punkcie posiłków. Juliet żywi nadzieję, że już nigdy nie usłyszy słowa „żarcie". Rząd federalny miał zapewnić żarcie trzy razy dziennie. Żarcie było jedną z niewielu rzeczy, które jednoczyły te kobiety. Słowo to wypowiadały żałośnie oburzone, szalone, zdesperowane usta jej współwięźniarek.

Kiedy zapada w sen, nie zasypiając jednak zupełnie, ma wrażenie spotęgowane przez monotonny szum turbin i przyciszony ryk samolotu (zakłócany jedynie gwałtownym dławieniem się wody spuszczanej w toalecie), że odkąd wyszła na wolność, czas pędzi. W więzieniu czas się nie spieszył. Na początku strach tylko pogłębiał to uczucie; ciągle czekała, że na nią napadną, że będą jej grozić, wydawało jej się, że te godziny pełne strachu stoją w miejscu. Ale od chwili gdy zabrał ją Charlie, zaledwie przed tygodniem, czas galopuje. W ciągu tygodnia przejechała przez stan Nowy Jork, wykąpała się w aromatycznych olejkach i najwyraźniej została oczyszczona z prze-

376

stępstwa. I w jakiś sposób odnowiona. Impuls w stronę religii nie ma nic wspólnego z Bogiem; to potrzeba odnowienia samego siebie. Kategorie są jakby zamazane. Trzeba znaleźć się w więzieniu, żeby zrozumieć, że między rzeczywistością a iluzją przegroda jest cieńsza niż papier. Pamięta wykład w Courtauld o iluzji malarstwa na płótnie. Wykładowca, uczeń Ernsta Gombricha, twierdził, że to, co dzieje się w naszych głowach po tym, jak otrzymamy sygnał optyczny, samo w sobie jest złudzeniem. Dawna sztuczka z malowaniem polegała na stworzeniu z krokusa, żółtka jajecznego i różowej marzanny czegoś, co zwodziło umysł.

W świecie materialnym chyba także nie istnieje tak wielka różnica między rzeczywistym a wyobrażonym. Agnello powiedział, że pohukiwała sowa. A ona to słyszała. Cmentarz, na którym nigdy nie doszło do kradzieży, stał się dla niej rzeczywistością podczas tych więziennych nocy. Kiedy zabrała tam Charliego, wszystko wydawało się znajome. A dotyczy to także Ameryki, na pierwszy rzut oka sprawia wrażenie znajomej – kraj, po którym podróżowałeś, jeszcze nim do niego przybyłeś. I być może na niekorzyść Amerykanów przemawia to, że nigdy nie doświadczyli w ten sposób innych krajów, bo ich własna kultura brała górę.

Próbuje trochę zwolnić, wykorzystać te godziny nicości, myśląc o nadbrzeżnej ścieżce, po której pójdzie z ojcem, tak jak odtwarzała ją sobie w wyobraźni w Otisville i Loon Lake. Zaczyna w Porth Quin, w górę stromego stoku obok domków rybaków, przez kołowrót, a potem w dół przez polany pełne polnych kwiatów do wąskiego szybu dawnej kopalni łupku ponad rozszalałym morzem, gdzie zginął pies, przez niewielką drewnianą bramkę na łąkę, gdzie tamtego dnia znaleźli grzyby, a potem w górę, w górę, na szczyt wzgórza, wznoszącego się nad Epphaven, z widokiem na Rumps po drugiej stronie. A teraz, ponieważ jak się przekonała, rzeczywiste od wyobrażonego dzieli tylko lekka mgiełka, jest wreszcie wolna. Ma na sobie swoje kropkowane szorty i właśnie ten sentymentalny szczegół jest tak przekonujący.

> *Jestem wolna! Wolna! Powietrze było ciężkie,*
> *Przesycone wonią rozkwitającej mięty,*
> *Chrząszcze uginały źdźbeł trawy trampoliny,*
> *Pejzaż drżał w spiekocie, otulał mnie łagodnie*[1].

---

[1] Przełożyła Katarzyna Bieńkowska.

Rozdział dwudziesty szósty

Sophie Judd niewiele spała. Jest zmęczona po nocy z przygodnym kochankiem. I zdenerwowana. To uczucie przypomina dokuczliwy głód. Tęskni się za tym, żeby go zaspokoić. Na zewnątrz jest ciemno, a w każdym razie ciemno po londyńsku, ciemnością nie tyle rozproszoną światłem latarni ulicznych, biurowych okien i przejeżdżających taksówek, ile raczej przytłumioną, jak plama zawieszona w płynie. Sophie przyzwyczajona jest do wczesnego wstawania. Ale kiedy obudziła się tego ranka, mamy już nie było. Myśl o jej sylwetce, zaokrąglonej przez czas, a znajdującej się za ścianą, niosła pociechę. Było coś bezbronnego w śnie matki, jej nos sterczał do góry lekko pod kątem, jakby łapiąc każdy podmuch powietrza.

Jestem pewna, że postrzegała nas, dzieci, jako bezbronne.

Patrzy w lustro. Z nosa zniknęła plama, nie ma już śladu ranki. Duży pokój zdobi kompozycja białych i różowych róż, bukiecik, który matka zostawiła dla niej w szklanym sześcianie. Obramowany jest ciemnozielonymi liśćmi w kształcie wachlarza, niemal orientalny. W tym obskurnym pokoju wygląda jak nieoczekiwany gość z innego, bardziej eleganckiego świata. Mama opatrzyła bukiecik kartką informującą o tym, że wraca do Kornwalii, żeby zająć się tatą, który nabawił się zapalenia płuc. „Nabawił się" to interesujące sformułowanie, jakby świadomie kultywował to zapalenie płuc. Mama pisze dziecinnym charakterem pisma: *Tak mi przykro, że nie wyjdę na spotkanie Ju-Ju. Ucałowania. Mama. PS Co powiesz o takich bukiecikach druhen, związanych czerwoną wstążką?*

Chociaż jest niedziela, na ulicy za oknem panuje duży ruch. Zieleniak Ashiera jest otwarty, owoce mango, limetki i banany górują nad bardziej anemicznymi produktami europejskimi. Sklep sprzedający męskie marynarki z tłoczonej skóry, jakie noszą tylko Azjaci, zaczyna wywieszać swoje towary na stojakach na zewnątrz. Niektóre kurtki zdobią tłoczone biało-czarne pasy, mające dodać splendoru. Furgonetka wyładowana roślinami zatrzymała się przed New Era Café. Taksówka czeka. Kierowca to młody, poważny człowiek z Bangladeszu, który studiuje plan miasta, jeden z tych, którzy nigdy nie wyjechali na zachód od Commercial Street. Ale nie, jest absolutnie przygotowany; czasu wykorzystanego na rekonesans nigdy nie uważa za stracony, mówi, choć słowo „rekonesans" akcentuje w sposób nowatorski.

Ostatniej nocy Sophie spała z chłopakiem, którego zna bardzo słabo. Spotkali się w jakimś barze w Islington i obydwoje rozumieli, dokąd to przypadkowe spotkanie prowadzi. Chłopak powiedział, że miętosili się na jakimś party, kiedy mieli po szesnaście lat. Dlaczego nie doprowadzić tego do końca? W porządku. Kiedy zdjęła ubranie, miała świadomość, jak bardzo jest chuda. Potrafiła spojrzeć na siebie jego oczami; na swoje blade, wiotkie, wręcz niematerialne kończyny. On miał warstewki tłuszczu, nieduże, ale wystarczające, by ukryć muskuły czy ostre kanty. Powiedział, że jest piękna.

Na swój sposób jestem. Mam ten rodzinny wygląd, śmiały i trochę dziwny.

Nazywał się Eddie Abbott, nieobrzezany. Pamięta każdego faceta, z którym spała, a jest ich pokaźna liczba. Pamięta ich reakcje na nią, a nie to, jak sama na nich reagowała. U Dana budziła rodzaj rozpaczy, dla Eddiego była po prostu nieskrępowaną przyjemnością. Czuła, że w podobny sposób mógłby się zachować, jedząc coś smacznego. Zamierzają się znowu spotkać.

– Eddie, nie o to chodzi, że jedna noc nie jest idealnie usprawiedliwioną formą kontaktu, niepotrzebne są tłumaczenia, ale miło byłoby znowu cię zobaczyć.

– Jutro?

– Nie mogę. Siostra wraca ze Stanów.

– A tak, słyszałem o tym. Dobrze się czuje?

– Zobaczymy.

– Kiedy cię poznałem, miałaś kolczyk w nosie. Uznałem, że to jakby bardzo odważne.

– Eddie, wszyscy przechodzimy przez różne fazy.

Wróciła do domu bardzo późno. Spała tylko dwie godziny. Wszyscy wiedzą o Ju-Ju: rodzinny skandal, siostra w pudle. Charlie mówi, że dziennikarze interesują się jej historią. I to jest właśnie dziwne: nikt jej nie obwinia. Tam w Kornwalii może i marudzą, ale tutaj w Mieście to, co się wydarzyło, nie było przestępstwem, tylko czymś dziwnie efektownym. Zupełnie jakby przyjaciele i dziennikarze uważali, że Juliet miała po prostu lekkiego pecha. Może tkwi w tym odrobina niezdrowej ciekawości: jak też ta wysoka, szczupła angielska dziewczyna, właściwie intelektualistka, radzi sobie w federalnym więzieniu? Tych więzień nie przewidziano dla osób z dyplomami Oksfordu i Courtauld, mają tam cele dla handlarzy narkotyków, morderców dzieci i innych ćpunów. W Loon Lake było lepiej, ale Bóg jeden wie, co Ju-Ju przeżyła w Otisville. Podczas pierwszych odwiedzin Sophie bardzo poruszyło to, co zobaczyła: Ju-Ju w pomarańczowym kombinezonie, z twarzą nienaturalnie nalaną, z workiem pod lewym okiem; jej jasne oczy, rodzinne dziedzictwo, ślepe, ślepe od szoku.

Sądziłam, że się zabije. Mówiła, że wszystko dobrze, nie czuła się źle, wszystko będzie dobrze, nie martw się, staraj się nie martwić, po prostu muszę przez to przejść.

Kiedy taksówka pędzi bez wahania przez poranne ulice przed świtem, w stronę wież St Pancras, Sophie przypomina sobie ciężką jak ołów pewność: Ju-Ju tutaj umrze. Kiedy Eddie, paląc marlboro, oznajmił, że słyszał o Ju-Ju, mogła mu powiedzieć: słuchaj Eddie, w starym złośliwym Londynie wywołuje to lekkie fale, wydaje się za-

bawne, ale tam w pudle, gdzie więźniowie trzymają narkotyki w odbycie, biją słabych i zbiorowo gwałcą bez-
bronnych, moja siostra spędziła cały rok.

Niczego nie słyszałeś, Eduardo.

Ju-Ju nigdy nie powiedziała, co jej się przydarzyło, ale
w głębi duszy Sophie jest przekonana, że wie. A to wszystko wina tego cholernego gnojka Richiego. Teraz cała drży,
kiedy do wnętrza przecieka światło poranka, jak wilgoć
przesiąkająca przez ścianę. Trudno powiedzieć, kiedy dokładnie nastał świt. Sophie drży, bo jest zmęczona i przestraszona spotkaniem z Ju-Ju.

Charlie już wstał i jest gotów. Samochód pavoni, oczywiście klasyczny z chromami, też jest gotowy do działa-
nia. Brat częstuje Sophie croissantem i cappuccino, które
obudziłoby nieboszczyka.

– Wyglądasz na lekko zmarnowaną.

– Mało spałam. Nie. Nie pytaj.

– Zdzira z ciebie!

– Dzięki, Charlie! Cholernie się denerwuję.

– Niepotrzebnie. Ona jest taka, jak była.

– Czy to jakby możliwe?

– Za wcześnie na filozofowanie. W drogę!

Teraz stoją obydwoje w demokratycznej przestrzeni
hali przylotów. Charlie trzyma Sophie za rękę. Dzwoni
jego komórka.

– Nie, mamo. Jeszcze nie. Dobrze. Jak tylko będziemy
z nią w samochodzie. Cześć. Soph, mama prosi, żeby ci

powiedzieć, że tata czuje się dużo lepiej. Za parę dni będzie w domu.

W ostatnim czasie to Charlie wydaje się godny zaufania. Wszystko musi przejść przez niego. Promieniuje od niego kompetencja, zawsze niedbale elegancki robi takie wrażenie, jakby widział coś, czego inni nie dostrzegają, jakby wydawał się lekko ubawiony własną rodziną, a także prymitywną prostotą życia. Ona czeka z niepokojem.

– Soph, kiedy po nią pojechałem, nie chciała wyjść z celi.

– Co ty mówisz?

– Po prostu mam nadzieję, że nie schowa się w samolocie.

Sophie czuje się zatrwożona sugestią Charliego, że Ju-
-Ju wykazuje niezrównoważenie. Samolot wylądował niemal przed godziną.

– Charlie, co zrobimy?

– Damy jej jeszcze kilka minut.

W tym momencie dostrzega Ju-Ju, swoją ukochaną siostrę, która ciągnie wielką walizę, na ramieniu ma niewielki czarny plecak. Biegnie – nie może się powstrzymać – przepychając się przez grupę Pakistańczyków ustawionych wokół dużych przeładowanych kartonowych pudeł. Omija barierki zabezpieczające i porywa Ju-Ju w ramiona. Szlocha. Ju-Ju mocno ją przytula. Sama też płacze. Szloch każdej z nich wywołuje rezonans w ciele drugiej.

– Och, Ju-Ju, dzięki Bogu wróciłaś. Witaj w domu!

– Sophie, maleńka Sophie. – Głaszcze siostrę po włosach.

Podchodzi Charlie i obejmuje obydwie. Uśmiecha się, podnosi je na duchu. Ju-Ju jest ubrana na ciemno, w długą prostą spódnicę i czarny kaszmirowy golf. Na nogach ma białe adidasy.

– Dziewczyny, przestańcie chlipać. Chodźmy.

Pojawia się fotograf i robi im zdjęcie. I nagle otacza ich piątka innych, którzy zjawili się nie wiadomo skąd.

– Chodźmy – powtarza Charlie.

Reporter podtyka Ju-Ju mikrofon.

– Jakie to uczucie wrócić do domu?

– Cudowne, dziękuję.

Ju-Ju jest bardzo blada, niewątpliwie się postarzała i wysubtelniała, jednak trudno jej nie zauważyć. Czy można powiedzieć o własnej siostrze: wygląda jak ktoś pochodzący z nieba?

Fotoreporterzy towarzyszą im aż do samochodu, pstrykając zdjęcia przez cały czas. Przejmuje ich człowiek z kamerą telewizyjną. Filmuje moment wsiadania do samochodu.

– Martwiliśmy się o ciebie, tak długo nie wychodziłaś.

– Po prostu czekałam na bagaż, nic szczególnie dramatycznego.

Odwraca się do tyłu.

– No jak tam, mała Sophie? À propos, podobał mi się ten kolczyk w nosie.

– Ju, wyjęłam go dla ciebie.

– Dla mnie? A to dlaczego?

– Żeby nie myśleli, że wszyscy jesteśmy postrzeleni. Wyobraź sobie, co by było, gdyby to sfotografowali!

– Jak miło, że o tym pomyślałaś. Wyglądasz wspaniale. A Charlie był po prostu cudowny.

Ju-Ju, nie staraj się za bardzo, pozwól nam podźwignąć część ciężaru. Nawet jeśli jest to ciężar niewyobrażalny.

– Proszę, porozmawiaj z mamą. Wystarczy tylko tu nacisnąć.

– Cześć, mamo. Tak. Charlie i Sophie. No i mała grupka fotografów. Bóg jeden wie. Tak. Z każdą chwilą czuję się lepiej. Trochę spałam w samolocie. Teraz jedziemy samochodem. A jak tata? No dobrze. Pewnie we wtorek albo w środę. Mam kilka spotkań. Kwiaty? Jasne. Może być zabawnie. Nie, u Charliego. Nie. Teraz ją poznam. Cudownie jest być z powrotem. Nie, mnie też przykro, ale nie martw się, mamy mnóstwo czasu.

Sophie wie, jak łatwo ułożyć w całość rozmowę telefoniczną, kiedy po drugiej stronie jest mama. Wszystko, co ją interesuje, kojarzy się z tym, co znane. Wydaje się, że tak postępuje większość kobiet: próbują nadać wydarzeniom domową skalę. Kiedy tata rano otwiera „Timesa", od razu widzi siebie w powiązaniu ze światem; siedząc w Kornwalii, jest równocześnie niezbędny w palestyńskim procesie pokojowym czy wyborze nowego przywódcy Partii Pracy. Mama zmierza prosto do działu rodzina, społeczeństwo czy zdrowie, przygotowuje się jedynie na przetrwanie.

– Co powiedziała? – pyta Charlie.

– Tata wychodzi jutro albo we wtorek. Nie zdawał sobie sprawy, jak bardzo był chory. Poza tym zastanawiała się, czy znam Anę.

Sophie już to wszystko wie.

– Ana nie może się doczekać, żeby cię poznać – mówi Charlie.

– Ja też.

– Mam nadzieję, że już wstała, choć nie jest rannym ptaszkiem.

– Co mama mówiła o kwiatach? O co chodziło?

– Chce, żebym jej pomogła przy kwiatach na ślubie.

– Mnie też prosiła. Ale skoro wróciłaś, to ja przejdę do rezerwy, pomoc do wszystkiego, zwykłe popychle.

– Nie sądzę. Charlie, kiedy ślub?

– Mniej więcej za miesiąc. Mama wydusiła z pastora dwie możliwe daty.

– A co na to Ana?

– Na moje pytanie odpowiedziała, że wszystko jedno. Dla Any czas jest elastyczny. Mama uważa jednak, że nie powinna mieć zbyt dużego brzucha. „To Kornwalia, nie Soho", oświadczyła.

– A jak tata, Soph? Nie chodzi mi tylko o ten upadek do strumienia, ale wiesz, o mój powrót?

– Trudno go zrozumieć. Ale liczył dni.

Liczenie dni. Czy rzeczywiście liczył dni? Któregoś wieczoru mama, leżąc niedaleko od niej, powiedziała, że nie jest pewna, czy nie próbował się utopić.

– Nikt nie może się utopić w tak płytkiej wodzie, pewnie z wyjątkiem Ofelii. Wystarczyłoby zejść z klifowej ścieżki w Doyden, jeśli rzeczywiście chciał się zabić. Jest w dziwnym nastroju.

– To znaczy?

– Chyba myśli, że się rozpada. Mam wrażenie, że nie potrafi się zdecydować, co jest rzeczywiste, a co nie. Uważa, że zawiódł Ju-Ju, i to stanowi problem.

– Bo zawiódł.

– Naprawdę tak myślisz?

– Jak najbardziej. I nie wybaczę mu tego.

Sophie była zaskoczona. Ciało mamy kuliło się pod osłoną ciemności.

Eddie przysłał jej SMS: *Kocha cie Eduardo.* Charlie i Ju-Ju rozmawiają cicho. Zawsze byli sobie bliscy, a ostatni tydzień pewnie jeszcze to pogłębił. Wszyscy zawsze chcą się zbliżyć do Ju-Ju, nawet tej jej lekko zniszczonej, wyblakłej wersji. Wygląda trochę tak, jakby uwolniono ją spod władzy sekty, uśmiecha się raczej bezmyślnie, kiwa twierdząco głową, jakby prezentowała coś grupie współuciekinierów. Ale mimo wszystko ma wyraźną osobowość.

A teraz Eddie pisze, że mnie kocha. A może jest po prostu młodzieńczo ironiczny; zbyt długi związek z Danem odciął mnie od rówieśników. To właśnie próbował mi powiedzieć tata tamtego wieczoru.

– Będę pracować w Blue Banana – wtrąca niespodziewanie.

– Gdzie to jest?

– W Polzeath. To trochę snobistyczna, umiarkowanie modna nowa restauracja. Tam się przechowam przez lato. Będę kelnerką.

– A myślisz, że ja jestem na to za stara? Szukam pracy – mówi Ju-Ju.

– Nie, ale masz chyba zbyt duże kwalifikacje.

– A co zamierzasz robić potem?

– Złożyłam papiery na uniwersytet.

– Gdzie?

– W kilku miejscach.

– Dlaczego mi nic nie powiedziałaś? – pyta Charlie.

– Bo jakby nie wierzę, że do tego dojdzie. Praktycznie nie mam matury.

– To czego czarujesz Ju-Ju?

– Bo to w większym stopniu jej dotyczy. Jest intelektualistką, nie sprzedawcą skarpetek.

– To prawda. Jestem sprzedawcą skarpetek. Nic nie wiem.

Sophie nie mówi im, że posłała papiery do Oksfordu i że poprosili ją o napisanie długiego eseju o lekturach. Pisała też do Sussex, gdzie zaproszono ją na specjalny test dla osób powyżej dwudziestu jeden lat, które nie mają odpowiedniego wykształcenia.

Potrzebuję więcej czasu. Muszę czytać, ktoś musi mi poradzić, co wybrać. Wierzę, że w literaturze kryje się część prawdy.

Kiedy podjechali pod dom Charliego, poczuła, że znowu zrobiło się normalnie, jakby nic nie mogło się oprzeć obyczajom rodzinnym.

Ana otwiera drzwi. Zadała kłam wątpliwościom Charliego, jest bowiem kompletnie ubrana i umalowana, ma bluzkę z krótkimi rękawami, markowe spodnie i czarne płaskie tenisówki. Jasnoróżową chusteczkę Hermesa zawiązała pod brodą à la Audrey Hepburn. Obejmuje Ju-Ju, która sprawia wrażenie, jakby na moment znikła.

– Wchodźcie, wchodźcie. Charlie, zanieś walizki siostry do jej pokoju. Sophie, skarbie, możesz wycisnąć kilka pomarańcz? Przepraszam, ale moje włosy są w strasznym stanie.

Charlie mruga na Sophie. Jeśli Ana czuje się onieśmielona w ich towarzystwie, nie daje tego po sobie poznać. Okazja wymaga krwawej Mary, ciasteczek, owoców i precli. W stroju z *Rzymskich wakacji* Ana zastawia stół. Sophie chętnie jej w tym pomaga, a Charlie robi kawę w maszynce z głośnym sykiem i w kłębach pary. Zabawki dla chłopców. Ju-Ju nie wolno pomagać, jakby była chora. Siedzi przy stole w centrum wydarzeń, ale równocześnie robi wrażenie samotnej, myśli Sophie.

– Jakie to uczucie znaleźć się tutaj? – pyta Ana, polewając jajka gęstym sosem.

– Cudowne, naprawdę cudowne.

Wygląda jednak żałośnie. Sophie ogarniają głębokie emocje, przypominające niestrawność, wbijającą się w głąb klatki piersiowej.

– Daj spokój, Ju-Ju. Jesteś w domu – mówi Charlie.

– Czuję się doskonale. Uwierz mi, naprawdę jestem szczęśliwa. Nawet bardzo.

Charlie daje jej sok pomarańczowy i obejmuje ramieniem. Sophie obserwuje Anę, która – ledwie przez moment – jest zagubiona.

Rodziny są podobne do ukwiałów – szybko się zamykają.

Rozdział dwudziesty siódmy

Młody lekarz mówi, że istnieje powód do niepokoju. Pielęgniarka zauważyła krew w moczu. Pewnie nic groźnego, ale powinno się zrobić kilka dodatkowych badań. W pobranej przez niego krwi był podwyższony poziom antygenu swoistego gruczołu krokowego. Umówił Charlesa na wizytę na urologii.

– Niedługo moja córka wraca do domu.

– Ta, która wychodzi za mąż?

– To mój syn się żeni. Przez jakiś czas nie mogę robić badań.

– Powinien pan zdecydować się na nie od razu. Proszę, siostra przygotowała wszystkie pigułki. Musi pan dokończyć antybiotyk, nie powinien pan wychodzić na dwór ani się zaziębić.

– Ale nie umrę natychmiast, prawda?

– Mężczyźni w pana wieku bardzo często mają podniesiony poziom tych antygenów. Po prostu chcemy się upewnić, że to nic poważnego. Czy zdarzają się panu problemy przy oddawaniu moczu?

– Niewielkie. Łatwiej mi sikać na dworze. Czy to źle?

– Zależy, na co pan sika. Proszę posłuchać, w pewnym wieku większość mężczyzn, ponad sześćdziesiąt procent, ma tego typu kłopoty. Proszę się nie martwić. Muszę iść i zająć się naprawdę chorymi.

– Doktorze, proszę nie wspominać mojej żonie o tych badaniach. Powiem jej po weselu.

– Zgoda. Ale chciałbym, żeby pan przyszedł rano, o ile to możliwe, o dziewiątej.

Charles uważa, że lekarz robi wrażenie zmęczonego. Od trzech dni jest na dyżurze, choć musi chyba kiedyś sypiać. A przynoszenie złych wiadomości na pewno go przygnębia: codzienne potwierdzanie tego, że życie może być odebrane, tak od niechcenia. Większość z nas przez większość czasu potrafi zapomnieć o śmiertelności, ale ci młodzi lekarze – chłopcy jak Charlie – muszą się z tym mierzyć codziennie. Czy kładzie się to cieniem na ich przyjaźniach, rodzinach, stosunkach z dziewczynami? Czy patrząc na nie, widzą oznaki śmierci?

Charles siedzi na krześle dla odwiedzających, które jest przykryte zmywalnym zielonym plastikiem. Ma na sobie ubranie, które mu wczoraj przyniosła Daphne. Przygotowano mu kilka pudełeczek proszków, antybiotyków, ma też kosmetyczkę. Piżama i szlafrok są w worku ze szpitalnym nadrukiem, ktoś zawinął kwiaty w papier.

– Jesteś gotów?

– Od dwudziestu minut.

– Przepraszam, musiałam zrobić zakupy.

Charles wstaje. Porusza się trochę zbyt szybko, pewnie po to, żeby zademonstrować, że się świetnie czuje, ale musi na chwilę przystanąć i przytrzymać się stolika na kółkach, na którym stawia się posiłki podawane do łóżka. Daphne zbiera jego rzeczy.

– Dzisiaj wyglądasz dużo lepiej.

– Już wyzdrowiałem. Absolutnie nic mi nie jest.

Przez chwilę wykonuje ruchy twista, prawa pięta na podłodze, ręce wymachują „Zatańczmy znowu twista jak zeszłego lata...".

– Osioł.

Kiedy odnajdują samochód, on się upiera, żeby prowadzić.

– Charles, nie musisz mi niczego udowadniać.

– Nie udowadniam. Po prostu chciałbym prowadzić, *comme toujours*.

Ona obserwuje go za kierownicą. W przeciwieństwie do Clema, który uważa jazdę samochodem za okazję do tego, by zademonstrować swoją męskość – zdecydowanie dość staroświecką – Charles prowadzi ostrożnie, wychylony do przodu, jakby w każdej chwili oczekiwał, że zza żywopłotu wyłoni się traktor czy borsuk. Włosy ma rozwiane.

– Uwielbiam ten widok – stwierdza, kiedy zbliżają się do starego kamiennego mostu i ukazuje się ujście rzeki.

– Zawsze to mówisz.

– Bo za każdym razem uświadamiam sobie, że to uwielbiam.

– Przyjeżdża i Ju-Ju, i Sophie. Sophie będzie pracowała w Blue Banana. Idzie tam na rozmowę.

– Pewnie zainteresuje ich wyłącznie jej pępek.

Jest przypływ, widać więc strumień rtęci, taki jak ten, który dentyści dawniej trzymali w fiolkach, biegnący przez turzycę aż do samego ujścia, gdzie się poszerza. Łabędzie pływają zamyślone: wydaje się, że nigdy nie jedzą, jeśli ludzie nie rzucą do wody chleba.

– Charles, Ju-Ju jutro wraca do domu.

– Już to mówiłaś.

– Jak się czujesz?

– Medycznie?

– Nie, w związku z Ju-Ju.

– A jak miałbym się czuć?

– Nie wiem. Spodziewałam się, że coś powiesz. Że się cieszysz czy coś podobnego.

Charles nie odpowiada. Ma lekko odchyloną głowę, sprawia więc wrażenie, jakby patrzył na drogę najpierw lewym okiem, jak ktoś celujący z karabinu. Nie wspomniał o kwiatach. Jego jedyne widoczne oko jest niewyraźne, jakby zarastało skórą. Kiedy podjeżdżają pod dom, szczyty jego policzków mają już kolor rudobrunatny.

– Szybko do łóżka.

Wchodzi na łóżko i pada do tyłu. Wzdycha.

– Chyba nie jestem w tak dobrej formie, jak mi się wydawało. To przychodzi falami.

– Musisz wypocząć.

– Chcę wyjść na stację po Ju-Ju.

– Zobaczymy, jak się będziesz czuł rano.

394

– Dobrze.

– Przyniosę ci herbaty. I kawałek ciasta Frances.

– Daphne?

– Tak?

Zatrzymuje się przy drzwiach. Czuje się jak kobiety z filmów z lat czterdziestych, które zawsze zatrzymują się przy drzwiach, by wysłuchać złych wiadomości, patrząc do tyłu przez ramię.

– Daphne, wiem, że zawiodłem Ju-Ju. Nie potrafię tego usprawiedliwić ani nawet wytłumaczyć.

– Nie gryź się tym.

Zastanawia się, dlaczego użyła takiego zwrotu. Jego matka tak mówiła czasami.

– Nie martw się, kochanie. To raczej pora radości.

– Mam tylko nadzieję, że ona mi przebaczy.

Niosąc herbatę, Daphne słyszy jakieś odgłosy. Charles wysypał z wielkiego słoja monety i układa je według narodowości.

– Jest tu sporo pieniędzy. Powinniśmy zanieść je do banku.

– Nie teraz, kochanie. O tej porze musisz wziąć antybiotyk.

Charles połyka pastylkę.

– Lepiej już pójdę. Mam mnóstwo roboty – mówi Daphne.

– Nie idź. Usiądź na chwilę na łóżku.

Daphne widzi, że jest zaniepokojony.

– Charles, wiem, że się martwisz o Ju-Ju. Przykro mi, że ci dokuczałam.

Patrzy na nią. Jego wypieki, pozbawione życia włosy, poszarzałe zęby, przekrwiona skóra nie do końca przesłaniają młodego człowieka, jakim był. A był wspaniały. Matka próbowała ją ostrzec: mężczyźni tacy jak on są zbyt atrakcyjni dla kobiet, nic na to nie mogą poradzić. To była niemal jedyna prawdziwa rzecz, jaką usłyszała od matki: nic nie mógł na to poradzić. Choć jest jakby pomniejszony, ona nadal widzi ten śmiały, lekko rozbawiony wyraz twarzy, zaklęty w jego rysach jak owady w bursztynowych broszkach, tak niegdyś popularne.

– Charles, kiedy już wszystko się uspokoi, pojedźmy do Kenii albo popłyńmy w rejs. Odłożyłam trochę pieniędzy.

– Dobrze.

– A teraz śpij, potem przyniosę ci kolację. Co byś chciał?

– Wszystko prócz makreli.

– Charles, ja myślę, że Ju-Ju rozumie.

Już mówiąc te słowa, odczuwa znajome przerażenie i wie, że posunęła się za daleko.

– Tak myślisz?

– Tak.

– A co takiego rozumie?

– Że nie było to dla ciebie łatwe, bo za bardzo ją kochasz.

– To taka jest teraz oficjalna wersja?

– Zjemy jajecznicę?

On nie odpowiada.

– Odpoczywaj, jeśli potrafisz. O siódmej przyniosę kolację.

– Problem z tobą polega na tym, że wszystko sprowadzasz do pieprzonych banałów.

Bierze do ręki książkę, którą z niewiadomych powodów przez wiele miesięcy ukrywał w szopie, przez co jest teraz bardzo wyplamiona.

Rano wstaje bardzo wcześnie. Ubiera się starannie – nie mogę sobie pozwolić na to, by pokazywać się *al fresco* w piżamie – i wychodzi z domu najszybciej, jak potrafi, wywołując panikę na króliczej prerii. Idzie drogą do budki telefonicznej. Dzwoni do Taksówki Johnny'ego.

– Ale wcześnie pan wstał, panie Judd.

– Tak, muszę jechać do szpitala w Bodmin.

– Teraz?

– Tak, Johnny, bardzo proszę. Czekam na końcu drogi.

W oczekiwaniu na taksówkę chowa się za kamiennym ogrodzeniem zrujnowanej farmy, stanowiącej teraz tajemniczą kostnicę zbiorników wody i żelaznych kół. Jest coś wzruszającego w tym rozklekotanym samochodzie, który kołysze się i podskakuje w jego stronę.

– Dzień dobry, panie Judd. Nadal mam kłopoty z zawieszeniem.

– Słyszę.

– Cholerne świństwo!

Podskakują na jakiejś nierówności.

– Panie Judd, pan jesteś taki finansowy mędrzec, to myślałem...

– To już czas przeszły.

– Nie do końca panu wierzę, panie Judd. Zastanawiałem się, czy nie doradziłby mi pan, w co zainwestować?

Matka zostawiła żonie trochę pieniędzy. Osiemset funtów. Czy zwykłe akcje są coś warte?

– Nikomu bym nie radził. Ale jeśli chce pan zainwestować pieniądze, to proszę zapytać bank o ISA.

– Ja nie mam rachunku w banku.

– Nie musi pan go mieć.

– Słyszałem o tych isach. Są zwolnione z podatku?

Charles nie może się skoncentrować na słowach Johnny'ego.

– Niewiele wiem o inwestycjach, zajmowałem się głównie podatkami. I to wielkich firm.

Zapadając się, kołysząc i podskakując, zmierzają w stronę szpitala.

– Johnny, nie powinienem być dłużej niż czterdzieści minut.

– W porządku. To isy są najlepsze, tak?

– Niewykluczone.

Kiedy przyjeżdżają do szpitala, Johnny szamocze się z otwarciem drzwi.

– Będę tu czekał, panie Judd. Nigdzie bez pana nie jadę.

Daphne budzi się i niesie mu do pokoju herbatę. Charlesa nie ma. Jego szlafrok i piżama leżą na podłodze. Pewnie poszedł na spacer mimo wyraźnych zakazów. No, ale ona wstała późno. Nakrywa stół do śniadania. Dobra wiadomość jest taka, że Charles pewnie czuje się lepiej. Daphne wypija swoją herbatę. Pół godziny później wraca Charles.

– Gdzie byłeś?

– Poszedłem na spacer. Potrzebowałem ruchu.

– Nie powinieneś. I do tego nie wziąłeś palta.

– Na dworze jest pięknie.

– Zrobiłam śniadanie.

– Umieram z głodu – mówi Charles, ale je niewiele.

– Postanowiłam, że postawimy tam namiot.

– Namiot?

Ona uważa, że powinni wszystko urządzić jak należy, a Stella mówi, że namioty stwarzają wielkie możliwości dekoracyjne.

– Ana i Charlie chcą, żebyś powiedział parę słów.

– Daphne, jak myślisz, dlaczego Ju-Ju to zrobiła?

– To ma jakiś związek z Richiem. Musiał mieć nad nią władzę. Ale lepiej już o tym zapomnieć. Ja wiem, że dla ciebie to nieistotne, ale musimy wszystko urządzić jak należy. I dlatego właśnie postawimy namiot.

Mniej więcej za godzinę Ju-Ju wyjedzie z dworca Paddington. Do Charlesa jeszcze to nie dociera.

– Charles, zrobiłam listę z zadaniami na wesele i ślub. Ty masz wygłosić krótką mowę, ale czy mógłbyś także zamówić wina? A może zajmiesz się też parkingiem? Clem zgłosił się na pomocnika.

– Parkingiem? A ile osób przyjeżdża?

– Co najmniej sto.

– Sto! A niech mnie diabli!

– Charles, naprawdę!

– Czy my w ogóle znamy sto osób?

– Musisz pamiętać, że Charlie i Ana mają mnóstwo przyjaciół, Sophie także. I my mamy przyjaciół i krewnych, a poza tym niektórych ludzi po prostu musimy zaprosić.

– A Ju-Ju?

– Ju-Ju też ma przyjaciół.

Podczas gdy Daphne opowiada mu o przygotowaniach – najwyraźniej włożyła w nie dużo pracy – uspokaja się, myśląc o Ju-Ju jako o małej dziewczynce w szortach w kropeczki. Jej nóżki są cieniutkie, bez śladu mięśni, a jednak kiedy zostaje z tyłu, a on na nią czeka, dzielnie kłusuje w jego stronę, patykowate nogi fruwają pod dziwnymi kątami. Taka jest prawda, profesorze. To jest prawda na szczeblu komórek.

– Wszystkie kwiaty zamawiam hurtem z New Covent Garden, Sophie przywiezie je tutaj. A ułożymy je same, Frances, Sophie, Ju-Ju i ja.

Profesor Williams twierdzi, że idea dobrego ojca jest problematyczna. Wiemy, co to jest ojciec, mówi, ale cała reszta twierdzenia ma charakter całkowicie subiektywny.

– Daphne, myślisz, że byłem dobrym ojcem?

– Tak, myślę, że byłeś.

– Zawsze uważałem się za dobrego ojca. Ale, jak twierdzi Charlie, mam skłonność do plasowania się w centrum dramatu. Kiedy przyszło do prawdziwej próby, mnie z jakiegoś powodu tam nie było.

– Już po wszystkim. Ju-Ju wraca do domu.

Czy jest coś, co powinienem, co muszę zrobić? Oczywiście, profesorze Williams, oczywiście, chłopie.

Rozdział dwudziesty ósmy

Za oknami pociągu rozciąga się Anglia. Choć wszyscy się skarżą, że okolicę dokumentnie zabetonowano, pociąg chyba znalazł jakąś spokojną, nietkniętą boczną drogę. Sophie zasnęła. Ma nowego chłopaka, który ją męczy. Opowiedziała jej wszystko o Danie, o reklamówkach i narkotykach. Prosi o pomoc w związku ze staraniami o przyjęcie na uniwersytet.

Co mam im powiedzieć, kiedy spytają, co zrobiłam po szkole St Paul. Przecież nic nie zrobiłam.

Będą tobą zachwyceni. Bardzo chcą znaleźć ciekawych ludzi. Środowisko akademickie ma poczucie winy; obracają się wśród rozsądnych, niekłopotliwych osób. Fakt, że chcesz wejść w ich świat, na pewno im pochlebi.

Ju-Ju zaproponowała, że pomoże siostrze przy eseju do Oksfordu. Po prostu go przeczyta, jeśli będzie trzeba.

Za śpiącą Sophie w wiosennym słońcu leżą Wiltshire Downs. Nie został tu nawet ślad dzikości, jedynie miodowy, odwieczny spokój. Miasteczka i farmy wzniesiono z ciepłego kamienia. Kępki drzew mają znaczenie wyłącznie dekoracyjne. W Ameryce, nawet w pobliżu dużych miast, nadal są pierwotne lasy, a w nich dzikie zwierzęta. Oboje z Charliem, kochanym Charliem, widzieli w górach Catskills jelenie. W Ameryce paski miejskich ulic robią wrażenie, jakby rozciągnięto je poprzedniego dnia, rozpływają się w nicość. Zupełnie jakby Ameryka nadal wydzierała fragmenty głuszy na parkingi i samochodowe zajazdy. To nieskończony biznes. Tutaj wapienne wzgórza za oknami wyglądają tak, jakby obraz powieszono na ścianie przed laty, a teraz wymagał tylko lekkiego odkurzenia.

Prawniczka Charliego, Martha, którą Ju-Ju pamięta jako nastolatkę i przez krótki czas jego dziewczynę, zaprowadziła ją do innego prawnika, Jeffa Kulicka, który wyjaśnił jej proces uznania pomyłki przez wymiar sprawiedliwości. Obydwoje wydawali się bardzo zawiedzeni, kiedy usłyszeli, że nie zamierza skarżyć ministerstwa sprawiedliwości.

– Wszystko sprowadza się do tego, że nie popełniłaś przestępstwa – powiedział Kulick.

– Wiem. Ale nie chcę, żeby to się ciągnęło latami. Zawrzyjmy ugodę.

– A dwa lata w więzieniu? To jest warte, Bóg jeden wie... Ale praktycznie niemal każdą sumę.

– Wiem, że to nie jest prawnicza gadka, ale podejrzewałam, że okno pochodzi z kradzieży. I nie przejmowałam się tym. Nie chcę długich rozważań i pogoni za sensacją. Po prostu zawrzyjcie ugodę.

– W swoich zeznaniach nigdy nie przyznałaś się do wiedzy, że okno było kradzione. Chyba się nie mylę?

– Nie. Nigdy tego nie powiedziałam, bo nie miałam pewności. Okna nie wymieniał żaden spis, ale to nie wystarczy.

Zleciła im oficjalnie, by domagali się rekompensaty straconych zarobków, strat poniesionych przy sprzedaży mieszkania i kosztów prawnych.

– Układ ma obejmować tylko to. Nic więcej.

– A twoje cierpienia?

– Nie wybieram się do Ameryki. I nie chcę, żeby moja rodzina dowiedziała się o wszystkim, zanim będę gotowa sama im powiedzieć. Wolałabym też, żeby Charlie nie usłyszał, o co się ubiegam. Dobrze, Martha? Nie mów nawet jemu. Kiedy ta historia ukaże się drukiem, Charlie będzie już żonaty, a my wszyscy wrócimy do normalności.

– Ale potem rozpęta się piekło, kiedy „New York Times" wydrukuje swoje rewelacje – powiedział Jeff.

Dla tych dwojga było to ekscytujące. Chcieli znaleźć się w centrum wydarzeń.

– Niewykluczone, ale jeśli zawrzemy ugodę, jeśli złożę oświadczenie dla „Timesa" i jeśli zgodzimy się na określoną, niewyjawioną sumę, to burza – jeśli w ogóle będzie – przycichnie. Jeżeli zaplączemy się w długi, przewlekły proces, nie wiadomo, co jeszcze wychynie z mroku. Nie chcę wam psuć zabawy, ale nie zniosłabym tego. Moja rodzina też nie. Nie macie pojęcia, jak ważna jest dla mnie próba zakończenia tej sprawy na zawsze. A teraz idę do fryzjera.

U fryzjera myślała o tym, co dokładnie by ujawniono: Richie, strażnicy więzienni z kasetami wideo, Anthony

Agnello znowu na podium dla świadków, by wypróbować swój znany talent narracyjny; współwięźniarki z celi, które znały znaczenie terminu zajączek świąteczny. I zdrada. Przed wyjazdem z Nowego Jorku opowiedziała wszystko Davisowi. Nie dotarło to do niego w pełni.

– Davis, za cztery tygodnie mój brat się żeni. Mógłbyś przyjechać na ślub?

– Ćwiczę. Drugi dzień. Za trzy tygodnie będę nowym człowiekiem.

– Byłoby wspaniale.

– To niesamowite.

– Niemal żal, że przeszliśmy przez to wszystko właściwie na próżno.

– Myślisz, że na próżno?

– Mam nadzieję, że nie.

Takie jest życie. Przypadkowe, z chaotyczną narracją. Dostało mi się twarde zrozumienie ludzkiej kondycji. Nie prosiłam o to, nie szukałam. André Malraux powiedział, że sztuka jest buntem przeciw przeznaczeniu: *l'art est un anti-destin*. Wierzyłam w to, a jednak przeznaczenie chwyciło mnie za gardło. Sztuka nie pomogła. Nie mogła powiedzieć zapalonym młodym prawnikom, że nie chce znowu kusić losu. Jak wyjaśnić to Marcie w tym jej wytwornym kostiumie od Diora czy Jeffowi Kulickowi w tych szczodrych paskach? Jak im powiedzieć, że widok szaleńców, którzy wrzeszczą, szlochają i pieprzą się, utwierdził ją w przekonaniu, że prawo to rodzaj fałszywego porządku opartego na wirze nieporządku. To słabiutka konstrukcja, która nie tylko maskuje realia, ale je zniekształca. Wcale jej to nie zaskoczyło, że jakiś ambitny ważniak z FBI postanowił wymyślić własną historię, bo na surowym materiale trudno było się oprzeć. Przez wiele nocy myślała o tym, co się zdarzyło, cwaniaczek składający zeznania zabarwione autentyzmem prosto z Bronksu: pohukiwania sowy, przejazd radiowozu i tak dalej. Mimo to nadal nie mogła się pozbyć wrażenia, zrodzonego w niezdrowej atmosferze Otisville, że była przy kradzieży okna.

Popadałam w szaleństwo: brałam udział w fikcyjnym rabunku.

Cała sprawa okazuje się dziełem przypadku. Wsadzono ją do więzienia, ponieważ jakiś bandzior średniego kalibru był szantażowany; szantażysta został odkryty, bo bandzior nie chciał zapłacić jakiejś nędznej kuzynce, która sprzedała okno zbyt tanio. I co dalej? Kto zechce się przekonać?

Istnieje jakaś zarozumiała wyższość uprzywilejowanych – należałam do nich – którzy wielbią ideę prawa i racjonalności. Głównie dlatego, że prawo i racjonalność wymyślili uprzywilejowani. Pewnej nocy podczas strasznej i bezcelowej bójki między dwiema *clickas*, leżąc na pryczy, pojęła po raz pierwszy, że racjonalne zachowanie i rozsądek to luksusy, wysoko cenione w Nowym Jorku.

Co postrzegasz jako racjonalne, zależy od tego, gdzie stoisz.

Myśli kłębią się w jej głowie. Ogarnia ją wszechobecne przekonanie, że musi uchwycić się czegoś solidnego. Kiedy pociąg zmierza w głąb Somerset, które ma jabłkowe oblicze, widzi siebie z ojcem na dróżce nad klifem. Może wiąże z tym spacerem zbyt duże nadzieje. Freud jest nonsensowny, ale to będzie podróż z powrotem do czasu szczęśliwości. Pewnie przyda się także ojcu, bo pod koniec wieku średniego zawiodła go odwaga.

Patrzy na Sophie beztrosko śpiącą po drugiej stronie stolika. Widzi w niej coś z każdego z rodziców; duże jasne oczy taty, jakby w nieodpowiednim rozmiarze, i małe usta mamy, które zawsze sprawiają wrażenie, jakby marszczyły się refleksyjnie, nawet przez sen. Są to usta dziecinne, ciągle pytające. Ona i Charlie mają większe, mniej zwarte wargi.

Sophie budzi się jak ktoś, kto czuje się obserwowany.

– I co widzisz?

– Witaj, skarbie. Patrzyłam, jaka jesteś urocza.

– I jakie wnioski?

– Seks na lizaku.

– Co to ma znaczyć?

– Wyglądasz na, jakby to delikatnie powiedzieć, seksualnie ukontentowaną.

– Oboje z Charliem uważacie, że jestem dziwką.

– Czy powiedziałam coś takiego?

– Nie musiałaś mówić. Ju, myślisz, że Charlie kocha Anę?

– Spróbowałby nie!

– Mam wrażenie, że jednak nie.

– Powiedział to?

– Nie. Ale ilekroć ta superkocica coś powie, on patrzy na mnie, nie wiem, jakby chciał dać mi do zrozumienia, że ona do nas nie pasuje. Wiesz, o co mi chodzi? Jeśli ona jeszcze raz wspomni o pamiątkowych prezentach ze ślubu dla gości, to on dostanie szału.

– Jest olśniewająca.

– Zbyt olśniewająca. To już szmira. Chociaż zauważyłam, że ma dosyć duże uszy. Na szczęście.

– Będzie matką jego dziecka.

– Wiem o tym. Ale Charlie jakby patrzy cały czas na ciebie w poszukiwaniu aprobaty. Jakby potrzebował pieczęci z twoją zgodą.

– Którą ma.

– Kiedy siedziałaś w pudle, wszyscy na ciebie czekaliśmy. Nie potrafię tego opisać, ale tak jakby wszystko wydawało się nierealne. Nie umieliśmy podjąć żadnej decyzji.

– To był dla was trudny okres. Nawet ty miałaś problemy.

– Ju-Ju, moje problemy w porównaniu z twoimi były niczym. Po prostu nie mogłam nigdzie pójść ani niczego zrobić, żeby nie myśleć o tobie, więc prawie przez rok nie byłam sobą. Tylko tak udawało mi się zapomnieć, do jakiego szamba trafiłaś.

– Sophie, bardzo mi przykro.

Sophie pochyla się do przodu i szepcze:

– Czy zrobiłaś to dlatego, że byłaś zakochana?

– Byłam zakochana, ale nie w Richiem.

– A w kim?

– Soph, ta historia jeszcze się nie skończyła. Ale rzeczywiście byłam zakochana, a on jest pisarzem jak ty.

– Wiedziałam. To jedyne możliwe wytłumaczenie. Istnieje mnóstwo, może nawet nieograniczona liczba tłumaczeń. Wszystko jest kwestią tego, jak się zaaranżuje materiał. A gdyby powiedziała Sophie, że podniecenie seksualne z powodu sypiania z dwoma mężczyznami było oszałamiające; gdyby powiedziała, że obejmując ją przez całą noc, Charlie przywrócił ją do życia; gdyby powiedziała Sophie, co przydarzyło jej się pod prysznicem; gdyby powiedziała, co to jest zajączek świąteczny? A gdyby tak zaskoczyła ją szczęśliwym zakończeniem? Znacznie łatwiej przypisać to wszystko miłości.

Za oknem pociągu widać równe rzędy jabłonek. Nic podobnego nie rośnie w przyrodzie; te drzewka są krępowane, ich wysokość kontrolowana, żeby ułatwić zrywanie owoców. Dopiero zaczynają się rozwijać liście, więc gałązki i konary puchną zielenią.

Pociąg kieruje się do Kornwalii – Kornwalia niewątpliwie leży na południu wyspy – Juliet na chwilę usypia. Kiedy się budzi, przejeżdżają przez Tamar.

Kornwalia. Teraz pociąg pędzi w dół.

– Boże, mam nadzieję, że to nie będzie dla taty zbyt wiele – mówi Sophie.

– Denerwujesz mnie. Idę do toalety.

W toalecie Ju-Ju patrzy na siebie: światło spada ruchomym półcieniem, co utrudnia wyrobienie sobie określonej opinii na temat własnego wyglądu. Włosy jednak wyglądają lepiej, są bardziej ożywione i jest ich więcej. Ju lekko maluje usta, tak by nie wyglądać rozpaczliwie, i trochę podkreśla oczy. Co on zobaczy? I co zobaczy mama?

Kiedy pociąg dojeżdża do Bodmin, Sophie ściska jej rękę. Stoją przy drzwiach i wyglądają przez okno, a pociąg tymczasem zwalnia.

– Są tam.

Widzi ich, stoją blisko siebie pod mostkiem przerzuconym nad peronem. On jest ubrany w granatowy polarek i czapkę, a ona w zieloną pikowaną kurtkę; głowę ma pochyloną. Ju-Ju i Sophie wymachują rękami, ale mija kilka chwil, nim mama je zauważa.

Otwierają drzwi i wychodzą na peron. Mama biegnie i rzuca się do przodu, żeby wziąć ją w ramiona. Tata czeka. Ju na niego patrzy. On podchodzi. Ju nadal stoi w objęciach matki; matka płacze.

– Kim jesteś? – pyta ojciec.

– Nie, tato, nie. Nie mów tak, proszę – błaga Sophie.

– Sophie, nie ma sprawy. Tato, to ja. Ju-Ju.

– Jeszcze się nie wyleczył z tego zapalenia płuc. Charles!

– Tato, to Ju-Ju.

– Ju-Ju? Zrujnowałaś nasze pieprzone życie.

Rozdział dwudziesty dziewiąty

Zakrystia służy im za kwaterę główną. Zgodnie z planem daszek bramy i łuk nad drzwiami kościoła ma ozdabiać girlanda. Wymierzono i kupiono siatkę ogrodzeniową, którą uformuje się na kształt kiełbaski i oplecie wokół furtki. Potem wypcha się ją mchem, w który zostaną wetknięte wszystkie kwiaty, jakie przywiezie Sophie. Nad drzwiami stanie tani łuk z ośrodka ogrodniczego w Trelights, opleciony bluszczem i pastelowymi różyczkami, związanymi specjalnym drutem. Ozdoby ławek w kościele będą proste: różowe i białe róże z bluszczem, po bokach ołtarza wysokie postumenty – Daphne jeszcze nie zdecydowała, co na nich postawi.

Frances potrafi świetnie wszystko zaplanować. Zrobiła jedną z tych swoich tabelek: dostawa kwiatów, ich nazwy, termin układania, początek prac. Po prawej stronie zapisała imiona pomocników: Frances, Juliet, Sophie i jej własna córka Phillipa (Pip).

Kiedy Daphne opowiedziała, co się wydarzyło na stacji, Frances się roześmiała.

– Wiem, że nie powinnam się śmiać, ale to wręcz niemożliwe. Mam nadzieję, że już ją rozpoznał?

– Tak. Lekarz twierdzi, że zapalenie płuc często wywołuje zaburzenia świadomości. Poprawia mu się.

– A Ju-Ju?

– Bardzo spokojna. Choć chyba jest to dla niej dość przygnębiające.

– Trudno się dziwić.

– Ju-Ju dużo chodzi i czyta.

– Zawsze była bardzo inteligentna. Od dzieciństwa.

– Ana przyśle nam kawałki materiału z sukienek druhen. Tak się podobno teraz robi. Jest na nim ciemna czerwień, musimy dopasować odcień bukiecików i z tego materiału zrobić też wstążki na uchwyty.

Clem pomoże na parkingu i przy alkoholach. W istocie przejął całość tych obowiązków. Wydaje się, że Charles nie ma nic przeciwko temu. Sophie zaczyna pracę w Blue Banana na Wielkanoc. Aż trudno uwierzyć, jak się przydaje. Pewnie wiąże się to z tym nowym chłopakiem, który jest niemal jej rówieśnikiem. Związek z Danem był destrukcyjny, choć naturalnie Daphne nigdy nie mogłaby tego powiedzieć. Teraz Sophie pojechała znowu do Londynu, ale na weekend przyjedzie z Eddiem. Wpadnie pastor, żeby omówić parę spraw. Upiera się przy rozmowie z Charliem i Aną – przy naukach – przed ślubem, chociaż zgodził się połączyć to z próbą, jako że oboje, Ana i Charlie, są bardzo zajęci.

– Jestem zestresowana – oświadcza Daphne.

– Ale szczęśliwa.

– Myślę, że kobiety muszą być zajęte. Mężczyźni mogą zapaść przed telewizorem we własnym świecie, ale my wolimy zachować łączność z rzeczywistością.

– Łączność. Tak, pewnie o to chodzi. Wolimy żyć, tak też da się to ująć.

Kiedy Frances wychodzi po uaktualnieniu planu batalii, Daphne na chwilę siada w ławce. Ma tak dużo pracy organizacyjnej, ale Frances nie myli się co do niej: czuje się szczęśliwa. Kocha ten kościół, a teraz wyobraża sobie, jak będzie wyglądał cały w kwiatach. Kwiaty są ważniejsze od przysięgi ślubnej. Kwiat to piękno samo w sobie. Czyżby tylko o to chodziło? Trudno uwierzyć, że egzotyczna Ana i mądry, wytworny Charlie zostaną ze sobą na zawsze. W istocie trudno sobie wyobrazić kogokolwiek z tych młodych w takim związku małżeńskim. Nie wspominając już o córce Frances, Pip.

Z przyjemnością zajmę się wnukiem, gdyby pojawiły się jakieś problemy. Wszystkie obszary zgody, wszystkie konwencje, wspólne większości ludzi w czasach naszej młodości, niemal przestały istnieć.

Kwiaty przemawiały własnym językiem. Wianek Ofelii – Sophie wczoraj wspomniała o Ofelii – zawierał rozmaryn, bratki, jasnotę, stokrotki. Szekspir dobrał je celowo ze względu na przesłanie, jakie niosły: firletka znana była jako piękna dziewoja, jasnota oznaczała śpiew, stokrotki – dziewictwo. Krwawnicę pospolitą nazywano także palcami nieboszczyka. Tak więc według *Języka kwiatów* z 1835 wianek oznaczał: *Piękną dziewczynę głęboko ugo-dzoną, kwiat jej dziewictwa pod zimną ręką śmierci.*

Dziś kwiaty mówią zdecydowanie mniej precyzyjnie. Wydaje się, że opuściły świat symboli i przeniosły się do królestwa osobistych wyznań. Bądźmy szczerzy, to właśnie robimy. Kwiaty, ich obfitość i piękno, stanowią oświadczenie naszej rodziny: oto nasz syn Charlie wchodzi do kościoła pod bogatym łukiem z kwiatów, a przy nim, witany kwiatami, drużba, będący równocześnie jego siostrą, córką marnotrawną; oto piękna żona Charliego z bukietem w ręku, najpewniej są w nim róże Tamango i orchidee, a tu druhny z jasnoróżowo-białymi bukiecikami, związanymi czerwoną wstążką; tu, proszę, pojemniki różanych płatków – po dwadzieścia pięć funtów każdy – hojnie rozrzucanych przed kościołem, a oto mój mąż, gęste włosy wyszczotkowane, twarz rozbawiona, kłopoty zapomniane.

Widok tej rodziny niesie przesłanie, które oznacza zbawienie.

Po tamtej strasznej scenie na peronie wiózł je do domu niepewnie. Zdawał się pogrzebany we wściekłym milczeniu. Przy znajomym mostku skręcił w złą drogę prowadzącą w dół. Cofając samochód, wjechał na kamień, który musiał wybić w czymś dziurę, bo auto stukało głośno jak staroświecki motocykl.

Zabrakło jej odwagi, by go poprosić, żeby się zatrzymał albo pozwolił jej prowadzić. Mówiła coś do Ju-Ju, odwrócona w stronę tylnego siedzenia, na którym tuliły się do

413

siebie obydwie dziewczyny, próbując zapełnić krzyczącą pustkę. Charlie uprzedzał, że z Charlesem jest źle, ale dotychczas w to nie wierzyła. Teraz widzi, że powrót Ju-Ju był ponad jego siły, zamiast go wyzwolić, pchnął go w przepaść. Zwykle tak się opisuje stany psychiczne, jakbyśmy wszyscy szli ścieżką na skraju klifu. Ale nawet teraz Daphne zapewnia Ju-Ju, że ojciec czuł się doskonale, póki nie poszedł do szpitala. Młody lekarz powiedział, *i to bardzo wyraźnie, Ju-Ju*, że te leki na zapalenie płuc wywołują czasem zaburzenia świadomości. Ju-Ju wygląda tak smutno, niemal rozpaczliwie, ale nie powie słowa przeciwko ojcu. A on przez dwa dni leży w łóżku i czyta książkę poplamioną trucizną na ślimaki. Ju-Ju dwukrotnie pukała do drzwi jego pokoju, ale za każdym razem nie chciał jej wpuścić.

Dzisiaj postanowiły, że Ju-Ju zaniesie mu obiad. Ona sama stanęła obok.

– Tato, przyniosłam ci obiad.

– Powinna to zrobić twoja matka.

– Tato, chciałabym podać ci obiad.

– Powinna to zrobić twoja matka.

– Tato, chcę z tobą porozmawiać.

– Twoja matka zajmuje się posiłkami.

– Jak się czujesz, tato?

– Zawołaj matkę.

Daphne nie może się powstrzymać. Wpada do pokoju. On niespiesznie podnosi wzrok znad książki.

– Do diabła, Charles, co się z tobą dzieje? Zachowujesz się jak dziecko. Przyjechała Ju-Ju, nie widziałeś jej od trzech lat i wszyscy wiemy z jakiego powodu.

414

– Masz dla mnie obiad?

– Jesteś gnojkiem, piramidalnym gnojkiem!

– Jeśli nie chcesz podać mi obiadu, to zjeżdżaj.

Ju-Ju stoi za drzwiami. Daphne bierze od niej tacę i rzuca ją na podłogę.

– Masz tu swój obiad, gnojku.

Na dole w kuchni Ju-Ju mówi:

– Mamo, nie krzycz na niego.

– A to dlaczego?

– Nie wydaje mi się, żeby to pomogło.

– Jest samolubnym, aroganckim gnojkiem. Zawsze taki był.

– Mamo, to nieprawda. Był dobrym ojcem.

– Nie wiesz nawet połowy. Musiałam z nim żyć przez trzydzieści sześć lat. Można by pomyśleć, że sam siedział w więzieniu. Uważam, że to skrajne samolubstwo. W dodatku dziecinne.

– Mamo, przejdzie mu.

– Idę do kościoła.

– Mogę coś pomóc?

– Jesteśmy ciągle na etapie planowania. Frances uważa się za generała Montgomery'ego.

Teraz Ju-Ju idzie przez pole golfowe w dół do Daymer i w prawo plażą do miejsca, gdzie strumień przecina piasek, i gdzie, jak napisał Betjeman, rosły wodne irysy. Wspina się na szczyt wzgórza. Dwa kutry rybackie wracają do domu przez Doom Bar. Jest spokojnie, małe łodzie łagodnie uderzają o wodę. W ślad za nimi lecą mewy. Ju-Ju przypomina sobie nazwy niektórych łodzi: „The Maid of Padstow", „The Cornish Princess" i „Padstow Belle". Jako dziecko myślała, że w rybołówstwie jest coś prymitywnego: było niebezpieczne i prostackie, zawsze kończyło się rozlewem krwi i stertą rybich zwłok. Nie ma nic równie niewinnego jak ciało ryby. Rybacy otrzymali bezpośrednią znajomość wcześniejszego świata.

Obserwuje, jak kutry wpływają do przystani. Chce je widzieć bezpieczne, nim zbiegnie ze wzgórza, gdzie mimo tak wczesnej pory roku pod nogami pachnie tymiankiem. Na samym dole zeskakuje z wydmy i wraca skrajem pola golfowego, trawiastą ziemią niczyją pomiędzy graczami w golfa a plażowiczami, gdzie chłopiec o imieniu Timmy nieśmiało wsunął palec w jej majtki, kiedy miała piętnaście lat.

Ułożyła wiersz, którego nie zapisała, a który zaczynał się tak:

Piasek w cydrze, osy w cieście
Piasek w majtkach, tylko Timmy i ja.

W domu znajduje tacę w miejscu, gdzie rzuciła ją mama. Sprząta po cichu. Dzwoni do Charliego, ale jego komórka (pamięta, żeby powiedzieć komórka zamiast mobil) jest wyłączona. *Charlie, zadzwoń do mnie, kiedy będziesz mógł. Chyba masz rację, on potrzebuje pomocy. Ale nie panikuj. Pozdrów Anę.*

Zrujnowałaś nasze pieprzone życie.

Czyta książkę, którą znalazła na półce. Ma tytuł *Miasteczko jak Alice Springs*, a napisał ją Nevil Shute. Odnosi wrażenie, że wszystkie książki jej rodziców pochodzą mniej więcej z roku 1955. Większość to powieści, kiedyś pewnie popularne, których teraz nikt nie czyta. Jest tu też specjalne, oprawione w skórę wydanie *Historii ludów anglojęzycznych* Winstona Churchilla, książka pod tytułem *Amber*, i druga pod tytułem *Błękitny Nil*. Wszystkie wydają się znajome, bardziej z powodu okładek, zapachu czy wyklejek niż z powodu zawartości.

Dzwoni telefon. Wbrew sobie Ju-Ju czuje lekki niepokój.

– Charlie?

– Dzień dobry.

– O, przepraszam, czekałam na telefon. Kto mówi?

– Szpital w Bodmin. Czy mogę mówić z panem Juddem?

– Zawołam go.

Ale nie ma go w sypialni.

– Przykro mi, ale chyba poszedł na spacer.

– Czy mówię z panią Judd?

– Nie, jestem jego córką Juliet.

– Miał zadzwonić dziś rano po wyniki badań. Proszę posłuchać, wiem, że się niepokoił, ale skoro jest pani jego córką, to może powie mu pani, że wszystko dobrze. Nie ma powodów do zmartwień. Powinien przyjść po lekarstwo, ale nie musi się spieszyć. Dobrze, kochana?

– A na czym polega problem?

– Obawiam się, kochana, że nie wolno mi o tym rozmawiać, ale najważniejsze, że wszystko w porządku.

– Miał dzwonić dziś rano?

– Tak.

– Dobrze, przekażę mu.

Nie ma samochodu. Dzwoni do Clema.

– Clem, przepraszam, że zawracam ci głowę, ale czy mógłbyś mnie podrzucić do Porth Quin? Tata poszedł się włóczyć, a ja muszę z nim porozmawiać.

– Dla ciebie, Juliet, przejechałbym się na grzbiecie jeżozwierza.

– Dzięki, Clem. Wyjdę ci naprzeciw.

Charles schodzi ścieżką w stronę Epphaven.

Jest coś, co powinienem, co muszę zrobić, profesorze. Mam odpowiedź na pańską uroczą zagadkę; założę się, że kiedy pan to pisał, siedział pan w swoim ogródku w północnym Oksfordzie z filiżanką herbaty. A może szklanką piwa. Robi pan wrażenie piwosza, pełnego zdrowego rozsądku, który ukierunkowuje pańską błyskotliwą i słynną inteligencję. Owszem, jest coś, co powinienem zrobić.

Paproć zaczyna się prostować po zimowej hibernacji. Można to niemal zobaczyć, jak w filmie dokumentalnym. Charles przystaje, żeby wysikać się w krzaki, tę samą nieprzeniknioną gęstwinę jeżyn, paproci i janowca, która daje schronienie jego własnej króliczej partyzantce. Sika słabym strumieniem.

Wetknęli mi igłę w tyłek, *Herr Professor*. Jak to pasuje do pańskiej niechęci zajmowania moralnego stanowiska?

Tutaj droga się rozdziela. Rozwidla się. Charles idzie niższą dróżką w stronę zatoczki. Kiedyś, kiedy był mo-

418

carzem księgowości, kiedy sikał mocnym strumieniem, kiedy pieprzył Jo na swoim biurku, a jej nogi rozwidlały się z zapałem, próbował kupić dom w paprociach, skąd prowadziła do zatoki prywatna dróżka. Ten skrawek raju nie był jednak dostępny nawet dla wspólnika starej i szacownej firmy Fox i Jewell. Z zawstydzeniem wspomina rozmowę z właścicielką, starszą damą: *Dlaczego ludzie tacy jak pan wyobrażają sobie, że wszystko można kupić? Ten dom należy do mojej rodziny od 1926 roku i mam nadzieję, że moje wnuki przekażą go swoim dzieciom.*

Byłem kutasem. Jak mówi Daphne, aroganckim gnojkiem. Ale ja zawsze coś przemilczam, dlatego mnie wyrzucili; ludzie nie lubią wątpiących, nie lubią ironistów. Dlaczego mieliby ich lubić? A teraz z igłą w tyłku mogę szukać dowodu, gdyby był potrzebny, że umieram. Wszystko się ze sobą wiąże. Moja ukochana córka wróciła do domu, a ja nie umiem z nią rozmawiać. Nie potrafię znaleźć słów. Kiedy ją zobaczyłem na peronie stacji, chciałem jej powiedzieć, że w ciągu ostatnich trzech lat nie minęła ani jedna godzina, żebym o niej nie myślał, ale kiedy znalazła się naprzeciwko mnie, wymamrotałem straszne, straszliwe słowa. To już zaatakowało mi mózg.

Jest coś, co powinienem, co muszę zrobić.

Zatrzymuje się na szczycie zielonego śliskiego występu prowadzącego do zatoczki. Podczas przypływu woda zalewa plażę, ale Charles zna każdy kamień. Zastanawiam się, dlaczego tak głęboko zapadają nam w pamięć te wakacyjne pejzaże?

Dlaczego kochamy tę skałę, na której jedliśmy podwieczorek, tę, z której skakaliśmy do wody, czy tę, do której dopływaliśmy? Kiedy nas nie ma, te miejsca trwają nieporuszone naszą nieobecnością. Ta ślepa jaskinia, w której siedzą gołębie, będzie nadal odbijać odgłosy przypływu.

Przejdę dokoła wzgórza, drogą widokową, ulubioną drogą Ju-Ju, która prowadzi na pastwisko, gdzie tamtego dnia znaleźliśmy grzyby.

Przedziera się przez brązowe, twarde łodygi zeszłorocznych zarośli. Kiedy szła za nim Ju-Ju, miała podrapane nogi, zarośla zostawiały na nich jakby ślady kredy, jedno czy dwa zadrapania wypuszczały parę bąbelków krwi, na które jednak nigdy nie był potrzebny plaster. Elastoplast był plakietką honorową.

A oto inne pytanie, na które nigdy nie znajdę odpowiedzi: dlaczego dzieci cieszą się kontuzją? Kiedy skręciłem sobie nogę, z dumą skakałem po szkole o kulach przez kilka tygodni.

Teraz jest dalej niż w połowie drogi wokół wzgórza. W zasięgu wzroku nie ma żadnej budowli. Jakby wkroczyło się do presaksońskiej Brytanii, kilometry wybrzeża, gdzieniegdzie miękko zarysowanego lub poszarpanego w ostre krawędzie. Kiedy Charles dochodzi do łąki grzybowej, widzi furtkę i zejście prowadzące obok kopalni do Doyden; widzi dom i budkę na wprost szczytu. Mieszka tu mnóstwo mew, unikają domowych wygód. Widzi je na stromym trawiastym brzegu nad klifem. Jeśli można tak klasyfikować ptaki, to mewy są prawdziwymi draniami: zimne, bezlitosne, niebudzące sympatii.

W tym momencie słyszy głos unoszący się na niepewnych prądach powietrza, też jakby niepewnie. Poniżej wielkiego domu w dół po stromej ścieżce biegnie w jego stronę dziewczynka. To okrutna sztuczka, należąca do tradycyjnego repertuaru. Odwraca się, żeby popatrzyć na te cholerne mewy. Słyszy czyjeś nawoływania: *Tato, tato, tato*. To głos dziewczynki. Znowu patrzy w tamtą stronę i widzi Ju-Ju biegnącą w ten swój niezdarny, ale całkiem skuteczny sposób, jakieś krótsze nogi unoszą się w bok od tych prawdziwych. Pędzi w jego stronę, wymachując rękami. Stąd Charles nie widzi, czy jest w swoich szortach w kropki.

Ona macha ręką, otwierając furtkę. Teraz idzie szybko przez pastwisko.

– Tato, wreszcie jesteś.

– Wyszedłem na spacer.

– Znalazłam cię. Dzwonili ze szpitala, że badania są w porządku. Czy mogę iść z tobą?

– W porządku?

– Jak najbardziej. Nie ma powodów do zmartwienia.

Jej twarz jest zaróżowiona i zroszona kropelkami potu, włosy przylegają do głowy. Biegła całą drogę od parkingu.

– Skąd wiedziałaś, że tu będę?

– To nasza trasa.

On siada na miękkiej kępce zawciągu, opiera się plecami o kamienny murek, ona opada na ziemię obok i bierze go za rękę.

– Wsadzili mi igłę w tyłek.

Nie przychodzi mu do głowy nic innego.

Ona jednak jest bardziej elokwentna.

– W każdej minucie każdego dnia w więzieniu myślałam o tobie. Nie płacz, tato.

Ale obydwoje leją kojące łzy.

To właśnie musiał mieć na myśli brodaty pastor.

Idąc znajomą ścieżką przez pole golfowe, niedaleko od
miejsca, gdzie Charles próbował się utopić w strumieniu,
Daphne myśli, że kiedy to już się skończy, kiedy wszyscy
odnajdą swoje miejsca, otworzy niewielką kwiaciarnię.

Będę kupowała kwiaty od Latającego Holendra i codziennie wczesnym rankiem chodziła do sklepu, żeby
porobić piękne bukiety. Charles może zjeść coś w Codfather, zamówić w pubie jajko po szkocku, grać w golfa
z Clemem albo robić, co mu się podoba. Nie zamierzam
żyć w taki sposób, jakbym była tu jedynie po to, by ułat-
wiać jemu życie.

Kiedy przyszedł do niej Simon Gore-Simpson niemal
przed dziesięciu laty i powiedział, że na Charlesa skarżą
się klienci i młode stażystki, nigdy nie wspomniała nikomu o tej rozmowie. Charles oświadczył, że nie będzie
kontynuował procesu przeciwko firmie, bo nie chce ryzykować bankructwa. Nie powiedziała, że zna prawdziwe
powody. Zgodnie z radą Simona poparła decyzję Charlesa i – jak to mówią – stanęła przy jego boku. Ze względu na dzieci, to wyrażenie, którym zawsze się posługują
te wszystkie skrzywdzone kobieciny.

Sama jestem kobieciną: nudną angielską kobieciną.

Schodzi na plażę nadal niewytłumaczalnie pustą, choć wkrótce zjawi się tu wielkanocny tłum. Zaczyna się odpływ. Daphne podchodzi na skraj wody. Widzi stąd boję, przy której Charlie uratował Charlesa. Umocowany na boi dzwonek kołacze nieustannie.

Życie Charlesa było serią incydentów. Nigdy nie wybaczę mu tego ostatniego, słów wypowiedzianych na stacji. Nigdy mu nie wybaczę, że zawiódł Ju-Ju. Jest w nim jakaś podłość, a ja przez te wszystkie lata starałam się udawać, że to nieprawda.

Daleko za Doom Bar zarzucił kotwicę kuter rybacki. Przegapił przypływ. Będzie mógł wpłynąć dopiero koło północy. Przez cały czas Daphne ma złe przeczucia. Kiedy dociera do domu, palą się w nim światła, po chwili przez okno od ogrodu dostrzega Ju-Ju i Charlesa siedzących na niebieskiej sofie, która przed weselem ma dostać nowe obicie. Przed nimi stoi zielona butelka chardonnay. Ju-Ju się śmieje, a Charles nalewa sobie kolejną lampkę wina. *Drugą połowę*, jak mawiał jej ojciec.

Rozdział trzydziesty

Niemal wszyscy przyjęli zaproszenie, mimo krótkiego terminu. Może to posmak skandalu czy sławy ma taką siłę przyciągania. A może blask młodej pary. Kto wie, może nawet miejsce. Kościółek wyglądający tak, jakby nadal był ledwo w połowie wykopany z ziemi, i nieporównany widok w dal na morze, obok tajemniczego zielonego wybrzuszenia Bray Hill, zatoka błyszcząca po deszczu, spacer pod górę do kościoła przez fragment pola golfowego, koło strumienia, w którym o mało nie utonął Charles Judd – znowu – i dalej w stronę furtki pod daszkiem, bogato zdobionej bluszczem, liliami i jasną kaliną – to wszystko pociągało tych, którzy potrafili czytać znaki. Odwoływało się do utraconego poczucia słuszności, tak jak sobie je wyobrażała Daphne Judd.

Większość gości wyruszyła pieszo z parkingu na polu w pobliżu plaży. Parkingiem zajmuje się Clem Thomas. Ma walkie-talkie i dwóch chłopców do pomocy. Nieznających drogi do kościoła prowadzą wiklinowe koszyczki na kijach; w każdym koszyczku jest pełno bzu, rozmarynu i suszonych kwiatów hortensji, związanych biało-niebieskimi wstążkami. Koszyczki – pomysł Sophie Judd – stoją wzdłuż drogi i – dzięki uprzejmości sekretarza klubu – na polu golfowym i w górę trawiastego stoku w kierunku kościoła. Przypomina to ozdobne słupy na zabawach ludowych. Przy zadaszonej furtce większość gości zatrzymuje się, żeby porozmawiać i rzucić okiem na grób Johna Betjemana. Pochowano tu poetę laureata; jego grób wprost brzęczy znaczeniem, jakby tam w dole roiły się pszczoły. Przesłaniem jest angielskość, choć w dzieciństwie dokuczano mu z powodu niemiecko brzmiącego nazwiska.

Z kościoła dochodzą dźwięki kwartetu smyczkowego, grającego, zdaniem większości osób, wybrane utwory Haydna. Trzy dziewczyny w okularach i chłopak z dużym jabłkiem Adama, tworzący ów kwartet, przyjechali z północnego Londynu wynajętą furgonetką i zatrzymali się w pobliskim pensjonacie Sea View. Pensjonat jest tani z uwagi na ograniczony widok i tylko dwie łazienki na osiem sypialni.

Chociaż podział generacyjny jest zamazany, można wyróżnić dwie grupy wiekowe rozrzucone na pachnącej łące: wstawionych i zmarnowanych krewnych i przyjaciół rodziców, a także młodych i beztroskich znajomych młodej pary. Starsza grupa porusza się w sposób sugerujący świadomość pożyczonego czasu. Przeszli właśnie poza wiek średni. Niektórzy niezdarnie kiwają biodrami.

Podejrzewają, że ani biodra, ani sztywne palce już nigdy nie będą się poruszać swobodnie. Jeden z panów używa laski. Nawet osoby niewykazujące zewnętrznych objawów słabości robią aluzje do swojego stanu: ubrania kobiet – głównie jedwabne – rzucają głośne wyzwanie, jakby wyobrażenie tylu kwiatów mogło odwrócić uwagę, zwłaszcza w zestawieniu z dodatkowym kamuflażem – wielkim kapeluszem ciężkim od jedwabnych kwiatów. Mężczyźni całują znajome panie żartobliwie i kpiąco, jakby chcieli powiedzieć: nie zapominajmy, że nasze ciała też kiedyś były młode. Chociaż trzech z nich jest w surdutach, bo tak zinterpretowali „elegancką nieformalność" Charliego Judda, wszyscy inni zjawili się w garniturach starego typu, ukrywających chude uda i przedramiona z plamami melatoniny. Kobiety, które nie stosują zastępczej terapii hormonalnej, są solidne od ramion do bioder, zgodnie ze starą, z góry ustaloną zasadą. Agnostyk mógłby to uznać za dowód, że Bóg – jeżeli istnieje – ma okrutne poczucie humoru, choć poczucie humoru Pana Boga to prastary literacki dowcip.

Ta grupa, wędrująca przez część pola golfowego, przypomina więźniów na rzece Kwai, trzymanych na miejscu nie przez nieprzyjaciela, ale przez angielskość, która sprawia, że są równocześnie dumni, ironiczni i śmieszni.

Młodsza grupa nie ma zahamowań. Lekko opiera się na ziemi. Przyjaciele Any Moreno wnoszą przede wszystkim egzotykę. Kto wie, czy urzekło ich to miejsce? Pewno nie. W porównaniu z zatoczkami Chorwacji, jeziorkami Martha's Vineyard czy Bay Island w Hondurasie brak mu blasku wspaniałości. Odznacza się nudną, niemal monochromatyczną zielenią, a morze jest jak cynk. Ma ono coś, czego na pewno większość z nich nie zauważy, czyli elokwencję, która jednak przemawia w zagubionym języku. Młodsza grupa jest uprzejma dla starszej, kiedy ich drogi się przetną. Jej członkowie wyrażają się zachęcająco, jak osoby, które powinny okazać pogodne zaangażowanie. Głównie jednak spacerują z rówieśnikami, choć starsi czuliby się szczęśliwi, gdyby mogli się z nimi wymieszać, dzielić dowcipy i nową znajomość świata.

Przy drzwiach kościoła, na tle cudownego łuku z bluszczu i mchu podkreślonego srebrnymi gałązkami wierzby (pochlapanymi pistoletem malarskim Clema Thomasa), asystenci czekają, żeby wprowadzić gości. Trzech z nich jest przyjaciółmi Charliego Judda, jeden to Eddie Abbott, nowy chłopak Sophie Judd. Poza Eddiem wszyscy właśnie osiągnęli wiek, kiedy bezwarunkowa młodość ich opuszcza; dwóch straciło włosy, ujawniając w nudnym acz bezlitosnym świetle jakieś zadziwiające przestrzenie czaszki. Twarz jednego z nich, Jonathana Blisseta, ma taką świeżą pulchność i miękkość, która zdaje się zapowiadać wiek średni.

Jego ekscelencja Juan Pablo Moreno, ojciec Any, zdołał w ostatniej chwili przyjechać z Limy, żeby odprowadzić córkę do ołtarza. Daphne Judd przygotowała dla niego ozdobę butonierki, choć musiała użyć żółtej róży, i przyczepiła ją do lśniącego niebieskiego garnituru, którego nitki zawierały własne źródło światła. Uznała, że Juan Pablo jest absolutnie czarujący; powiedział, że choć z rozkoszą spałby na sofie, to pensjonat Sea View odpowiada mu pod każdym względem, a kto wie, kogo można spotkać na

427

długiej drodze do łazienki? Do Any zwraca się po hiszpańsku, choć ona odpowiada mu po angielsku.

Suknia Any, uszyta przez przyjaciół projektujących dla sław, jest prawie w kolorze kości słoniowej z dwiema trójkątnymi brytami tropikalnej czerwieni, jakby odsunięto zasłony, by ukazać na moment jej prawdziwą naturę. Twarz Any zasłania woalka nakrapiana taką samą czerwienią. Na bukiet składają się zielone orchidee z ciemnym środkiem i ciemnoczerwone róże obramowane pnącym bluszczem. Dwie druhny, Emma i Diana Fleet, pod wodzą ciotecznej kuzynki Sophie Judd, która jest główną druhną, mają bukieciki z bladożółtych i białych róż ozdobione liśćmi kamelii. Prócz tego dostały wianuszki na głowę z orchidei i peonii.

Juliet Judd, drużba, ma delikatniejszą wersję ozdoby butonierki pana młodego: dwie białe róże i jagody bluszczu, plus dwa liście kamelii – to bardziej ekscentryczna dekoracja. Ubrana jest w jasnozielony spodnium, wybrany przez brata. Charlie Judd ma na sobie jasnoszary garnitur z wysokim kołnierzem. Ojciec powiedział, że wygląda w nim jak Jawaharlal Nehru. Charlie nie zapytał, kto to taki.

Na znak Clema Thomasa, przekazany przez jednego z jego pomocników – wszyscy goście na miejscu – Daphne i Charles Judd ruszają w stronę kościoła. Ona trzyma go pod rękę. Sprawiła sobie nową suknię z jasnożółtego jedwabiu. Ma też kapelusz, lekki i nieduży. Perforowane rondo sprawia, że nie wygląda tak matronowato. Charles włożył swoje najlepsze ubranie z elegancką ozdobą w butonierce, taką samą jak u Charliego. Bujne włosy umył i ostrzygł w Londynie, spłukano z nich kolor kości sło-

428

niowej, zęby także straciły szarość wanny. Daphne uważa, że mąż wygląda stuprocentowo lepiej.

Davis Lyendecker nie wygląda stuprocentowo lepiej. Raczej dwudziestoprocentowo. Wcześnie zajął miejsce w głębi kościoła, pod witrażowym oknem, które, jak zauważył, przedstawia to samo wydarzenie, co skradziony witraż Tiffany'ego: zmartwychwstanie. Anioł przemawia do kobiet, do Marii Magdaleny i do drugiej Marii, które klęczą przed pustym grobem: *Nie lękajcie się. Szukacie Jezusa z Nazaretu, który był ukrzyżowany: on zmartwychwstał.*

Davis Lyendecker sądzi, że widzom witraż musiał się wydawać niemal żywy. Szkło pod wpływem światła zmienia gęstość jak bardzo wolno puszczony film. A samo szkło, jak napisała Juliet, zdaje się zawierać religijną jakość. Jest tajemnicze.

Chociaż Lyendecker stracił tymczasem trochę kilogramów, wie, że nadal jest za gruby. Kiedy Juliet przedstawiła go rodzinie, zauważył nagłe zdziwienie na ich śmiałych twarzach. Ale cieszy się, że jest tutaj w niemodnym ubraniu z zawadiacką ozdobą w butonierce, które to ubranie pani Judd uparła się wyprasować. Pomagał młodszej siostrze Ju, Sophie, w pisaniu eseju. Czuje się także błogosławiony, ponieważ jako jedyny zna całą historię, łącznie z pocieszającym zakończeniem, cudem zmartwychwstania Juliet. A on sam też jest postacią w biblijnym cudzie: zostanie ojcem, Józefem wobec Marii Juliet.

Pan młody z drużbą idą przez pole golfowe, ramię w ramię, w kierunku kościoła.

– Ju-Ju, kim naprawdę jest Davis?

– Moim przyjacielem z Nowego Jorku.

– Jest w porządku? Wygląda na wykończonego.

– Przeszedł ciężki okres w Minnesocie. Ale już mu lepiej.

– Dlaczego go zaprosiłaś?

– Masz mi to za złe?

– Oczywiście, że nie.

– To dobrze.

– Kochasz go?

– Charlie, to twój ślub.

Zbliżają się do kościoła przez pięknie udekorowaną kwiatami furtkę. Wszyscy zajmowali się kwiatami aż do drugiej w nocy. Ale widać, że było warto.

Rodzice uśmiechają się do Charliego i Juliet Judd, którzy mijają ich w drodze na swoje miejsca. Charles Judd zamówił nowego psa, czekoladowego labradora, o którym wspomni w swojej mowie. Dowcip sprowadza się do tego, że labradory kochają wodę. Sądzi, że to wypadnie dobrze.

Uwagi i podziękowania autora

Choć byłem częstym gościem w Trebetherick, wszystko, co dzieje się w kościele, jest wyłącznie dziełem mojej wyobraźni; jeśli jest w miasteczku brodaty pastor, to ja go nie spotkałem.

Chciałbym podziękować Rosemary Davidson, Liz Calder, Nigelowi Newtonowi i wielu innym z wydawnictwa Bloomsbury; mojemu kanadyjskiemu wydawcy Kimowi McArthurowi; moim agentom, Michaelowi Sissonowi i Jamesowi Gillowi, a także rodzinie za cierpliwość. W coraz większym stopniu uświadamiam sobie, jak doskonale pisarze potrafią się usprawiedliwiać.

Za pomoc w kwestiach szczegółów dziękuję Pauli Pryke, Alastairowi Sooke, Emily Mears i Markowi Potterowi.

Książkę wydrukowano na papierze
Amber Graphic 70 g/m²

Amber
BY ARCTIC PAPER

www.arcticpaper.com

Warszawskie Wydawnictwo Literackie
MUZA SA
ul. Marszałkowska 8, 00-590 Warszawa
tel. (0-22) 629 04 77, 629 65 24
e-mail: info@muza.com.pl

Dział zamówień: (0-22) 628 63 60, 629 32 01
Księgarnia internetowa: www.muza.com.pl

Warszawa 2006
Wydanie I

Skład i łamanie: MAGRAF s.c., Bydgoszcz
Druk i oprawa: DNT – Oddział PAP SA, Warszawa